BRAM STOKER

dracula

德古拉之吻

[爱尔兰] 斯托克 著　穆西 译

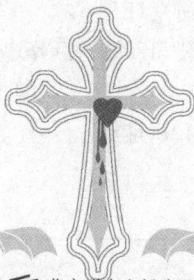

北京联合出版公司
Beijing United Publishing Co.,Ltd.

图书在版编目（CIP）数据

德古拉之吻 /（爱尔兰）斯托克著；穆西译 . —北京：北京联合出
版公司，2013.8（2023.3 重印）
  ISBN 978-7-5502-1642-6

  Ⅰ.①德…　Ⅱ.①斯…②穆…　Ⅲ.①长篇小说—爱尔兰—现代
Ⅳ.① I562.45

中国版本图书馆 CIP 数据核字 (2013) 第 139372 号

德古拉之吻

作　　者：［爱尔兰］斯托克
译　　者：穆　西
出 品 人：赵红仕
责任编辑：史　媛
封面设计：吴黛君

北京联合出版公司出版
（北京市西城区德外大街83号楼9层 100088）
北京新华先锋出版科技有限公司发行
大厂回族自治县德诚印务有限公司印刷　新华书店经销
字数315千字　620毫米×889毫米　1/16　21印张
2013年9月第1版　2023年3月第2次印刷
ISBN 978-7-5502-1642-6
定价：59.00元

前　言
吸血鬼的前世与今生

1847 年 11 月 8 日，布莱姆·斯托克出生在都柏林的近郊，在家里的 7 个孩子中排名老三，一种不知名的疾病使他直到 7 岁都卧病在床。尽管仍然显得害羞和书生气，但布莱姆·斯托克在青春期却并不羸弱。也许是为了弥补自己早年的虚弱，他此时正在转变为一名优秀的运动员。在都柏林的圣三一学院，他战胜了羞怯并成为校级运动健将。

年轻的布莱姆一直梦想当一个作家，但是他的父亲却有更为保险的计划。布莱姆屈服于父亲的期望，成为了都柏林城的一名公务员。当他在自己的政治道路上前行时，他写了一部名为《爱尔兰裁决法庭办事员的职责》的枯燥无味的小说。这本书直到 1879 年才被出版，此时斯托克已经结婚，并住在另一个国家，开始了新的职业生涯。

斯托克在做公务员的 8 年中不停地写小说，第一部是幻想小说，名叫《水晶杯》，由伦敦学会出版。3 年后又出版了一部名为《命运的枷锁》并由四部分组成的系列恐怖小说。同时他还是都柏林《晚间邮报》的名誉戏剧评论家，之后成为了《爱尔兰回声》的编辑。

1878 年，亨利·艾尔文为斯托克提供了一份在伦敦莱森戏院做演员经理人的工作。斯托克立即辞去了公务员的工作，并在与弗劳伦斯·拜尔康比结婚后，动身去了伦敦，从此开始了自己的新生活。不到一年，弗劳伦斯生下了他们唯一的孩子诺埃尔。尽管斯托克和妻子保持着表面上的和谐，但据说他们已经互相非常疏远。

尽管身负重任，斯托克还是设法挤出时间来写小说。他的第一部著作《夕阳之下》由8个怪诞的童话故事组成。他的第一部长篇小说《蛇的足迹》于1890年出版。同年，斯托克开始了他的大作《德古拉之吻》的准备工作，后这部小说于1897年出版，出版后立即受到了广泛好评。斯托克此后还创作了多部短篇小说、长篇小说及小品文，但他的名字始终与《德古拉之吻》紧密地联系在一起。

斯托克一直坚持写作，直到1912年4月20日他去世的那一天。

《德古拉之吻》这部小说是世界范围内最畅销小说之一，也是有史以来最著名的恐怖小说之一。布莱姆·斯托克曾经目睹了一艘俄罗斯双桅船"迪米特里"号在惠特白港外沉没的情景。结合这次经历和镇上的氛围，他创作完成并在1897年发表了这部充满了性压抑和中世纪式恐怖小说，它给人所带来的冲击至今无与伦比。你也许从没读过这本书，你可能也没看过任何一部与此有关的电影，但你一定听说过《德古拉之吻》和它对世人所产生的影响。

《德古拉之吻》和关于弗拉德·则别斯·德古拉的传说起源于东欧一种以吸人血维持生命的不死人的神话基础之上，是有史以来最有影响的恐怖小说。那种由蝙蝠变成人再变回来的本领，至今仍然吸引着人们产生无限的遐想。就是这种既让人恐惧又吸引人的形象，让这部小说成功走上了银幕。从1922年的无声电影《诺斯费拉图》(*Nosferatu*)到1931年由贝拉·鲁果斯主演的电影（布莱姆·斯托克曾经是贝拉·鲁果斯在舞台上的助手），再到由弗朗西斯·福特·科波拉在1992年拍摄的电影《吸血僵尸惊情四百年》(*Dracula*)，都是其中的代表作，其中《吸血僵尸惊情四百年》更是荣获三项奥斯卡金像奖。直到今天，"吸血鬼"仍然是众多文学和影视作品所追捧的对象。

目 录
DRACULA

第一章　乔纳森·哈克的日记

5月3日　比斯特里兹

5月1日晚上8点35分离开慕尼黑，第二天一大早到了维也纳，本应该6点46分到的，可是火车晚点了一小时。通过我在火车上和走在街道上所看到的，布达佩斯像是个不错的地方。我不敢走得离火车站太远，因为我们已经晚到了，要尽可能地准点起程。

我感觉我们正在离开西部进入东部，这里的多瑙河宽广而深邃，横跨在河面上的壮观的桥把我们带入了土耳其式的氛围。

我们离开的正是时候。黄昏过后，我们来到了克劳森堡。我们留在这里的劳雷丽酒店过夜。我的正餐，确切地说是晚餐，吃的是一种用红辣椒粉烧的鸡，很好吃，但是很容易让人口渴（备忘：给米娜要菜谱）。我问了服务生，他说这叫辣子鸡，这是道特色菜，所以在喀尔巴阡山脉沿线的任何地方，我都可以享用到它。

我发现，自己略懂一点儿德语在这里是很有用的，实际上，如果不是这样，我真不知道该怎么过活。

在伦敦，我有一些自己支配的时间，我参观了不列颠博物馆，并且搜寻了图书馆里关于特兰西法尼亚的书和地图。我强烈地感到，事先对一个国家有所了解，对于和这个国家的贵族打交道是很有帮助的。

我发现上面所说的那个地区在这个国家的最东部，恰好在特兰西法尼亚、摩尔达维亚和布科维那三个州的交界处，在喀尔巴阡山脉的中部，是欧洲最荒凉和人迹罕至的地区之一。

我没能找到任何有关德古拉城堡具体方位的地图或是书籍，因为至今为止，还没有可以和我们的奥尔丹斯勘测图相媲美的这个国家的地图；不过，我发现比斯特里兹，这个由德古拉伯爵命名的设有邮局的镇，是个相当有名的地方。我应该在这儿记一些笔记，这样，当我和米娜谈起我的旅行时，它们可以激起我的一些回忆。

在特兰西法尼亚的人口中有四个不同的民族：南部是撒克逊人，达契亚人的后裔沃拉奇人和他们混居在一起；西部是马扎尔人，东部和北部是斯则凯利人。我接触到的是最后一个民族，他们自称是阿提拉和匈奴人的后裔。事情也许是这样的，因为当马扎尔人在11世纪征服这个国家时，他们发现匈奴人已经定居在这里了。

我读到过的世界上所有已知的迷信，都集中在喀尔巴阡山脉的马蹄铁形区域，这里仿佛是想象力旋涡的中心，如果是这样，我的停留也许会很有趣（备忘：我必须问问伯爵关于这儿的一切）。

虽然我的床足够舒适，但是我并没有睡好，因为我做了各种古怪的梦。有一条狗整夜都在我的窗户下叫，我没睡好也许与此有关；也可能是因为辣椒粉，因为我不得不喝掉饮料瓶中所有的水，却仍然觉得口渴。我睡到快天亮的时候，被门外持续的敲门声吵醒，所以我猜自己当时一定在打呼噜。

早餐我又吃了辣子鸡和一种用玉米面粉做的被他们叫作马马里加的粥，还有肉馅茄子，一道非常棒的菜，他们称它为因普里塔塔（备忘：这个菜谱也要）。

我必须快点吃早餐，因为火车不到8点就开，确切地说它本应该如此，但我们7点30分冲到火车站后，在火车开动之前，我们不得不在车厢里坐了一个多钟头。

我觉得，好像越往东走火车就越不准时，那么在中国又会是什么情形呢？

似乎一整天，我们都在一个充斥着各种美丽风景的国家游荡。有时，我们在陡峭的山顶看见曾在那些破旧的弥撒书中出现的小镇和城堡；有时，我们沿着宽阔的河流和小溪奔跑，它们带着水花，奔腾前进，冲刷着两岸的石头。

每个车站都有很多人，有时很拥挤，人们装束各异。有些人就像是待在家里的农民，或者是像我经过法国和德国时，看到的那些穿着短夹克和自己缝制的裤子、带着圆顶帽的人们。不过，有些人的穿着十分讲究。

女人们看起来挺漂亮，但前提是你不靠近她们，其实她们的身材很臃肿。她们的衣服都有白色长袖，大多数人都系着宽腰带，上面装饰着很多流苏，就好像芭蕾舞剧中的裙子。当然，裙子底下都有衬裙。

我们看到的最奇怪的人是斯洛伐克人，他们看起来要比其他人野蛮，头戴牛仔帽，身穿松垮的脏得发白的裤子和白色亚麻衬衫，系着又大又重的皮带，皮带有将近一英尺宽，装饰着黄铜铆钉。他们脚蹬高筒靴，裤脚塞在靴子里，留着长长的黑色头发和浓密的黑色胡须。他们很有个性，但是看起来并不那么讨人喜欢。如果是在舞台上，他们肯定会被视为扮演东方来的一伙强盗。但不管怎样，别人告诉我，他们并没有什么攻击性，只是想表现得有个性一点儿。

当我们到达比斯特里兹时已是黄昏，那是一个非常有趣的古老的地方。这地方实际上是在边界上，博尔果通道从这里一直延伸进入布科维那。这里的风暴非常多，它当然也显示了这个特点。五十年前，这里发生了一系列的火灾，比斯特里兹数次惨遭破坏。17世纪初，这里被围困了三个星期，一万三千人死亡，其中不但有战争的牺牲者，还包括因饥荒和疾病而死的人。

德古拉伯爵安排我住在金币旅馆，这家旅馆完全是老式样，这让我非常高兴，因为我当然愿意看到尽可能多的具有这个国家特色的东西。

显然，有人知道我要来。因为走近大门时，我看到一位年长的女人，她看上去非常高兴，身上是普通的农妇装扮，白色衬衣，长长的双面围裙，前后各有一面，彩色布料，紧紧裹在身上。等我走近，她鞠了一躬说道："是英国来的先生吗？"

"是的，"我答道，"乔纳森·哈克。"

她微笑着，向跟到门前来的一位穿白色衬衫的老年男子示意了一下。

他走开了，但是立即又回来了，带着一封信：

我的朋友，欢迎来到喀尔巴阡山。我正热切地盼望着你的到来。今晚好好休息。明早3点将有马车出发去布科维那，车上为你留了一个座位。我的马车将在博尔果通道上等候你，然后它会把你带到我这里。我相信你从伦敦到这里的旅途一定很愉快，你也一定会喜欢待在我这块美丽的土地上的。

你的朋友，德古拉

5月4日

我看见我的房东有一封伯爵的信，信上要求他为我留出马车上最好的位置。但是，当问到具体的细节时，他又有点儿支支吾吾，假装听不懂我的德语。

这不太可信，因为直到刚才，他还能很好地听懂我说的话，起码清楚地回答了我的问题。

他和他的妻子，那位刚才迎接我的女士，惊恐地互相对视了一下。他咕哝着说随信寄来的还有钱，他知道的就这些。当我问他是否知道德古拉伯爵，能否告诉我一些关于他城堡的事情时，他和他的妻子在胸前画了十字，说自己什么都不知道，然后拒绝再说下去。离出发的时刻已经不远了，我没有时间再问别人，这一切都那么神秘，无论如何不能让我感到舒服。

在我走之前，那位夫人走进我的房间，歇斯底里地说道："您必须去吗？哎，年轻的先生，您必须去吗？"她是如此的激动，以至于说出的德语里还夹杂着一些我完全听不懂的语言。我问了很多问题，才勉强听明白。当我说我必须立即走，我要谈一笔很重要的生意时，她又问道：

"您知道今天是什么日子吗？"

我回答是5月4日，她一边摇头一边又说道：

"对，我知道，我知道这个，但是您知道今天是什么日子吗？"

我说我不明白，她继续说道：

"今天是圣乔治日的前一天。难道您不知道当今晚12点的钟声敲响后，世界上一切邪恶的事物都会从沉睡中醒来？您知道您现在是在去往哪里吗？"她是那么悲痛，我试图安慰她，但没有什么用。最后，她跪下来求我不要走，起码等上一两天后再出发。

这一切都是那么荒谬，我觉得不舒服。无论如何，我有生意要做，我不能允许任何事情妨碍它。

我试着扶她起来，然后尽可能郑重地告诉她，我很感谢她，但是我有任务在身，我必须走。

她站起来擦干眼泪，从脖子上摘下一枚十字架送给我。

我不知道该怎么做，因为作为一名英国的教会人士，这种东西对我来说，在一定程度上意味着盲目崇拜，然而，拒绝这样一位充满善意又处于这种心境的老妇人，实在是太无礼了。

我猜想她看到了我脸上的疑惑，因而她将十字架挂在我的脖子上说道："看在你母亲的分儿上……"然后离开了房间。

我在等马车的时候，补全了这部分日记，马车显然迟到了，那十字架依然挂在我的脖子上。

不知是因为这位老妇人的担心，还是因为这地方太多鬼怪的传统，抑或是因为这十字架，我的心里居然不像平时那样平静了。

如果这本日记能比我更早见到米娜，就让它带去我的告别。马车来了！

5月5日

城堡清晨的灰暗一扫而空，太阳升起在遥远的地平线之上，地平线看起来凹凸不平，不知道那儿是不是有树或是土丘之类的，它离我实在是太远了。

我没有睡意，因为我会睡到自然醒。所以，我自然而然地一直写日记，直到感觉困为止。

有许多古怪的事情需要记下来，为避免让读到我日记的人以为我在离开比斯特里兹之前吃得太好了，所以我准确地记下我都吃了些什么。

我吃的东西被他们称为"强盗牛排"，加了少量熏肉、洋葱，牛肉用红辣椒粉作调料，用签子串成串，放在火上烤，简单得就如同伦敦的猫吃的肉！

酒是金梅迪克酒，它给舌头以一种奇妙的刺激，而且这种感觉不让人讨厌。

我仅仅喝了几杯酒，没别的。

当我上了马车，马车夫没有坐在他的座位上，我看见他正和旅店的女店主交谈。

他们显然正在谈论我，因为他们会时不时地看我，一些坐在门外板凳上的人也走过来听着，然后看着我，多数人脸上都带着怜惜的表情。我听到许多词经常被重复，那些是令人费解的词，因为这些人来自不同的国家，于是我悄悄地从包里取出我的多国词典来查这些词。

我必须承认这些词都不是什么令人鼓舞的词，在它们中有"Ordog"——

恶魔、"Pokol"——地狱、"Tregoica"——女巫、"Vrolok"和"Vlkoslak"，这两个词是一个意思，一个是斯洛伐克语，另一个是塞尔维亚语，意思是狼人或者吸血鬼（备忘：关于这些迷信我得问问伯爵）。

当我们出发时，小旅馆门前的人群已经扩大到了相当的规模，人们纷纷在胸前画十字，并用两根指头指向我。

我好不容易找到一个同行的人，告诉我这些手势是什么意思。他一开始不愿意说，不过在得知我是一个英国人以后，他解释说这是一种咒语或保护，以免受到邪恶目光之害。

这不是很令我高兴，对于我这个出发去一个陌生的地方见一个陌生人的人来说。可是，每一个人似乎都是那么热心肠，那么有同情心，而又那么悲伤，我不得不被感动了。

我永远也忘不了临走时，最后一眼看到的那幅场景，小旅馆的院子里那一群善良的人们，他们围在宽宽的拱门周围，在胸前画着十字，他们身后是浓密的夹竹桃叶子，院子中央还有一丛丛栽在绿色盆子里的橘黄色植物。

马车夫的亚麻裤子把整个驾驶座都遮住了，他们称这种裤子为"高萨"，他将鞭子噼里啪啦地抽打在并排前进的4匹小马身上，于是，我们终于起程了。

沿途欣赏着优美的景色，我很快就将之前的关于鬼怪的情景和记忆抛在了脑后。当然，如果我懂得我的旅伴所说的那种语言，确切地说是那些语言，恐怕就不会这么容易释怀了。在我们面前的斜坡上，是一整片绿色的树林，时不时地出现一些陡峭的小山，山顶上有树丛或者农舍，光秃秃的山墙一直延伸到路上，到处花团锦簇——苹果花、李子花、梨花、樱桃花。当我们驶过时，我看见树下的草地被落英点缀得闪闪发亮。人们称这里为"米特尔兰"。道路就这样蜿蜒在这里的绿色山丘之中，有时会在掠过高低起伏的草地时隐藏起来；有时会被参差不齐的松树林遮盖。松树林沿着山坡一路向下，好似一团团火焰。尽管道路非常崎岖，我们仍然在上面飞奔前行，我不明白当时的急速意味着什么，但马车夫显然不愿意耽搁到达博尔果通道的时间。我被告知这条路在夏天时路况很好，可是它在冬天下过雪后，还没有被清理过。因此，行驶在这条路上，并不像通常行驶在喀尔巴阡山的道路上的感觉，这条路不会被清理得井然有序，这是个老传统。很久以前，郝斯巴达耳斯不修理这条道路，是为了避免让土耳其人以为他们正准备引进外国军队，继而加快战争进程；实际上，这场战争还只是处于储备粮草的阶段。

米特尔兰隆起的绿色山丘上尽是茂密的森林，它们几乎要和喀尔巴阡山陡峭的悬崖一般高了。它们矗立在我们左右，午后的阳光洒在它们身上，生成了各种璀璨的色泽：山峰的阴影是深蓝色和紫色；草和石头的融合之处则是绿色和褐色；凹凸不平的石头和尖锐的岩崖一望无际，它们消失在远处白雪覆盖的山顶高耸的地方。山里好像处处是巨大的裂缝，随着太阳的下落，我们可以通过它们，时不时地看见闪着白光的瀑布。当我们的马车行驶在山脚下时，我的一个同伴碰了碰我的胳膊，开始谈论起那巍峨的、被白雪覆盖的山峰。由于我们正迂回在这蜿蜒的小路上，这山峰就好像立在我们眼前一般。

"看！伊斯顿斯在克！——上帝的宝座！"人们虔诚地在胸前画了十字。

当我们在无尽的小路上迂回前进时，太阳在我们身后越沉越低，夜晚的黑影开始向我们袭来。尤其当白雪覆盖的山顶依然沐浴着阳光，并闪耀着优雅的淡粉色光芒的时候，我们对黑暗的感觉更加强烈了。我们时不时地遇到一些捷克人和斯洛伐克人，他们穿的衣服都很漂亮，不过我注意到甲状腺肿在这里相当流行。路边竖着很多十字架，当我们经过时，我的同伴们纷纷在自己的胸前画十字。有时能看到一个农夫或农妇跪在神龛前面，即使当我们靠近时也不会转过身来，好像心甘情愿隔绝于外部世界。对于我来说，有很多新鲜的东西，比如树之间的干草堆；再比如那些在风中沙沙作响的迷人的白桦林。在青翠的叶子的衬托下，它们的白色树干闪闪发亮，好似白银。

我们时常遇上李特四轮马车，这是一种普通的农用马车，它有着蛇一样长长的车厢，以适应这里起伏的路面。车里坐着回家的农民，有穿着白色羊皮衣服的捷克人，也有穿着彩色羊皮衣服的斯洛伐克人，他们还带着像长矛一样的斧头。当夜晚来临时，天开始变得非常冷，黄昏渐渐与橡树、榉树和松树的朦胧阴影融合在一起。我们沿着通道向上行驶，原本长在幽深的山谷中的冷杉也不时地显露出来，在陈年积雪的映衬下，显得黑黝黝的。有时，道路两旁的松树林黑压压的像是要降临到我们身上，气氛异常的古怪和凝重，使人又想起了刚刚那些关于鬼怪的可怕念头。此时，落日已渐渐沉入那些整日飘拂在喀尔巴阡山的峡谷上空的鬼怪般的云雾中。有时坡非常陡，即使马车夫使劲儿地赶，马儿也只能慢慢地走。我希望能够下车自己走上去，就像我们在家乡做的那样，但是马车夫不同意。"不，不行！"他说，"你不能在这儿走，这里的野狗很凶猛。"接着，他又说道："你在入睡之前，可能会遇到很多类似的事情。"他显然是为了幽默一把，因为他看了看其他人，以博取会意的一笑。后来，他的唯一一次停车也只是为了把灯点着。

随着天色渐渐变黑，乘客们似乎都开始兴奋起来。他们不断地和马车夫交谈，一个接着一个，好像是在催他加快速度。他将长鞭狠狠地抽打在马背上，大声吆喝着让马快点跑。在黑暗中，我依稀看到前方有一片灰色，好像是山上的裂缝。乘客们更加兴奋了。疯狂的马车在皮质弹簧上颠簸，像惊涛骇浪中的一叶小舟。我必须坚持住。路变得平坦了，我们感觉像在飞一样。大山像是从两边向我们压过来。我们快要到博尔果通道了。有好几个乘客都要送给我礼物，他们的诚意让我无法拒绝。这些礼物自然是各式各样而又稀奇古怪的。但是，每一份礼物都带着一份诚意以及一些亲切的叮嘱和祝福，还有我在比斯特里兹的旅馆外，看到的那个带有恐怖意味的奇怪的动作——画十字和代表免受邪恶目光之害的两指。

我们继续前进，马车夫前倾着上身，两边的乘客也都急切地向车外的黑暗里张望。显然，一些激动人心的事正在或将要发生，尽管我问了每一位乘客，却没有一个人愿意解释给我听。这种兴奋的状态持续了一小段时间。终于，我看到博尔果通道出现在了前方。天空中乌云密布，雷声滚滚。山好像被分成了两半，而现在我们已经进入了多雷的那一半。现在，我自己向外张望，以寻找能把我带到伯爵那儿的马车。我总是盼望着能从黑暗中发现一点灯光，可是，一切依旧是黑漆漆的。唯一的光亮就是我们车里闪烁的灯光，从里面还能看出疲惫的马匹呼出的白气。现在我们终于看到了前方的白色沙土路，但是路上并没有车的痕迹。乘客们收回身来，高兴得舒了口气，正好和我的失望形成对比。当我开始考虑自己应该怎么办时，马车夫看了看表，和其他乘客说了句话，他的声音又小又低沉，我几乎听不清他在说什么，好像是"提前一小时到"。然后转向我，用他那比我还差的德语说道：

"这里没有车。毕竟绅士不应该出现在这里。那么去布科维那吧，明天或者后天返回，最好是后天。"

就在他说话的时候，马匹开始嘶鸣，喘着粗气，抬起前蹄，马车夫赶忙拉紧缰绳。突然，一辆4匹马拉的马车从我们身后赶上来，停在了我们的马车旁边，乘客们纷纷惊叫并画起十字来。透过我们的灯光，我可以看见那是几匹黝黑的上等马。驾驶它们的是一个高个子的男人，留着长长的棕色胡子，戴着一顶黑色的大帽子，我们几乎看不见他的脸。当他转向我们时，我能看见他那双眼睛闪着光，在灯光中有点发红。

他对马车夫说："今晚你来得很早啊，我的朋友。"

马车夫结结巴巴地回答道："这位英国绅士赶得很急。"

陌生人说道："我猜这就是你想让他去布科维那的原因吧。你骗不了我，我的朋友，我全都知道，而且我的马很快。"

他边说边微笑着，灯光照在他的嘴上，他有着血红的嘴唇，有着比象牙还白的尖利牙齿。

我的一个同伴，小声地对另一个说了一句伯格的《莱诺》中的台词："死人跑得快。"

那个陌生人显然听到了他的话，抬头望着他诡异地笑着。乘客连忙把头扭向一边，同时伸出两指在胸前画着十字。"把先生的行李给我。"陌生人说。于是我的包被迅速地递出去，放在了他的马车里。然后，我从一边下了马车。他的马车就在旁边，他伸出手扶我上车，我的胳膊像是被铁钳夹住似的，他的力气真是大得惊人。

他一句话也没说，摇了下缰绳，马匹掉转过头，拉着我们进入了通道的黑暗之中。我回头看见灯光中马匹呼出的白气，还有画着十字的，我原来的那些同伴。然后马车夫挥动鞭子吆喝着，他们踏上了去往布科维那的路途。当他们渐渐消失在夜色中，我突然觉得有点冷，一种孤独的感觉笼罩了我。不过很快，我的肩膀上被披上了斗篷，膝盖也盖上了围毯，车夫用流利的德语对我说：

"晚上很冷，先生，我的主人吩咐我照顾好您。座位底下有一瓶梅子白兰地，如果您需要的话。"

我并没有喝，不过想到有这么一瓶酒还是感到挺舒服的。我觉得有点奇怪，但一点儿都不害怕。我想，如果要二选一的话，我宁愿喝下那瓶酒，而不是清醒着经历这样一段未知的夜行。马车艰难地一直向前走着，然后来了个大拐弯，接着又沿着另一条直路前进。我觉得我们好像就是在绕圈子，于是，我记下了路上一些标志性的东西，发现果然如此。我很想问问车夫这是怎么回事儿，但是不敢；因为以我现在的处境，如果他是故意要拖延时间的话，我的任何抗议都是没有用的。

不久，我想知道现在是什么时间了，于是我划了一根火柴，借助亮光看了看表，还有几分钟就到午夜了。这让我心里一惊，因为最近经历的这些事情让我很容易就想到那个关于午夜的迷信传说。我忐忑不安地等待着。

从路远处的农舍里传来一阵狗叫声，一种似乎由于恐惧而发出的悠长的、痛苦的哀嚎。之后，另一条狗开始接着叫起来，接着又是一条，直到轻轻拂过通道的风中都回荡着这种声音。随之而来的是一阵狂野的嚎叫，声音好像是穿过黑暗从四面八方而来，远到难以想象。

第一声嚎叫响起的时候，马匹开始不安地抬起前蹄，在车夫的安抚下，它们平静下来，但是仍然颤抖着，好像刚刚从恐怖的场景中逃脱出来。不久，从远处的山上传来了更响亮、更尖厉的嚎叫，是狼的叫声，我和马一样都吓坏了。我想跳下车逃走，而它们又开始疯狂地踢跳，车夫用尽全力不让它们脱缰。几分钟以后，我的耳朵已经开始习惯这种声音了，马匹也安静下来，车夫于是跳下马车站在了它们前面。

他开始安抚马匹，在它们耳边低语，就像我印象里驯马师做的那样，这样做非常有效，因为在他的安抚下，马匹又变得温驯起来，虽然还在颤抖。车夫又坐回他的位置，抖动缰绳，马车快速地跑了起来。这次，在通道的尽头，他突然向右拐入一条狭窄的小路。

不久，我们就被树丛包围了，它们像拱门一样罩在路上，我们仿佛是在穿越一条隧道。然后，讨厌的石头又一次立在了我们的两边。虽然是坐在车厢里，我能听见风声越来越大，它呼啸着穿过岩缝，我们驶过的地方，树枝互相拍打着。天仍然是越变越冷，不过还好，开始下雪了。

很快，我们和周围的一切都被盖上了雪白的毯子。风力仍然夹杂着狗的哀嚎，随着我们的驶远，声音变得越来越微弱。狼的嚎叫声越来越近了，它们仿佛从四面八方向我们包抄过来。我非常害怕，马也一样。可是车夫却没有表现出一点儿不安。他不停地左右看着，我却除了黑暗什么也看不见。

突然，我看见我们左边出现了一点儿微弱的闪烁的蓝光。车夫也看见了。他立刻检查了一下马的情况，然后跳下车，消失在黑暗之中。我六神无主，狼嚎声越来越近了。正在我惊讶的时候，车夫又突然出现了，一声不响地坐回原位，我们又上路了。我想后来我一定是睡着了，并且不断地梦到刚才发生的事，因为它好像不停地出现，现在回想起来，这就像一个噩梦。只要那蓝光出现在路边，或者在我们周围的暗处，我就能看见车夫同样的举动。他迅速地走到蓝光发出的地方，那光很微弱，完全不能照亮它的周围，连同几块石头，组成了一个奇怪的图案。

还出现了一种奇怪的光影，当他站在我和光影之间时，他没能挡住光影，我还能看见它像鬼似的闪烁着。这吓了我一跳，不过因为这光影只持续了一小段时间，我全当是被自己的眼睛欺骗了。后来，一度再没有出现任何蓝光，我们在黑暗中加快了速度，狼嚎声依旧在我们周围，它们就好像围成一个圈子一样跟着我们。

最后一次，车夫比往常任何一次走得都远，他离开后，马匹由于恐惧开始更剧烈地颤抖、喘着粗气和嘶鸣。我不知道这是什么原因，因为狼嚎声全都没有了。但接着，当月亮穿过乌云，出现在一座被松树覆盖的凹凸不平的山峰之后时，我在月光下看到一群狼围成一个圆圈，露出雪白的牙齿和血红的舌头，它们有着健壮的四肢和蓬松的毛发。它们安静的时候要比叫出声的时候恐怖一百倍。我因为恐惧而瘫软无力，只有当一个人身临其境时，才能真切地感觉到这种可怕。

狼群突然一齐嚎叫起来，就好像月光对它们有一种什么特殊的作用。马匹不停地踢跳，用无助的眼神四下望着。但是这可怕的包围圈越来越小，马匹不得不待在里面。我叫车夫赶紧回来，因为我们唯一的出路，似乎就是突破这个包围圈。为了帮助他靠近，我大声叫着，并使劲敲打马车的一边，希望可以用声音吓退狼群，以给他一个机会靠近马车。我不知道他是怎么回来的，不过我听到他大声吆喝着，顺着声音的方向望过去，我看见他站在小路上。他挥舞着长长的胳膊，就好像在扫除一些不知名的障碍物，狼群被赶远了。这时，月亮被一片厚厚的云彩遮住了，我们又陷入了黑暗之中。

当我又能看清楚时，车夫正在爬上马车，狼群消失了。这是如此的奇怪和可怕，强烈的恐惧感笼罩着我，我一动不动，什么也不敢说。这段路好像无休无止，云彩又遮住了月亮，现在，周围几乎全黑了。

我们在持续上升，虽然有偶尔的急速下降，不过总的来说是在上升。突然，我意识到车夫正在把车赶向一座破旧的城堡的庭院，从城堡又黑又高的窗户里没有透出一丝光亮，破损的城垛在天空的映衬下，显现出锯齿的形状。

第二章 乔纳森·哈克的日记之继续

5月5日

我一定是睡着了，因为如果我是醒着的，一定会注意到我们正在接近这个引人注意的地方。在黑暗中，这个院子显得相当大，几条黑暗的路从圆形的大拱门下延伸出去，所以它可能看起来比实际要大。我还没有在白天看过它。

马车停下后，车夫跳下车，伸出手扶我下车。我再一次感受到他那惊人的力量。他的手仿佛一只铁钳，随时可以把我捏得粉碎。他拿上我的行李，放在我旁边的地面上，我站在一扇大门前，一扇老旧的镶满大铁钉的门，门框周围砌着大石块。在微弱的灯光下，我能看见石头是经过雕琢的，但是已经受到了岁月和风霜的侵蚀。车夫又跳上了马车，抖动缰绳，马车向前出发了，消失在其中一条幽暗的小路上。

我静静地站在那里，不知道怎样是好。门上既没有门铃也没有门环。我的声音不像是能穿过这些厚重的墙壁和黑漆漆的窗口。等待的时间仿佛没有尽头，我感觉怀疑和恐惧已经把我淹没了。我来到的到底是一个什么地方？我见到的都是什么样的人？我开始的是怎样一段可怕的经历？难道这是一名律师事务所的办事员生活中的一件寻常事吗——被派去向一个外国人解释伦敦房产购买，结果被送到这种地方！律师事务所的办事员，米娜不喜欢这个称呼。因为就在离开伦敦之前，我得到了成功通过考试的通知，现在，我是一名真正的律师了！我开始揉眼睛，掐自己的肉，以确认我自己是醒着的。这一切对我来说都像一个可怕的噩梦。我真希望自己突然醒过来，发现自己是在家中，窗外黎明将至，就像我在一天疲劳的工作后，时常在早晨感到的那样。可是我真切地感到了疼痛，我的眼睛也看得清清楚楚。我确实是醒着的，身在喀尔巴阡山之中。现在我能做的就是忍耐，等待早晨的来临。

正当我得出这个结论时，我听见门后传来一阵沉重的脚步声，透过门缝看见了一丝越来越亮的灯光。接着是解开锁链，打开门闩的叮当声。钥匙在锁孔里转动，因为很久不用而发出刺耳的声音，大门向里打开了。

里面站着一位高个子的老人，蓄着整洁的长长的白色胡须，从头到脚都是黑色衣服，周身没有一点儿其他颜色。他手里提着一盏样式古老的、没有灯罩的银灯，当火焰在开门的气流中闪烁时，投下了长长的颤抖的影子。老人礼貌地用右手招呼我进门，用流利的但语调奇怪的英语说道：

"欢迎到我的家来！请随意，不要客气！"他没有走上前迎接我，只是像一座雕像一样站着，就好像欢迎我的姿势把他变成了石头。然而，就在我跨过门槛的一瞬间，他激动地走上前，伸出手紧紧地握住我的手，他的力量大得让我想要退缩，特别是当我感觉到他的手冰冷冰冷的，比起活人，这更像是一只死人的手。他又说道：

"欢迎到我的家来！请进，走路当心。希望你为这里带来快乐！"他握手的力气和车夫如此之像，因为我没有看见车夫的脸，我一时怀疑起我是不是在和同一个人说话。为了确认，我试探性地问："您是德古拉伯爵？"

他优雅地鞠了一躬，回答道："我是德古拉，欢迎您到我的家来，哈克先生。请进，夜晚的风很冷，你需要吃饭和休息。"他一边说着，一边把灯放在墙上的灯架上，出门去拿我的行李。在我阻止他之前，他已经把行李拿进来了。我要去拿，可是他坚持由他来拿。

"不，先生，你是客人。太晚了，仆人们都睡了，就让我来照顾你吧。"他坚持提着我的行李穿过走廊，登上一座宽大的螺旋楼梯，又穿过一条走廊，我们的脚步声在走廊的石板地面上沉重地回响。到了走廊的尽头，他推开一扇大门，我欣喜地看到，在明亮的房间里，一张桌子为了晚餐而被张开，大壁炉里刚刚添了燃料，火焰熊熊地燃烧着。

伯爵停下来，放下我的行李，关上门。然后穿过房间，打开另一扇门，进入一间小小的八角形房间。房里只有一盏灯，好像没有窗户。穿过这个房间，他又打开一扇门，示意我进去。真是让人感到欣慰，因为这是一间既明亮又温暖的大卧室，里面也有壁炉，也是刚加过燃料，因为最顶上的木料还没有烧着，火苗使上面的大烟囱发出沉闷的响声。伯爵把我的行李提进来后就出去了，一边关门一边说道："颠簸了这么久，你需要洗漱一下，提提神。我相信你会看到你需要的一切东西。当你准备好了以后，就到外面的房间去，你会在那看到准备好的晚餐。"

这里的明亮和温暖，还有伯爵周到的照顾，似乎已经驱散了我所有的怀疑和恐惧。恢复到正常状态以后，我发现自己还真有点饿了。匆匆地梳洗了一下之后，我就来到了外面的房间。

我发现晚餐已经摆上桌了。我的主人站在壁炉的一边，靠着石墙，手优雅地朝桌子一挥，说道："请坐，尽情享用你的晚餐吧。我相信你会原谅我不和你一起吃，因为我已经吃过了，而且我从来不吃夜宵。"

我递给他豪金斯先生托我带给他的一封信。他拆开信封，认真地读起来；然后微笑着递给我，让我读。其中，至少有一段让我感到一丝开心。

我很抱歉，我的老毛病痛风让我无法到您那里去了。不过我高兴地告诉您，我派了一个能够胜任的人替代我。我非常信任他。他是个年轻人，充满精力和才干，他性情忠诚，谨慎又寡言，在为我工作的过程中日臻成熟。在他停留的期间，可以陪伴您，并且随时为您效劳。

伯爵走上前去，揭开了碟子上的盖子，一盘美味的烤鸡呈现在我眼前。我吃了烤鸡、一些奶酪和沙拉，还喝了两杯陈年托考伊白葡萄酒，这就是我的晚餐。在我用餐期间，伯爵问了我许多关于旅途的问题，我将自己经历的事情依次讲给他听。

此时，我已经结束了用餐。依我的主人之意，我坐在火炉旁的椅子上，开始吸一支他递给我的雪茄；同时，他为自己不吸烟而请求我的谅解。现在我得到了好好观察他的机会，我发现他的相貌很有特点。

他的脸像鹰一样棱角分明。鼻梁又高又瘦，鼻孔呈深深的拱形，前额高高隆起，太阳穴附近的头发稀疏，其他地方的头发却很浓密。他的眉毛很浓，几乎要在鼻子上方连成一线了，头发浓密而卷曲。他的嘴巴，就我能透过浓密的胡须看到的那部分而言，显得固执而严肃，突出嘴唇的牙齿锋利而雪白，他的嘴唇特别红，显示出与他的年龄不相称的惊人活力。还有，他的耳朵苍白，顶部很尖。他的下巴宽大而有力，面颊虽瘦削却很坚毅，整张脸都极其苍白。

当他将手放在自己的膝盖上时，我借着火光观察他的手背，它们看起来洁白而好看。可是当靠近看时，我注意到他的手相当粗糙、宽大，手指短粗。奇怪的是，他的手心长有汗毛。他的指甲修长，修理得尖尖的。当伯爵向我靠过来用手触碰我时，我忍不住打了个寒战。他呼出的气息有一股难闻的味道，我产生了一种难以掩饰的厌恶感。

伯爵显然注意到了，收回身去，坐在了壁炉那边他自己原来的位置上，同时带着一种诡异的微笑，这微笑让他露出了比原来更多的牙齿。我们沉默了一阵子，透过窗户我看见了清晨的第一缕微光。一切都显得异常的寂静。但是，我似乎听见从峡谷深处传来了许多狼的嚎叫声。伯爵的眼睛闪着光，说道：

"听，这些夜晚的孩子。它们的歌声多么美妙！"我猜想他是看见了我脸上异样的表情，他又加上一句："哦，先生，你们这些城市的居民是不能体会猎人的感受的。"接着他站起身说道：

"你一定累了。你的卧室已经准备好了，明天你想睡多久都可以。我在下午之前都不在，所以好好休息，做个好梦！"他礼貌地鞠了一躬，为我打开了八角形房间的门，我走进了卧室。

我陷入了疑惑的海洋，我困惑，我恐惧。我不断地想着一些奇怪的东西，一些我不敢向自己的心灵坦白的事情。上帝保佑我吧，看在我亲爱的人们的分儿上！

5 月 7 日

又是一个大清早，过去的 24 小时中，我一直在休息和享受。我一直睡到很晚，是自己醒过来的。当我穿好衣服，我走进自己曾在那里吃过晚饭的房间，发现桌子上摆着已放凉的早餐，放在炉子上的壶里的咖啡还是热的。桌子上有一张卡片，上面写着：

"我得出去一会儿，不要等我。D"我享用了一顿丰盛的饭菜。我吃完饭，想找到按铃，好让佣人知道我已经吃完了，但是没有找到。考虑到我周围有充足的证据证明这家的富有程度，房间里确实有一些让人感到奇怪的地方。

桌子上的餐具是金质的，制作非常精美，一定价格不菲；窗帘、椅子和沙发的装饰物，还有床上的帘子用的是最奢华、最漂亮的织物，在制造它们的时候一定花了很多钱，因为虽然经过了几个世纪，它们依然完好无损。我在汉普顿宫见过类似的织物，但是那些织物都已经破损和遭虫蛀了。不过，这里竟然没有一个房间有镜子，我的桌子上甚至连一个梳妆镜也没有，我不得不从包里拿出我的小镜子修面和梳头；我连一个佣人也没见到，也没有在城堡附近听到任何除了狼嚎以外的声音；在我吃过饭之后，我不知是该叫它早餐还是晚餐，因为我吃饭的时候是在 5 点和 6 点之间；我想找点东西读，因为在征得伯爵允许之前，我不想走出城堡，但房间里没有任何东西可以读，书、报纸，甚至是写字的纸。

我打开房间里的另一扇门，发现了一个图书室。我又试着打开对面的门，可是发现门是锁着的。在图书室里，我高兴地发现了大量的英文书籍，满满一架子都是，还有装订起来的杂志和报纸。房间中央的桌子上，摊着一些英文杂志和报纸，虽然没有一个是最近出版的。书籍的种类很广泛，历史、地理、政治、经济、植物学、地质学、法律，所有的都和英格兰、英国的生活、风俗和习惯有关。甚至还有像《伦敦姓名地址录》《红皮书》和《蓝皮书》《魏泰克年鉴》《陆军和海军军官名录》这样的参考书，当看到《法律事务人员名录》时，不知什么原因，我心里高兴了一下。

当我正在看书时，门开了，伯爵走了进来。他向我诚恳地致敬，并希望我昨晚休息得不错。接着他继续说道：

"我很高兴你自己找到了这儿，因为我相信这里有很多东西能引起你的兴趣。这些伙伴，"他将手放在书上，"一直是我的好朋友，从我产生去伦敦的念头起的好多年里，给了我许多乐趣。通过它们，我开始了解你们伟大的英格兰，并爱上了她。我渴望走上繁华的伦敦那喧闹的街头，渴望置身于熙熙攘攘的人流之中，分享她的生活、她的变化、她的死亡，和一切让她成为她现在样子的东西。可是，唉，直到现在，我也只能通过书本了解你们的语言。我的朋友，希望我的英语你能听得懂。"

"可是，伯爵，"我说，"你完全通晓了英语！"他庄重地鞠了一躬。

"谢谢你，我的朋友，谢谢你的赞美，但是我恐怕才刚刚起步而已。不错，我知道语法和单词，可是不知道该怎么组织它们。"

"真的，"我说，"你说得非常好。"

"不是这样的，"他回答道，"我知道，如果我走在伦敦和人交谈，没有人会看出我是个外国人。这对于我来说还不够。在这里，我是一个贵族，普通人都知道我，我就是主人。但是一个外国人在异乡，他就什么也不是了。人们不认识他，不认识也就不会在意他。如果我像其他的普通人一样我就满足了，这样不会有人看见我就停下来，或者在听到我说话后立即停止交谈，说'哈哈，一个外国人'！我已经做了这么长时间的主人，我还将是个主人，起码不会让别人来做我的主人。你来我这儿不仅仅是作为我朋友彼特·豪金斯和律师事务所的代理人，来告诉我关于我在伦敦的房产的一切。我觉得，你应该在这里和我待一阵子，这样我就可以通过与你谈话，学习英语的语调。我犯错误的时候你就告诉我，即使是个小错误。我很抱歉今天离开了这么长时间，但是我知道你会原谅我这样一个需要处理如此多的重要事务的人的。"当然，我说了很多愿意效劳之类的话，还问他我能否随时进这个房间。他回答："是的，当然。"他还说：

"古堡里的任何地方你都可以去，除了那些锁着门的地方。当然，那些地方你也不会愿意去的。事物之所以成为它们现在的样子，都是有原因的。如果你能用我的眼睛看事物，用我的脑子思考问题，你也许会更好的理解。"我说我保证会这样做的，他继续说道：

"我们现在在特兰西法尼亚，特兰西法尼亚可不像英格兰。我们的方式不同于你们的方式，这里对你来说，可能有很多奇怪的事情。而且，通过你告诉我的你的那些经历，你也许已经知道，会有哪些奇怪的事情了。"

我们在这个话题上讨论了很久，他显然非常愿意谈论这些事情，并且只是为了谈而谈。我问了他许多问题——关于发生在我身上和我所注意到的事情，有时他会转移话题，或者装作听不懂，回避我的问题。不过，总的来说，他非常坦诚地回答了我的问题。随着谈话的进行，我变得越发大胆，问了他一些昨夜遇到的奇怪的事情，比如，为什么车夫要到发出蓝光的地方去。他向我解释说，大家普遍认为，在一年中特定的一个晚上，也就是昨夜，所有邪恶的灵魂都会苏醒，蓝光出现的地方，也就是宝藏埋藏的地方。

"那些宝藏被埋藏起来，"他说道，"就在你昨晚经过的地方，这一点毫无疑问。因为几个世纪以来，这里都是沃拉奇人、撒克逊人和土耳其人战斗的地方。这里几乎没有一寸土地没有被鲜血浸染过，无论是爱国者还是侵略者。在过去那个动荡的年代，奥地利人和匈牙利人大肆入侵，爱国者们不分男女老少集体迎战，他们在通道上方的石头上等候侵略者，还用人造的雪崩彻底消灭敌人。即使侵略者胜利了，也找不到什么，因为所有的东西都被埋在了土里。"

"但是现在，"我说，"当人们知道了宝藏的存在，并知道怎么找到它们时，它们还能像原来那样不被发现吗？"伯爵微笑着，嘴唇贴着牙龈向后咧开，露出了又长又尖似犬的牙齿，他答道：

"因为那些农民都是实实在在的胆小鬼和傻瓜！这些光只在一个晚上出现，然而，这一晚没有人敢出门活动。即使有人敢，他也不知道该怎么做。就是你告诉我的，那个在蓝光出现的地方做标记的人，即使在白天也找不到地方。即便是你，我发誓，也不会再找到这些地方的。"

"你说得对，"我说，"我不比死人知道得多。"然后我们换了话题。

"来，"最后他说，"给我讲讲伦敦，还有你们给我买的房子。"为自己的怠慢表示了歉意，我走进自己的房间从包里取出文件。当我整理文件的时候，我听见隔壁房间传来瓷器和银器叮叮当当的声音，当我走进去的时候，看见桌子已经清理好了，灯也点着了。此时，外面已经天黑了。书房也就是图书室的灯也点着了，我看见伯爵坐在沙发上，读着一本《英语指南》。看见我走进来，他将桌上的书和报纸清理干净，我和他一起研究起关于房产的各种规划、契约和数据，他对所有的事情都很感兴趣，问了我许多关于房子的地点和周围环境的问题。他一定预先研究了关于房子周围环境的情况，因为到最后，他显然比我知道的还多。当我提到这点时，他说道：

"不过，朋友，这难道不是我应该做的吗？等我到那里以后，我就是一个人了，我的朋友哈克·乔纳森，不，对不起，我依我们的习惯把你的姓放在前面了，我的朋友乔纳森·哈克，是不会在我身边纠正我、帮助我的。他会在几英里以外的律师事务所，或许正在和我的另一个朋友——彼特·豪金斯，一起处理法律文件呢。所以，我必须这么做！"

我向他介绍了购买这处位于帕夫利特的房产的全过程。当我跟他讲了所有的情况，让他在必要的文件上签名，写好一封信连同这些文件一起准备寄给豪金斯先生时，他问我是如何碰到这样合适的房子的。我把我当时记的日记读给他听，并把它写在这里：

在帕夫利特，我在路边碰上一处非常符合要求的房子，那儿有一块破旧的牌子，表示这房子要出售。房子四周是高高的围墙，结构古老，用大石块建造，很多年都没有修葺过。紧闭的大门是用老栎木和铁做的，已经锈掉了。

这座房院叫作卡尔法克斯，呈四边形，朝向端正。它占地大约十二英亩，四周被石墙所包围。院子里有很多树，所以到处都是树荫；并且还有一个深深的黑色的池塘，或者说是小湖，它显然有源头，因为水很清，还以很大的水流流动。房子很大，而且年代久远，我猜可能始建于中世纪，它的一部分是用巨大的石头建造的，只有几个窗户高高在上，被铁栏杆围起来，看起来像城堡的一部分；附近有一座古老的教堂。我进不去，因为没有钥匙，不过我用我的柯达相机从好几个角度拍下了这座房子。房子被扩建过，但是还没有规划，我只能从它外面的占地估计它的大小，一定非常大。附近没有几座房子，有一座很大的房子最近才扩建过，是一个私人的精神病院，不过从院子里看不见它。

当我读完后，他说道："我很高兴这房子又大又老。我自己出身于一个古老的家族，住在一个新房子里简直就是要杀死我。房子是不能一天就变得适于居住的，毕竟，几天怎么能赶得上一个世纪呢？我也很高兴那儿有一座老教堂。我们这些特兰西法尼亚的贵族可不想把自己的尸骨同凡夫俗子们葬在一起。我追求的不是快乐，不是淫逸，也不是活力，那些只会取悦年轻人和寻欢作乐者。我不再年轻了，我的心，为死去的人哀悼了多年，已经不知道什么是快乐了。而且，我城堡的墙破了，阴影密布，冷风嗖嗖地吹过残破的城堞和窗户。我喜欢阴暗，并且，希望在需要的时候和我的心灵独处。"不知为什么，他说的话和他的样子好像不太匹配，或者是他的长相使他的微笑看起来邪恶而阴沉。

随后，他说抱歉要离开一下，让我把文件收起来。在他出去的这段时间，我开始看起我周围的这些书。有一张地图集，自然而然地被翻到了英格兰那一页，这一页好像经常被用到。我看到地图上一些特定的地方被圈上了小圆圈，仔细看这些地方，我发现其中一个在伦敦的东边，显然，他的新房子就在那里。另外两个分别是我的律师事务所和约克郡海岸线上的惠特白港。

伯爵回来得正是时候，"啊哈，"他说，"还在看书啊？真不错！但是你也不能总是工作。来吧，他们告诉我你的晚餐已经准备好了。"他拉起我的胳膊，我们到了隔壁房间，桌上摆着丰盛的饭菜。伯爵再次表示了歉意，因为他已经在回家的路上吃了晚饭。他还像昨晚那样坐着，在我吃饭的时候和我聊天。吃过饭我吸了烟，就像昨晚一样，伯爵一直和我在一起，和我聊天，问我各种各样能想到的问题，时间一小时一小时地过去了。我感到时间实际上已经很晚了，不过我没说什么，因为我认为在任何事情上都迎合我主人的愿望是我的义务。我并不觉得困倦，因为昨日长时间的睡眠已经养足了我的精神，但是，我不断地感到黎明之前的寒冷，这种寒冷又像是在退潮时的寒冷。人们说濒临死亡的人通常会在黎明来临时或退潮时去世。任何已经疲惫的，但又不得不继续工作，并且感受到空气的这种变化的人一定会相信这种说法。几乎在同时，我们听到一声尖厉的鸡鸣划破黎明的长空。

德古拉伯爵一跃而起，说道："为什么又是早晨了！真不好意思又让你一宿没睡。你得把我的新家英格兰说得没趣一点儿，这样我就不会忘记时间了。"他礼貌地鞠了一躬，迅速离开了。

我走进我的房间，拉开窗帘，但是没有什么可看的。我的窗户朝向院子，我能看见的只有灰蒙蒙的渐白的天空。于是我又拉上了窗帘，记下了今天的日记。

5 月 8 日

我开始担心我在记日记时会不会太啰唆了，不过现在我很庆幸自己从一开始就记得很详细，因为这里的有些事情真的是太奇怪了，这使我很不安。真希望我能活着回去，更希望我从来没来过这儿。也许是这奇怪的一夜让我有如此感觉，但仅仅是这个吗？如果我能有个说话的人，还可以壮壮胆，可是没有，我只能和伯爵说话，可他……我怕我是这儿唯一的活人。让我写得实在一点儿吧，这样我还能有点勇气，不能太有想象力了，否则我会疯掉的。现在就让我来讲讲我的处境。

上床之后我只睡了几小时，我觉得我不能再睡了，于是就起床了。我把我的修面镜挂在窗户旁边，正准备刮胡子，突然感觉到肩膀上有一只手，并听到伯爵对我说"早上好"。我吃了一惊，因为我的镜子可以照到我身后的整个房间，然而我却没有看到他。因为吃惊，我不小心刮到了自己，不过当时没有感觉到。和伯爵打过招呼以后，我回过头去看镜子，想搞清楚自己为什么刚才会没看见他。这次不会有错，伯爵就在我旁边，我可以从我的肩膀看见他，但是镜子里却没有他的影子！我身后的整个屋子都显现在镜子里，可是却没有人，除了我自己以外。

这太让人吃惊了，几乎是我遇到的这些事里最奇怪的，这令我在伯爵靠近时，常有的那种说不清的不祥之感越来越强烈。不过那个时候，我看见伤口流了一点儿血，血开始顺着我的下巴往下滴。我放下剃须刀，转了半个身子想找一些膏药。当伯爵看见我的脸时，他的眼中燃烧着魔鬼般的愤怒之火，并突然卡住了我的喉咙。我闪开了，他的手碰到了串着十字架的念珠。这使他的脸色立刻变了，愤怒在他脸上停留的时间如此之短，以至于我都不敢相信它曾经在那儿出现过。

"小心一点儿，"他说，"注意别刮到自己。在这个国家里，这比你想象的要危险。"他拿起修面镜，接着说，"就是这讨厌的东西闯的祸。它是满足人们的虚荣心的华而不实的玩意儿，应该远离它！"接着他用他那难看的手拧开窗户，把镜子扔了出去，镜子掉在院子里的石头上摔得粉碎。然后他什么也没说就出去了。这天让人觉得讨厌，因为我没有镜子就没法刮脸，我只好对着我的眼镜盒或者刮脸壶的底部，幸好它们是金属的。

当我走进餐厅，看见早餐已经准备好了，但是找不到伯爵。所以我自己吃了早饭。很奇怪，至今为止我还没见过伯爵吃东西或者喝水。他一定是个奇怪的人！早餐过后，我在城堡里转了转。我下了楼梯，发现了一个面朝南的房间。

窗外的风景很美，从我站的地方看风景，视线非常好。城堡坐落于高高的悬崖边上，高到如果一块石头从窗户落下一千英尺也不会碰到任何东西！满眼都是绿色树冠的海洋，偶尔也会出现一个深深的裂缝，那里是峡谷。几条小河像银线一般，蜿蜒着穿过森林，流淌在深深的峡谷中。

但是，我没有心情描绘风景，因为我接下来看到的东西。门，门，到处都是门，都被锁上了。城堡的墙上除了窗户以外，没有一个门是出口。这座城堡是个真正的监狱，而我就是一个囚犯！

第三章　乔纳森·哈克的日记之继续

当我发现自己被囚禁起来，我开始变得疯狂。我冲上楼梯又冲下楼梯，试着打开我能找到的每一扇门，从我能找到的每一扇窗户向外张望，但是过了一会儿，一种无助感盖过了其他任何一种感受。当我几小时后再回想这一切时，我想我当时一定是疯了，因为我的行为就像是一个捕鼠器里的老鼠。当我确认自己是无助的时候，我安静地坐下了，像我往常处理任何事情时的那种安静，并且开始考虑现在应该做什么好。我安静地思考着，至今也没有想出任何确定的答案。只有一件事情我是确定的，那就是把我的想法告诉伯爵是没有用的。他很清楚我被囚禁起来了，因为这是他自己干的，并且无疑有他自己的动机，如果我完全地信任他，他只会欺骗我。在我看来，我唯一能做的，就是把我所知道的和我的恐惧留给自己，并且睁大双眼。我知道，我要么像一个婴儿一样被自己的恐惧所欺骗，要么陷入艰难的困境。如果是后者，我需要集中我所有的精力来渡过难关。

我刚刚想到这里，就听见楼下的大门关上的声音，伯爵回来了。他没有立即去图书室，所以我小心翼翼地回到自己的房间，发现他正在整理床铺。这很奇怪，但却证实了我原来一直有的想法，这个房子里没有任何用人。过了一会儿，我又通过门合叶的缝隙看见他在整理餐厅的桌子，更确定了这个想法。因为，如果所有这些下人才做的事情都要由他来做的话，就说明城堡里没有其他人，送我到这儿来的那个马车夫一定就是伯爵自己。这是个可怕的想法，因为如果是这样，就意味着他可以控制那些狼群，就像他所做的那样，只需静静地挥动手臂就可以了。那么，比斯特里兹和马车上的人们都为我担心，又是怎么一回事儿呢？送给我的十字架、大蒜、野玫瑰和山上的泥土又意味着什么呢？

上帝保佑那个把十字架挂在我脖子上的善良的夫人！因为每当我触摸到

它时，它就会给我安慰和力量。真没想到一个一向被我厌恶并且视为盲目崇拜的东西，竟然能够在我孤独和遇到麻烦时帮助我。到底是因为它本身有意义，还是因为它是传送同情和安慰的媒介，是一个可以感知的支持？如果有时间，我一定要好好研究一下这件事情，搞清楚到底是怎么一回事儿。同时，我要尽可能地了解有关德古拉伯爵的一切信息，这样有助于我理解现在的状况。今晚他可能会谈到自己，如果我故意把话题往这上面引的话。无论如何，我一定要非常小心，不要引起他的怀疑。

午夜

我和伯爵长谈了一次。我问了他一些关于特兰西法尼亚的历史问题，他谈起这个话题颇有兴致。当他谈到那些事情和人物，尤其是那些战争时，他的样子就好像曾经亲身经历过这一切似的。之后他对这个的解释是，对于一位贵族来说，家族和姓氏的骄傲就是自己的骄傲，他们的荣誉就是自己的荣誉，而他们的命运就是自己的命运。无论他什么时候说到自己的家族，他总是用"我们"，总是用复数，就像是一位国王在讲话。我真希望能将他所讲的话准确地记录下来，因为这些话都太吸引人了，好像将他国家的整个历史都包括进去了。他越说越兴奋，在屋子里踱着步，捋着他那长长的白胡子，握紧一切他的手所摸到的东西，乌戈尔族人好像会把它们捏得粉碎。有一段话，我把它尽可能准确地记了下来，因为它讲述了他的家族的历史：

"我们斯则凯利人有权去骄傲，因为在我们的血管里，流淌着许多勇敢民族的血液，他们为了王位如狮子般勇猛地战斗。这儿是欧洲种族汇集的地方，乌戈尔族人继承了冰岛的战士精神，这是多尔雷神和奥丁神赋予他们的。他们的狂暴战士们在欧洲、亚洲和非洲的沿岸地带残暴地展现着这种精神，让人们都以为是狼人来了。他们来到这里时，发现匈奴人以其好战的凶猛，火焰般扫荡了这片土地，垂死的人们认为他们的身体里流淌着那些古老的女巫的血液，那些女巫与沙漠里的魔鬼婚配，被驱逐出了塞西亚。傻瓜，真是一群傻瓜！什么样的恶魔和巫婆能与阿提拉一样伟大？"他高高举起了手臂，"这难道不是一个奇迹吗？我们是在战争中获得胜利的民族，我们值得骄傲，当马扎尔人、伦巴族人、阿瓦尔人、保加利亚人或土耳其人以千军万马之势来到我们的边境时，我们将它们统统击退，这难道不奇怪吗？当阿尔帕德和他的军队横扫匈牙利人的土地时，发现我们在这儿，而当他们到达边境时，却发现汉法格拉拉人全都在那儿。后来匈牙利军东进时，胜利的马扎尔人宣称斯则凯利人是他们的亲戚；对我们来说，这几个世纪以来，我们一直守卫着面对土耳其的边境：守卫边境的职责无休无止，就像土耳其人所说的：'水都休息了，可是敌人却不会休息。'谁能比我们更荣幸地在四大国中获得'血剑'的称号，并像这称号一样有血性地快速组成国王的旗帜？当沃拉奇人和马扎尔人的旗帜降到土耳其人的新月旗之下时，我们国家的奇耻大辱——卡索瓦的耻辱是何时被洗清的？不正是我们家族的其中一员——沃依沃德，横跨过多瑙河，在自己的土地上痛击了土耳其人吗？这的确是德古拉家族的一员！让人感叹的是，当他在战场上倒下时，他那不成才的哥哥把人民出卖给土耳其人，让他们蒙受奴隶的耻辱。不就是这位德古拉家族的成员启发了他的后代一次又一次地率领部队，越过大河来到土耳其的土地上；即使被挫败，也要一再地回到战场，虽然他不得不独自一人从他的军队惨遭屠杀的血染战场回来，因为他知道，只有他一人能获得最终的胜利。他们说他只顾自己。呸！群龙无首的农人又好到哪里去？战争在没有大脑和心脏的指挥下如何才能结束？在摩海克之战后，我们摆脱了匈牙利人的统治，我们德古拉家族成了他们的统治者，因为我们的灵魂不能忍受一点儿的不自由。啊，年轻的先生，斯则凯利人，德古拉家族，因为他们心脏里的血液，他们的智慧和他们的剑，能够以创造这样的纪录而骄傲。这纪录是迅猛发展的哈普斯堡皇室和罗曼诺夫家族也望尘莫及的。战争的时代过去了。在这耻辱的和平时期，鲜血过于宝贵，这些伟大家族的光荣事迹只能被当作传说而传颂着。"

这时已经接近早晨了，我们去睡觉了（备忘：这日记像是《一千零一夜》的开头一样恐怖，因为所有的事情都必须在黎明前结束，或是像哈姆雷特的父亲的鬼魂）。

5月12日

就让我以事实作为开始，赤裸裸的、不加修饰的事实，它们被书本和数字所证明，没有任何疑问。我决不能把它们和那些建立在我自己观察基础上的经验相混淆，或者是我的记忆。昨天晚上，伯爵从自己的屋里过来，开始问我一些法律上的和生意上的问题。我把乏味的一整天都化在看书上了，并且只是为了让我的脑里不至于空着，回忆了一下我在林肯酒馆被问到的问题。对伯爵的调查有一定的方法，所以我应该把它们按照顺序写下来。这些信息以后可能对我有用。

首先，他问我在英格兰，一个人能否雇用两个或两个以上的律师。我告诉他如果他愿意，可以有一沓律师，但是让一个以上的律师处理一件事务是不明智的，因为在同一时间只能有一个人处理，换律师无疑会损害他的利益。他看起来似乎完全明白了；继续问道，如果让一个律师处理银行事务，另一个处理航运事务，以防负责处理银行事务的律师的家离得太远，这样做会不会有操作上的困难。我让他解释得更清楚一点，以免我误导他，于是他说："我应该举个例子。你的朋友，同时也是我的朋友，彼特·豪金斯先生在远离伦敦的埃克斯特的美丽的教堂旁边为我买了一处房子。好！现在让我说得明白一点儿，以免让你觉得奇怪，为什么我要找一个离伦敦这么远的律师，而不是本地的律师，因为我觉得没有哪个本地的律师能够完全按照我的愿望办事，伦敦的律师可能有他自己的打算或者要考虑到朋友的利益。所以，我在远处找代理人，他只为我一个人的利益服务。现在，假设我，一个有很多事情要处理的人，想要航运货物。比如，到纽卡斯尔，或是达累姆、哈尔维治、多弗，难道不是找一个住在这些港口的代理人更为方便吗？"

我回答道："这当然是很方便，不过我们律师有一个互相代理的制度。所以，任何律师都可以指示异地的律师来处理异地事务。这样，客户只需要把事情委托给一个律师就可以解决所有的问题，而不用再麻烦了。"

"但是，"他说，"我有权指挥，是这样吗？"

"当然，"我回答道，"一些不想把自己的所有事情都让一个人知道的生意人，就经常这样做。"

"好！"他说，然后继续询问了委托的方式和需要办理的手续，以及所有可能遇到但能够预防的困难。我尽我所能为他解释了所有的这些事情。当然，他也给我留下这样的印象，他一定会找到一位出色的律师，因为已经没有他没考虑到的或是没预见到的问题。对于一个从来没去过那个国家，并且显然没怎么做过生意的人来说，他的理解力和聪明劲儿非常不错。当他对自己所问的问题都已经得到满意的答复，同时我也已经通过我自己的了解或是借助手头的书解释清了所有问题时，他突然站起身说："自从你给我们的朋友彼特·豪金斯先生写过第一封信后，给其他人再写过信吗？"

当我回答还没有时，我的心中一阵苦涩，因为至今，我还没有找到机会寄信给任何人。

"那么现在就开始写吧，我年轻的朋友，"他一边说着，一边将手重重地搭在我的肩膀上，"给我们的朋友或者其他什么人写，如果你愿意的话，就说你会在这儿陪我待上一个月。"

"你希望我待这么久吗？"我问道，因为我的心在听到这句话时向下一沉。

"我非常希望你这样，而且我不接受拒绝。你的雇主保证那个人会代表他而来，而我的唯一需要就是找个人聊天。我不会放弃这项权利的，不是吗？"

除了鞠躬表示接受以外，我还能做什么呢？这是出于豪金斯先生的利益，不是我的，我必须为他考虑，而不是为我自己；另外，当德古拉伯爵在说话的时候，他的眼神和举止让我想起我是一个囚徒，我别无选择。伯爵在我鞠的那一躬和我脸上为难的表情里看到了他的胜利和对我的控制权，因为他立刻就开始使用它了，只不过是用他那种柔和的、不可抗拒的方式："我年轻的朋友，我请求你不要在信中提及任何与生意无关的事情，这无疑会让你的朋友高兴地认为你一切都好，并且盼望着回家见到他们。不是吗？"

他一边说着，一边递给我三张信纸和三个信封。这些都是最薄的那种外国信纸和信封，我看了看它们，又看了看他，我注意到他那平静的笑容，和他那锋利的、似犬的牙齿露在鲜红的下嘴唇外面，明白他是在说我要小心自己写的内容，因为他会读这些信。于是我决定现在只写正式的信件，但是悄悄地给豪金斯先生和米娜写信详述我的情况，我可以用速记文字，如果伯爵看的话也看不懂。当我写好我的两封信之后，我安静地坐着看书，这时伯爵写着一些东西，他说他是在为桌上的这些书做笔记。然后他将我的两封信和他自己的放在一起，放在他的信纸旁边。这之后，当伯爵身后的门关上的一刹那，我斜过身去看他那反面朝上的信。我在做这件事时并没有负罪感，因为在这种情况下，我认为有必要尽我所能保护自己。

其中一封信是寄给惠特白的新月街7号的塞缪尔·F.比灵顿，另一封是寄给瓦尔纳的柳特纳先生，第三封是寄给伦敦的考茨公司，第四封是寄给布达佩斯的银行家海伦·克劳普斯托克和比尔鲁斯。第二封信和第四封信还没有封上，我正要读它们，这时门把手动了。我立即坐回原位继续开始看书，伯爵手里拿着另一封信走进房间。他拿起桌上的信仔细地贴上邮票，然后转向我，说道："我相信你会原谅我的，今晚我有许多私人的事情要处理。我希望你能找到所有你想要的东西。" 走到门口时他转了身，稍微停顿了一会儿说道："我建议你，我亲爱的年轻的朋友，不，我要郑重地警告你，如果你离开这几个房间，一定不要在城堡的其他任何地方睡觉。它很古老，也有很多回忆，在不合适的地方睡觉的人会做噩梦的。小心一点儿！如果你感到困了，或是觉得困意快来临了，就赶快回到你的卧室或这几个房间，这样你的睡眠才安全。但是，如果你在这个方面不小心的话，那么……"他以令人毛骨悚然的方式结束了讲话，来回搓着手好像在洗它们。我非常明白。我唯一的怀疑是，是否还有任何噩梦比现在正向我靠近的黑暗和神秘的网更可怕？

片刻之后

我保证我写的每一个词都是真实的，这毫无疑问。我不应该害怕在他不在的地方睡觉。我将十字架放在床头，我想这样我就可以不做梦了，它应该一直被放在那儿。

他离开后我就回到了我自己的房间。过了一小会儿，没有听见任何声音，我走出房间登上石板楼梯，到了我能够看到南面的那个房间的地方。比起院子里那狭小的黑暗，广阔的天空给我一种自由感，虽然那是我无法得到的。从窗户望出去，我感到自己确实是在监狱里，我想要呼吸一下新鲜空气，即使是晚上的空气。我开始觉得这个夜晚在和我低声诉说，这使我的精神快要崩溃了。我凝视着自己的影子，脑子里充斥着各种可怕的想象。上帝会知道，在这个可恶的地方我完全有理由感到害怕！我向外仰望着苍穹，沐浴在柔和的黄色月光里，月白如昼。远处的山仿佛融化在了柔软的月光里，还有峡谷天鹅绒般黑色的阴影里。单纯的美景使我身心振奋，每一次呼吸都带着祥和和抚慰。当我倚靠在窗户上，我的目光被在我下一层的一个东西吸引住了，在我的稍左一点儿，我猜想，以房间的次序来看，那里应该是伯爵房间的窗户所在的位置。我所站的窗户又高又陡，石头窗框虽然久经风雨，依然完好，不过显然年代已经很久远了。我退到窗框后面，仔细地向外看。

我看到伯爵的头伸出了窗户，我没看见他的脸，但是我能通过脖子和他的背部和手臂的动作认出他，而且无论如何我都不可能认错这双我观察了很多次的手。一开始我感到有趣，甚至有点好笑，因为对于一个被囚禁起来的人来说，一点点小事就可以让他觉得有趣和好笑。可那之后我的感觉完全被厌恶和恐惧所占据，因为我看见他整个人慢慢地从窗户里出来，开始顺着城堡的墙壁向下爬，脸朝下，他张开的斗篷就像是一双大翅膀，而下面就是万丈深渊。一开始我无法相信自己的眼睛，我以为这是月光让我看花了眼，是光影的错觉。再仔细看，不可能是错觉。我看见他用手指和脚趾攀住石板的边缘，因为年代久远，石灰已经脱落，他利用墙上的凸起物以相当快的速度向下移动，就像一只蜥蜴在墙上爬。

这是一种什么样的人啊，这是一种什么样的生物，在人的伪装之下？我被这个可怕地方的恐惧所笼罩。我吓坏了，完全地吓坏了，没有出路。我被恐惧感所包围，不敢再往下想。

5月15日

我又一次看见伯爵像一只蜥蜴那样爬了出去。他斜着向左下方爬了几百英尺，然后消失在一个洞口或者窗户里。当他的头消失的时候，我探出身子想看个究竟，但是什么也没看到。距离实在太远了，没有合适的观察角度。我知道他已经离开城堡了，于是想利用这个机会去多发现一些我至今还不敢探究的东西。我回到房间，拿上一盏灯，试着打开所有的门。门全部被锁着，正如我所想到的，并且锁都很新。我走下石头台阶，来到我最初进来的大厅。我发现可以向后拉门闩并把锁链解开。但是门是锁着的，钥匙不见了！钥匙一定在伯爵的房间里，我得去看看他的门是不是锁着，说不定可以找到钥匙然后逃跑。我继续全面地检查了一下每个楼梯和走廊，并试着打开它们旁边的每扇门。大厅附近的两个小房间是开着的，但是里面什么也没有，除了一些积满灰尘和被虫蛀了的旧家具。最后，我发现楼梯的顶端有一扇门，虽然看起来是锁着的，但是如果使劲儿推会露出一点儿缝。我更用劲儿地向后推了一下，发现它实际上没有锁，之所以推不开是因为门的合叶有点脱落了，沉重的大门落在了地上。这是一个我可能再也碰不到的机会，所以我用尽全力把门推开进去了。我现在站在城堡的最右端，比我所知道的房间和我的下一层都要靠右。透过窗户，我能看见一排房间一直延伸到城堡的南面，最末端的房间的窗户朝向西边和南边，两边都异常坚固。城堡建在一块大石头的一角，所以它有三面都是不可攻破的，窗户所在的位置不会被任何弹弓、石弩或者火枪所袭击，因此造得非常轻巧和舒适，这对于一个需要被保护的地方是不可能的。西边是一个大峡谷，远方层峦叠嶂，陡峭的石块上布满荆棘，它们扎根于岩石的缝隙中。这里过去显然是一位女士的房间，因为这里的家具比我看到的任何家具都要舒适。

窗户没有窗帘，黄色的月光透过钻石般的玻璃窗倾泻进来，几乎能让人看清楚颜色，同时温柔地洒在那些本已厚重的灰尘上，掩盖了时间和虫蛀的痕迹。我的灯在明亮的月光中似乎没什么用处，但是我乐意它在我身边，因为这地方有一种可怕的孤独感，让我的心寒冷，让我的神经脆弱。不过，这里要比单独待在那些房间里强，我讨厌伯爵出现在那里。在试着控制自己的胆怯后，我感到一种平静来临。现在，我坐在一张小栎木桌子旁边。过去，可能有一位美丽的淑女曾经坐在这里，花尽心思脸红地着写着她那错字连篇的情书，而我在我的日记里用速记文字写下了，自从我上次合上日记以来发生的所有事情。现在是 19 世纪，然而，过去的年代仍在发挥着它的作用，这作用不能被所谓的"现代化"所扼杀，除非我的感觉欺骗了我。

之后 5 月 16 日

早上，上帝让我的神志还清醒，因为我现在正受着理智的控制。安全和安全感的保证已经成为过去。我住在这里只盼望一件事，就是我不要疯掉，或者是还没有疯掉。如果我的头脑还认为潜藏在这个可恶的地方的所有丑恶的事情中，伯爵是最不可怕的一个，在他那里我还能找到安全，即使是只有我满足他的要求之后，这个才会发生——这样的想法一定是发疯了。伟大的上帝！仁慈的上帝，让我冷静下来吧，因为不这样的话我就要发疯了！我开始对一些先前困扰我的事情有了新的认识。至今我都没有弄明白莎士比亚的用意，当他让哈姆雷特说"我的毒药！快点，我的毒药！我把它吃下去是对的！"等，现在，我的脑子乱极了，冲动必须结束，我用写日记来排解。准确地记日记对安抚我的精神有帮助。

伯爵神秘的警告，当时吓坏了我，不是我在想到它的时候感到害怕，而是因为今后他就控制了我，我会害怕他还会再说些什么！

当我记完了日记，并把日记本和钢笔重新放回口袋后，我觉得有点困了。脑中出现伯爵的警告，但是我却以违反它为乐。不仅仅是困意占据了我，还有固执。柔和的月光安抚着我，广阔的天空给我的自由感使我神清气爽。我决定今晚不回那个漆黑的闹鬼的房间了，而是睡在这里。过去，曾有一位淑女静静地坐在这里，低声歌唱，过着恬静的生活；她的心在默默地为征战沙场的丈夫感到悲伤。我从角落里拖出一个躺椅，这样当我躺下时，可以看到东面和南面的美丽景色，我顾不得上面落的灰尘，静静地睡下了。我猜想自己一定睡着了，我希望如此，可是恐怕不是这样，因为接下来发生的事情惊人的真实，即使我现在坐在这里沐浴着早上的充足的阳光，我也不能相信那些只是梦境。

我独自一人待着。房间并没有变化，自从我进来以后就一直是这样。在明亮的月光下，我能看见地板的厚厚的灰尘上有我的脚印。在我对面的月光中有三个年轻的女人，通过她们的衣着和举止可以看出她们是淑女。当我看到她们时，我想自己一定在做梦，她们在地板上没有影子。她们走近我，看了我一会儿，然后互相低语。其中两个人很黑，有着像伯爵一样高高的鹰钩鼻，和能刺透人心的大大的黑色眼睛，和皎洁的月光比起来几乎变成了红色。另外一个很漂亮，漂亮到了极致，金发碧眼。我好像认识她的脸，把她和一些梦里的恐怖事物联系在了一起，但当时就是想不起来在哪儿见过她。三个人都有着亮闪闪的白色牙齿，在她们风骚的鲜红嘴唇的映衬下像珍珠一样闪闪发光。她们身上有一些东西让我很不安，一些渴望，同时还有致命的恐惧。在我的心中有一种想让她们用那红嘴唇亲吻我的邪恶的燃烧着的欲望。把这个写在这里不太好，不然，某天米娜看到它会不高兴的，但这是事实。她们互相低语着，然后三个人开始大笑，笑声像银铃般悦耳，但是很硬，不像是从人类柔软的嘴唇里发出来的，倒像是一只灵巧的手在玻璃杯上敲打出的令人难以忍受的、刺耳的、甜腻的声音。那个漂亮的女孩卖弄风骚地摇着头，另外两个在催促她。

一个说道:"上吧!你第一个,然后我们跟上去。应该由你来开始。"

另一个说道:"他又年轻又强壮,我们都可以得到吻。"

我静静地躺着,看着我的睫毛下所发生的一切,在愉快的期待中挣扎。那个漂亮的女孩走上前在我面前弯下腰来,我能感觉到她的气息在我身上游走。这是一种很甜蜜的感觉,像蜜一样甜,就像她的声音一样震颤着我的神经,但在甜蜜之下是一种苦涩,一种带有攻击性的苦涩,像是在血里闻到的那种。

我不敢睁开眼睛,但是能透过眼睫毛清楚地看到。那个女孩跪在地上,爬到我身上,心满意足,她在故意地卖弄风骚,既慑人心魄又让人排斥,当她弯下脖子像一只动物一样舔着我,我在月光下看见她湿润的鲜红嘴唇和舌头闪着光,包裹着她那锋利的白色牙齿。她的头越来越向下,她的唇掠过我的嘴,我的下巴,停留在我的喉咙处。然后她停住了,我能听见她的舌头在舔着她的牙齿和嘴唇时搅动的声音,我能感觉到她温暖的呼吸在我的脖子上。接着,我脖子上的皮肤开始颤动,就像一只想要撩拨人的手靠得越来越近时皮肤的感觉。

我能感觉到她在我脖子的异常敏感的皮肤上轻柔的、颤抖的接触,两颗锋利的牙齿刚刚碰到我并停在那里。我惬意地闭上眼睛,等待着,等待着,心跳不止。

但是就在这时,另一种感觉穿过我,快如闪电。我意识到伯爵来了,他仿佛被愤怒的风暴所笼罩。我的眼睛不自觉地睁开了,看见他有力的手抓住了那漂亮女人纤细的脖子,用力向后一拉,他蓝色的眼睛中燃烧着愤怒,咬牙切齿,两颊激动地闪着红光。可恶的伯爵!我从来没有想象过这样的愤怒,即使是对于地狱里的魔鬼来说。他的眼睛闪着血红色的光,就好像地狱之火在后面熊熊燃烧。他的脸苍白异常,线条像被拉长的铁丝一样硬。鼻子上方的浓浓的眉毛现在就像被高高举起的白热的金属棒。他的胳膊猛地向后一挥,把那个女人扔了出去,然后又向其他两个人打手势,好像要把她们打退似的。这和我看到赶狼时的动作是一模一样的。

他用低沉到几乎像是窃窃私语,但又穿透空气,在屋里回响的声音说道:"你们怎敢碰他,你们每一个人?你们怎敢把目光投向他,在我已经禁止的情况下？向后退，你们所有人！这个人属于我！当心你们对他所做的，否则我就不客气了。"

那个漂亮女孩风骚地大笑着，转向他说："你自己从来没有爱过，从来没有！"其他几个女人也加入进来，一阵坚硬的、无情的笑声回荡在屋子里，几乎使我不敢去听，这像是魔鬼的快乐。

然后伯爵转过头，专注地看了我一眼，低声说道："不，我也能爱。你们可以从过去看出来，不是吗？好，现在我保证，等我用完他，你们可以随意地亲吻他。现在走！走！我必须叫醒他，因为还有工作要做。"

"那今晚我们就什么也没有了吗？"其中一个女人低声笑着问道，指着伯爵扔在地板上的袋子，那袋子还在动，好像里面有什么活物。他点点头作为回答。其中一个女人跳上前去打开了袋子。如果我的耳朵没听错的话，那声音是一个快要窒息的孩子的喘气声和大哭声。女人们都围了上去，我却被吓呆了。当我重新睁开眼睛的时候，她们就消失了，和那可怕的袋子一起。她们旁边没有门，所以她们不可能在我没有注意的情况下走过我。她们就是那样消失在月光中，从窗口离开了，因为在她们完全消失之前，我能看见窗外有几个模糊的人影。

我被恐惧所压倒，毫无知觉地昏过去了。

第四章　乔纳森·哈克的日记之继续

　　我在自己的床上醒来。如果不是我做梦的话，应该是伯爵把我带到这儿的。我试图把这件事想个明白，但是不能得出任何确定的结果。有一些小证据可以证明，比如我的衣服被叠起来放好了，这并不像我的习惯；我的表没上发条，但是我一直严格遵守在上床前上发条的习惯等许多这样的细节。不过这些也不足以构成证据，它们也许只能证明我的心态不像往常一样，因为种种原因，我已经被弄得心烦意乱。我一定要寻找证据。有一件事我很庆幸。如果是伯爵带我到这里并且为我脱掉衣服的话，他一定是急着回去办事，因为我的口袋是原封不动的。我能肯定这本日记对他来说很神秘，他一定不能容忍，他会把它拿走或者销毁。我环顾着这房间，虽然它对于我来说充满恐惧，但现在成了一个避难所，因为再没有什么东西能比那些女人更可怕了，她们曾经并且现在仍然在等着吸我的血。

5月18日

　　我下楼，想在白天看看那个房间，因为我必须知道真相。当我到达楼梯顶端的出口时，我发现门锁了。门因为曾经被使劲儿地带上，一部分木质结构已经裂开了。我能看见门闩没有闩上，但门是从里面锁上的。我怕这不是个梦，我必须对这个猜测有所行动。

5月19日

　　我确定我是在做苦工。昨晚伯爵用强硬的口气要求我写了三封信，一封写的是我在这里的工作将近结束了，我在几天内就会起程返回；另一封是写我将在写信那天的第二天早晨起程；第三封写的是我已经离开了城堡，并且到达比斯特里兹。我很想反抗，但是我知道在现在这种情况下，自己完全被伯爵所控制，公开反对他，简直就是不要命了。拒绝就会引发他的怀疑，甚至激怒他。他明白我知道得太多了，所以我不能活着，以免对他构成威胁。我唯一的希望就是尽量延长我的时间。也许一些事情会发生，让我找到逃跑的机会。当他把那个漂亮的女人扔出去的时候，我能明显地看出他眼中燃烧的愤怒之火。他向我解释说这里的邮政局很少，而且办事不牢，我现在写信可以确保我的朋友们能放心。然后他诚恳地向我保证，如果时间允许我在这儿停留更长时间的话，他会取消后两封信，这些信会滞留在比斯特里兹直到最后期限。反对他会引起新的怀疑，因此我假装同意他的意见，并且问他我应该在信上写什么日期。

他计算了一分钟，然后说道："第一封应该写 6 月 12 日，第二封 6 月 19 日，第三封 6 月 29 日。"

现在我知道了我生命的期限。上帝救救我吧！

5 月 28 日

我曾经有一个机会可以逃跑，或者给家里捎个口信。一伙斯则格尼人来到城堡，露宿在院子里。他们是吉卜赛人，我把他们记在了本子里。他们对于这个地方来说，显得很特殊，虽然长得和世界上其他地方的普通吉卜赛人是一样的。在匈牙利和特兰西法尼亚有成百上千的吉卜赛人，几乎不受法律控制。他们和一些贵族建立联系，用贵族的姓称呼自己。他们无畏，没有信仰，保留迷信，只用他们自己的吉普赛语交谈。

我应该给家里写信，然后试着让他们帮我寄出去。我已经通过窗口和他们交谈，并认识了他们。他们脱下帽子向我敬礼，还做了一些手势，但是我对这些手势的含义也不比对他们的语言了解得更多。

我写了信，给米娜的信是用速记文字写的，然后我只是让豪金斯先生联系米娜。我向她讲了一下我的情况，但是没有告诉她我的那些仅仅处于猜测阶段的恐惧。如果我让她知道我的心情，会把她吓死的。如果这些信件没有暴露，那么伯爵现在应该还不知道我的秘密和我知道的东西。

我把信给了他们。我把它们从窗户的栏杆中扔给他们，还有一块金币，并且做了我能想到的所有手势让他们给我寄信。拿到信的那个人将信贴在胸前，鞠了一躬，然后把信放进了自己的帽子。我能做的只有这些了。我悄悄溜回书房，开始读书。伯爵没有进来，所以我可以在这里写日记。

伯爵进来了。他坐在我身边，一边打开那两封信，一边用最平和的声音说道："斯则格尼人把这些给了我，虽然我不知道这些是从哪里来的，但是我，当然，我会小心的。看！"他一定已经看过信了，"一封是你写的，给我的朋友彼特·豪金斯。另一封，"这时他打开信封看着这些奇怪的符号，脸阴沉下来，眼睛发出邪恶的光，"另一封不太好，是对友谊和款待的践踏！这封信没有署名，所以不会影响到我们的。"然后他冷静地将信和信封放在灯的火焰上直到它们化为灰烬。

然后他继续说道："这封给豪金斯的信我一定会寄出去的，因为是你写的。你的信对我来说是不可侵犯的。我的朋友，请原谅我，因为我不小心把它拆开了。你可以再把它包起来吗？"他把信递给我，然后礼貌地鞠了一躬，递给我一个干净的信封。

我只能更改了信件的地址，然后默默地交给他。当他走出房间我能听见轻轻的转动锁的声音。一分钟后我走过去查看，门被锁上了。

过了一两小时，伯爵静静地走进房间，吵醒了我，我刚刚在沙发上睡着了。他非常客气和愉快，看到我睡着了，他说："我的朋友，你累了吧？上床吧。可以好好休息了。我今晚不会和你聊天，因为还有好多事情要做，我相信你会睡觉的。"

我走进我的房间上了床，说起来奇怪，没有做梦。绝望也有它冷静的时候。

5 月 31 日

这个早晨当我醒了之后，我开始想应该从包里拿一些纸和信封装在口袋里，这样一旦得到机会我就可以写信。然而，又是一个意外，一个震惊！

每一张纸都不翼而飞了，连同我所有的与铁路和旅行有关的笔记、备忘录和我的借贷信，事实上所有可能对我有用的东西都不见了。我坐下来沉思片刻，有了一些想法，我检查了我的旅行皮箱和我放衣服的衣柜。

我旅行时穿的衣服不见了，还有我的大衣和围毯，它们全都消失得无影无踪。这看起来像是一个新的邪恶的阴谋。

6月17日

今天早上，当我坐在床沿伤脑筋的时候，我听见一声抽打鞭子的声音，还有马蹄在院子的石路上摩擦和行走的声音。我高兴得冲到窗户边上，看见两辆大李特四轮马车驶进了院子，每一辆车都有8匹健壮的马拉着，每两匹马前就坐着一个斯洛伐克人，戴着宽阔的帽子，系着大钉饰皮带，穿着脏脏的羊皮，蹬着高筒靴。他们手里还拿着长长的棍子。我跑到门前，想下楼试着在大厅里加入他们，因为我想门可能会为他们打开。又是一次吃惊，我的门被从外面锁上了。

从那以后我做什么都没用了，无论我怎么可怜地喊叫、痛苦地哀求，也不会让他们看上我一眼，他们干脆转过身去。这两辆马车载着巨大的四方形的箱子和粗粗的绳子把手。就斯洛伐克人搬运它们的轻松程度和它们在地上拖动时发出的回响来看，箱子显然是空的。

当箱子被卸下来并在院子的一个角落堆成一堆时，斯则格尼人给了斯洛伐克人一些钱，他们把唾沫吐在钱上试运气，然后慵懒地回到了各自的马上。不一会儿，我听见他们挥动鞭子的声音消失在远方。

6月24日

昨夜，伯爵从我这儿离开得很早，然后把自己锁在了自己的房间里。我鼓起勇气跑上蜿蜒的楼梯，从朝南的窗户向外张望。我想看看伯爵，因为就要发生一些事情。斯则格尼人分散在城堡里干着一些活儿。我知道的，因为时不时能听见远处传来锄头和铲子闷塞的声音，无论那是什么，一定是一些恶劣阴谋的结束。

我在窗户那里待了不到半小时，看见伯爵的窗户那儿出现了一些什么东西。我退后仔细地观察着，看见他整个人都出现了。这又让我吃了一惊，我看见他穿着我来这儿时穿的衣服，肩膀上还挂着我曾看到的，被那些女人拿走的恶心的袋子。无疑是他偷了我的衣服！这又是一个新的罪恶阴谋，他会让别人以为看见了我，这样他既可以造成我出现在那些城镇和村子邮寄我自己信件的假象，也可以把自己做的坏事归罪在我的头上。

想到这一切，我非常气愤。但是，我在这儿没有发言权，我是一个实实在在的囚徒，即使是法律给予犯人的权利和抚恤，我也没有。

我想我应该看着伯爵回来，然后固执地坐在窗前很久。我注意到一些有趣的小颗粒飘浮在月亮的光线中，它们像灰尘的小微粒，旋转着，然后像云雾一样聚集成团。我看着它们，心情得到安抚，也变得越发镇静。我向后靠在墙上，用一个相对舒服的姿势，这样我就可以更好地欣赏这空中的嬉戏场面。

一些声音让我突然跳起，我听见一声低沉的、楚楚可怜的狗叫声从峡谷深处传来，但是我却看不到它们。这声音好像在我耳边越来越响，飘浮的尘埃在月光中随着声音变幻着各种形状。我感到自己挣扎着去聆听本能的呼唤。不，是我的灵魂在挣扎，我的半睡半醒的感觉在努力回答这个呼唤。我着魔了！

尘埃越跳越快，月光仿佛颤抖着经过我，进入我身后的一团漆黑中。尘埃越聚越多，似乎形成了一个可怕的幽灵形状。我惊醒了，尖叫着逃离了那个地方。

那些在月光中渐渐现形的幽灵形状，是我曾经看到过的那三个鬼一样的女人。

我逃走了，在我的屋里感到安全一点儿。这里没有月光，这里的灯光很明亮。

几小时过去了，我听见伯爵的房间里有响声，像一声尖厉的哭声，又很快被压制住了。接着就是安静，深沉的、可怕的安静，让我不寒而栗。我的心剧烈地跳动着，试了一下门，我被锁在了我的监狱里，什么也不能做。我坐下来，只是大哭着。

我坐着坐着，听见院子里传来一个女人痛苦的哭喊声。我冲过去打开窗户，透过栏杆向下望。

那里确实有一个散乱着头发的女人，像刚跑过步的人一样将手压在胸口上。她靠在入口的角落里，当她看见我的脸出现在窗户那里，她冲上前，用威胁的声音喊道："魔鬼，把我的孩子还给我！"

她跪在地上，举起双手，撕心裂肺地喊着和刚才同样的话。然后她开始揪自己的头发，捶打自己的胸部，狂躁不安。最后，她冲上前，虽然我看不见她，但是能听见她的手敲打大门的声音。

从高处的什么地方，也许是在塔上，我听见伯爵刺耳的、金属质感的低语声。他的呼唤似乎被远方的狼嚎声应和着。过了一会儿，它们从入口蜂拥进入院子，像是开闸的洪水。

女人没有叫喊，只有狼群短促的叫声。不久以后它们舔着嘴唇，一个一个地离开了。

我无法怜悯她，因为和她的孩子相比，她死得已经算是好的了。

我应该做什么？我能够做什么？我怎样才能从这个可怕的夜晚、可怕的黑暗和可怕的恐惧中逃脱呢？

6 月 25 日

如果不经历夜晚，没有人会知道，早晨对于一个人的心灵和眼睛来说是多么的甜美和可爱。今早的太阳高高地挂在天空中，晒着我窗户对面的通道，阳光接触到的地方对我来说，就好像是诺亚方舟的鸽子照亮的。我的恐惧从我身上消失，仿佛一件会在阳光中蒸发的气体做的衣服。

当白天给我勇气时，我应该采取一些行动。昨夜，其中一封写着较晚日期的信被寄出去了，这是把我的痕迹从这个地球上抹去的，一系列性命攸关的事件中的第一件。

不要想它了，行动起来吧！

我总是在晚上被折磨或是威胁，或者处于危险和恐惧中。我还从来没在白天看见过伯爵。是不是他在别人醒着的时候睡觉，然后在别人入睡时醒过来呢？只要我能进入他的房间！但是没有可走的路，门总是锁着的，没有路让我走。

是的，路是有的，如果一个人敢走的话。他走的地方为什么我不能走？

我看见过他从他的窗户爬出去。为什么我不模仿他，从他的窗户爬进去？这样的尝试是孤注一掷的，但是我需要更加孤注一掷。我应该冒这个险。大不了就是一死，人的死不同于牛的死，我仍然能有来世。上帝帮助我完成任务吧！再见了，米娜，如果我失败的话。再见了，我忠诚的朋友和我的父亲。再见了，所有人，最后还有米娜！

　　几天以后我试过了，上帝帮助了我，让我安全地回到了自己的房间。我必须按顺序把每个细节都记录下来。当我的勇气最旺盛时，我直接走到了南面的窗户跟前，立即爬了出去。石块大而粗糙，石头之间的灰泥被时间冲刷掉了。我脱掉了靴子，踏上了不归之途。我看了一眼下面，以确保自己如果突然瞥见下面的万丈深渊不会被吓倒，然后就再也没看下面了。我非常清楚伯爵窗户的方向和距离，正在尽可能地接近它，考虑到可能存在的机会。我没有觉得头晕目眩，我猜可能是自己太兴奋了，而且仅仅过了很短的时间，我就发现自己已经站在窗台上准备推开窗户了。我激动万分地弯下腰，把脚伸进窗户。然后我四下里环顾寻找伯爵，但是又惊又喜的是，房间空无一人！仅仅有一些古怪的家具，看起来好像从来没有用过。

　　家具的样式和南面的那个屋子的差不多，上面落满尘土。我开始找钥匙，但是它不在锁里，到处都找不到。我唯一找到的东西就是墙角的一堆金币，各种各样的金币，罗马的、英国的、奥地利的、匈牙利的、雅典的，还有土耳其的钱币。上面落着一层灰尘，好像放在地上已经很长时间了。所有的钱币都是超过三百年以前发行的。那里还有锁链和装饰物，以及一些珠宝，但是所有这些都很陈旧并且褪了色。

　　房间的一角有一扇大门，我试了试，想打开它。既然我不能找到这个房间的钥匙和大门的钥匙——我寻找的主要目标，那么我要进一步搜寻，否则我的努力就成了徒劳。门开了，一条石板走廊延伸到一个环形的楼梯，陡峭地向下盘旋。

　　我走下台阶，非常小心，因为这里很黑，唯一的亮光来自沉重的石块上的枪眼。在底部是一条黑暗的、像隧道似的走廊，里面有一种死一样的、令人作呕的气味，陈年的泥土被翻出来的气味。当我穿过走廊时，气味越来越近，越来越浓。最后，我打开一扇半开着的大门，发现自己站在一个废弃的老教堂里，这里显然已经被用作墓地。天花板已经破了，两面都有台阶通到地下室，但是地板最近刚被凿开，泥土被装在了大木箱里，显然是那些被斯洛伐克人带来的木箱。

周围没有人，我检查了每一处角落，以免漏掉什么。我甚至进了灯火昏黄的地下室，虽然这么做让我感到害怕。我进的其中两个什么也没有，除了一些旧棺材的碎片和成堆灰尘。然而在第三个，我有了一些发现。

在那里一共有五十个大箱子，在其中一个里，在一堆新挖出来的泥土上，我看见伯爵躺在上面！他既没有死，也不是睡着了。我说不清是哪个，因为他的眼睛睁着，一动不动，但是并不像死了那么呆滞，透过苍白的脸颊显现出生命的活力，嘴唇还像当初那样鲜红。但是没有活动的迹象，没有脉搏，没有呼吸，也没有心跳！

我贴在他上面，试图找到一些生命的迹象，但只是徒劳。他躺在这里没多长时间，因为泥土的气味会在几小时内消散的。在箱子的旁边是它的盖子，到处都是孔。我想他可能会把钥匙带在身上，但当我去找它时，我看到了他死一样的眼睛，虽然不动，但却充满了仇恨。虽然他没有感觉到我的存在，我还是逃离了这个地方，从窗户离开了伯爵的房间，再一次爬到了城堡的墙上。回到我的房间后，我气喘吁吁地躺在床上，试着回想刚才的情景。

6 月 29 日

今天是我最后一封信的日期，伯爵也采取了行动来证明这是真的，因为我又一次看到他穿着我的衣服，从同一个窗口离开了城堡。当他像壁虎一样顺着墙向下爬的时候，我真希望自己有一把枪或者其他致命的武器，这样我就可以把他杀死。不过，我怀疑没有那种人类造出的武器可以对他发挥效力。我不敢在那儿等他回来了，因为不敢看到那些叫人害怕的女人。于是我回到书房，在那里读书，一直到睡着了。

我被伯爵叫醒了，他用不能再冷酷的眼神看着我说："明天，我的朋友，我们必须分别了。你回到你那美丽的英格兰，我去做一件事情，我们可能永远见不成面了。你给家里的信已经发出去了。明天我不会在这里，但是一切都为你的起程准备好了。早上，斯则格尼人会来，他们在这儿有自己的活儿要干，斯洛伐克人也会来。他们走了之后，我的马车会来接你，然后载你到博尔果通道，那里有从布科维那到比斯特里兹的马车。但是，我仍然希望能在德古拉城堡再次见到你。"

我对他的话表示怀疑，决定测试一下他的诚意。诚意！把这个词和这个魔鬼联系在一起简直像是对这个词的玷污。我问他："为什么我不能今晚走？"

"因为，亲爱的先生，我的马车今晚有任务。"

"但是我很乐意步行，我想立即离开。"

他微笑着，如此柔和但又邪恶地微笑着，我知道在他的温柔背后隐藏着诡计。他说："那你的行李呢？"

"我不在乎，我可以以后什么时候任何时间把它寄回去。"

伯爵站起身，亲切地说着话，我揉了揉眼睛，因为他的亲切看起来那么真实，他说："你们的英语里有一句话很接近我的意思，因为它的精神规范着我们贵族的行为，'欢迎客人的到来，也祝客人一路平安'。跟我来，我亲爱的年轻朋友。你不应该在我的家里多待一分钟，如果你不愿意的话，虽然我对你的离去感到伤心，而且你又是这么突然地离开。来吧！"他提着灯，庄重地领着我下了楼，走过大厅。然后，他突然停下来，说："听！"

一群狼的叫声传来，这声音仿佛随着他的手臂抬高而变大，就像是交响乐团的音乐在指挥棒的指挥下跳跃。停了一会儿，他严肃地走上前，来到门前，拉开笨重的门闩，解开锁链，然后打开了门。

让我非常吃惊的是，门并没有锁上。我怀疑地四下里看了看，但是没有看到任何钥匙。

随着门被打开，狼的嚎叫声越来越大，越来越愤怒。它们张着血盆大口，咬牙切齿，伸出锋利的爪子在跳跃着，从开着的门进到屋子里来。我明白，在这个时候与伯爵对抗是毫无意义的，有这样一群任他指挥的同盟，我什么也做不了。

但是门仍然在慢慢地打开，只有伯爵站在门口。突然我惊觉这可能就是我遭厄运的时刻和方式。我被喂了狼，而且是在我自己的鼓动下。伯爵的主意可真是像魔鬼一样邪恶，我抓住最后的机会喊道："关上门！我应该等到早上再走。"然后，我用手遮住脸，挡住自己沮丧的眼泪。

他的手臂有力地一挥，门被关上了，巨大的门闩归回原位的声音在大厅里铿锵作响。

我们沉默着走回书房，过了几分钟，我回到自己的房间。我最后一次看见德古拉伯爵吻我的手，他的眼中闪烁着胜利的红光，嘴角带着地狱里的犹大都会引以为骄傲的微笑。

当我在自己的房间里将要躺下时，我感觉自己听到门后有低语的声音。我轻轻地走到门前听着。除非是耳朵欺骗了我，我听到了伯爵的声音：

"回去！回到你们自己的地方去！你们的时刻还没到。等着！耐心一点儿！今晚是我的，明晚才是你们的！"

然后是一阵低沉的、开心的大笑声。我愤怒地打开门，看见那三个恶心的女人舔着嘴唇。由于我的出现，她们都开始大笑起来，然后跑掉了。

我回到房间，跪在地上。这就要结束了？明天！明天！上帝啊，救救我吧，还有那些爱我的人们！

6 月 30 日

这也许是我在这本日记里写下的最后的文字了。我一直睡到黎明来临之前，当我醒来之后，我跪在了地上。我决定，如果死亡来临，它会看见我已经准备好了。

最后我感到空气中微妙的变化，知道早晨到了。然后是亲切的鸡鸣声，我觉得自己安全了。带着高兴的心情，我打开门跑下楼来到大厅。我看到门没有锁，逃跑的机会就在眼前。我急切地用颤抖的手解开锁链，打开门闩。

可是门没有动。绝望占据了我的心。我一次又一次地拉门，摇晃它直到它在门框里吱吱作响。我能看见门被闩上了，伯爵离开以后门就被锁上了。

我强烈地渴望得到钥匙，无论冒什么样的险。我当时决定再次翻越墙壁，进入伯爵的房间。他可能会杀了我，不过现在，死似乎是更好的选择。没有片刻迟疑，我便冲上了楼，来到东边的窗户边，像上次一样爬上墙，来到伯爵的房间。房间空无一人，这正是我想要的。我找不到钥匙，那一堆金币还在墙角。我走进墙角的门，走下蜿蜒的楼梯，穿过阴暗的走廊，来到老教堂。现在，我已经非常清楚地知道到哪儿才能找到这个魔鬼了。

大箱子还在原来的位置上，靠着墙壁，但是盖子却在上面，没有盖紧，钉子在上面预备着被敲进去。

我知道我必须从他身上找到钥匙，于是我掀开盖子，把它靠在墙壁上，然后看到了让我的心充满恐惧的东西。伯爵躺在里面，但是看起来年轻了很多。他的白头发和白胡须变成了铁青色，面颊饱满了，白皮肤下透着血色。嘴巴比任何时候都要红，因为嘴唇上有鲜血的气味，鲜血从嘴角顺着下巴和脖子滴下来。甚至是那一双深陷的、燃烧的眼睛都好像血肉鲜活，眼皮和眼袋都膨胀起来。这个糟糕的生物仿佛全身充盈着血液。他像一个邪恶的吸血鬼一样躺着，在吃饱肚子后筋疲力尽。

我颤抖着弯下腰摸着他，我的每一条神经都在拒绝触摸他，但是我必须找到钥匙，否则我就要遭殃了。将要来临的这个晚上我也许会变成那三个可怕女人的盛宴。我摸遍了他的全身，也没有找到钥匙。然后我停下来看着伯爵。他肿胀的脸上似乎有一丝嘲讽的微笑，这让我疯狂。这就是我帮着带去伦敦的人，在那里，在拥挤的人群中，也许他能满足自己嗜血的欲望，并且制造出一帮新的规模空前的半人半鬼，以无助的人为食。

这样的想法让我疯狂。我产生了可怕的欲望，要摧毁这个魔鬼的世界。手头没有致命的武器，我拿起一把工人用来填土的铁锨，刀口朝下，高高举起，朝那张可恨的脸砸下来。可是当我这样做时，他的头抬起来，眼光落在我身上，闪着怨恨的光。这个景象好像把我吓瘫了，铁锨在我手中转向，擦过他的脸，仅仅在额头上方的土里砸出了一道深深的裂缝。铁锨从我手里脱落，架在箱子上，当我重新拿起它时，刀口的凸起碰到了盖子的边缘，然后盖子重新盖上了，遮挡住我对这个可怕怪物的视线。我最后一眼看到的是一张肿胀的脸，沾着鲜血，定格在充满怨恨的龇牙咧嘴状，他也许会带着这个表情一直到最底层的地狱。我想着接下来应该怎么做，但是我的大脑像着了火，我不得不等着这种绝望的感觉充满我的全身。这时，远处的吉卜赛人快乐地唱着歌越走越近，在歌声中还有沉重的车轮滚动和抽打鞭子的声音。伯爵所说的斯则格尼人和斯洛伐克人来了。最后环顾了一下四周，又看了一眼这个盛着邪恶躯体的箱子，我快速地离开了这里，来到伯爵的房间，决定在这个开门的时刻冲出去。我竖起耳朵紧张地听着，楼下响起了钥匙在巨大的锁里摩擦和大门被向后推开的声音。这儿一定还有另外的入口，或者有人有其中一扇锁着的门的钥匙。

然后传来的是叮叮当当的脚步声，最后消失在某个走廊里。我转身想再次冲进地下室，在那里可能找到新的出口。可是，这时来了一阵猛烈的风，通往楼梯的门"砰"的一下关上了，尘土被震得到处飞扬。我冲过去想把它推开，但是已经来不及了。我又成了一个囚徒，死亡的网离我越来越近。

当我记着日记时，下面的走廊里传来了脚步声，还有重物被重重的放下的撞击声，无疑是那些箱子，还有它们盛的泥土。然后是锤子敲打的声音。箱子被钉上了钉子。现在我能听见沉重的脚步声再次响起，经过大厅，后面还跟着许多懒洋洋的脚步声。

门被关上了，锁链咯咯作响。然后是钥匙在锁里摩擦的声音。我能听见钥匙被拔出来，然后另一扇门被打开和关上，还听见锁和门闩的嘎吱的声音。

听！院子里和石板路上响起了车轮滚动的声音，抽打鞭子的声音，还有斯则格尼人的歌声随着他们越来越远。

现在我一个人在城堡里，和那些可怕的女人在一起。呸！米娜也是女人，可是她们没有一点共同之处。她们是地狱里的魔鬼！

我不应该单独待在城堡里。我应该尝试爬上墙壁，到比我以往去的地方更远的地方去。我应该带上一些金币，以便今后用到它们。我也许会发现，离开这个鬼地方的出路。

然后离开这里回家！到最快和最近的火车站那里去！远离这个被诅咒的地方，这块被诅咒的土地，这块魔鬼和他的孩子仍然在惬意地踱着步的土地！

最起码，上帝的恩惠要强过那些魔鬼，悬崖又高又陡。一个男人可能会在它的脚下长眠，像一个男人那样。再见了，所有人。米娜！

第五章　米娜·穆雷小姐给
露西·韦斯顿拉小姐的信

5月9日

亲爱的露西：

原谅我拖了这么久才给你写信，我只是工作太忙了。做一名助理女教师还真是辛苦。我真盼望和你在一起，我们可以在海边一起畅快地聊天，建造城堡。我最近学习非常刻苦，因为我想配得上乔纳森的学识，而且我也刻苦地练习了速记文字。等我们结婚了，我就可以帮上乔纳森的忙，如果我能很好地用速记法记录，我可以这样记下他说的话，然后再用打字机为他打出来，我也在很刻苦地练习打字。

他和我有时会用速记文字写信，而且他也用它来记自己出国的日记。当我和你在一起的时候，我也应该用这种方法来记日记。我指的不是那种流水账式的日记，而是那种我随时想写就写的日记。

我不指望别人觉得它有趣，它也不是为这些人记的。我可能某天会把它拿给乔纳森看，如果里面有值得分享的东西的话，但它其实就是个练习本。我会学着像那些女记者一样，采访，然后描述，试着记住那些谈话。听说，如果稍加练习，一个人可以记住一天中发生的所有事情或是听到的所有东西。

无论如何，我们会见面的。等我们见了面，我会告诉你我的小计划。我刚刚收到乔纳森从特兰西法尼亚寄过来的信，只有匆匆的几句话。他一切都好，大概一周后回来。我渴望听到他的一切消息，到一个陌生的国度去一定非常有趣。我不知道我们是否，我指乔纳森和我，能够一起出国旅行。10点的铃声响了，再见。

爱你的米娜

等你回信的时候，告诉我你的情况。很长一段时间都没有你的消息了。我听到了一些传言，是有关一位幽默的、高大、英俊、一头卷发的男士。

露西·韦斯顿拉给米娜·穆雷的信

切特汉姆大街 17 号

我最亲爱的米娜：

我必须说你发给我的传真实在太不公平了，你可真是个不爱写信的人。自从我们分别后，我给你写过两次信，而你的上一封信才是你的第二封。另外，我这儿没什么可告诉你的。真没有什么事情可以引起你的兴趣。

汤姆最近很开心，我们经常一起去美术馆，在公园里散步和骑马。至于那个高大的卷发男人，我想是上一次在伊顿公学的联谊辩论俱乐部里同我在一起的那个人。显然有些人又在编故事了。

那是郝姆伍德先生，他经常来看我。他和妈妈相处得非常好，有很多共同话题。

前些日子，我们遇到一个特别适合你的人，要不是你已经和乔纳森订婚的话。他是个好人，英俊，富裕，出身高贵。他是一名医生，并且非常聪明。想象一下！他只有二十岁，自己拥有一所大规模的精神病院。郝姆伍德先生把他介绍给我，他来见过我们，现在经常来了。我认为他是我见过的最坚定的人，也是最冷静的人。他非常沉着，我能想象他对病人的控制该有多好。他有一个奇怪的习惯，就是直勾勾地看着别人的脸，好像要读懂别人的想法。他经常这样看着我，但是，我自以为他遇到了难题。我通过自己的镜子知道的。

你曾经尝试过读自己的脸吗？我试过，而且我可以告诉你这里面有点学问，如果你试一下就知道，你会遇到比想象中多得多的难题。

他说我为他提供了一个有趣的心理学研究难题，我也这么觉得。你也知道，我对紧跟时尚潮流的裙子没什么太大的兴趣，裙子很无聊。这也是个俚语，不过没关系，亚瑟天天都这么说。

这就是所有的事情了，米娜。自从我们小的时候，就相互告诉对方自己所有的秘密。我们一起睡觉、一起吃饭、一起哭、一起笑，现在，虽然我已经说过了，但是我还是想再说一遍。噢，米娜，你能猜到吗？我爱他，我给他写信时会脸红，虽然我知道他爱我，但是他还从来没说出来过。但是，米娜，我爱他，我爱他！

我希望我是和你在一起，亲爱的，脱掉衣服坐在火炉旁，就像我们之前那样，然后我会告诉你我的感觉。我不知道该怎么把这个写出来，即使是给你。我应该停下来，或者我应该撕掉这封信，但是我不想停下来，因为我是这么地想把一切都告诉你。让我快点看到你的回信，告诉我你对这件事情的想法。米娜，为了我的幸福祈祷吧！

露西
星期三

另外，我得告诉你这是个秘密。晚安。

露西·韦斯顿拉给米娜·穆雷的信

5月24日

我最亲爱的米娜：

谢谢你，谢谢你，再次谢谢你可爱的信！能告诉你并且得到你的同情真好。亲爱的，不雨则已，一雨倾盆。古老的谚语是多么的正确啊！我9月份就要满20岁了，今天之前从来没有人向我求过婚，一次都没有，但是今天，我有了三个。想象一下！一天之内有三个人向我求婚！这不是很糟吗？我非常抱歉，对其中两个可怜的人。噢，米娜，我是如此的高兴，以至于都不知道做什么好了。三个求婚！但是，看在老天爷的分儿上，不要告诉别的女孩，否则她们就会有各种过分的想法，想象自己要是没有在第一天就至少得到六个求婚，那就是被伤害和轻视了。有些女孩就是这么爱慕虚荣！你和我，亲爱的米娜，我们都订婚了，并且马上就会安定下来成为已婚的女人，会鄙视虚荣的。好，我一定会告诉你那三次求婚，但是你一定要保密，亲爱的，不要告诉任何人，当然，除了乔纳森。你会告诉他的，因为如果我是你，我就一定会告诉亚瑟。一个女人应该把一切都告诉自己的丈夫。亲爱的，你不这样认为吗？我一定要公正。男人就像女人一样，当然是他们的妻子，尽量地做到公正。可是女人，我恐怕，并不像她们应该做的那样做到永远公正。

好的，亲爱的，第一个求婚是在午餐之前到来的。我跟你提起过他，约翰·西沃德医生，精神病院的那一个，他有坚毅的下巴和漂亮的额头。他表面上看起来十分冷静，其实也一样会紧张。他显然已经提醒过自己很多小的细节，并且注意到了它们。但是，他差点儿坐在了自己的丝绸礼帽上，这不是男人们在镇定的时候会做出来的，然后他为了显出自己很冷静，一直摆弄着一把手术刀，这让我差点尖叫起来。米娜，他非常直接地对我说，我对他有多宝贵，虽然他对我不甚了解；还有，如果有我帮助他，逗他开心，他的生活会变成什么样。他本来准备对我说如果我不在乎他，他会多不开心，但当他看见我哭了，他说自己真是一个畜生，不会再增加我现有的麻烦了。接着他停了一下，又问我以后能否爱上他。当时我摇了头，他的手开始颤抖，犹豫了一下之后，问我是否已经有了别人。他说得很婉转，说他并不是想打探我的秘密，只是想知道，因为如果一个女人不是心有所属，那么他就还有希望。然后，米娜，我感到自己有责任告诉他我已经爱上了别人。我只告诉了他那么多，然后他站起来，看起来坚强而庄重。他将我的双手捧起说道，他希望我幸福，如果我什么时候需要朋友的话，他会是最好的一个。

噢，米娜，我忍不住要哭，你得原谅我把这封信弄湿了。被求婚是件很开心的事情，但是不开心的是，你不得不看着一个你知道他忠诚地爱着你的人心碎地走掉，并且知道，无论他当时说什么，你已经从他的生活中离开了。亲爱的，我现在必须停下来，我太伤心了，虽然我是那么高兴。

晚安。

亚瑟刚刚走，我现在比上次停下来时精神好多了，所以我继续跟你讲我的这一天。

好吧，亲爱的，第二个是在午餐之后。他是一个好人，从得克萨斯来的美国人，他看起来如此年轻和有生气，让人想象不到他到过那么多地方，有过那么多冒险经历。我同情可怜的黛丝德蒙娜听了那么多的甜言蜜语，即使是从一个黑人口中说出来的。我猜我们女人就是这样的胆小，我们觉得一个男人会把我们从恐惧中救起，所以我们嫁给了他。现在我知道，如果我是个男人，我怎样才能使一个女孩爱上我。不，我不知道，因为莫里斯先生告诉了我们关于他的故事，亚瑟从来没说过，可仍然……

亲爱的，我可能有点过于急切了。昆西·P.莫里斯先生发现我单独一个人。好像男人总能找到一个女孩独身一人。不，他没有，因为亚瑟两次都想插进来，我也尽力帮了他，所以现在我没有什么可羞愧的。我必须先告诉你，莫里斯先生并不总是说俚语，也就是说，他从来不在陌生人面前说，因为他真的受过良好的教育，并且举止优雅。但是，他发现，我听见他说美国俚语会高兴，所以每当我在场，并且不会有其他人被吓到的情况下，他就会说这些好笑的东西。亲爱的，我想这恐怕是他造出来的，因为真的和他所说的很符合。但这就是俚语的特点。我不知道自己应不应该说俚语。我不知道亚瑟会不会喜欢，因为至今还从没听他说过。

莫里斯先生坐在我旁边，看起来兴高采烈，但是我能看出来他同时也很紧张。他握着我的手，深情地说：

"露西小姐，我知道我还不足以让你主动地跟我走，但是我想，当你等到这个人出现的时候，已是满头白发了。那么为什么不嫁给我，让我们携手同行？"

他看起来脾气很好，也很高兴，所以拒绝他要比拒绝可怜的西沃德医生容易多了。我尽可能淡然地说，我不太想结婚，而且对独处还没有失去兴趣。然后，他说他自己在说这些时太轻率了，他希望如果他在做这件庄重的事情上犯了什么错误，我能原谅他。他在说这些的时候，看起来确实很严肃。因此我不能抑制住自己的狂喜，这是一天中的第二个。然后，亲爱的，在我说话之前，他开始以暴风疾雨的方式向我求爱，向我袒露心声。他看起来是那么诚恳，我再也不会认为，一个男人应该总是幽默而不应该诚恳，因为他总是很高兴。我猜他从我脸上看到了阻止他的东西，因为他突然停住了，然后用充满男子气概的感情对我说了下面的话，如果我是单身就一定会爱上他，他说：

"露西，你是个诚实的姑娘，我知道。如果我不相信在你内心深处是光明磊落的话，我就不会像现在这样对你说话了。告诉我，像一个诚实的人对另一个诚实的人那样，你是不是爱着别人？如果是的话，我就再也不会打扰你了。但是，如果你愿意的话，我会做一个你忠诚的朋友。"

我亲爱的米娜，为什么男人是这样高尚，而我们女人相对于他们，又是多么地不值得一提？我在这里几乎戏弄了这位心胸宽大的、真正的绅士。我又忍不住哭了，亲爱的，恐怕你会觉得这封信无论从哪方面来说都是一封含着泪的信，我真的很伤心。

为什么不能让一个女孩同时嫁给三个男人，或者所有喜欢她的人，以避免这些不幸呢？但是这太荒谬了，我不能这么说。让我高兴的是，虽然我在哭，但我仍然注视着莫里斯先生勇敢的双眼，直接地告诉他：

"是的，我确实有爱的人了，虽然他甚至还没告诉我他爱我。"我对他这么坦率是正确的，因为他的脸又变得高兴起来，伸出双手握住我的手，不过我觉得是我把手放在他的手里，他衷心地说：

"这才是我勇敢的女孩。因为来得太迟而没有得到你，要比及时地追求到世界上的其他任何女孩都要值得。不要哭，我亲爱的姑娘。如果这是因为我，我可是块硬骨头，我能挺得住，如果是因为那个家伙没有意识到自己的幸运，那他最好早点醒悟过来，否则，就让他过来尝尝我的厉害。小女孩，你的诚实和勇气把我变成了你的朋友，这比情人更珍贵，无论如何，爱情是自私的。亲爱的，我在去往天国的路上要独行了，你不吻我一下吗？它可以帮助我抵挡黑暗。你可以，你知道，如果你想的话，因为那个家伙还没张口。"

这征服了我，米娜，因为他勇敢而贴心，也很高尚，对他的对手，不是吗？他那么诚恳，于是我凑近他，吻了他。

他握着我的双手站起来，低头注视着我的脸，我恐怕自己脸红得厉害，他说道："小女孩，我拉过你的手，你吻过我，如果这些还不能让我们成为朋友，那没有什么可以了。谢谢你对我的美好的真诚，再见。"他握紧我的手，拿起自己的帽子，头也不回地径直走出房间，没有眼泪，没有颤抖，没有停顿，我像一个婴儿一样大哭起来。

噢，为什么一个这样的男人会被弄得如此伤心，尤其是当周围有许多女孩仰慕他时？我知道，如果我没有爱上别人，一定也会仰慕他的，当然我已经爱上了别人。我亲爱的，这让我心烦意乱，在告诉你这些后，我觉得自己现在写不出我的快乐，等到我心情好些之前，我还不想告诉你第三个。永远爱你的——露西。

另外哦，关于第三个，我不需要告诉你第三个了，需要吗？一切都很混乱。从他进到房间到他两臂环抱着我，并且亲吻了我只用了几分钟的时间。我非常非常地高兴，我不知道我做了什么能得到这个。我只能在以后用努力来证明，自己不是不感谢上帝恩赐给我这样一个情人、丈夫和朋友。

再见。

西沃德医生的日记（用留声机记录）

5月25日

今天没有一点儿胃口，吃不下去，也睡不着，所以我开始记日记。自从昨天我被拒绝以后，我有一种空虚的感觉。好像世界上已经没有什么事情值得去做了。因为我知道，唯一的治疗方法就是工作，所以我开始把注意力放在病人身上。我挑选了一个值得好好研究一下的病人。他太离奇了，我决定尽我所能去明白他的问题所在。今天我似乎比原来任何一天都要更接近问题的答案。

我比原来更为全面地问了他问题，尽量让自己成为他幻觉的掌控者。现在，我觉得自己这样做有点残忍。我好像要把他保持在疯狂的状态上，可这是我在对待其他病人时，像躲避地狱的入口一样要避免的（备忘：在什么样的情况下我会不躲避地狱呢）。

即使是地狱也有它的价值！如果在他的本性后面隐藏着什么东西的话，在他身后准确地追踪是值得的，所以我最好开始这样做，于是……

R.M.仑费尔德，59岁。多血质，力大无比，病态的敏感，意气消沉，我不能解决他头脑中的问题。我推测多血质本身和一些干扰因素造成了现在的结果，一个潜在的危险的人，因为丧失自我而危险。对于自私的人，谨慎，无论是对敌人还是对自己都是一身安全的盔甲。我对这个问题的看法是，如果问题出在私欲上，应该用离心力来平衡向心力。当问题出在义务、动机等方面时，离心力最强，只有一系列的突发事件才能来平衡它。

昆西·P.莫里斯给汉·亚瑟·郝姆伍德的信

5月25日

亲爱的亚瑟：

我们曾在大草原的营火会上讲述奇遇；在尝试登陆马奎萨斯后互相包扎

伤口；在提提卡卡的海岸上为健康干杯。还有更多的奇遇要讲，更多的伤口要治疗，再一次地为健康干杯。为什么你不让它们在我明晚的营火会上发生呢？我没有犹豫就叫你了，因为我知道那位小姐正在忙着准备一个宴会，而你是空闲的。还有另一个人，我们在韩国的老朋友约翰·西沃德，他也会来。我们两个人都想泪洒酒杯，然后衷心地为这个世界上最幸福的人的健康干杯，他刚刚赢得了上帝创造出来的，最高贵的和最值得赢得的心。我们保证真心欢迎你，亲切地问候你，衷心地为你的健康干杯。我们两个发誓，如果你喝得太多，一定会留你过夜的。来吧！

你永远的昆西·P.莫里斯

亚瑟·郝姆伍德给昆西·P.莫里斯的电报

5月26日

每次都算我一个。我带来了让你们两个激动的消息。

亚瑟

第六章 米娜·穆雷的日记

7月24日 惠特白

露西在车站接了我，她比以往任何时候都要甜美和可爱。我们开车前往新月街的房子，在那里他们有房间。这是个可爱的地方。埃斯科河在深深的峡谷中流淌，当接近海港时变得很宽阔。河上横跨着一座高架桥，桥脚很高，在上面看到的视野不知为什么好像比实际上的要远。绿色的峡谷非常美丽，也非常陡峭。当你站在两岸的高地上时，你只能看到对岸，除非走得足够近才能看到下面。这座古镇的房子在我们远处，都是红色的房顶，看起来像是一个叠着一个，就像我们看到过的纽伦堡的图片。在小镇的那一边，是被丹麦人毁坏的惠特白大教堂的废墟，也是《玛密恩》中的一个场景，一个女孩被砌进了墙里。这是个最为崇高的废墟，规模庞大，充满美丽和浪漫的戏剧片段。传说在其中的一扇窗户里，曾出现过一位白皮肤的女子。在这座教堂和小镇之间是另一座教堂，处在教区里，周围是一片大墓地，满是墓石。在我心中，这里是惠特白最好的地方，因为它刚好在镇外，可以看到海港的全景和海湾上的叫作凯特尔尼斯的岬角延伸入海。海港那里非常陡峭，一部分海岸已经塌掉了，一些坟墓被毁。

在一处，坟墓的一部分砖石延伸至沙石路上。教堂墓地里有过道，路旁有椅子。人们来到这里，一整天都坐在椅子上，吹着微风，观赏着美丽的风景。

我应该经常自己过来，坐在这里工作。实际上，我现在正在记日记，本子放在膝盖上，听着我旁边的三个老人谈话。他们好像一整天什么都不干，只是坐着聊天。

海港就在我下面，在远处，一面长长的花岗岩墙壁延伸进入海里，末端有一个突出的弧度，中间有一个灯塔。海堤在它外面延伸。在近处的一面，海堤向相反的方向弯曲，末端也有一个灯塔。在两个海堤之间，有一个通向海港的狭小的入口，它接着就宽了许多。

涨潮的时候很好，但是退潮的时候，水就变得很浅了。仅仅有埃斯科河流淌在沙岸之间，到处是石头。这边在海港之外，有一块暗礁，大约半英里高，从南面的灯塔后面直接伸出来。在它的末端是一个带铃的浮标，它会在恶劣的天气里摆动，向风中发出悲哀的声音。

他们有一个传说：当一艘船迷失了的时候，海中的铃声就会响起。我得问问老人这件事，他从那边过来了……

他是一位有趣的老人。他一定非常老了，因为他脸上的瘤很多，扭曲得像树皮一样。他告诉我，他将近一百岁了，当滑铁卢的战争打响时，他是格陵兰捕鱼船队的一名水手。恐怕他是一位持怀疑论的人。因为，当我向他问起那个铃和大教堂的女人时，他非常粗暴地说："我不想浪费时间谈论这些东西，小姐。这些东西都老掉牙了。注意，我不是说它们从来没有过，而是说他们不在我的时代。它们适合于那些来访者和游客，但不适合像你这样善良的年轻女士。那些从约克和利兹来的步行者，吃着鲱鱼，喝着茶，出去买一些便宜货，他们什么都相信。我不知道，谁会费事把这些谎话告诉他们，甚至是报纸，也全是愚蠢的话题。"

我觉得，从他那里可以得知许多有趣的东西，所以我问他是否介意跟我说说旧时捕鲸的事情。他刚要开始，6点的钟声敲响了，他费力地站起来，说道："现在我必须回家了，小姐。茶水已经准备好了，我的孙女可不想一直等我，因为讲这些东西要花很长时间，但是小姐，我还真是饿了。"

他蹒跚地走了，我能看见他尽可能快地下了台阶。台阶是这里一个显著的特点。它们从小镇一直延伸到教堂，有数百个，我不知道数目，它们以优美的弧线上升着，坡度很缓，就连马也可以轻松地上下。我觉得它们原来一定和大教堂有点什么关系。我也该回家了。露西出去了，和她的妈妈一起出门拜访某个人，因为她们只是例行拜访，所以我没有去。

8月1日

我和露西几小时之前来到这儿，我们和我的老朋友——上次在这遇到的那位老人，还有另外两个经常和他在一起的人，有了一次最为有趣的谈话。他显然是他们中的独断者，我觉得他一定是个最独断的人。

他不承认任何事情，给每个人脸色看。如果他辩论不过别人，就恐吓他们，然后等着他们来同意他的观点。

露西穿着这身白色的细麻布衣服看起来漂亮极了。自从到了这里，她的气色就一直很好。

我注意到，老人们在我们身边坐下时，不会在赶来坐在她身边这件事上耽误一点儿时间。她对老人们太好了，我想他们在这里都已经爱上了她。即使是我的老朋友也屈服了，他们没有反驳她，这让我感到加倍地高兴。我把他引到了传说的话题上，可他却立即偏题到了说教上。我一定要试着记住他的话并写在这里。

"这些都是疯话，锁、股票和木桶，它们什么都不是，就是疯话。这些禁忌是一阵风，是幽灵，是酒吧里的客人，是让人害怕的东西；它们就是为了哄骗那些愚蠢的女人的。它们就是气泡。它们是不祥的征兆，是警告，都是被牧师编造出来的，用来让人们去做一些他们不想做的事情。我一想起它们就生气。为什么它们不满足于被报纸印出来，在牧师布道时被讲出来，还想被刻在墓碑上？看看你周围吧。这些墓碑骄傲地立着，可是仅仅因为墓碑上写的这些谎言而丧失了价值，所有的墓碑上都写着'这里躺着某某'或是'某某的纪念碑'，然而几乎一半以上的坟墓里都没有人，对他们的纪念也还不如一撮鼻烟，一点儿都不神圣。都是谎言，各色各样的谎言！到了世界末日的那一天，他们都会穿着寿衣来，拖着他们的墓碑来证明他们曾经是多么的好。"

我能通过这个老伙计脸上的自我满足的神情，和他看着朋友们以获得赞许的方式，看出他是在"炫耀"，因此，我说了句话以让他继续下去：

"哦，斯韦尔斯先生，你不是说真的吧，这些墓碑肯定不会都是错的吧？"

"哼！可能只有少得可怜的没有错，那些墓碑的主人是非常好的人。所有的事情都是谎言。现在看看你，你是个陌生人，不会了解的。"

我点了点头，我觉得最好表示赞同，虽然我听不太懂他的方言。我知道这一切和教堂有些关系。

　　他用肘臂轻推了一下自己的同伴，他们都笑了起来。"他们怎么能不是呢？看看那个，读读它！"

　　我走过去开始读："爱德华·斯本西拉夫，船长，在安德烈海岸被海盗杀死，1854 年 4 月，30 岁。"当我回来后，斯韦尔斯先生继续说道：

　　"不知道是谁把他带回了家，葬在这里。在安德烈海岸被谋杀？你觉得他的尸体会在这下面吗？我可以说出一打的人，他们的尸骨在格陵兰的海上，"他向北边指着，"或是风把他们吹走了。这周围有墓碑。你可以用你那双年轻的眼睛看一看，从这儿读读那些小字的谎言。这个是布雷斯怀特·露尔利，我认识他的父亲，20 岁时在格陵兰的莱弗利失踪，还有安德鲁·伍德豪斯，1777 年在同一片海里淹死，还有约翰·帕克斯顿，一年后在菲尔韦尔海角淹死，还有老约翰·罗灵斯，他的祖父和我一起出过海，50 岁时在芬兰的海湾淹死。你觉得这些人会在号角吹响时赶来惠特白吗？我表示严重的怀疑。我告诉你，当他们到达这里时，他们会你争我夺，就像旧时在冰上的战斗，而我们会从白天到黑夜，互相包扎伤口。"这显然是当地的笑话，因为当他讲时，他的伙伴们全都兴致勃勃地加入他。

　　"但是，"我说，"你肯定不对，因为假想在世界末日那一天，所有这些可怜的人，或者是他们的灵魂，会带着他们的墓碑来。你觉得这有必要吗？"

　　"好，那他们的墓碑还有什么用？回答我，小姐！"

　　"让他们的亲人高兴，我猜。"

　　"让他们的亲人高兴，你猜！"他轻蔑地说，"当他们知道上面写着谎言，而且这里所有的人都知道那些是谎言，它怎么才能让他们的亲人高兴得起来？"

　　他指着我们脚边的一块石头，那块石头已经被当作铺路石了，椅子被安在上面，靠近悬崖的边缘。"读读这石头上的谎言。"他说。

　　从我的角度看，这些字母都是反着的，但是露西正好对着它们，所以她弯下腰读起来："乔治·凯南的纪念碑，他在 1873 年 7 月 29 日抱着对光荣复兴的希望而死，从凯特尔尼斯的石头上跌落。这块墓碑是由他悲痛的母亲为她挚爱的儿子竖立的。"他是这位母亲唯一的儿子，而她是位寡妇。""真的，斯韦尔斯先生，我没觉得这有什么好笑的。"她庄重地，甚至是有点严肃地发表了自己的见解。

"你不觉得好笑？哈哈！那是因为你不知道这位悲痛的母亲是一个泼妇，她恨她的儿子，他也恨她，所以他选择了自杀，这样，他的母亲就得不到保险费。他用一把驱赶乌鸦的旧式步枪把自己的脑袋削掉了。这枪没赶走乌鸦，而是给他引来了牛虻。这就是他从石头上摔下来的方式。至于对光荣复兴所抱的希望，我经常听他说他希望自己下地狱，因为他的母亲太虔诚了，肯定会上天堂的，而他不想在她待的地方变腐烂。至少现在这座墓碑，"他一边说着一边用小棍敲着它，"还不是一堆写着谎言的东西吗？乔治用这块墓碑作为胜利来平衡他的忧郁，还用它来作为证明，这会让加布里奥高兴吗？"

我不知道说什么好了，露西转移了话题，她边说边站起身来："哦，你干吗把这些告诉我们？这是我最喜欢的座位，我不想离开它，可现在我发现自己必须坐在自杀者的坟墓上面。"

"这没什么关系的，我亲爱的，可怜的乔治会很高兴有这么一位漂亮的姑娘坐在自己的怀抱里。不会有什么关系。我坐在这儿快二十年了，也没对我怎么样。如果你不介意自己的脚下有谎言的话，他们就不会在那儿！过一段时间你就会觉得这些墓碑都不见了，这地方将光秃秃的。钟声敲响了，我必须走了。随时为您效劳，女士们！"他蹒跚着离开了。

露西和我坐了片刻，我们眼前的景色非常美丽，我们手拉手坐着，她又跟我讲了亚瑟和他们将要来临的婚礼。这让我有点闷闷不乐，因为我已经整整一个月没有乔纳森的消息了。

同一天

我自己来到这里，因为我很伤心，没有我的信。我希望乔纳森不是出什么事了。刚刚敲响了9点的钟声。我看见灯光照遍了全镇，有时照在成排的街道上，有时照在孤寂的小路上。它们沿着埃斯科河向前消失在峡谷的曲线里，我左侧的视线，被教堂旁边的一所老房子的屋顶挡住了。绵羊和小羊羔在我身后的土地上"咩咩"地叫着，下面的路上响起了驴子的蹄声。堤上的乐队正在演奏刺耳的华尔兹，堤岸远处救世军正在后街会面。两支乐队互相听不到对方，可是我在这儿两边都听得到。不知道乔纳森现在在哪儿，他是否在想着我？我真希望他在这里。

西沃德医生的日记

6 月 5 日

我越深入地了解仑费尔德，对他的研究就变得越有趣。他有一些特质得到了很大的发展，自私，保密，还有目的。

我希望可以达到目的。他好像已经有确定的计划，但是是什么，我不知道。他赎罪的特质是对动物的爱，但是，实际上，他的癖好如此之奇怪，让我有时觉得他只是残忍得有点不正常了。他的宠物都是奇怪的种类。

现在他的爱好是捕捉苍蝇。他现在已经有相当数量的苍蝇了，我不得不劝导他。让我吃惊的是，他没有生气，像我预想的那样，而是仅仅以严肃的态度对待这个问题。他思考了片刻，然后说道："能给我三天时间吧！我把它们清理干净。"当然，我说可以。我得监视着他。

6 月 8 日

现在他的蜘蛛像他的苍蝇一样成了麻烦事，今天我告诉他，他必须处理掉这些东西。

他看起来对此十分伤心，于是，我说无论如何，至少处理掉一部分。他高兴地同意了，我给他和原来一样的时间来做这件事。

我和他在一起时，他让我感到十分恶心，因为当一只讨厌的绿头大苍蝇饱食了腐烂的食物，嗡嗡叫着飞进房间时，他捉住了它，兴高采烈地把它捏在拇指和食指之间一会儿，在我还不知道他接下来会做什么的时候，就把它放在嘴里吃掉了。

我为这个斥责他，可是他冷静地辩解说，苍蝇非常好，有益健康；它是生命，强健的生命，也给他以生命。他给了我一个想法，基本的想法。我必须看看他怎么处理掉他的蜘蛛。

他的脑子显然有严重的问题，因为他有一个小本子，总是在里面记一些东西。整页整页都是一堆堆的数字，大体上就是把单独的数字组成组，然后把所有数字再加起来，就好像在做报表，像审计员做的那样。

7月8日

治疗他的精神病有一个方法，我脑中已经有了一个初步的想法。它很快就会完整了，到了那个时候，无意识的大脑活动，你可得把好路让给你有意识的兄弟了。

我远离了这个伙计好几天，这样我就可以注意到有没有什么变化。一切都还像原来那样，他远离了自己的一些宠物，又找到了一个新的。

他捉到一只麻雀，并且爱怜地驯养了它。他驯养的方法很简单，因为蜘蛛已经减少了。那些留下来的，被喂得很饱，因为他仍然在用自己的食物引诱苍蝇进来。

7月19日

我们在向前迈进。我的朋友现在已经有一整群的麻雀了，他的苍蝇和蜘蛛几乎已经被消灭了。当我来时，他跑向我，说他想让我帮他个大忙，一个非常非常大的忙，他说这话的时候，就像一只狗一样讨好我。

我问他是什么，他说道，声音和动作中带着狂喜："一只小猫，一只漂亮的、小小的、健康的、爱玩的小猫，这样我可以和它一起玩，教它，喂它，喂它，再喂它！"

我对这个要求毫无准备，我已经注意到他的宠物体形越来越大，越来越活泼，但是没有意识到他那一群可爱的麻雀会像苍蝇和蜘蛛那样消失的。我说我会找找看的，还问他是不是只愿意要小猫，不要大猫。

他激动地反悔了："对，对，我要大猫！我只要求小猫是怕你会拒绝给我大猫。没有人会拒绝给我一只小猫的，会吗？"

我摇了摇头，说目前我恐怕还不可能给你弄来，不过我会给你找找的。他的脸沉下来，我从上面看出了一个表示危险的警告，因为他突然用凶恶的斜眼瞟了我一下，预示着杀害。这个人是一个还没有发展成形的杀人狂。我应该根据他最近的要求测试他一下，看看会得到什么样的结果，这样我就可以知道更多了。

晚上 10 点

我又去看他，发现他坐在一个角落里仔细盘算着。当我进来时，他立刻跪在我面前，求我给他一只猫，说他就靠这只猫来救他了。

我很坚决地告诉他不可以，于是他一声不响地走了，坐在之前的那个角落里，咬着手指头。我应该明天一大早来看看他。

7 月 20 日

我很早就去看仑费尔德了，在值班员巡视之前。我看见他已经起来了，哼着小调。他正在往窗户里撒他省下的糖，显然又是要开始捉苍蝇了，并且是非常愉快的。

我在四周找他的小鸟，没看见它们，我问他它们在哪儿。他头也没回，回答说都飞走了。房子里有一些羽毛，他的枕头上还有一滴血。我什么也没说，走时告诉看门人，如果今天他有什么异常，就马上来报告我。

上午 11 点

值班员刚才来告诉我说仑费尔德变得非常虚弱，还呕吐出来一大堆羽毛。"我的想法是，医生，"他说，"他吃掉了自己的那些鸟，而且是生吃！"

晚上 11 点

我给仑费尔德注射了一剂强力麻醉剂，足够使他入睡了，然后拿走了他的小本看。最近萦绕在我的大脑中的那个想法已经成熟了，并且得到了证实。

我的这个杀人狂是个罕见的种类，我应该为他发明一种新的分类法，称他为食肉狂（以活物为食）。他想做的是吸取尽可能多的生命，并且显示出要用累积的方法来做这件事。他用很多苍蝇来喂蜘蛛，再用很多蜘蛛来喂鸟，然后想用一只猫来吃这些鸟。那么他下一步会做什么呢?

完成这项试验是很值得的。只需要有一个强烈的动机就能完成。人们嘲笑活体解剖,然而看看他现在的成果!为什么不在科学的最困难和最重要的方面——脑科学上,有所发展呢?

如果我知晓了这个头脑的秘密,如果我掌握了这个精神病人狂想的答案,我就能够发展我自己的科学分支,而伯登·桑德森的生理学和费利尔的脑科学,与之相比则会一钱不值。只要有一个强烈的动机!我不能想太多,否则就会被诱惑了。一个强烈的动机可能会对我起决定作用——我为什么不可能也天生拥有一个不寻常的大脑呢?

这个人是多么具有说服力啊!精神病人总是尽力做他们的事情。不知道他把一个人等同于多少条生命,或者只是一条。他已经很准确地结清了账目,今天开始了新的记录。我们有多少人能在我们生命的每一天,开始一个新的记录呢?

对于我来说,昨天,我的整个生命仿佛就随着我的新希望一起结束了,我确实开始了一项新的记录,直到伟大的记录员计算出我的总数,结了我的总账,并且列出我的所得和所失。

哦,露西,露西,我不能对你生气,也不能对我的朋友生气,因为他的幸福就是你的幸福,我只能等待无望的工作了。工作!工作!

如果我能够有一个强烈的动机——像我的可怜的疯掉的朋友一样,一个好的、无私的动机来让我工作,那就是真正的幸福了。

米娜·穆雷的日记

7月26日

我很焦虑,在这里抒发自己,对我来说是一种安慰。这就像是对自己窃窃私语,同时倾听一样。并且速记文字的符号也有一些东西,让它显得不同于一般的书写。我因为露西和乔纳森感到不高兴。我有一段时间没收到乔纳森的信了,非常担心,但是昨天,一向和蔼的、亲爱的豪金斯先生给我带来了他的一封信。我之前写过信,问他有没有收到,他说刚刚收到函内附件。这封信仅仅是从德古拉城堡发来的一行字,说他这就准备回家。这不像乔纳森。我不明白这是为什么，这让我感到很不安。

然后，还有露西，虽然她很好，可是，最近又开始犯梦游的老毛病了。她的母亲已经跟我说过这个了，我们决定每晚都把我们房间的门锁起来。

韦斯顿拉夫人认为，梦游者总是在屋顶上或是沿着悬崖边行走，接着突然醒来跌落下去，绝望的哭喊声响彻云霄。

可怜的人，她自然很担心露西，而且她告诉我她的丈夫，就是露西的父亲也有同样的习惯。他会在晚上起来，穿好衣服出门，如果不被别人制止的话。

露西在秋天就要结婚了，而且她已经开始准备自己的婚纱和怎样布置自己的房间。我与她有同样的感受，因为我也要做同样的事情。只不过，我和乔纳森会简单地开始我们的生活，并且会争取一起升入天堂。

郝姆伍德先生，就是汉·亚瑟·郝姆伍德，他是高达尔明勋爵唯一的儿子，最近要尽可能快地来这里，因为他的父亲情况不太好，我觉得亲爱的露西正在数着他到达这里的时间。

她想把他带到悬崖墓地的椅子那里，让他看看惠特白美丽的风景。我敢说是等待让她变成了这样，等他来了，她就会好了。

7 月 27 日

还是没有乔纳森的消息，我开始非常担心他了，虽然不知道为什么我应该担心，但是我真的希望他能写信过来，即使是短短的一行。

露西比往常梦游的次数更多了，每晚我都会被她在屋子里走动的声音吵醒。幸好天气炎热，她不至于着凉。但是，不安和频繁的失眠开始警告我，我越来越紧张了。谢天谢地，露西的健康状况越来越好了。郝姆伍德先生突然说要晚点来看他病重的父亲。露西对推迟见面的时间感到很苦恼，不过这没有影响到她的气色。她对小事不怎么在乎，她的脸颊还是泛着像玫瑰一样的粉色，不像原来她贫血时的脸色了，我祈祷这会保持下去。

8 月 3 日

又一周过去了，仍然没有乔纳森的消息，即使是从豪金斯先生那里。天啊，我真希望他不是病了。他是应该写信过来的。我看着他最后的一封信，可是不知为什么，它不能让我满足。这话读起来不像他的，然而却是他的字体，这不会有问题。

上一星期，露西在梦中没有起来太多次，但是她有一个奇怪的问题我不明白，即使是在睡觉的时候，她好像也在看着我。她试了试门，发现锁住了，然后满屋子找钥匙。

8月6日

又是三天过去了，没有乔纳森任何消息。这个悬念越变越可怕了。要是我知道该把信寄到哪儿或是知道去哪儿，我也会觉得好受一点儿。可是自从最后一封信寄来，就没人得到过乔纳森的一点儿消息了。我只能恳请上帝给我一点儿耐心了。

露西比往常要兴奋，可是情况不太好。昨晚非常恐怖，渔夫说我们这儿就要有风暴来了。我必须仔细观察，看看有没有天气的信号。

今天天气非常阴沉，就在我写日记的时候，太阳藏在凯特尔尼斯上空厚厚的云层后面。所有的东西都是灰色的，除了青草，它们好似灰色石头之间的绿宝石。灰色的云彩像是被从缝隙中射出的阳光着了色，高高地漂在灰色的海上，沙滩延伸到海里，像是灰色的影子。海水咆哮着在浅滩上翻滚，被飘向陆地的海雾所包裹。海平面在雾气里消失了。乌云堆叠的如巨石，海上的浪涛声听起来就像死亡在靠近。海滩上到处都是黑影，有时被雾覆盖，看起来就像是人穿过树丛一样。渔船争相往回赶，船冲进海港，被系上绳索时在浪里起起伏伏。斯韦尔斯先生来了。他径直朝我走过来，从他摘帽的姿势中，我能看出他想和我谈谈。

我对这个可怜老人的变化感动了。当他坐在我旁边的时候，他非常有礼貌地说道："我想跟你讲一些话，小姐。"

我能看出他不是很自在，所以我把他皱巴巴的手放在我的手里，让他慢慢说。

于是他把手放在我的手里，说道："亲爱的，恐怕几周前我告诉你的那些关于死人的奇怪事情，一定把你吓坏了，但是我不是故意的，我想让你记住。我们这些人不喜欢去想那些事，我们也不想感觉到它们的存在，这就是为什么我轻视它们,这样我就可以让自己高兴一点儿。但是,上帝是爱你的,小姐。我不怕死,一点儿也不怕,但是我不想死,如果我还能坚持的话。我的时间不多了,因为我很老,而且一百年对于任何人来说都太长了。我离死亡很近,已经开始等死了。你看,我不能摆脱谈论死亡的习惯。不久,死亡天使就会为我吹响号角了。但是请你不要悲哀,亲爱的!"——因为他看见我正在哭泣——"如果它今晚就来,我不会拒绝回答它的召唤的。因为,毕竟生命就是在等待一些东西,而不是我们正在做的事情,死亡就是我们所能够依靠的。我很满足,因为它正在接近我,亲爱的,非常快地接近我。它也许会在我们注视和惊讶的时候到来;也许,它会随着那阵带来损失和失事的海风而来,还有悲惨的海难和伤透的心。看!看!"他突然叫起来,"那阵风的声音里有种什么东西,看一看,闻一闻,它闻起来像是死亡。它就在空气中。我感觉到它来了。上帝,当对我的召唤响起时,让我愉快地应答吧!"他虔诚地举起双臂和帽子。他的嘴动着,好像在祈祷。经过了一阵沉默,他站起来,和我握了手,并且向我表示了祝福,说完再见,就蹒跚着离开了。这让我非常感动,也让我非常伤心。

当我看见海岸警卫员臂下夹着小型望远镜来到时,我非常高兴。他停下来和我讲话,就像他一直做的那样,但是,眼睛一直在看着一艘奇怪的船。

"我真搞不懂它,"他说,"从它的外形来看,它是一艘俄国的船。它正在以一种奇怪的方式到处游荡,一点儿也猜不透它的心思。它好像发现了风暴,但是不能决定到底是去北边,还是停在这里。你再看那儿!这船开得太奇怪了,船舱里的船员每刮一阵风就改变一次方向。明天这个时候之前,我们会听到更多关于它的消息。"

第七章　剪切自 8 月 8 日的《每日一刊》
（粘贴在米娜·穆雷的日记里）

来自一位惠特白的通讯员

这里刚刚经历了历史上最大和最突然的一次风暴，造成了奇异的景象。天气一直有点闷热，但是，这对于 8 月份来说，一点儿都不奇怪。周六傍晚像往常一样平静，大量的度假者昨天出行游览姆尔格雷夫森林、罗宾汉湾、李戈米尔、伦斯韦克、斯戴西斯，和惠特白周围的各种景区。爱玛号和斯卡波拉号轮船沿着海岸线航行，从惠特白出发、到达惠特白的船只都异常的多。这一天直到下午都异常的平静，直到一些经常出没于东崖的教堂墓地，并从那里居高临下地观察海水向北方和东方流去的饶舌者，叫大家注意西北方向的天空中突然出现的海市蜃楼。然后风就从西南方向吹来，风速极慢，用气压术语来说，就是"2 级，微风"。

值班的海上警卫员立即报告，一位半世纪以来都在东崖上观察气象变化的老渔夫用肯定的语气预告说，会有突然的风暴来临。落日非常美丽，色彩夺目的云朵异常漂亮，许多人沿着悬崖在教堂的墓地里观赏美景。在太阳落山之前，它陡峭地穿过黑色的凯特尔尼斯西边的天空，它的下方，围绕着拥有各种夕阳色彩和光泽的云朵，紫色、粉色、绿色、紫罗兰色和每一种金色，到处都有一团团不大但纯粹的黑色，形状各异，巨大的轮廓被完美地勾勒出来。画家们没有丧失机会，无疑一些"大风暴的序幕"的速写，将会装点明年 5 月的英国皇家艺术院的墙壁。

不少船长下令将他们的"大鹅卵石"或是"骡子"（他们这样称呼不同级别的船只）留在海港直到风暴过去。大风在傍晚完全平息了，午夜时，天气可怕的平静、闷热，后来雷声的强度让很多天性敏感的人都难以承受。

海上的灯光很少，即使是那些通常离海岸很近航行的轮船，也远离了海岸，并且看不到太多渔船。唯一看得见的是一艘外国的双桅纵帆船，所有的帆都张开着，看起来正朝西航行。它的船长的蛮干和无知，成为了人们热烈讨论的话题，同时发信号示意他减少帆以应对危险。在夜晚之前，它的帆微微地摆动着，船慢慢地在起伏的海浪里左右摇摆。

"像一艘画中的船，悠闲地漂在海上。"

就在晚上 10 点之前，空气中的寂静越变越压抑，以至于陆地上一只羊咩咩的叫声和镇上的一声狗吠都能听得清清楚楚，堤上的乐队演奏着生动的法国曲调，在大自然的宁静中显得极不和谐。午夜过后，海上传来一个奇怪的声音，上空的气流带来了一阵古怪、微弱、沉闷的轰隆声。

没有任何征兆，暴风雨来了。它迅猛得令人难以置信，甚至是过后都难以理解，整个世界都被震撼了。海浪愤怒地高涨着，一浪高过一浪，在短短的几分钟内，刚才还波平如镜的海水顿时变成了一个咆哮着张开血盆大口的怪物。白浪疯狂地冲刷着沙滩，击打着崖壁。还有一些浪花越过海堤，用泡沫横扫竖立在惠特白海港大堤两端的灯塔的灯室。

大风像雷一样咆哮着，力量之大，就连强壮的男人都难以站稳脚跟或是抱紧铁柱。让大量的旁观者撤离整个大堤非常有必要，否则那晚的死亡人数一定会大量增加。加重了当时的困难和危险的，是一团团飘向陆地的海雾。白色的、潮湿的云雾，以可怕的方式扫荡着，如此的潮湿寒冷，就像在海上迷失的灵魂们用他们已经死去的潮湿黏腻的手，正在去接触他们仍然活着的同伴，人们在掠过的海风中瑟瑟发抖。

雾气渐渐散去，这时能够在闪电的光芒下看见远处的海面，闪电来得又快又多，紧跟着是一阵轰隆隆的雷鸣声，头顶的整片天空仿佛都在风暴脚步的震撼下颤抖。

这样被描写的场面十分的壮观和有趣。大海，涨到像山那么高，它向天空中投掷的每一片浪花都带着大量的白色泡沫，风暴仿佛抓住这些泡沫扔向空中。到处是撑着破帆的渔船，在下一阵大风来临之前，疯狂地四处找着避难所。风暴的白色翅膀时不时地摇晃着海鸟。在东崖的顶端，一个新的探照灯被安装好，准备用于实验，但还从未被使用过。负责它的官员让它运转起来，在风停歇期间，它的灯光连同海雾一起飘浮在海面上。它的作用发挥了一两次，当一艘渔船冲进海港时，在灯光的指引下，它成功地躲避了危险。每当一艘船驶进海港获得安全后，岸上的人群就会爆发出一阵欢呼声，这声音仿佛一瞬间能够劈风斩浪，另一瞬间又会被大风给带走了。

不久以后，探照灯发现远处有一艘双桅纵帆船，张开所有的帆，显然和晚间早些时候注意到的那艘是同一艘船。这时风已转向东边，崖上的观看者颤抖着，他们意识到这艘船现在处于极度的危险之中。

在它和海港之间，是一块巨大的平坦的暗礁，许多好船都已经在上面遭殃了，再加上现在这种风速，它不太可能找到海港的入口。

快到浪潮的最高峰了，但是浪还是那么大，甚至在海槽中都能看见岸上的浅滩。那艘双桅船，撑开全部的帆，以全速向前冲着，就像一句俏皮话说的那样，"她必须得找个地方停下来，这可不是在地狱"。

然后又是一阵海雾，比以往任何时候都要强烈。一大团潮湿的雾气仿佛像一块灰幕一样笼罩在所有的东西上，只给人们留下听觉，去听那风暴的咆哮声，那轰隆隆的雷鸣，还有淹没一切的巨浪的轰鸣。探照灯的射线锁定在穿过东边海堤的海港入口上。在那里，人们期待着震惊的事件，屏住呼吸等待着。

风突然转向东北方向，残留的海雾融化在风中。然后，那艘双桅船张着所有的帆，在大堤之间，在浪与浪之间跳跃，急速向前冲，安全地驶入了海港。探照灯跟随着它，所有看见它的人都打了个冷战，因为舵柄旁边是一具死尸，低垂着头，随着船可怕地来回摆动。甲板上的其他东西一点儿也看不见。

所有人都惊呆了，他们意识到这艘船奇迹般地找到了海港，并且是在无人掌舵的情况下，除非它是曾被一个死人的手来操控的！无论如何，一切都发生得如此突然，根本没时间把所有这些都记录下来。双桅船没有停靠，穿过海港，停在了被无数的浪潮和风暴冲刷至大堤东南角的沙滩上，沙滩延伸至东崖，大堤被当地人称为泰得山大堤。

当船停在沙堆上时还有相当程度的撞击，每一根桅杆、绳索和支索都被拉紧了，一部分顶锤跌跌粉碎。然而，最奇怪的是，就在船接触海岸的那一刻，一只大狗从下面跳上甲板，好像被撞击给吓坏了，它一直向前跑，从船首跳到了沙滩上。

它径直跑向陡峭的悬崖。在那里，教堂墓地在通往东大堤的小路上悬着，一些倾斜的墓碑实际上已经伸出了支撑它的悬崖，它在黑暗中消失了，这黑暗在探照灯的反衬下，显得更加明显。

这一切发生时，没有人在泰得山大堤上，因为那些家在附近的人要么已经睡了，要么已经出来站在了高处。因此，在海港的东边值班的海岸警卫员立即跑向大堤，成为了第一个爬上船的人。负责探照灯的工作人员在看到海港的入口处没有任何东西后，将灯转向那艘船并固定下来。海岸警卫员跑向船尾，当他来到船轮边上，弯下腰检查时，突然向后退缩了一下，好像受到了什么刺激。这似乎引起了大家的好奇心，很多人都跑了过去。

这条从西崖通过德洛大桥，到泰得山大堤的路是很好的路。你们的通讯员是个很优秀的跑步选手，因而跑在了人群的前面。等我到达时，我看见已经有很多人聚集在大堤上了，海岸警卫员和警察不允许他们上船。由于租船老板的好意，我被允许登上甲板，成为看到那个撞到轮子上死掉的水手的一小群人中的一个。

也难怪那个海岸警卫员会吃惊，甚至是害怕，因为这样的场面不会经常能看见。那个人被自己的手系在了轮子的辐条上，一只手系着另一只。在里面的那只手和木头之间是一个十字架，十字架的那串珠子缠绕着手腕和轮子，两者都被绳索系得紧紧的。这个可怜的人可能曾经是坐着的，但是拍打的帆绞进了轮子的舵里，把他来回地拖拽着，因此，系着他的绳子已经切入到他的骨头里了。

事情的情况被详细地记录下来，东伊里亚特医院的 33 岁的 J.F. 卡芬医生在我之后立即赶到现场，在做了检查之后，他宣布此人起码已经死了两天了。

他的口袋里有一个瓶子，用软木塞塞着，里面有一张小纸条，后来被证实是航海日志的遗补。

海岸警卫员说，这个人一定是自己把手系起来的，用牙齿打了个结。海岸警卫员是第一个上船的人，这一事实后来避免了一些纠纷，在海事法庭上，因为海岸警卫队无法索取海难救助酬金，而这是第一名登上失事船的公民的权利。然而，律师却喋喋不休，一名年轻的法学学生大声地宣称货主的权利已经完全丧失，他的财产被非法持有，已经违反了永久管业权的法律，因为舵柄，如果不是证据，也是委托的财产的象征，掌握在了一个死人的手里。

不用说，那个死去的舵手已经从他至死坚守的岗位上被移走了，放在了停尸房等待验尸，他坚定的信仰像年轻的卡萨便卡一样高尚。

这突来的风暴已经过去，力度正在减弱。人群四散开来，约克郡荒原的上空开始变红。

我会及时向您报道，有关这艘无主船在风暴中奇迹般驶入海港的更多信息。

8 月 9 日

昨晚，有关这艘在风暴中神奇靠岸的无主船的后续部分，几乎要比这件事本身还要骇人。人们查出这艘双桅船是从瓦尔纳起航的俄国船，叫作迪米特。它里面几乎全是装满细沙的压舱物，只有一小部分是货物，一些装满泥土的大木箱。

这些货物被委托给一名惠特白当地的律师——S.F. 比灵顿先生，在新月街 7 号，他今天早晨登上船，正式接管了这些委托给他的货物。

俄国领事也根据租船契约，正式接管了这艘船，并支付了所有的入港费。

今天，除了这个偶然的巧合以外，什么也没讨论。贸易委员会的官员非常高兴地看到，每一项要求都根据现有的规章制度被满足了。因为这件事会是一个"昙花一现"的事件，他们显然已经确定，不会再有引起其他不满的原因了。

因为那只狗的存在，一些人因此而感到害怕，唯恐它本身会变成一个危险所在，因为它显然是一只凶狠的畜生。今天早上，一只大狗，属于泰得山大堤附近的一位煤炭商人的杂交马斯蒂夫犬，被发现在它主人院子对面的路上死去。它搏斗过，显然它的对手非常凶狠，因为它的喉咙被撕掉了，肚子似乎被一只锋利的爪子剖开。

之后

因为贸易委员会的检查员的好意，我被允许查看了迪米特号的航海日志，它在三天内被保管得很好，但是上面没有记着什么特别的东西，除了有关海员失踪的事实。然而，最有趣的事是关于瓶子里的纸条，今天它在审讯中被展示。

因为没有隐藏的必要，我被允许使用它们，于是相应地给读者们看一个副本，只是删去了船员和货物经管员的一些技术上的细节。船长在出海以前，似乎得了一种狂躁症，并且，这个病在整个航程中持续不断地发展。当然，我的叙述的真实性还有待证实，因为我只是根据俄国领事的一名秘书的口述写下来这些东西的，他非常慷慨，在很短的时间内为我翻译了出来。

"迪米特"号航海日志　瓦尔纳到惠特白

写于 7 月 18 日，事情发生得这样奇怪，所以我从今以后得准确地记录下来，直到航程结束。

7 月 6 日

我们装完了货物，是细沙和成箱的泥土。中午开船，东风，空气新鲜。全体船员：五名水手……两名大副，厨师，还有我（船长）。

7 月 11 日

清晨进入博斯普鲁斯海峡。土耳其海关官员上船。一切正常。下午 4 点在航。

7 月 12 日

穿过达达尼尔海峡。来了更多的海关官员，还有警卫分舰队的旗舰。官员的检查很全面，也很迅速，想让我们快点走。黄昏时进入爱琴海。

7月13日

经过马特班角。船员对什么事情感到不满。看起来吓坏了，但是不愿意说出来。

7月14日

有一点儿担心船员了。人员很稳定，都是以前和我出过海的人。大副搞不清楚到底出了什么事。他们只告诉他有一些东西，然后在胸前画十字。大副对其中一个人生了气，还打了他。一会儿又激烈地争吵，但是一切又恢复了平静。

7月16日

大副报告，早晨，其中一名船员佩特罗夫斯基失踪了，不能不考虑这件事了。他昨晚在左舷值班了四小时，然后被爱姆拉莫夫替换下来，但是也没回到铺位。大家更加垂头丧气。所有人都说有什么预感，但是除了说船上有些什么东西以外，就什么也不肯说了。大副对他们很不耐烦，担心以后会惹麻烦。

7月17日

也就是昨天，一名船员奥格兰来到我的船舱，恐惧地向我吐露，他觉得有个神秘的人在船上。他说他看到那人藏在了甲板室后面，在发生一场暴风雨时，他看见一个瘦高的男人，不像是任何一名船员，从升降口的扶梯上来，沿着甲板向前走，然后消失了。他谨慎地跟在后面，但是到了船头没看见任何人，所有的舱口也都是关着的。他非常恐慌，我担心这个恐慌会蔓延开来。为了消除它，我准备今天把整艘船从船头到船尾都仔细检查一遍。

这天的晚些时候，我将全体船员集中，告诉他们，因为他们显然觉得船上有某个人，我们就要把整艘船都检查一遍。大副生气了，说这是个愚蠢的念头，向这个愚蠢的念头投降就会挫败士气，他保证会用棍棒来避免他们遇到麻烦。我让他操纵舵柄，其他人开始全面搜查，所有人提着灯保持并排前进。我们没留下任何一个死角。除了大木箱，就没有什么可疑的角落能藏人了。搜查结束后，大家都松了口气，高兴地回去工作了。大副绷着脸，但是什么也没说。

7月22日

过去的三天，天气都很糟糕，所有人都忙着工作，没时间害怕了。人们好像已经忘记了自己的恐惧。大副又高兴起来，夸奖大家在恶劣天气里认真工作。穿越了直布罗陀海峡，一切正常。

7月24日

这艘船好像有什么厄运，已经少了一个人了，进入比斯开湾的时候天气恶劣，昨晚又一名船员失踪了。像上一个一样，他结束了值班，就再也没有人看见他了。所有人都恐慌起来，要求两个人一起值班，因为他们害怕单独一个人。大副生气了，担心会出麻烦，因为他怀疑船员可能会做出一些过激行为。

7月28日

四天都像在地狱里一样，被卷进了一个大旋涡，还有风暴。没有人睡觉，大家都筋疲力尽。不知道该怎么安排值班，因为没有合适的人。二副自告奋勇要掌舵和值班，好让大家有几小时的时间睡觉。风减弱了，虽然海面依然凶险，但是感觉弱了一点儿，因为船平稳了一些。

7月29日

又是一个悲剧。今晚让人单独值班了，因为船员太疲劳，受不了两个人。当早上的值班时间到的时候，甲板上除了舵手，又少了一个人。大喊了一声，所有人都到了甲板上。全面搜查后，依然没找到那个人。现在没了二副，所有人都慌了。大副和我同意从今以后武装起来，看看是什么原因。

7月30日

昨夜，很高兴我们快到英格兰了。天气很好，张开了所有的帆。筋疲力尽，酣畅地入睡。大副叫醒我说是值班员和舵手都失踪了，只剩下我和大副可以驾驶船了。

8月1日

大雾持续了两天，一艘船也看不见。希望在英吉利海峡能打信号求助或者停在什么地方。没有能源撑帆了，我们必须在大风来临之前快跑。船帆不能再低了，因为可能会升不起来。我们好像被赶到了一个可怕的命运里。大副现在比任何一个船员都要沮丧，他坚强的性格好像在和自己对抗。人们不再害怕了，顽强和耐心地工作着，已经作好准备面对更加糟糕的局面。他们是俄国人，他是罗马尼亚人。

8月2日

午夜，刚睡了几分钟就听见一声喊叫，好像在我的船舱外面。在雾里什么也看不见。冲上甲板，我跑到大副那里。他告诉我听见了喊声和跑步声，但是没看见值班的人。又一个人没了，上帝，救救我们吧！大副说我们一定是在经过多弗海峡，刚才雾散的一刻，他看到了北岬，就在他听见那名船员叫的时候。如果是这样的话，我们现在就在北海，只有上帝能在雾中指引我们了，雾好像一直伴随着我们，可是上帝却似乎已经抛弃了我们。

8月3日

午夜，我去接替舵手的班，当我到了那儿，却没看到人。风很平稳，我们没有偏航。我不敢离开那里，所以我叫大副过来。过了几秒钟，他穿着他的法兰绒衣服冲上甲板，看上去眼睛直勾勾的，还很憔悴，事件发生的原因已经写在他的脸上了。他靠近我，用嘶哑的嗓音说道："他在这儿。现在我知道了。昨天晚上值班的时候，我看见他了。像一个人一样，又高又瘦，像鬼一样苍白。他站在船头，向外望着。我悄悄跟在他后面，用小刀刺向他，当小刀在他身体里穿过时，就像穿过空气一样。"一边说一边把小刀猛地捅在空气里。然后他接着说道："但是他在那里，我会找到他的。他在货舱里，可能就在其中一个箱子里。我会把它们一个一个地拆开看，你来开船。"他脸上是警告的表情，手指放在嘴唇上，下去了。突然刮来一阵变动频繁的风，我不能离开船舵。我又看见他走上甲板，手里拿着工具箱和灯，从前面的升降口下去了。他已经疯了，顽固地说着胡话，我阻止不了他。他不会毁坏那些箱子，这些货物的发票上写的是黏土，所以把它们撬开也没有关系。我待在这儿掌舵，同时记下日志。我只能相信上帝，并且等待这些雾散去。然后，如果我在风中不能把船开到海港，我就把帆收起来，停船，发信号等待救援……

现在快结束了。我听见他在货舱里有动静，正当我希望大副能冷静地出来，并且把事情办好时，升降口突然传来一声惊叫，这让我的血液几乎停止流动。大副跑上甲板，好像被枪射中了似的，狂躁不安，眼睛转动着，脸因为恐惧而痉挛。"救救我！救救我！"他大叫着，看着四周的雾。他的恐惧转变成绝望，他一字一句地对我说："你最好跟我走，船长，否则就来不及了。他就在那儿！现在我知道那个秘密了。大海会帮我逃离他，这是唯一的出路！"我还没来得及说上一句话，或者走上前抓住他，他就跳上舷墙，纵身跳入大海。我想我现在也知道秘密了。就是这个疯子把我的船员一个一个地赶走了，现在他自己也随他们去了。上帝救救我吧！等我到了海港，怎么对这些事情作出解释呢？等我到了海港！这还有可能吗？

8月4日

仍然有雾，夕阳的光芒也穿不透，之所以知道此时落日是因为我是一名水手，否则我也不会知道的。我不敢走下甲板，也不敢离开船舵，所以一晚上我都留在这里，在夜晚的黑暗中我看到了，是他！上帝啊，原谅我吧，大副跳下海是对的。我像一个男人一样死去更好。像水手一样死在蓝色的海水里，没有人会反对的。但是我是船长，我决不能离开我的船。我要与这位敌人，这个魔鬼对抗，当我快没力气时，我要把我的手系在轮子上，然后我还要系上他不敢碰的东西。无论是顺风还是逆风，我都可以保存我的灵魂，还有我作为船长的荣誉。我越来越虚弱了，夜晚慢慢降临。如果他会再出现，我也许已经没有时间反抗了……如果船失事了，也许这个瓶子会被发现，发现它的人会明白的……如果没有，那么所有人都会知道我已经对自己的信仰保持忠诚了。上帝，圣母玛利亚，还有圣徒，帮帮我这个尽力履行职责的、可怜的、无知的灵魂吧……

当然裁决是公开的，没有证据可以证明，是否是船长自己杀的人，也无从知晓。这里的民众普遍认为船长是一位英雄，要为他举行一个公开的葬礼。已经安排用火车或者船载着他的尸体到埃斯科河上游，然后再带回泰得山大堤，抬上教堂的台阶，因为要把他葬在悬崖上的教堂墓地里。超过一百名船主已经登记出席葬礼，希望伴随他直到墓地安息。

那只大狗还没有任何消息，小镇的气氛庄严凝重。根据目前公众的态度，我相信船长已被小镇所接纳。明天我们会看到葬礼，并结束这次"海洋神秘事件"。

米娜·穆雷的日记

8月8日

露西一夜都没有休息，我也是，睡不着觉。风暴很吓人，它在烟囱管中发出巨大的轰鸣声，让我禁不住发抖。当风嗖嗖地吹过时，就好像是远处的枪响。很奇怪，露西没有醒过来，但是她起来了两次，穿好了衣服。幸好，我两次都及时地醒了，为她脱下衣服，扶她上床，但没有叫醒她。这事很奇怪，我指梦游，因为一旦她的愿望被某个物理的力量所阻止，她的意图——如果她有的话，就消失了，她几乎完全屈从于自己的生活习惯了。

早晨，我们两个都起来到海港，看看昨晚有没有发生什么事情。周围几乎没人，虽然阳光很灿烂，空气洁净而新鲜，但是可怕的浪看起来本身是黑色的，而它们顶端的泡沫像雪一样，它们把自己推进海港的入口，像一个野蛮的人穿过人群。不知为什么，我感到高兴。还好，乔纳森昨天晚上没有在海上，而是在陆地上。但是，天啊，他到底是在陆地上还是在海上呢？他在哪里？情况怎样？我越来越担心他了。只要我知道该怎么做，让我做什么都行！

8月10日

那位可怜的船长的葬礼是今天最感人的事情。好像每一只船都在场，安放船长尸体的棺材从泰得山大堤一路被抬上了教堂墓地。露西和我一起来了，早早地坐在我们的老位置上，等待着葬礼的船队顺着河向上游行驶到高架桥再下来。我们的视野很好，几乎看到了队列行进的全程。这个可怜的人葬在了我们座位旁边。我们站着，目睹了全过程。

可怜的露西看起来心烦意乱。她每时每刻都坐卧不宁，我不得不认为是她晚上的梦告诉了她一些什么。在一件事情上她表现得很奇怪。她承认她的不安是有原因的，或者如果有的话，她自己都不知道是什么。

还有一个原因，可怜的斯韦尔斯先生，今天早上被发现在我们的座位上去世了，他的脖子受伤了。据医生所说，他显然因为某种恐惧而从座位上摔了下来，因为他脸上有一种惊骇的表情，人们说这表情让他们不寒而栗。可怜的老人！

露西是那么的温柔和敏感，她能比别人更敏锐地察觉到影响。刚才她为一个我都没察觉到的小东西而心烦，虽然我自己是非常喜爱动物的。

有一个来看船的人，他的狗总是跟着他。他们都非常安静，因为我从来没见过那个人生气，也没见过他的狗叫。可是这次他和我们一起坐在椅子上，他的狗拒绝和它的主人在一起，而是站在几码之外，狂吠着。它的主人先是轻柔地喊它，声音渐渐变得严厉，最后生起气来。

但是它还是既不肯过来，也不肯停止制造噪声。它看起来很愤怒，眼睛露出凶残的光，毛发直立着，就像一只猫在战斗前竖起自己的尾巴一样。

最后这个人也生气了，跳起来踢了狗，抓住狗的项背，半拖半拽地把它弄到了固定着椅子的墓碑上。就在这可怜的小东西接触到墓碑的一刹那，它开始颤抖。它没有试着离开，而是蜷缩着、颤抖着，处于一种让人可怜的恐惧状态，我试着安抚它，可是没有用。

露西也充满怜悯，但是她没有去摸那只狗，而是痛苦地看着它。我强烈地感觉到她的性格过于敏感，恐怕以后很难舒服地生活。我确定今天晚上她肯定会梦到这个的。这所有的事情，一艘船被一个死人开到港口里，死人的仪态，他的手被系在轮子上，还有十字架和念珠，感人的葬礼，这只时而愤怒时而恐惧的狗，都给她的梦境提供了素材。我想最好让她在上床之前筋疲力尽，所以我把她带出去沿着悬崖走了很长一段路，一直到了罗宾汉湾再返回。这样，今晚她应该不会再梦游了。

第八章　米娜·穆雷的日记

同一天，晚上11点

唉，但是我很累了！如果不是把日记当成了一项任务，我今晚就不会打开它了。我们有了一次愉快的散步经历。露西高兴起来了，我想是因为在灯塔旁边的一块土地上，一群可爱的奶牛凑过来闻我们，让我们丧失了理智。我觉得我们忘记了一切，当然除了个人的恐惧以外，它好像为我们扫清了暗灰色，又给了我们一个新的开始。我们在罗宾汉湾的一个老式的小酒馆里要了一杯上好的"浓茶"，酒馆里突出的窗户正对着海岸上被海草覆盖的岩石。我相信我们的食欲一定让"新女性"们吃惊。男人们更宽容，祝福他们！我们走回家时停下来休息了很多次，心里充满对野牛出没的恐惧。

露西真的是累了，我们打算尽快爬上床。然而，年轻的牧师进来了，韦斯顿拉夫人要他留下来吃晚饭。我和露西都在反对。我知道这对于我来说是艰苦的战斗，但我很英勇。我在想，某一天主教们应该集合在一起商量一下发展一批新的牧师，他们不吃晚饭，无论被怎样强烈地劝说。而且，他们知道女孩们什么时候累了。

露西睡着了，轻轻地呼吸着。她比往常气色更好啦，看起来特别漂亮。如果郝姆伍德先生仅仅是在客厅见到她就爱上她了，不知道如果他在这里见到她会说些什么。一些"新女性"作家某一天会突发其想，认为男人和女人应该在求婚和接受之前，被允许看看对方睡觉的样子。但是我猜"新女性"将来不会屈尊接受的。她会亲自求婚，然后把它做得很成功！这样做可以得到安慰。我今天晚上特别高兴，因为亲爱的露西看起来好多了。我相信她已经渡过了难关，我们都摆脱了噩梦的困扰。我会更高兴，只要我知道乔纳森……上帝保佑他。

8月11日

又来写日记了。现在睡不着，所以还是写日记好了。我激动得睡不着。我们有了这样一次冒险，一次让人苦恼的经历。我一合上日记就睡着了……突然我醒了，坐起来，被一种恐惧感所笼罩，还有空虚感。屋子里很黑，所以我看不见露西的床。我走过去摸她，发现床上没人。我点燃火柴，发现她不在屋子里，门是关着的，但并没有锁上，因为我没有锁。我不敢叫醒她的母亲，因为她最近病得很重，所以我匆忙地披上衣服准备出去找她。当我正要出门时，突然想起来她身上穿的衣服，也许可以给我一些她的线索。穿着晨衣的话，就是在房子里；穿着裙子的话，就是要出去。晨衣和裙子都在原处。"谢天谢地，"我对自己说，"她不会走远的，因为她只穿着睡衣。"

我跑下楼梯在客厅里寻找。不在那儿！然后我又在房子里的其他房间里找，从未有过的恐惧感袭上心头。我来到大厅发现门是开的。门开得并不大，但是门钩没有钩上。房子里的人每晚总是很小心地关好门，所以我怕露西一定是出去了。已经没时间去想会发生什么事了，一种莫名的强烈恐惧感把一切都笼罩起来。

我拿起一条大披肩跑了出去。当我站在新月街上时，敲响了1点的钟声，街上一个人也没有。我沿着北特雷斯鲁一直跑，但是没有看到我希望看到的白色身影。在大堤西崖的边缘上，我穿过海港望向东崖，不知道到底是希望还是害怕看见露西坐在我们最喜欢的椅子上。

天上是一轮明亮的满月，还有厚厚的黑色云彩，当它们移动时在地上投下了一幅飞逝的光和影的画面。我一时什么也看不清，因为云的影子遮住了圣玛丽教堂和周围的一切。随着云的移动，教堂的废墟进入了我的视野，随着一道像剑一样的亮光的移动，教堂和墓地逐渐清晰起来。无论我的预期是什么，那儿没有让人失望，因为在那里，在我们最喜欢的椅子上，银色的月光照在了一个半躺的人影上，雪白雪白的。云来得太快了，我还没有看清，云就立即把光亮遮住了；但是，我好像看见白色人影闪光的座位后面，站着一个黑色的东西，伏在上面。那是什么，人，还是野兽？我说不清楚。

我迫不及待地再看一眼，然后飞奔到大堤陡峭的台阶上，穿过鱼市到了大桥，这是到东崖去的唯一一条路。整个镇子都好像死了一样，因为我没看见一个人。我很高兴这样，因为我不想让任何人看见可怜的露西的情况。时间和距离都好像是没有尽头的，当我费力爬上大教堂的台阶时，我的膝盖颤抖着，吃力地喘着气。我应该跑得更快，可是我的腿像灌了铅似的，我的身体里的每一个关节都好像生了锈。

当我快要到达顶端时，我能看见那个座位和那个白色人影，因为我现在与他们的距离，近到足够让我辨认出来。那里无疑有一个什么东西，又长又黑，伏在半躺着的白色人影上。我惊叫："露西！露西！"那东西抬起了头，从我站的地方能看见他白色的脸，和一双红色的发光的眼睛。

露西没有回答，于是我继续跑到教堂墓地的入口处。当我进来时，教堂挡住了我的视线，我一时竟然看不见她了。当我又能看清时，云彩已经飘过去了，月光明亮地照着，我看见露西半躺着，头靠在椅子的靠背上。她一个人在那里，周围没有任何生物的痕迹。

当我弯下腰看她时，发现她还在睡着。她的嘴唇分开了，呼吸不像平常那般轻柔，而是喘着长长的、沉重的气息，好像努力让每一次呼吸都把肺装满空气似的。当我靠近时，她在睡梦中举起手把她的睡衣领子拉近自己，好像感到了寒冷。我将披肩盖在她身上，在她的脖子上系紧，像这样赤身裸体的，晚上会着凉的。我不敢立刻叫醒她，于是为了让自己腾出手扶她，我在披肩上别了一枚别针。但是，由于惊慌而变得笨手笨脚，我可能掐到了她或是扎到了她，因为过了不久，当她的呼吸又变得沉静下来时，她又把手放在了喉咙上呻吟起来。当我把她小心地裹起来以后，我把我的鞋套在她的脚上，开始轻轻地把她叫醒。

一开始她没有回应，但是她的睡眠逐渐变得越来越不安，时而呻吟，时而叹息。最后，因为时间过得很快，还因为其他很多原因，我想立刻带她回家，于是我使劲地摇她，直到她最后睁开眼睛醒来。她看到我时，并没有感到吃惊。当然，因为她还没有立刻意识到自己在哪里。

露西总是很优雅地醒过来，即使是在这样的时刻，即使她的身体一定被冻坏了，即使一定会被在夜晚的教堂墓地里赤身裸体醒来这一情景给吓住，她也没有失掉自己的优雅。她微微地颤抖了一下，贴近我。当我告诉她马上和我回家时，她就一声不响地站起来，像一个孩子一样听话。就在我们走着的时候，碎石把我的脚弄疼了，露西注意到了我的畏缩。她停下来，坚持要我穿上我自己的鞋，但是我没有。当我们到了教堂墓地外面的路上时，那里有风暴留下来的水坑，我在脚上涂满了泥巴，用一只脚在另一只脚上抹。这样，当我们回家时，如果在路上遇到什么人，我也不会被发现是光着脚的。

运气使然，我们在回家的路上没有碰到一个人。有一次我们看见一个男人，好像不是很清醒，在我们面前走过。不过我们藏在一扇门后直到他走远。我的心一直狂跳着，甚至有时我觉得自己快要晕倒了。

我对露西充满了焦虑，不光是为她的健康，因为怕她穿得太少而着凉，还为她的声誉，因为人们会以讹传讹。我们进了屋，洗干净了我们的脚，一起做了感谢的祷告，我就把她裹在了被窝里。在睡之前她要我甚至是恳求我，不要把这件事告诉任何人——即使是她的母亲——关于这次梦游的经历。

我一开始犹豫了一下，没有许诺，但是考虑到她母亲的健康状况，还有知道这样的事会怎样使她烦恼，还想到这个故事可能会被怎样的歪曲，不，是一定会——如果它被泄露出去的话。所以我认为这样做是明智的，我希望自己做对了。我锁上了门，把钥匙系在了自己的手腕上，这样也许我就不会再被打扰了。露西睡得很香，黎明的光在海的那边高高地升起⋯⋯

同一天，中午

一切正常。露西一直睡到我把她叫醒，甚至连身子都没翻过一下。昨晚的历险好像没有伤害到她，相反，还为她带来了好处，因为她今天早上比这几个星期以来看起来都要好。我很抱歉，在别别针时伤到了她，而且，一定很严重，因为她喉咙上的皮肤被刺破了。我一定是刺到了她的一块较松的皮肤，并且刺穿了。因为有两个小红点，像是针眼，而且她睡衣的带子上有一滴血。当我向她道歉并表示担心时，她大笑起来还拥抱了我，说她几乎都没感觉到。还好，那应该不会留下疤痕，因为它们太小了。

同一天，晚上

我们度过了愉快的一天。空气清新，阳光灿烂，凉风习习。我们把午餐带到了姆尔格雷夫森林，韦斯顿拉夫人把车开到路边，我和露西沿着悬崖边的小路走到大门和她会合。我感到自己有点悲伤，因为我不知道，如果此时乔纳森在我身边的话，我会有多高兴。但是现在，我只能耐心一点儿。晚上我们在别墅庭院里散步，听着斯伯尔和麦肯锡演奏的美妙音乐，之后早早地上了床。露西好像比之前一段时间都要容易入睡，很快就睡着了。我应该锁上门，确保钥匙像以前一样安全，我不希望今晚发生什么麻烦事。

8月12日

我的预期是错误的，因为在晚间我两次被露西吵醒，她想出去。即使她是睡着的，当发现门是锁着时，她好像很不耐烦，像抗议一样又躺回床上。我在清晨醒来，听见窗外的小鸟唧唧喳喳地叫着，露西也醒了，看到她的情况甚至比前一个早上还要好，我感到很高兴，她的快乐好像又回来了，她走过来依偎在我身边，告诉我所有关于亚瑟的事情。我告诉她我有多担心乔纳森，她试着安慰我。她成功了一点点，虽然同情不能改变现状，却也使我好受了一点儿。

8月13日

又是平静的一天，我像往常一样把钥匙戴在手腕上上了床。晚上我又醒了，看见露西坐在床上，仍然睡着，指着窗户。我悄悄地起来，拉开窗帘，向外看。窗外月光皎洁，明亮地照在空中和海上，形成了一种柔软的效果，神话般地、静谧地交汇在一起，美得难以言表。在我和月光之间飞着一只蝙蝠，来来回回地绕着圈子。有一两次，它飞得特别近。但是我猜，可能是被我吓到了，它飞走了，越过海港，飞到了大教堂那里。当我转过身来，露西已经再次躺在了床上，安静地睡着。她一整晚都没有再起来。

8月14日

在东崖上读读写写了一整天。露西看起来像我一样爱上了这个地方，甚至是到了回家吃饭或是喝茶的时候，她也不愿意离开这里。今天下午她说了一句奇怪的话。我们正在回家喝茶的路上，已经走到了西崖上面的台阶顶端，停下来看风景，就像我们平常那样。落日低低地挂在空中，渐渐地下沉到凯特尔尼斯的下面了。红色的光芒投射在东崖和大教堂上，一切都好像沐浴在玫瑰般的红光中。我们沉默了一会儿，突然，露西好像在自言自语……

"又是他那双红色的眼睛！他们简直一模一样。"这是个奇怪的表达，非常不合时宜，却让我异常惊讶。我稍微转了一下身子看露西，以免看起来明显的是在盯着她，露西处在一种半睡半醒的状态，脸上的古怪表情我不能理解，所以我什么也没说，只是看着她的眼睛。她好像是在看着我们的椅子，有一个黑影独自坐在上面。我惊呆了，因为有一刻，那个陌生人的眼睛就像是燃烧着的火焰，但是另一刻这个幻觉又消失了。红色的阳光照在我们椅子后面的圣玛丽教堂的窗户上。随着太阳的下沉，折射和反光都在变化，看起来就好像光在移动。我让露西注意这个特别的效果，她一开始恢复了原状，但是看起来很伤心。也许她刚才在回想那可怕的一晚。我们从没提到过那件事，所以我什么也没说，我们就回家吃饭了。露西头痛，所以很早就上床了。我看见她睡了，就自己出去散了散步。

我沿着悬崖向西走，满是悲伤，因为我正在想着乔纳森。当我回到家里时，月光是那么明亮，以至于虽然我们这边的新月街被阴影覆盖，但我还是能把所有东西看得清清楚楚。我抬头看了看我们的窗户，看见露西的头伸了出来。我打开手绢向她挥手，她没有注意到，也没有做出任何动作。就在这时，月光转了一个角度，照在了窗户上。显然，露西的头靠在一边的窗框上，闭着眼睛。她睡得很熟，在她旁边，一只像鸟一样的东西停在窗框上。我怕她着凉了，所以我跑上楼，但是当我进入房间时，她正在走回自己的床，昏沉沉地睡过去，呼吸沉重。她用手抓住脖子，仿佛在御寒。

我没有叫醒她，而是给她盖好了被子。我确认了一下，门是锁好的，窗户也被安全地关紧了。

她看起来睡得很甜，但是脸比以前要苍白。但是她的眼底有一种扭曲的、憔悴的神情，我不喜欢。我担心她是在为一些事情烦恼，希望我可以发现那是什么。

8月15日

比往常起得晚。露西很疲倦，无精打采的，我被叫醒以后，她还继续睡着。我们吃早饭的时候，得到一个惊喜。亚瑟的父亲身体好多了，希望婚礼快点举行。露西充满了平静的快乐，她的母亲很高兴，可是立即又难过起来。过了一些时候，她告诉了我原因。露西将不再是她独有的孩子了，她很悲痛，但是又很高兴马上就会有一个人来保护她了。可怜的夫人！她告诉我，她已经接到自己的病危通知书了，她没有告诉露西，并要我保守秘密。她的医生告诉她，最多再有几个月，她就会死，因为她的心脏越来越虚弱。任何时候，甚至是现在，一个突然的刺激肯定会杀了她。啊，没有把露西梦游的那可怕的一晚告诉她，是很明智的。

8月17日

两天都没有记日记。我没有心情写。某种灰幕像是渐渐笼罩在我们的欢乐之上。乔纳森依然没有消息，露西似乎越来越虚弱，此时，她的母亲所剩时日已经不多了。我不能理解露西的憔悴，她吃得很好，睡得也很好，呼吸着新鲜的空气，可是她脸颊的玫瑰红每时每刻都在褪色，她一天天变得虚弱而无精打采。晚上我听见她的喘息，就好像缺少氧气一样。

晚上我总是把我们房间的钥匙戴在手腕上。但是，露西起来以后，总是在房间里转悠，坐在打开的窗户旁边。昨晚当我醒来时，发现她的身子探出窗外，我试着叫醒她，可是却叫不醒。

她晕过去了，当她恢复了意识时，就像水一样虚弱，一边努力地、痛苦地呼吸着，一边安静地哭泣。当我问她是怎么坐在窗边时，她摇了摇头就转身走了。

我确信她的虚弱不是因为那次不幸的针刺事件。就在她躺下时，我看了看她的喉咙，那个小小的伤口好像还没有愈合。它们仍然张开着，甚至比原来还要大，伤口边缘是微微的白色，中心是红心的白色小圆点。除非它们在一两天之内痊愈，否则我一定要让医生看看是怎么回事儿。

惠特白律师事务所的萨缪尔·F.比灵顿给
伦敦佩特森公司的卡特先生的信

8月17日

亲爱的先生：

在此附上由北方铁路公司运送的货物的发票。货物将会送至卡尔法克斯，在帕夫里特附近，马上就会到达国王十字火车站。房子目前是空的，已随信附上钥匙，所有的钥匙都贴了标签。

请保管这些箱子，总数五十，放在那所房子半荒废的楼里，并在里面的图表上标上"A"。您的代理人会很容易就找到地点的，因为那是宅子的古老的小教堂。货物会在今晚9点30分随火车出发，明天下午4点30分到达国王十字火车站。因为我们的客户希望货物尽快送到，所以，我们希望你们可以准时在国王十字火车站等候，并立即将货物送到目的地。为了避免一些日常的需要对您部门的支付而可能导致的延误，我们随信附上十英镑的支票，如收到请予以告知。如费用少于此数目，您可以退回余款，如果多了，我们在接到您的通知后会立即寄去支票补足差额。离开房子时，请将钥匙留在房子的主大厅内，业主在用备用钥匙进入房子后，可以在那里找到它们。

恳请不要认为我们催您用最快的速度办事是超越了生意礼节的界限。

愿意为您效劳。

您忠诚的，萨缪尔·F.比灵顿

伦敦佩特森公司的卡特先生给惠特白的比灵顿先生的信

8月21日

亲爱的先生：

接奉尊函，并返还一英镑的支票，是为余款，如一并附上的收据所示。货物已准确地按照指示送到，钥匙遵照指示被装在包裹里放在主大厅内。

敬礼！

米娜·穆雷的日记

8月18日

我今天很高兴，坐在教堂墓地的椅子上写日记。

露西情况非常好。昨晚她一整夜都睡得很好，一次也没有吵醒我。

玫瑰色的红润似乎回到了她的脸颊，虽然她依旧显得苍白和病弱。如果她是因为贫血，我可以理解，但她没有。她情绪高涨，充满生命活力和愉悦。所有病态的沉默寡言都远离了她，她刚刚提醒了我那个夜晚，好像我需要提醒似的；还有就是在这里，在这张椅子上，我发现她睡着了。

她一边顽皮地用靴子的脚后跟敲打着石板，一边和我说："我可怜的小脚当时没有发出太多响声！我敢说斯韦尔斯先生告诉过我，这是因为我不想吵醒乔治。"

因为她这么愿意讲话，还很俏皮，于是我问她，那个晚上是否做梦了。

在她回答之前，我看见她甜甜地皱起眉头，亚瑟——我以露西的习惯这么叫他，曾说他喜欢这个表情，当然，我不奇怪他会喜欢。然后她继续以一种半睡半醒的状态说下去，好像在为自己回忆。

"我没有太多的梦，但是那一切似乎是真实的。我就是想到这个地方来。我不知道为什么，因为我在害怕一些东西，但是我不知道是什么。我记得，虽然我猜自己是睡着的，穿过大街，过了桥。一条鱼在我经过时跳了起来，然后我弯下腰去看它，我还听见很多狗在叫。就在我走上台阶的时候，整个镇子好像所有的狗都同时叫起来了。我模糊地记得有一个东西，又长又黑，长着一双红色眼睛，就像我们看到的落日，然后就是一些既甜蜜又苦涩的东西立刻围绕在我的周围。接着，我好像沉入了深深的碧水之中，耳边还有歌声，就像给快要淹死的人听的那种。随后好像所有的东西都离开了我。我的灵魂仿佛离开了我的身体，在空气中游荡，我好像记得，有一次，西边的灯塔就在我下面，接着是一种被折磨的感觉，仿佛在一场地震中。然后我回来了，发现你正在摇晃我的身体。我在看到你之前，感觉到你在做这个。"

然后，她放声大笑。这一切对我来说，简直太不可思议了，我屏住呼吸听她讲。我不是很喜欢，因为不想让她一直想着这个话题，所以我们转移到了另一个话题上，露西又像从前一样了。当我们到了家，清新的微风振作了她的精神，她苍白的脸颊真的更加有血色了。她的母亲看到她非常高兴，我们一起度过了一个愉快的夜晚。

8月19日

高兴！高兴！高兴！虽然不是所有的事情都让人高兴，但起码，乔纳森有消息了。这个亲爱的家伙病倒了，这就是他没有写信的原因。我不怕想他，也不怕说他，现在我知道了。豪金斯先生给我寄来了信，是他亲手写的，他太好了。我准备早上出发去乔纳森那里，如果有必要的话，帮忙照顾他，然后把他带回家。豪金斯先生说，我们在那里结婚也不失为一件好事。我捧着信一直哭，直到感觉到它在我怀里湿透了。这是乔纳森的信，所以必须贴近我的心，因为他就在我的心上。我的旅行要开始了，我的行李也准备好了。我只带了一件换洗的裙子。露西会把我的大衣箱带回伦敦，并替我保管，直到我派人去取，因为有可能……我不能再往下写了。我必须把话留给乔纳森听，我的丈夫。这封他见过、也摸过的信，会在我们见面之前安慰我的。

布达佩斯的圣约瑟夫医院的阿加塔修女给威尔海尔·米娜·穆雷小姐的信

8月12日

亲爱的夫人：

我依乔纳森·哈克先生之意写了这封信，他自己没有力气写信，虽然正在迅速康复，感谢上帝和圣约瑟夫医院。他患了严重的脑热病，我们已经照顾了他将近六周。他希望我来传达他的爱意，他让我写信到这个地址给埃克斯特的豪金斯先生，说他已尽职责，并对他的延误表示歉意，他的全部工作都已经结束了。他要求在我们山上的疗养院休息几周，然后就返回。他想让我说他身上没有足够的钱，想为自己在这的休养付费。这样，那些需要的人就可以得到帮助了。

相信我！

同情你并祝福你的阿加塔修女

另外，我的病人正在睡觉，为了让你知道更多的事情，所以我把信重新打开了。他把你的情况都告诉我了，还说你马上就会成为他的妻子。祝福你们两个！我们的医生说，他受到了剧烈的刺激，精神错乱，胡言乱语，尽说一些关于狼群、监狱、血、鬼魂和恶魔的东西，我害怕说这些东西。在接下来很长一段时间里都要小心，不要让任何事情刺激他想起这些东西。他这种病的结果不会轻易消失的。我们应该早就写信的，但是我们一点儿也不知道他有什么朋友，他身上什么也没有，没有任何别人能明白的东西。他坐火车从克劳森堡来，那里的站长告诉警卫，说他冲进火车站，大喊要一张回家的火车票。从他暴力的举止看出他是个英国人，于是给了他一张到这列火车终点站的火车票。

确保好好照顾他。他用他的好心和温和赢得了人心。他正在康复，不出几个星期他就会痊愈。但为了安全起见，照顾好他。我向上帝和圣约瑟夫医院祈祷，你们两个会有很多很多年的幸福时光。

西沃德医生的日记

8 月 19 日

仑费尔德昨天晚上又突然起了奇怪的变化。大约 8 点时，他开始兴奋起来，像一只狗一样到处嗅着。值班员对他的举动很是吃惊，因为知道我对他感兴趣，于是鼓励他说话。他通常非常尊敬值班员，有时甚至是奴颜婢膝，但是昨晚，值班员告诉我，他变得非常傲慢无礼，不再愿意屈尊和值班员讲话。

他能说的就是："我不想和你说话，你现在不重要了，主人就快要到了。"

值班员认为他是突发了一种宗教的狂热。如果是这样的话，我们必须提防危险，因为一个同时具有杀人癖好和宗教狂热的强壮的人可能会很危险。

这两者的结合是很可怕的。

　　9点时我亲自去看了他。他对我的态度和对值班员的一样。在他傲慢的自我感觉里，我和值班员好像没有任何区别。这看起来像是宗教狂热病，他很快就会觉得自己是上帝了。

　　人和人之间这些微小差别对于上帝来说太微不足道了。疯子怎么会出卖自己呢！真正的上帝小心呵护，唯恐麻雀跌落下来。但是，由人类的虚荣心创造出来的上帝，分不清老鹰和麻雀。唉，但愿人知道！

　　在半小时或者更长的时间里，仑费尔德越来越兴奋。我没有假装看着他，但是一直严密地监视他。突然他的眼睛变了神采，我们总是在精神病人突然想到一个念头时看到这样的情况。同时还有头和背部的多变的运动，这些精神病院的值班员都非常清楚。他变得异常安静，坐在床角上，两眼无神地望着空中。

　　我想我会查出他的冷淡是真的，还是假装的，还要引导他谈论自己的宠物——一个最能引起他兴趣的话题。

　　一开始他不回答，但终于烦躁不安地说："让它们都见鬼去吧！我一点儿都不在乎它们！"

　　"什么？"我说，"你不会告诉我你不在乎蜘蛛了吧？"（蜘蛛目前是他所感兴趣的，他的笔记本上写满了一行行的数字。）

　　他神秘地回答说："处女新娘让等待新娘的人高兴；但是，如果漂亮的新娘来了，处女新娘就不稀罕了。"

　　他不肯解释自己所说的话，仍然顽固地一直坐在自己的床上。我一直和他在一起。

　　我今晚很疲倦，情绪低落。我不能不想露西，还有，事情会变得怎样的不同呢？如果我不能立即入睡，只好用麻醉剂了，现代的睡梦之神！我必须小心，否则会上瘾的。不，今晚我不能用它！我想过露西，我不能把这两者混在一起来侮辱她。如果需要的话，今夜就不睡了。

　　过了一会儿，我很高兴我下了决心，更高兴我遵守了它。才刚刚两点，夜班警卫员过来告诉我，仑费尔德已经逃跑了。我披上衣服，立即跑了下来。让我的这个病人在外面游荡太危险了。他的那些危险的想法可能会在陌生人身上付诸实施。

值班员说，不到十分钟前，当他通过门上的观察窗向屋里看时，还看见仑费尔德在自己床上睡觉。不一会儿，拧窗户的声音引起了他的注意。他又跑了回去，看见仑费尔德的脚消失在窗户那里，于是马上派人叫我。他只是穿着睡衣，不会跑远的。

值班员认为，到他会去的地方找他比跟着他有用，因为当他从大门跑出这栋楼时，可能会迷路。他体积很大，不可能从窗户出去。

我很瘦，所以在他的帮助下出去了，因为我们只离地面有几英尺高，所以落地时没有受伤。

值班员告诉我，病人往左边方向跑了，并且跑的是直线，所以我尽可能快地跑。当我穿过绿化带，我看见一个白色的人影攀上了高墙，那堵墙将我们的院子和那座废弃房屋的院子隔离开了。

我立即跑了回去，让值班员赶快给我叫上三四个人，跟着我进到卡尔法克斯的院子里，以免我们的朋友出危险。我自己拿上一个梯子，越过墙，跳进了另一边的院子。我能看见仑费尔德的影子刚刚消失在房子一角的后面，所以，我跟在他后面跑。在房子的最远端，我看见他使劲敲着教堂老旧而坚硬的栎木门。

他显然在跟某人说话。但是，我不敢靠得太近来听他在说些什么，以免吓到他，而让他再次跑掉。

追赶一群迷路的蜜蜂与追赶一个赤裸的精神病人相比，实在算不上什么，如果他决意要逃跑的话！无论如何，几分钟后，我发现他已不在警惕周围的一切事物，所以冒险向他靠近，我的人也已经越过了墙，向他包抄过来。我听见他说：

"我来这里照您的吩咐办事，我的主人。我是您的奴隶，您会奖励我的，因为我会很忠诚。我在远方仰慕您很久了。现在，您就在这里了，我等待着您的命令。在您分发奖赏的时候，您是不会忽略我的，您会吗，我的主人？"

无论如何，他是一个自私的老叫花子。即使他认为自己很真诚，他也在考虑着面包和鱼。他的狂热病产生了一个可怕的结合。当我们将他包围时，他就像一只老虎一样反抗。他异常强壮，因为他比起人类来说，更像是一个野兽。

我从没看见过一个精神病人爆发过这样的愤怒，我也希望我不要再看见。

幸运的是，我们及时地发现了他的力量和危险，以他这样的力气和决心，在被关起来之前，他会做出野蛮的事情的。

至少他现在安全了。仑费尔德不能从那个让他受束缚的紧身背心中解脱出来，他被拴在了软壁小室的墙壁上。

他的叫声有时很可怕，但是，随后的沉默更加可怕，因为他的每一次转身和行动都可能意味着行凶。

就在刚才，他第一次说出了连贯的话："我应该有耐心，主人。他快来了，快来了，快来了！"

于是我领悟到了。我太激动了以至睡不着，但是，这本日记让我安静了下来，我觉得这晚我会睡着的。

第九章　米娜·哈克给露西·韦斯顿拉的信

布达佩斯，8月24日

我亲爱的露西：

　　我知道，你已经迫不及待地想知道，自从我们在惠特白火车站分别以后发生了什么。

　　亲爱的，我顺利地到达了赫尔，搭上了去往汉堡的船，然后上了火车。我觉得旅途上的事情我几乎一件也想不起来了，除了我知道我正在去往乔纳森那里，因为我要去照顾他，所以我最好能有充足的睡眠。

　　我看见我亲爱的人如此的消瘦、苍白和虚弱。所有的刚毅都已经从他的眼中消失了，还有我跟你说的，他脸上的那种冷静的庄严也不见了。他成了一具形骸，已经不记得过去很长一段时间，发生在他身上的任何事情。至少，他想让我相信这一切，我不会问的。

　　他被严重地刺激了，我怕如果他尝试回忆过去，会给他可怜的大脑造成负担。阿加塔修女是一个好人和天生的护士，她告诉我，他想让她告诉我一切，但她只是在胸前画着十字，说她永远也不会说的。她说病人说的胡话是上帝的秘密，如果一位护士由于自己的使命听到了它们，她应该尊重自己的信仰。

　　她是一个温柔的、善良的人，第二天，当她看见我在苦恼时，她引起了关于我那可怜的人说胡话的话题，又说："我只能告诉你这么多，亲爱的。他自己没有做错任何事情，你，作为他未来的妻子，也没有任何理由担心。他没有忘记所欠你的。他的恐惧是关于一些极其可怕的事情的，没有凡人可以解决。"

　　我相信，这个好人觉得我可能会嫉妒：该不是我可怜的亲爱的人爱上了什么别的女孩。我会因为乔纳森而嫉妒！然而，亲爱的，让我小声告诉你，当我得知麻烦的起因不是别的女人时，我感到一丝快意。我现在坐在他的身边，在这里，我可以看见他睡梦中的脸。他醒了！

当他醒来时，他向我要他的外衣，因为他想从口袋里取什么东西。我问了阿加塔修女，她拿来了他所有的东西。我看见其中有他的笔记本，正要叫他让我看看，因为我知道我可能找到一些问题的线索，但是我猜他一定已经从我眼中看到了我的愿望，因为他叫我到窗户那里去，说自己想单独待一会儿。

然后他把我叫了回去，非常严肃地对我说道："威尔海尔·米娜！"我知道他非常真诚。因为自从他向我求婚以来，就再也没叫过我这个名字，"你知道，亲爱的，我对丈夫和妻子之间的信任的理解则是彼此不应该有秘密和隐瞒。我受了严重的刺激，当我试着回想那是什么时，就觉得脑子里天旋地转，我不知道那是否真的是一个疯子做的梦。你知道我又闹热病，就是变疯了。秘密就在这里，我不想知道它。我想在这里继续开始我的生活，还有我的婚姻。因为，亲爱的，我们已经决定在手续办完以后尽快结婚。威尔海尔·米娜，你愿意分担我的无知吗？笔记本就在这里。拿走它并保存好，如果你愿意，可以读它，但是决不要让我知道，除非，确实有一些严肃的任务落在了我头上，让我回到记录在这里的那些痛苦的时刻，睡着的和醒着的、清醒的和疯狂的，时时刻刻。"他吃力地转了个身，我把本子放在了他的枕头下面，亲吻了他。我已经让阿加塔修女请求修道院长让我们的婚礼就在今天下午举行，我正在等待她的答复。

她来告诉我，已经派人去叫英国教堂的教士过来。我们一小时之内就能结婚，或者在乔纳森醒来之后。

露西，那个时刻已经来到并离去了。我觉得非常庄严，但是非常、非常幸福。乔纳森一小时之后有点醒了，一切都准备就绪。他坐在床上，靠着枕头。他回答"我愿意"时坚定而强有力。我难以表达我的情绪，我的心如此之满足，即使是这些词也会噎到我。

那些修女是那么善良。上帝啊，我永远、永远也不会忘记她们，也不会忘记我身上担负的那些重要和甜蜜的责任。我现在必须跟你讲讲我的婚礼。当教士和修女们把我单独和我的丈夫留下来时（哦，露西，这是我第一次写下"我的丈夫"这样的词），让我和我的丈夫单独在一起，我把那个本子从他的枕头下拿出来，用白纸裹起来，然后用我脖子上的纯蓝色丝带系上，用蜂蜡把它封住，用我的结婚戒指作为封印。然后我亲吻了它并把它给我的丈夫看，告诉他，我会这样一直留着它，把它作为我们一生都会相信对方的可见象征，说我永远都不会打开它，除非是因为他崇高的理由，或是为了一些义务。然后，他把我的手放在他的手中，哦，露西，这是他第一次握住他"妻子"的手，他说，这是世上最珍贵的东西，如果有必要的话，他会把过去重来一次，来得到这一切。我可怜的亲爱的人，指的是过去的一部分，但是他还不能想出时间，我不应该感到奇怪，最初，他不仅把月份弄混了，甚至还有年份。

亲爱的，我还能说什么呢？我只能告诉他，我是这世上最幸福的女人，我没有什么能给他的，除了我自己，我的生命和我的信任，而且它们也会在我的一生中伴随着我的爱和责任。亲爱的，他吻了我，用他虚弱的双手抱住我，这就像是我们之间一个庄重的誓言。

亲爱的露西，你知道我为什么要把这些告诉你吗？这不仅仅是因为这对我来说，非常甜蜜，还因为你对于我来说，曾经，并且一直是非常珍贵的。成为你的朋友和当你从学校走向人生时的指引者是我最大的荣幸。我现在想让你看到，在一位非常幸福的妻子眼里，责任把我引向了何方，这样在你自己的婚姻生活中，你也会一直幸福的，像我现在一样。万能的主啊，让你的生活能像它所许诺的那样，永远是阳光，没有狂风，没有对责任的遗忘，没有猜疑。我不能希望你没有痛苦，因为那是不可能的，但是我真的希望你能像我现在这样永远幸福，再见，我亲爱的。我应该马上就把这封信寄出去，并且，也许很快再写信给你。我必须停下来了，因为乔纳森醒了。

我必须服侍我的丈夫了！

永远爱你的米娜·哈克

露西·韦斯顿拉给米娜·哈克的信

惠特白，8月30日

我亲爱的米娜：

无尽的爱和无数的吻给你，希望你能尽快和你的丈夫回家。我希望你们尽快回来，可以和我待在一起。这里清新的空气会使乔纳森快速好起来的。

它已经让我好多了。我像一只鸬鹚一样好胃口，充满活力，睡得也很香。你一定很高兴，因为我几乎已经不再梦游了。我觉得我已经一周没有从床上起来了，就是从晚上一上床开始。亚瑟说我越来越胖了。顺便说一句，我忘了告诉你亚瑟在这里。我们经常一起散步，开车兜风，骑马，划船，打网球和钓鱼，我比以前更爱他了。他说他也更爱我了，但是我怀疑，因为他那时告诉我，不能再爱我更多一点了。不过这都是废话。他现在在叫我了。所以就先到这里吧。

露西

另外，母亲让我代她向你问好。她看起来好多了，可怜的亲爱的妈妈。

再另外，我们将在 9 月 28 日举行婚礼。

西沃德医生的日记

8 月 20 日

仑费尔德的案子越变越有趣了。至今他都很安静，现在是他热情的休息期间。因为在他遇到袭击以后的第一周，他一直很狂暴。就在那个晚上，月亮升起的时候，他变得安静了，一直不停地自言自语："现在我可以等待，现在我可以等待。"

值班员过来告诉了我，所以我立刻跑下去看他。他仍然穿着紧身背心，待在软壁小室里，不再泪流满面，一些原来的那种乞求的目光又回到了他的眼中，几乎可以说是战战兢兢、温顺的。我对他现在的状况很满意，吩咐把他放开。值班员犹豫了一下，没有表示反对，执行了我的命令。

非常奇怪的是，病人似乎以幽默的心态来对待他们的不信任，因为当他走近我时，一边偷偷摸摸地看着他们，一边对我轻声说："他们觉得我会伤害你！竟然想象我会伤害你！一群傻瓜！"

不知为什么，当发觉自己被与其他人区别对待时，即使是在一个可怜的精神病人的眼中，也会让我有一种舒心的感觉，当然，我没有相信他的说法，反而认为，是因为我们在某一方面有共同点，所以我们像刚才那样，站在了一起。或者是因为他要从我这里得到一些什么了不得的东西，以至于我的健康是必须的？我以后一定找出原因。今天晚上他不再说话了，即使是提供一只小猫或者大猫都丝毫不能诱惑他。

他只会说："我对猫不感兴趣。我现在有更重要的事情要考虑，而且我可以等待，我可以等待。"

过了一会儿，我离开了他。值班员告诉我，直到黎明之前他都很安静，但在此之后开始变得狂躁不安，最后突然爆发。这让他筋疲力尽，甚至晕厥过去。

三天都发生了同样的事情，他一整天都很狂躁，但在从月亮升起到太阳升起的这段时间里却很安静。我真希望能发现一些起因的线索，看起来好像是一些什么影响力发生了作用，后来又消失了。

让人高兴的想法！今天晚上，我们应该和他做一点游戏。上次，在我们不知道的情况下他就逃跑过。今天晚上，他会在我们的帮助下逃跑。我们会给他一个机会，然后，让我们的人准备好追赶他，如果需要的话。

8 月 23 日

"期望的事情总是能够发生。"迪斯雷利是多么地了解生活啊！我们的小鸟，当看到笼子是开着的时候，却并不飞走，这使我们所有精心的安排全都白费了。无论如何，我们证明了一件事情，就是安静的时间会持续相当长一段时间，以后，我们应该可以每天给他松绑几小时。我已经吩咐让夜间的值班员只把他关在软壁小室里就可以了，从他开始安静起，直到日出时分。这个可怜人的身体可以享受一下暂时的自由，即使他的头脑享受不到。看！意想不到的事情又发生了！我被召唤过去。病人又逃跑了。

过了一会儿又是一晚的奇遇。仑费尔德非常聪明地等到值班员进入房间巡视。然后他猛然跑过他后面，飞奔出了走廊。我让值班员去追他。他再一次进入了那所废弃房子的院子里。我们在相同的地方找到了他，他正在敲打着老教堂的门。当看见我时，他变得异常愤怒，要不是值班员及时抓住了他，我可能已经被他杀死了。当我们抓住他时，一件奇怪的事情发生了。他突然加大了力气，却又突然变得很平静。我本能地看了看四周，没发现什么东西。然后，我顺着病人的视线望向月光皎洁的天空，但是没有看到任何东西，除了一只巨大的蝙蝠，它安静得像鬼魂似的拍动翅膀，向西边飞去。蝙蝠一般都会打着转飞，但是这一只却似乎一直向前，好像它知道自己要去往哪里，并且有自己的一些打算。

病人每一刻都在变得更加平静，他不一会儿说道："你们没必要绑着我，我会乖乖地走的。"我们轻松地回到了病院里。我感到，在他的平静的外表下，有一种不祥的预兆，我不会忘记这个晚上的。

露西·韦斯顿拉的日记

希灵汉姆，8月24日

我要模仿米娜，保持把事情记下来的习惯。这样，当我们见面时，就可以有很多可谈的事了。我想知道我们什么时候才能见面。我真希望她能再和我在一起，因为我太不高兴了。昨天晚上我好像又开始做梦了，就像我在惠特白那样。也许是因为空气的改变，或者是因为又回到了家里。对于我来说，一切都那么黑暗和恐怖，因为我什么也记不得了。我充满了隐隐约约的恐惧，我感到很虚弱、很疲惫。当亚瑟来吃午饭时，他看见我时显得非常伤心，我没有力气让自己高兴起来。不知道今晚我能不能睡在母亲的房间里。我应该找个借口试一下。

8月25日

又是糟糕的一晚。母亲好像不同意我的提议。她的身体看起来就不怎么好，无疑，她是害怕让我担心。我努力保持清醒，成功了一小会儿。但是，当钟敲响12点时，我从打盹儿中醒过来，所以我之前一定是睡着了。窗户那里响起一阵抓挠或是拍打的声音，但是我没有管它，因为我再记不起别的事情了，我猜自己一定是睡着了。我做了更多的噩梦，我希望自己可以记得它们。今天早上，我感到非常虚弱。我的脸像鬼一样苍白，我的喉咙疼得厉害。一定是我的肺出了什么问题，因为我好像呼吸不到足够的空气。我应该在亚瑟来之前高兴起来，否则我知道，他看到我时又会很悲伤了。

亚瑟给西沃德医生的信

埃尔贝玛尔宾馆，8月31日

我亲爱的约翰：

我想让你帮我一个忙。露西病了，她没有什么特殊的病，但是看起来却很糟糕，而且一天比一天糟糕。我问过她是否有什么原因，我没敢问她的母亲，因为在她现有的健康状况下，拿她女儿的事情来打扰这位可怜的夫人，简直就是要了她的命。韦斯顿拉夫人向我吐露她已经来日无多了，因为心脏病，虽然可怜的露西还不知道。我肯定有什么东西在折磨我亲爱的人的头脑。当我想起她时，几乎要精神失常。看到她简直就是一种打击。我告诉她，我应该让你来看看她，虽然她一开始反对，我知道为什么，老朋友，不过她最后还是同意了。这对你来讲是个痛苦的任务，我知道，老朋友，但是这是为了她好，我不能在这件事上犹豫，你也应该一样。你明天两点来希灵汉姆吃午饭，为了不引起韦斯顿拉夫人的疑心，吃过午饭以后，露西会有单独和你待在一起的机会。我充满焦虑，在你看过她以后，我想尽快单独和你谈谈，不要失约！

亚瑟

亚瑟·郝姆伍德给西沃德的电报

9月1日

我被叫去看我的父亲，他病重了。我现在正在发电报。今晚写信详细地跟我说说。如果需要的话，发电报。

西沃德医生给亚瑟·郝姆伍德的信

9月2日

我亲爱的老朋友：

关于韦斯顿拉小姐的健康，我急切地想让你知道，在我看来，她没有任何功能上的失调或是我听说过的疾病。同时，我对她的精神状态十分的不满意。她同我上次见到她时一点儿也不一样了。当然，你必须在心里承受。我没有像你所希望的那样，对她做一个全面的检查。我们非同一般的友谊造成了一些困难，即使是医学或是习俗都不能跨越的困难。我最好准确地告诉你发生了什么，让你在某种程度上得出自己的结论。那时，我再说我都做了些什么，还有建议怎么做。

我看见韦斯顿拉小姐明显很高兴。她的母亲也在场，在几秒钟之内我明白了，她正在尽自己的全力误导她的母亲，不让她担心。我毫不怀疑，即使她母亲不知道的话，也能察觉到这种谨慎。

我们单独吃了午饭，我们都尽力使自己显得高兴，在某种意义上作为对我们努力的奖励，我们确实得到了一些真正的快乐。然后，韦斯顿拉夫人回去休息了，露西留下来和我在一起。我们进了她的卧室，直到这之前，她都一直保持着笑容，因为仆人们在来回走着。

可是，当门一关上，她就去掉了面具，然后长叹一声，瘫在一张椅子上，用手遮住了自己的眼睛。当我看见她的情绪恢复正常后，立即利用她当时的反应作出诊断。

她温柔地对我说："我不能告诉你谈起我自己时，我有多恶心。"我提醒她，一名医生的信心是神圣的，还告诉他，你有多担心她。她立刻明白了我的意思，然后把这件事归结为一句话："你愿意怎样跟亚瑟说就怎样说吧。我不在乎自己，但是我在乎他。"所以我释然了。

我能看出她的脸上有点苍白，但是却找不出贫血症常有的症状。我得到了偶然的机会检查了她的血常规，因为在开窗户时，她被碎玻璃轻微地割伤了手指。这本身是件小事，但是却给了我一个很好的机会，我保存了几滴血并做了化验。

定性化验本身表明一切正常，我可以说，她本身显示了良好的健康状态。在其他生理方面，我也非常满意，没有什么担心的必要，但是因为总有某种原因，所以我得出结论，问题出在心理上。

她抱怨总是呼吸困难，睡眠昏昏沉沉，总是做吓人的梦，但是对此她又什么都不记得。她说自己小的时候经常梦游，在惠特白的时候，这个习惯又回来了，有一次，她在晚上走出去到了东崖上，穆雷小姐在那里找到了她。但是她保证，最近没有再犯这个毛病。

我很疑惑，所以我做了自认为最好的事情。我写信给我的老朋友和老师，阿姆斯特丹的范海辛教授，他知道世界上所有无名的疾病。我让他过来，因为你告诉我，你来负责所有的事情，所以我告诉了他你是谁，还有你和韦斯顿拉小姐的关系。我亲爱的朋友，这是符合你的愿望的，因为我非常的荣幸和开心能够为她做一些事情。

我知道，范海辛会因为个人原因为我做任何事情，所以不管他因为什么原因而来，我们必须接受他的愿望。他看起来像是个专横的人，这是因为他比其他任何人都更清楚自己在说些什么。他是一位哲学家和玄学家，是这个时代里最杰出的科学家。而且我相信，他是很开通的。他有坚强的神经，能融化冰雪的性情，坚定的决心，严于律己，还有来自美德的包容力，最友善和真诚的心，这些都是他的工具，让他来为人类做这项高尚的工作，既在理论上也在实践上，因为他的眼界就像他的同情心一样宽广。我把这些告诉你，这样，你才会知道我为什么对他这么有信心。我已经让他马上过来了。我明天会再去看韦斯顿拉小姐的。她约我明天在百货商店见面，所以我明天就不会再打扰到她的母亲。

你永远的约翰·西沃德

亚伯拉罕·范海辛给西沃德医生的信

9月2日

我亲爱的朋友：

当我收到你的来信时，我已经在往你那儿赶了。很幸运我可以马上离开，而不用辜负那些信任我的人们。如果不幸运的话，就对那些信任我的人太不公平了，因为我到了朋友那里，特别是当他叫我去帮助他珍视的人时。告诉你的朋友，你曾经是那么快速地从我的伤口里把因刀伤而感染坏疽的毒素吸走，而我们其他的朋友却因为太紧张而溜走。比起这个，当他需要我的帮助而委托你来要求我帮助时，你为他做的还要更多，比他自己所有的运气能换来的都要多。但是我也很荣幸能为他做事，因为他是你的朋友，我是为你而来的。现在我就快到了，请安排一下，让我们明天不要太晚才能见到这位年轻的小姐，因为我必须在明天晚上回到这儿来。但是如果需要的话，我会在三天后再来的，停留长一点儿的时间，如果必须的话。再见，我的朋友约翰。

范海辛

西沃德医生给汉·亚瑟·郝姆伍德的信

9月2日

我亲爱的亚瑟：

范海辛来过了，已经走了。他和我一起去的希灵汉姆，露西出于谨慎，她让她的母亲出去吃午饭了，所以我们单独和她在一起。

范海辛非常仔细地检查了病人。他会向我报告的，随后我会给你建议，因为我当时并没有一直在场。我恐怕范海辛非常担心，他说自己必须思考思考。当我告诉他我们的友谊，还有在这件事上你有多信任我时，他说："你必须把你所想的都告诉他。告诉他我所想的，如果你能猜到的话，如果你能。不，我不是在开玩笑。这不是玩笑，这是性命攸关的大事，可能更多。"我问他是什么意思，因为他很严肃。这时，我们已经回到了镇上，他在返回阿姆斯特丹之前喝了一杯茶。他不肯给我更多的提示。你一定不要对我生气，亚瑟，因为他的极端沉默表明，他所有的脑细胞都在为露西的利益而工作。等时机成熟，他会说得足够明白的，我确定。所以我告诉他，我只会描述一下我们的拜访，就好像我在为《每日电报》写一篇描述性的文章。他好像没有太在意，只是说伦敦的煤灰没有他在这里上学时那么严重了。我明天会得到他的报告，如果他能做出来的话。不过，无论如何我都会收到信的。

至于这次拜访，露西比我上一次见到她时高兴一点儿，看起来肯定好多了。她的脸上少了一些让你心烦的苍白，呼吸也正常了，她对教授非常好（就像她以往那样），并且试着让他自在一点儿，虽然我能看出来，这可怜的女孩非常努力地这样做。

我相信范海辛也看出来了，因为我看到他浓密的眉毛下一个极快的眼色，就像我一直知道的那样。然后，他开始谈天论地，除了谈我们和她的病。他是那么的亲切，我能看见可怜的露西假装的活泼已经变成真的了。然后，没有明显的转折，范海辛将话题委婉地转到了他来访的目的上，他说道：

"我亲爱的、年轻的小姐，我很高兴，因为你是如此的可爱。真的很可爱，亲爱的，虽然还有我没看到的东西。他们告诉我你情绪低落，像鬼一样的苍白。"然后他朝我弹了一下手指，继续说道："但是，你和我能向他们证明他们是错误的。他怎么能，"他指着我，用那样的表情和姿态，就像他在他的课堂上把我挑出来时，在一个特定的场合或者过后，他总是让我想起这种表情和姿态，"了解一个年轻女孩的一切呢？他有他的精神病人要照顾，需要把他们再带回到快乐之中，和爱他们的人们之中。他已经付出很多了。而且，我们能给予这样的欢乐，是有奖励的。但是，年轻的女士！他既没有妻子，也没有女儿，年轻人不会把自己的事情讲给年轻人听，但会讲给像我一样的老人听，我已经听过无数人的悲伤和他们的原因。所以，亲爱的，让我们把他赶走，让他到花园去抽一支烟，我们两个人说我们的悄悄话。"我得到了暗示，出去闲逛了一下，这时，教授到窗户跟前把我叫了进去。他看起来很严肃，但是说："我已经做了详细的检查。她没有功能上的问题。我同意你的意见，她确实曾经失血过多，不过现在没有了，但她的情况不可能是贫血。我已经让她把女仆叫来，我可能会问一两个问题，这样，我就不会错过什么信息。我很清楚她会说什么。然而一定有原因，每件事情都会有原因的。我必须回去想一想。你得每天给我发电报，如果有事我会再来。这种病，引起了我的兴趣，也许不是一种病，而且这个甜甜的女孩也很吸引我。正因为如此，就算是为了她，如果不是为了你或是这病，我也会来的。"

就像我跟你说的那样，他不肯再多说一句话了，即使是我们单独在一起的时候。所以现在，亚瑟，你知道的和我一样多了。我会严密地观察的。我相信你可怜的父亲也正在恢复。我亲爱的老朋友，被夹在两个你都非常爱的人之间，这对你来说一定是件糟糕的事情。我知道，你对自己父亲的责任，你坚持它是正确的。但是，如果需要的话，我会通知你马上来露西这里，除非我给你消息，现在不用过于担心。

你永远的约翰·西沃德

西沃德医生的日记

9月4日

食肉狂病人仍然让我们保持着对他的兴趣。他只发作了一次，是在昨天一个不寻常的时刻。在中午之前，他就开始坐卧不安。值班员熟悉这种症状，所以立刻寻求帮助。幸好他是跑着来的，而且足够及时，因为就在中午的时候，他变得异常狂躁，他们用尽全力才能制伏他。然而，就在五分钟后，他又开始变得安静下来，最后陷入了忧郁之中，他至今还是这种状态。值班员告诉我，他发作时的尖叫声实在吓人。我现在很忙，因为要照料那些被他吓到的其他病人。实际上，他的声音确实很大，尽管我在远处，也能被他的声音给打扰到。现在已经过了精神病院的午饭时间了，我的病人仍然坐在角落里仔细盘算，脸上是一副愚钝、愁眉不展和苦恼的表情，这些似乎更像是在暗示着什么，而不是直接地显示。我不太明白。

过了一会儿

我的病人又有了变化。我去看了韦斯顿拉小姐，她好多了。我刚刚回来，站在我自己的院门口看着夕阳。这时，又一次听见了他的叫声。因为他的房间就在楼的这一边，所以我比早上听得更清楚。这让我很震动，我看到了伦敦烟雾蒙蒙的夕阳美景，红色的光芒和漆黑的影子，所有不可思议的色彩都洒在了阴暗的云彩上，甚至是阴暗的水中；我转而突然意识到，我那冰冷的石头房子和里面形形色色的不幸，还有需要应付这一切的我那孤独的心。就在太阳下山的同时，我到了他那里，从他的窗户我看到红色的太阳在下落。随着太阳的下山，他不再那么狂躁了，就在太阳完全不见的时候，他从别人的手中滑落下来，成了地板上一团毫无生机的东西。无论如何，精神病人有着惊人的恢复能力，在几分钟之内他平静地站起来，看着自己的周围。我示意值班员不要抓他，因为我很想知道他想做什么。他径直走向窗台，把糖的碎屑用手拂去，然后拿起自己养苍蝇的盒子，把东西倒出来，又把盒子扔在一边。接着他关上窗户，走过来坐在床上。这一切都让我吃惊，于是我问他："你还准备养苍蝇吗？"

"不，"他说，"我对那些垃圾感到恶心！"他显然是一个极其有趣的研究对象。我希望自己能猜透他的心，或者弄清楚他突发热情的原因。终究会发现一些线索，如果我们能知道，今天他在中午和日落的时候发作的原因。会不会是太阳有一种邪恶的影响力，它有时影响特定的物种，而有时月亮对另一些物种有影响？我们应该等等看。

伦敦的西沃德给阿姆斯特丹的范海辛的电报

9 月 4 日

病人的情况今天仍然在好转。

伦敦的西沃德给阿姆斯特丹的范海辛的电报

9 月 5 日

病人的情况明显好转。胃口大开，自然入睡，精神十足，气色恢复。

伦敦的西沃德给阿姆斯特丹的范海辛的电报

9 月 6 日

糟糕的转变。请马上过来，一刻也不要耽搁！见到你我再给郝姆伍德发电报。

第十章　西沃德医生给
汉・亚瑟・郝姆伍德的信

9月6日

我亲爱的亚瑟：

　　我这次带来的消息不太好。露西今天早上又回到了原来的状态。不过，也有一件由它引起的好事情。韦斯顿拉夫人自然很担心露西，非常专业地向我咨询了她的情况。我利用了这个机会，告诉她我过去的老师范海辛——有名的专家——会过来和我住在一起，我会把露西连同我一起都交到他手里。所以，我们现在可以自由地来去，而不用惊动她了，因为一个刺激对于她来说，都可能意味着猝死，这个，对于虚弱的露西来说，将会是一个巨大的不幸。我们所有人都陷入了困难，我可怜的朋友。但是，上帝保佑，我们可以渡过难关。如果有必要的话，我会写信，如果你没有我的消息，就认为我正在等待消息吧。

你永远的约翰・西沃德

西沃德医生的日记

9月7日

　　当我和范海辛在利物浦大街上见面时，他对我说的第一件事就是："你有没有跟我们年轻的朋友——她的爱人，说了什么？"

　　"没有，"我说，"我一直等到见到你，就像我在电报里说的那样。我只是写信跟他说你要来了，因为韦斯顿拉夫人情况不太好，还有，如果有必要的话，我会通知他的。"

"好，我的朋友，"他说道，"非常对！他最好先别知道。也许他永远不会知道了。我希望是这样，但是如果有必要，我会让他知道一切的。现在，我的好朋友约翰，让我提醒你。你去处理那个精神病人。所有的人都有各种各样的疯病，你怎样小心地对待你的精神病人，你就怎样小心地对待世界上其他的精神病人。不要告诉你的精神病人你做什么和为什么这样做，不要告诉他们你是怎么想的。这样，你就可以把自己知道的东西保存起来，把它们集合起来，并且得出新的线索。到目前为止，你和我都要严守这里的秘密。"他摸了摸我的胸口和我的额头，又摸了摸自己同样的地方。"现在，我有我自己的想法了。过后我会告诉你。"

"为什么不是现在？"我问，"这会有所帮助的，我们可能会作出一些决定。"他看着我说道："朋友，当庄稼正在生长，还没有成熟时，它的大地母亲的乳汁已经充满了它的身体，阳光还没有把它染成金黄色，这时，农夫拉着麦穗，用粗糙的双手搓着它，吹走绿色的麦壳，对你说：'看！这是一棵好苗，等时候到了它会结出好庄稼的。'"

我告诉他，我并没有听明白意思。作为回答他走过来，摸着我的耳朵，轻轻地揪着，就像他在以前上课的时候经常做的那样，说道："好农夫之所以这样告诉你，是因为他知道，而且是直到那个时候才知道的。你不会看到哪个好农夫把庄稼挖出来看它是否在生长，那是拿耕作当儿戏的孩子，而不是那些把它视为毕生事业的人。看看你现在，约翰，我已经种上了庄稼，大自然也让它快速地生长了，有一些承诺，我会在抽穗之前一直等待的。"他停止了讲话，因为他显然看到我已经明白了。然后他继续严肃地说："你一直是一个用心的学生，你的笔记本总是比别人记得满。我相信好习惯总会有益处的。记住，我的朋友，知识要比记忆有用，我们不应该信任没用的记忆。即使你现在没有了这个好习惯，现在让我告诉你，那位亲爱的小姐的病有可能——记住，我说的是有可能，是一种非常吸引我们和其他人的病，其他任何一种病都不会让它显得没价值的，就像你们所说的那样。好好记录它。没有什么是小事。我劝你，即使是你的怀疑和推测也要记下来，以后你就可以看看自己猜对了多少。我们是从失败中学到东西的，而不是成功！"

当我描述了露西的症状和原来一样，而且又严重了好多时，他看起来十分严肃，但是，什么也没说。他身边还带了一个包，里面有很多工具和药，显然是一个有医疗技能的教授的工具，就像他在一次讲座中那样讲的，是"我们有利可图的交易的必备行头"。

当我们出现时，韦斯顿拉夫人见了我们。她受惊了，但是不像我想象的那么严重。她慈爱的本性认为，即使是死亡，也有对付自己恐惧的办法。这时，在任何刺激都可能给她带来致命打击的情况下，所有的事情仍然做得井井有条，因为某种原因，而非个人的事情，甚至是露西的可怕变化，好像也没有影响到她。这就像是贵妇人的本性在自己的外面包裹了一种不敏感的组织，可以保护其不受邪恶势力的侵害，否则，一接触就会造成伤害。如果这是一种自私，那么，我们必须暂停把任何人定罪为利己主义；因为，这可能有比我们所知道的更深层次的原因。

我用我自己的知识，思考现在这种精神疾病的形势，为她定下了一个规则：她不能和露西在一起，也不能把自己的病想得比实际要严重。她欣然地接受了，如此的轻松，让我再次看到了在和生命作斗争时，本性所显现出的巨大力量。随后，范海辛和我进了露西的房间，如果说昨天我看见她是震惊的话，那么，今天看见她，我就是毛骨悚然了。

她像鬼似的，白粉一样的苍白，甚至是她的嘴唇和牙龈也不再有血色，她的脸瘦骨嶙峋。呼吸看上去和听上去都很困难。范海辛的脸像大理石一样严肃，他的两条眉毛拧在了一起，几乎快要在鼻子上方相遇了。露西无精打采地躺着，好像连说话的力气都没有了，好长一段时间，我们都很沉默。然后范海辛示意我，我们轻轻地走出了房间。就在我们关上门的一刹那，他快速地沿着走廊走到旁边的门，门是开着的。他很快地把我拉进去，然后关上了门。"我的上帝啊！"他说，"太可怕了。不能再耽误时间了。她会因为心脏跳动需要大量的血液而死的，必须马上输血。你来还是我来？"

"我更年轻，也更强壮，教授。我来吧。"

"那你马上作好准备。我把我的包拿上来，我已经准备好了。"

我和他一起下了楼，这时，大厅的门响起了敲门声。当我们到了大厅时，女仆刚刚把门打开，亚瑟快速地进来了。他冲向我，急切地低声对我说：

"约翰，我太担心了。我读了你的每一行字，非常痛苦。爸爸好多了，所以我自己跑来看看情况。这是范海辛医生吗？先生，非常感谢您能过来。"

教授的眼睛一开始还新奇地看着他，然后就生气地说怎么能在这个时候来打扰。但是现在，当他注意到他强壮的身体和从他身体里散发出来的年轻人的朝气时，他的眼睛开始发亮。他一刻也没有停顿，一边拉住他的手，一边说道：

"先生，你来得正是时候。你是我们亲爱的小姐的爱人。她的身体很糟糕，非常非常糟糕！不，孩子，不要这样。"因为亚瑟突然脸色苍白，几乎晕倒在椅子上，"你要帮助她，你比任何人能做的都要多，你的勇气就是你最好的帮手。"

"我能做什么？"亚瑟用嘶哑的声音问道，"告诉我，我会做的。我的生命是她的，我宁愿给她我身体里的最后一滴血。"

教授有很强烈的幽默感，根据以前的经验，我能从他的回答里看出这一幽默感的痕迹。

"我年轻的先生，我要不了那么多，不会是最后一滴。"

"那么我该做些什么？"他的眼睛里冒着火，他张开的鼻孔因为强烈的欲望而颤抖着。范海辛在他肩膀上拍了一下。

"来吧。"他说，"你是一个男人，我们想要的就是一个男人。你比我更合适，也比我的朋友约翰更合适。"亚瑟看起来被搞糊涂了，教授继续亲切地和他解释。

"年轻的小姐情况很糟，非常糟。她需要血，如果没有血的话，她就活不了了。我和我的朋友约翰已经商量过了，我们正打算进行我们称之为输血的补救措施，从充满的血管向空的血管输送血液。约翰正准备贡献出自己的血，因为他比我更年轻和强壮。"——这时，亚瑟拿起我的手紧紧地握着——"但是现在你来了，你比我们都合适，不管是老的还是年轻的，我们在思考的世界里太辛苦了，我们的神经不像你那么冷静，血液也不像你的那么纯清。"

亚瑟转向他说道："只要你知道我会有多高兴为她而死，你就会明白的……"他的声音哽咽了。

"好孩子！"范海辛说道，"不久你就会很高兴，你已经为你爱的人做了一切。现在保持安静，你应该在这之前亲吻她一下，然后你就必须走了，你要在我的示意后离开。不要跟夫人说什么。你知道这对她意味着什么。她不能受刺激，知道这件事的任何一点儿信息都会是致命的。来吧！"

我们都进了露西的房间。亚瑟根据指示，一直待在外面。露西转过头看着我们，但是什么也没说。她并没有睡着，只是太虚弱了。她的眼睛在对我们说话，情况就是这样。

范海辛从他的包里拿出一些东西，放在视线之外的一张小桌子上，他将麻醉剂混合好，来到床前，愉快地说："现在，小姑娘，这里是你的药，把它喝下去，像一个乖孩子一样。看，我把你扶起来，这样你就能更容易咽下去了。对，做得很好。"她努力地喝下去了。

我很好奇，药效要多长时间才会发挥作用。实际上，这也说明露西病得有多么严重。时间好像没有尽头。终于，她的眼睛开始闪烁着睡意。最后，麻醉剂发挥了效力，她昏沉地入睡了。当教授满意了，他就把亚瑟叫进屋里来，吩咐他脱掉自己的衣服。他说："你可以去给她一个小小的吻，当我到桌子那儿去的时候。约翰，来帮帮我。"这样我们两个都看不见他去吻露西。

范海辛把头转向我，说道："他是那么年轻和强壮，他的血很纯净，以至于我们都不用分解。"

然后，范海辛快速而准确地实施了输血。随着输血的进行，一种像生命的东西好像回到了可怜的露西的脸颊，虽然亚瑟在变得苍白，但是他脸上确实闪着喜悦的光芒。过了一会儿，我开始不安起来，因为失血写在了亚瑟的脸上，虽然他是那么强壮。他让我在想露西的身体经历了怎样的一种可怕的过度劳累的过程，因为，让亚瑟变得虚弱的血液只能让她恢复部分的元气。

但是，教授脸上没有任何表情，他站在那里看着手表，一会儿看看病人，一会儿又看看亚瑟。我能听见自己的心跳。然后，他轻轻地对我说："先不要动，已经足够了。你来照顾他，我看着露西。"

等一切都结束了，我能看出亚瑟是多么的虚弱。我把他的伤口包扎好，带他离开了房间。教授没有回头，好像脑后长了眼睛，他说："这位勇敢的爱人，应该再得到一个吻，他现在就应该得到。"因为亚瑟已经结束了输血工作，所以就调整了一下病人头下的枕头。她好像总是在自己脖子上系着一条黑色的细丝带，上面缝着一颗他的爱人给她的旧钻石，在亚瑟动枕头的时候，这条丝带被稍微向上带了一下，露出了她脖子上的红色印记。

亚瑟没有注意到这个，但是我听到了范海辛深深地吸了一口气，这是他不自觉流露感情的表现。他当时什么也没说，而是转向我，说道："现在，把我们勇敢的爱人带下去，给他一杯红葡萄酒，让他躺一会儿。然后他必须回家休息，多吃多睡，这样就可以把他给了自己爱人的血液恢复过来。他决不能留在这儿，等一下！"教授朝向亚瑟，"我知道你很担心结果。请记住，输血很成功。这一次你救了她的命，你可以回家放松一下心情。等她醒来，我会告诉她一切的。她会因为你所做的一切而更爱你的。再见。"

等亚瑟走后，我回到房间。露西轻轻地睡着，但是她呼吸的声音很大。我能看见被子随着她的胸部在起伏。范海辛坐在一旁，若有所思地看着她，那条丝带又盖住了红色印记。我轻轻地问教授："你对她脖子上的印记怎么看？"

"你怎么看？"

"我还没有检查。"我回答道，然后开始揭开丝带。就在表面的颈静脉上面有两个小孔，不大，但是也不会对身体没有影响。没有疾病的迹象，但是它的边缘是白色的，还有点破损，看起来像是被咀嚼过的。我马上想到，这个伤口，无论它是什么，明显可能是失血的原因。但是，这样的念头一出来我就放弃了，因为这样的事情是不可能发生的，能让这个女孩在输血之前那么苍白的失血量，是会把这整张床都染成鲜红色的。

"怎么样？"范海辛说。

我说："我想不出来。"

教授站起来了，"今晚，我必须回阿姆斯特丹，"他说道，"那里有我需要的书和东西。你必须整晚都留在这里，而且你的目光一刻都不能离开她。"

"我应该叫一个护士来吗？"我问道。

"我们是最好的护士，你和我。你一晚上都要看着，确保她吃得饱，还有不要让什么东西打搅到她。你一晚上都不能睡。以后我们可以睡，你和我。我会尽早赶回来。然后，我们就可以开始了。"

"可以开始？"我说道，"你到底在说些什么啊？"

"我们应该等等看！"他一边匆匆地离开，一边说道。他过了一会儿又回来了，把头伸进屋子，竖起了一根指头表示警告："记住，你要对她负责。如果你离开了她，因此出了什么差错，从今以后，你都别想睡得着了。"

西沃德医生的日记之继续

一整晚上都没有睡，陪着露西。麻醉剂的药效在快到黄昏时消退了，她自己醒了过来。她看起来和输血之前像是两个人。她的精神很好，快乐而活泼。但是我能看出她经过了极度的虚脱。当我告诉韦斯顿拉夫人，范海辛医生叫我熬夜陪露西时，她甚至对这个想法表示轻蔑，指出她的女儿已经恢复了力气，精神焕发。无论如何，我很坚定，开始准备我漫长的守夜。当她的女仆开始为她的就寝作准备时，我走进房间，同时拿着晚餐，在床边坐下了。

她没有作出任何反对，但是，每当我看着她的眼睛时，她都会感激地看着我。在经历了很长一段时间后，她好像困了，但是她努力地摇晃自己，很显然她不想睡着，所以我立即抓住了这个话题。

"你不想睡觉？"

"不，我害怕。"

"害怕睡觉？为什么？这可是我们都渴望的恩赐。"

"唉，如果你是我的话，它就不是了，因为睡眠对我来说，会是恐惧的预兆。"

"恐惧的预兆？你到底是什么意思？"

"我不知道，唉，我不知道。这就是糟糕的事情。所有糟糕的事情都在睡觉时来到我身边，直到我开始害怕这个想法。"

"但是，我亲爱的姑娘，你今晚可以睡觉了。我会在这里看着你，而且我保证，什么事情也不会发生。"

"嗯，我相信你！"她说。

我抓住机会，说道："我保证，如果看到你做噩梦，我会立即叫醒你。"

"你会吗？你真的会吗？你对我真是太好了，那我就睡了。"几乎在同时，她松了口气，转过身，睡着了。

整个晚上，我都在旁边看着她。她一点儿也没有动，而是一直深深地、安静地、充满生命和健康地睡着。她的嘴唇微微分开，胸部有规律地一起一伏。她的脸上有笑容，显然，这是因为没有什么噩梦来打搅她安静的头脑。

一大早她的女仆来了，于是我把她交给她看管，自己回家了。因为我担心好多事情，我拍了一封很短的电报给范海辛和亚瑟，告诉他输血的良好成果。我自己的工作多多少少被耽搁了，我花了一整天的时间来处理它们。等我有时间询问我的食肉狂患者时，已经是天黑了。报告的情况很好。他在过去的一天一夜里都非常安静。在我吃晚饭时，一封范海辛的电报从阿姆斯特丹来了，建议我今晚应该去希灵汉姆，因为我最好守在她身边。还说他今晚就出发，明早就会和我在一起。

9 月 9 日

当我到了希灵汉姆时已经非常疲倦了。因为我几乎两个晚上都没有合眼，我的脑子开始变得麻木，这说明我是用脑过度。露西没睡，精神愉快。当她和我握手时，她敏锐地看着我说：

"今晚上你不能再熬夜了。你已经筋疲力尽了。我现在已经好了。真的，如果非要有人熬夜的话，应该是我熬夜陪着你。"

我没有在这个问题上争论，只是去吃了晚饭，露西和我待在一起。因为有她陪在身边，我吃了一顿不错的晚餐，喝了几杯很好的红葡萄酒。然后露西把我带到楼上，给我看了她自己房间旁边的一个房间，那里烧着熊熊的炉火。

"现在，"她说，"你可以待在这儿。我会把这个房间的门还有我房间的门都开着，你可以躺在沙发上。我知道，如果有病人需要照看，什么也不能让你们这些医生去睡觉。如果有什么需要我会叫你的，你可以马上过来。"

我只能同意了，因为我确实很累了，如果太累，是不能熬夜的。于是，当她又说了一遍如果有需要她会叫我时，我躺在了沙发上，忘记了一切。

露西·韦斯顿拉的日记

9 月 9 日

我今晚特别高兴。我曾经那么虚弱，能够思考和自由的行走对我来说，都像大风过后的阳光一样。不知为什么，亚瑟好像特别、特别靠近我，我仿佛觉得他的存在温暖了我。我猜想疾病和虚弱是自私的东西，打开了我们身体里的眼睛和同情心；健康和力量给了爱自由，在思想和感觉中它可以随意游荡。我知道我的思想在哪里。要是亚瑟知道就好了！亲爱的，亲爱的，当你睡觉的时候，你的耳朵一定会刺痛，因为我的耳朵是醒着的。噢，昨天休息得太好了！我是怎么睡的呢，那位亲爱的西沃德医生陪在我身边看护着我。今晚我不会害怕睡觉了，因为他就在不远的地方，我可以随时叫他。谢谢每一个人，他们都对我这么好。感谢上帝！晚安，亚瑟。

西沃德医生的日记

9月10日

我感觉教授的手放在了我的头上，瞬间我就醒过来了。无论如何，这是我在精神病院学到的东西之一。

"我们的病人怎么样？"

"很好，直到我离开她的时候，或者说她离开我的时候。"我回答道。

"来，让我们看一看。"他说道。于是我们一起进了她的房间。

窗帘被关上了，我走过去轻轻地把它拉开，这时范海辛像猫一样，轻轻地走到床前。

就在我打开窗帘的一刹那，早晨的阳光照射进了房间。我听到教授低沉的吸气声，我知道这很少见，可怕的恐惧感击中了我的心。当我走过去时，他向后退了一下，害怕得惊叫道："天啊！"他表情痛苦，举起手指着床，他的脸扭曲起来，变得灰白，我觉得我的膝盖都开始颤抖了。

可怜的露西看起来像是昏倒在床上，比任何时候都要苍白和没有血色。甚至嘴唇都是白色的，牙龈都好像已经从牙齿上萎缩了，就像我们在因病死去的人身上看到的那样。

范海辛生气地抬起了脚，但是他的本能和他多年的习惯制止了他，于是他又轻轻地放下了脚。

"快！"他说，"拿白兰地来。"

我飞奔进餐厅，带着酒瓶回来了。他用酒把她可怜的白色嘴唇弄湿，同时我们不断地摩擦她的手掌、手腕和胸部。他感到了她的心跳，暂停了一会儿，说道：

"还不算太晚，还有心跳，虽然十分微弱。我们把能做的都做了。我们必须重新开始。现在年轻的亚瑟不在这儿了。这次就要全靠你了，约翰。"他一边说着，一边把手伸进包里，准备输血的器具。我脱掉衣服，卷起了袖子。暂时没有麻醉剂，也不需要了。于是，没有耽搁一分钟，我们开始输血了。

过了一段时间，当然也不觉得时间短，因为不管献血的人是多么的心甘情愿，抽走一个人的血，仍然是一种痛苦的感觉。范海辛竖起警告的指头，"不要动，"他说，"我害怕因为有了力气，她会醒来，这样会造成危险，非常大的危险。不过我会小心的。我会在皮下注射吗啡的。"然后他快速而熟练地完成了注射。

露西的反应不算坏，因为晕厥好像在慢慢消失，转变成由麻醉而引起的睡眠。我感到一种自豪，因为我能看到一种微弱的颜色正慢慢改变着她脸颊和嘴唇的苍白。没有人会知道，当一个人的血液流进一个他爱着的女人的血管里时是什么感觉，除非他亲身经历过。

教授严肃地看着我，"可以了。"他说。

"这就可以了？"我抗议道，"你从亚瑟身上抽得要多得多。"

他对此苦笑了一下，回答道：

"他是她的情人，她的未婚夫。你有工作，还有更多的人需要你做更多的事情，现在这么多就够了。"

当我们停止输血后，他开始照顾露西，而我用手指压住自己的伤口。我躺下了，等着他闲下来再来照顾我，因为我感觉头晕，还有点恶心。不久，他为我包扎好了伤口，让我下楼自己去喝一杯葡萄酒。正当我离开房间的时候，他跟在我后面，小声说道：

"记住，对这件事一个字也不要说。如果亚瑟不巧发现了，像上次一样，也不要告诉他。这会吓到他的，而且会引起他的嫉妒。这一切都不能发生！"

当我回来时，他认真地看着我，说道："你好一点儿了。到那个房间去，躺在你的沙发上休息一会儿，早餐多吃一点儿，然后来找我。"

我遵照了他的吩咐，因为我知道它们是正确而明智的。我已经尽到了自己的职责，接下来的任务就是保存体力。我感觉非常虚弱，因为虚弱，忘记了一些对刚才发生的事情的震惊。我在沙发上睡着了，一直思索着露西为什么会有如此的退步，还有她是如何失掉了这么多的血，而没有留下一点痕迹。我想我一定在梦里还在思考，因为，无论是睡着还是醒着，我的脑海中总是浮现出她脖子上的那些小孔，还有它们粗糙的边缘，虽然它们很微小。

露西一直睡到了日中，当她醒来时，情况还不错，虽然不像前一天那样好。范海辛看过她以后，就出去散了散步，让我在这儿看着，严格地要求我不能离开她半步。我能听见他在大厅里，询问最近的电报厅地点的声音。

露西随意地和我聊着天，似乎没意识到发生了什么事情。我尽力让她保持开心和兴致。当她的母亲上来看她时，好像没有看出来任何变化，但是感激地对我说道：

"我们欠你的太多了，西沃德医生，因为你所做的一切。但是，你现在必须注意，不要让自己疲劳过度了。你的脸色看起来很差。你需要一个妻子来服侍和照顾你，快找一位吧！"就在她说这些话的时候，露西的脸红了，虽然只是片刻，因为她脆弱的血管不能承受血液一直流向头部。当她用恳求的眼光看着我时，脸色又变得苍白。我微笑着点了点头，把指头放在嘴唇上。她叹了口气，又枕在了枕头上。范海辛几小时后回来了，然后对我说道："现在你回家吧，吃好喝好。让自己变得强壮一点儿。我今晚会待在这里，我会熬夜陪着小姐的。你和我必须看护着这个病人，我们绝不能让别人知道。我有严肃的理由。不，不要问我。你怎么想都可以。甚至不要害怕去想最不可能发生的事情。晚安。"

在大厅里，两名女仆朝我走过来，问我她们或是她们的其中一个，能不能熬夜陪着露西小姐。她们求我让她们这样做，当我说范海辛医生希望他自己或者我来守夜时，她们可怜兮兮地要我替她们向这位"外国的绅士"说情，我被她们的善良感动了。可能是因为我当时很虚弱，也可能是因为是露西，她们显示出了决心。我一次又一次地看到了女人的善良。我回来时正好赶上晚饭，我巡视了一圈，一切正常。一边等待困意来临，一边把这些记入了日记。我要睡了。

9月11日

今天下午我去了希灵汉姆。我看见范海辛精神很好，露西也好多了。就在我刚刚到达后，教授收到了一个国外寄来的大包裹。他打开包裹，拿出一大束白色的花。

"这是给你的，露西小姐。"他说。

"给我的？啊，范海辛医生！"

"是的，亲爱的，但是这不是给你玩的，这是你的药。"这时露西做了个苦脸，"不，我不会把它们当成药来煎或者用其他让人恶心的方式对待它们的，所以你没必要皱起你那漂亮的小鼻子，否则我会告诉我的朋友亚瑟，他将会有怎样的悲惨命运，当他看见自己这么爱的一个美人的脸变得这么难看。哈哈，我漂亮的小姐，现在不要再皱起你那漂亮的小鼻子了。这个东西有药的作用，但是你是不知道原因的。我把它放在你的窗台上，还要把它做成美丽的花环，挂在你的脖子上，这样你就可以睡得很香。噢，是的！它们，就像荷花一样，让你忘记烦恼。它们闻起来就像遗忘河里的水，又如同西班牙的征服者在佛罗里达州寻找的青春之泉。"

他说话的时候，露西仔细观察了那些花，还闻了闻它们。然后她把它们扔在一边，一边笑着，一边厌恶地说：

"哎，教授，我相信你一定在拿我开玩笑。这些花只是普通的大蒜花。"

让我吃惊的是，范海辛站起来，非常严肃，他的钢铁一样的下巴静止不动，皱起了浓密的眉毛，说道：

"不要跟我闹着玩！我从来不开玩笑！我这样做有着严肃的原因，我警告你不要反对我。小心一点儿，如果不是为了你自己，也要为了别人。"当他看见可怜的露西被吓坏了，就温和下来，"哎，小姑娘，不要害怕我。我是为了你好才这样做的，但是就是这些普通的花，对你也大有好处。看，我把它放在你的房间里。我自己把它做成花环让你来戴。不过，不要告诉那些盘根问底的人。我们必须服从，沉默就是一种服从，服从会让你变得健康，并把你送进那些爱你的人的怀抱里。现在安静地坐一会儿。跟我来，约翰，你来帮我用大蒜装饰屋子，这些大蒜都是从哈尔勒姆弄来的，我的朋友范德普尔终年在那儿的房子里用玻璃瓶种草药。我要不是昨天发电报，就得不到这些东西了。"

我们拿着这些花，走进屋子。教授的方式很奇怪，在我听说过的任何一本药典里都找不到。他先是关上窗户，插好插销。然后，他拿上一把花，插遍整个窗框，仿佛要确保每一丝可能进入的空气都充满大蒜的气味。然后他用小刷子把大蒜涂抹在门框上，上面，下面，还有两边，然后用同样的方法涂抹了壁炉。这对于我来说很荒诞，过了一会儿我问道："教授，我知道你做什么事情都是有原因的，但是这一次把我搞糊涂了。幸好我们这里没有怀疑论者，否则他就会说，你这是在念咒语让邪恶的灵魂远离。"

"或许真的是这样吧！"他一边冷静地回答，一边制作着花环，露西会把它戴在脖子上。

然后，我们等着露西洗漱，当她上了床，他走过来把那一串大蒜花戴在了她的脖子上。他对她说的最后一句话是：

"小心一点儿，不要把它弄掉了，即使屋子里很闷，今晚也不要打开门或者是窗户。"

"我保证"，露西说道，"谢谢你们两个对我这么好！唉，我都做了什么，可以有你们这样的朋友？"

当我们坐着等我的马车离开房子时，范海辛说道："今晚，我可以安心地睡觉了，我也确实需要睡眠，两个晚上的奔波，在之间的白天读了很多书，接下来一天的担心，一个晚上的守夜，眼睛都没眨一下。明天早晨你来我这儿，我们一起来看我们漂亮的姑娘，她会因为我念的咒语而变得更强壮了，哈哈！"

他看起来那么有信心，这让我想起两个晚上以前，我自己盲目的信心和它致命的结果，隐约感到有点恐惧。一定是因为我的虚弱，才让我犹豫着没有把这个告诉我的朋友。但是，我越来越强烈地感觉到它，就像流不出来的眼泪。

第十一章　露西·韦斯顿拉的日记

9月12日

他们所有人对我都太好了。我非常喜欢那个范海辛医生，不知道他为什么那么关心那些花儿。他让我害怕了，他可真严厉。不过他一定是正确的，因为那些花儿的确让我感到好多了。不知为什么，我不害怕今天晚上一个人睡了，也不害怕睡觉了。我不应该再理会窗外的那些拍打声。唉，我在晚上常有对睡眠的痛苦的挣扎，失眠的痛苦，或是说惧怕睡眠的痛苦，和这些无名的恐惧！有一些人是怎样的有福，他们的生活中没有恐惧，没有可怕，对于他们来说，睡眠是每晚都会到来的恩赐，只会带来美梦。好吧，现在我在这里，憧憬着睡梦，像剧中的奥菲利亚一样躺着。我从没喜欢过大蒜，可是今晚它是多么地让人高兴！它的味道中有一种安详，我感到睡眠要来了。晚安，各位。

西沃德医生的日记

9月13日

来到伯克利见到范海辛，像往常一样，准点到达。酒店预订的马车已经在外面等候了。教授带着包，他现在总是把它带在身边。

我把所有的事情都准确地记下了。范海辛和我在8点到达了希灵汉姆。这是一个美好的早晨。明亮的阳光和早秋的清爽，像是大自然每年工作的结束。叶子变成了各种美丽的颜色，但是还没有开始从树上掉落。当我们进入房子时，看见韦斯顿拉夫人正在从晨室里出来。她总是起得很早。她亲切地问候了我们，说道：

"你们会很高兴的，因为露西好多了。可爱的孩子还在睡觉。我往她的屋子里看了看，不过没有进去，以免打搅到她。"教授笑了，看起来欢欣鼓舞。他搓着双手，说道："哈哈，我想我已经诊断出了疾病。我的治疗方法有效果了。"

她对此回答道："你不要太相信自己了，医生。露西今天早上的状态有一部分要归功于我。"

"您是什么意思呢，夫人？"教授问道。

"我晚上很担心孩子，就进了她的房间。她睡得很香，香到甚至是我来也没有吵醒她。但是屋子里特别闷，到处都是可怕的，有强烈气味的花，她还在自己的脖子上戴了一束。我怕这刺鼻的味道会把这虚弱的孩子给熏坏了，所以我把它们都拿掉了，还把窗户打开让新鲜空气透进来一点儿。你看到她会高兴的，我确定。"

她又走进了自己的卧室，她通常都在那里吃早餐。在她说话的时候，我看见教授的脸变得灰白。他在这位可怜的夫人面前尽量克制着自己的情绪，因为他知道她的状态，一个刺激对她来说有多致命。他甚至在为她打开门时微笑着。但是就在她的身影消失的一刹那，他突然使劲地拉住我进了餐厅，关上了门。

然后，我平生第一次看见范海辛失去了控制。他用手抱住头，绝望地沉默着，然后无助地击着手掌，最后他坐在一张椅子上用手捂住脸，开始啜泣，大声地、嘶哑地啜泣，好像是心在痛苦地挣扎。

然后他又举起了手臂，好像在央求整个宇宙，"上帝啊！上帝啊！上帝啊！"他说，"我们做了什么，那个可怜的人又做了什么，让我们这样痛苦地被包围？是不是我们有什么宿命，是那异教的世界带给我们的，这样的事情必然发生，而且这样发生？这位可怜的母亲，一无所知，做了她认为最好的事情，实际却是做了扼杀她女儿的身体和灵魂的事情，我们绝不能告诉她，我们甚至不能警告她，否则，如果她死了，所有人就都死了。天啊，我们周围是什么啊！我们周围的魔鬼的力量有多么强大啊！"

突然间他跳了起来，"来，"他说，"来吧，我们必须去看看，采取点行动。

-119-

有没有魔鬼，或者是不是所有的魔鬼都来了，这都没有关系了。我们必须一样地与他们战斗。"他走向大厅的门，拿上他的包，然后我们一起上楼进了露西的房间。

我又打开了窗帘，这时范海辛朝着床走过去。这次，当他看着那张可怜的脸时并没有惊讶，没有像以前那样苍白。他看起来是严肃的悲哀和无尽的怜悯。

"就像我想的那样，"他自言自语道，还伴随着他那意味深长的吸气声，他一声不响地锁上了门，然后，开始在小桌子上准备输血用的工具。我之前就意识到了这个需要，所以开始脱衣服，但是他用手制止了我。"不！"他说，"今天你来操作，我来献血，你已经很虚弱了。"他一边说着一边脱下衣服卷起了袖子。

又是一次输血，又是一次麻醉。露西灰白的脸颊又有了血色，规律的呼吸也回来了。这次是我照顾范海辛恢复身体和休息。

不久，他找到一个机会告诉韦斯顿拉夫人，不能在没有和他商量的情况下拿走露西房间里的任何东西。那些花是有药用价值的，吸入它们的气味是治疗的一部分，然后他开始自己照料病人，说他今晚和明晚会看守着她，还会告诉我什么时候来。

一小时后，露西从睡梦中醒来，神清气爽，好像没有因为受到的折磨而变得更糟。

这些都意味着什么？我开始在想，是不是因为我长时间地和精神不正常的人一起生活，也让我自己变得不正常了。

露西·韦斯顿拉的日记

9月17日

四天四夜的安宁。我又这么健康了，自己都不敢认自己了。我好像已经度过了长时间的噩梦，刚刚醒来看见了阳光，呼吸了早晨清新的空气。我还依稀记得那长时间焦虑的等待和恐惧，还有黑暗，甚至没有将现在的折磨弄得更加严重的痛苦。然后是长时间的遗忘，最后又回到了生活中，像一个潜水员顶着水的巨大压力露出头来。然而，因为范海辛医生一直陪着我，所有的这些噩梦好像都烟消云散了。曾经把我吓得灵魂出窍的噪声，窗户上的拍打声，远方那些好像离我很近的声音，那些我不知道是哪里来的尖厉声音命令我去做一些我不知道是什么的事情，这些都结束了。我现在可以毫无恐惧感地去睡觉了，我甚至不能故意不让自己睡着。我现在开始十分喜欢大蒜，每天都有从哈尔勒姆运来的整整一盒子大蒜给我。今天晚上，范海辛医生会离开，因为他必须回阿姆斯特丹一天。我不需要被看护了，我已经足够好了，可以一个人待着。

为了妈妈，还有亚瑟，感谢上帝，还有这些对我这么好的、我的所有朋友们！我应该都感觉不出变化来，因为昨天晚上范海辛在椅子上睡着了一会儿。我醒来时发现他睡着了两次。但是我不再害怕睡觉了，虽然树枝、蝙蝠，还有别的什么东西，几乎是疯狂地在窗户上拍打着。

《保尔摩尔公报》9 月 18 日
我们受访者的可怕的逃狼经历
——对动物园管理员的采访

经过了无数次的询问和几乎相等次数的拒绝，并且不断地用《保尔摩尔公报》作为一种法宝，我最终找到了负责喂食狼的动物园的部门管理员。托马斯·比尔德住在大象房后面的围墙中的茅舍内，当我找到他时，他正要坐下来喝茶。托马斯和他的妻子非常好客，他们已不再年轻，没有孩子，如果他们对我的热情就是他们平时状态的话，他们的生活一定过得很惬意。管理员不愿意谈这个被他叫作生意的问题，直到吃过了晚饭，我们都很满意。等收拾好桌子，他叼起他的烟斗，说道：

"现在，先生，你可以继续了，问你想问的问题。请你原谅，我在晚饭前不愿意谈论这个问题。在我问我们部门的狼、胡狼和鬣狗问题之前，我会先给它们吃些点心。"

"什么意思，问它们问题？"我问道，想引起他谈话的兴致。

"用棒子打它们的头是一种方法，摩擦它们的耳朵是另一种。记住，"他富有哲理地说，"我们人类有很多天性和这些动物是一样的。现在，你来问我关于我生意的问题，你甚至没有讽刺地问我，是否想让你去问问园长能否我问题。我说得够清楚吗？"

"是的。"

"当你说，你会揭发我用了下流的语言时，真是让我哭笑不得。我不打算反驳，所以我等待我的食物，狼吞虎咽地吃饭。现在那个老女人给我做好茶点了，我也点上烟了，你可以尽情地问我问题，我不会反对的。开始你的问题吧。我知道你是为什么而来——逃跑的狼。"

"完全正确，我想让你谈谈你对这件事情的看法。只用告诉我这是怎么发生的，等我知道了真相，我会让你谈谈，你认为它的原因是什么，还有你觉得这整个事件会怎样结束。"

"好的，这就是事件的全过程。这条被我们叫作伯喜客的狼，是三条从挪威来的灰狼中的一条，我们是四年前把它买来的。它是一条性情温驯的狼，从来不给我们惹麻烦。我很奇怪，其他动物还没有想逃出去呢，怎么会是它逃出去的呢？但是，当然，你不能相信一条狼，就像女人一样。"

"请不要介意，先生！"托马斯夫人插话进来，"他和动物们相处的时间太长了，自己就像一条老狼，但是他并没有恶意。"

"先生，昨天，就在喂过它们两小时之后，我听到了一阵骚乱，当时我正在为一只生病的小美洲豹做窝。但是，当我听到叫声时就赶紧跑出来了。伯喜客在栏杆后面像疯了似的想要出去。那天，周围没有太多人，附近只有一个人，一个又高又瘦的家伙，鹰钩鼻，大胡子，几缕白发。他有一张冷酷的脸和红色的眼睛。他戴着白色的手套，指着动物对我说：'管理员，这些狼看起来好像因为什么事情而心烦。'

"'也许是因为你。'我说，因为我不喜欢他。他并没有像我所想的那样生气，但却傲慢地微笑着，露出了一口白色的锋利牙齿：'不，他们会喜欢我的。'

"'是的，它们会的。'我说，模仿着他，'它们在喝茶的时间总想要一两根骨头来清理牙齿，你可有一大堆呢。'

"这可真是一件奇怪的事情，当我们谈话时，它们全都躺下了，当我去看伯喜客时，它像往常一样让我摸它的耳朵。那个人也走过来了，可是他也把手伸进去，像我一样去摸这条狼的耳朵！

"'小心一点儿，'我说，'伯喜客很凶猛的。'

"'别担心，'他说，'我已经习惯它了。'

"'你是做这个买卖的？'我一边说着，一边摘下帽子，因为做狼生意的人就是管理员的好朋友。

"'不，'他说，'不是做这个生意，但是我有好几条这样的宠物。'然后，他像一个贵族一样挥了下帽子，走开了。伯喜客一直看着他，直到他在视线里消失，然后走到一个角落里躺下，不愿意从洞里出来。昨天晚上，就在月亮升起的时候，这里所有的狼都开始叫起来。可是没有什么好让它们叫的。周围没有人，除了一个显然是在叫狗从花园后面出来的人。我出去看了一两次，一切都很正常，然后叫声停止了。就在 12 点之前，我出去巡视了一圈，当我走到伯喜客的笼子的前面时，我看见栏杆被弄折了，笼子是空的。这就是我知道的全部了。"

"有没有别人看到？"

"有一名园丁那个时候正要回家，他看见一只大灰狗出来了。他是这样说的，但是我没有太在意，因为他回家后，没有跟自己的老婆说起这件事，只是当大家知道了狼的逃跑，我们一整晚上都在动物园里找伯喜客时，他才想起来看见过什么东西，我认为是他脑子进水了。"

"现在，比尔德先生，你能估计一下狼是怎么逃跑的吗？"

"先生，"他说道，既谦虚又怀疑，"我想我可以，但是我不知道你会不会对这个推论满意。"

"我当然会。如果像你这样对动物有经验的人都不能猜对的话，谁还猜得对呢？"

"那好，先生，我就这样讲吧。我觉得这条狼之所以逃跑——就是因为它想出去。"

从托马斯和他的妻子对这个笑话报以大笑的方式来看，这一结论只是一个精心的欺骗。我比不上托马斯能开玩笑，但是，我想我知道怎样才能让他开口，于是我说："现在，比尔德先生，我们可以认为，半块金镑已经付给你了，现在它的兄弟正在等待被认领，如果你告诉我，你认为接下来会发生什么事情的话。"

"好吧，先生，"他轻松地说道，"我知道你会原谅我对你开的玩笑，但是这个老女人朝我使眼色，是她让我这么干的。"

"我从来没有！"老妇人说道。

"我的看法是，那条狼现在正藏在某个地方。那名园丁说它向北边跑了，跑得比马还要快，但是我不相信他，因为你知道，先生，狼还没有狗跑得快，它们不会那么快地跑。狼是故事里的动物，但是，我知道当它们聚集成群时要比单个可怕，它们会发出魔鬼一样的叫声，然后把东西撕得粉碎，无论那是什么东西。但是，上帝保佑，在现实生活中，狼只是一种低能的动物，还没有一条好狗的一半聪明和胆大，也不是那么好斗。这条狼原来从不打架，它更可能正藏在动物园的某个角落发抖，如果它也能思考的话，一定在想能从哪儿得到自己的早餐。或者它自己去了什么地方，现在躲在一个煤窑里。我的眼睛不会放过它那双在黑暗里发着绿光的眼睛！如果它没有吃的，肯定会去寻找，它有可能会在某一时刻出现在肉店里。如果不是这样的话，那当某个女仆走在外面的时候，就会看见它——如果人口普查发现少了一个人，我也一点儿不奇怪。就是这样了。"

正当我把另一半金镑给他的时候，窗户上响起了敲打声，他的脸吃惊地拉长了两倍。

"上帝保佑！"他说，"该不会是伯喜客自己回来了吧！"

他走过去把门打开，在我看来，这是最没有必要的举动。我从来不觉得，一个野生动物如果不在离我一英里开外的地方会有多么可爱。个人的经历加深了这种看法而不能消除它。

然而，对狼的态度没有传统可言，因为不管是比尔德还是他的妻子，他们看见一条狼就像我看见一只狗似的。那个动物本身十分安静和温驯，就像红色莱丁汉的老朋友，画里的狼的祖先一样。

整个场面是无法形容的喜剧和悲剧的混合。这条在半天让整个伦敦都瘫痪，还让所有镇上的孩子都发抖的淘气的狼，现在怀着悔过的心情，像一个狡猾的挥霍的儿子一样，被收留和爱抚着。老比尔德温柔仔细地检查了它的全身，之后说道：

"我就知道这个可怜的家伙会遇上麻烦的，我不是一直这么说吗？它的头被割伤了，都是碎玻璃，它肯定是去翻一堵破墙或者别的什么东西，真是的，真应该禁止那些人把碎玻璃插在墙头，这下可好了。过来，伯喜客。"

他把狼锁进了笼子，还给了它一块足够大的肉，然后就出去报告了。

我也离开了，对这件离奇的动物园出逃事件作出今天的独家报道。

西沃德医生的日记

9月17日

吃完午饭后，我在书房忙着整理书籍，因为其他事务的压力和频繁地到露西那里去，这项工作已经拖了很久。突然门被撞开了，我的病人冲进来，脸因为激动而扭曲着。我很吃惊，因为病人自己跑到管理者的书房这种事几乎从来没听说过。

一眨眼的工夫，他就站在我面前了。他手里拿着一把餐刀，我觉得这十分危险，所以我尽量站在桌子后面。对于我来说，他的动作太敏捷，身体也太强壮了，然而，在我作出反应之前，他已经袭击了我，严重地割伤了我的手腕。

然而，在他再次袭击我之前，我把他抓住，他四肢张开地躺在地上。我的手腕不停地流血，地毯上已经流了一摊血。我看见他没有想挣脱，就蜷起我的手臂，严密地监视着这个趴在地上的人。当值班员冲进来，我们再看他时，他的行为着实让我感到恶心，他肚皮贴在地上，像一条狗一样舔着从我受伤的手腕流出来的血。他很容易就被制伏了，让我吃惊的是，他非常温顺地被值班员带走了，只是嘴里不停地念叨着："鲜血就是生命！鲜血就是生命！"

我不能再承受更多的失血。我已经失掉了健康身体所能承受的更多的血，对露西的病的担忧和此刻可怕的状态都在暗示我。我过于激动和疲乏，我需要休息，休息，再休息。很高兴范海辛没有召唤我，这样我就不用去了。今晚我必须要睡觉了。

安特卫普的范海辛给卡尔法克斯的西沃德的电报
（送至瑟塞克斯的卡尔法克斯，因为没有写郡名，所以晚到了24小时）

9月17日

今晚一定要来希灵汉姆。如果没有一直看守着，也要经常去查看一下那些花是不是还在原处，这非常重要，不能忘记。我会在到达以后尽快到你那儿去的。

西沃德医生的日记

9月18日

刚刚下了到伦敦的火车。范海辛的电报让我十分沮丧。一整晚上都没在那里,根据以往不好的经验,我知道这一晚上会发生什么事情。当然有可能一切都好,但是会发生什么事情呢?肯定有某种厄运在我们头上,每一次可能的事故都会对我们所作出的努力造成不利的影响。我应该带着这个磁片,这样,我就可以用露西的留声机完成我的留声日记。

露西·韦斯顿拉留下的备忘录

9月17日晚间

我写下这个并且让人们来看,这样就不会有任何人因为我而惹上麻烦。这是对今晚发生之事的准确记录。我感觉自己正在死去,几乎没有力气写字,但是我必须写下来。

我像往常一样上了床,检查了一下那些花是否像范海辛医生要求的那样在原处,然后很快就睡着了。

我被窗户上面的拍打声吵醒,自从那次在惠特白的东崖上的梦游,米娜救了我之后,这声音就开始了,现在我已经很熟悉它了。我不害怕,但是我确实希望范海辛医生能在隔壁的房间,他也说过他会在,这样我就可以叫他了。我试着睡觉,但是睡不着。然后,原来那种对睡眠的恐惧又来了,我决定醒着。讨厌的睡眠总在我不想要它时来到我身边。因为我害怕一个人待着,所以我打开门叫了一声:"有人吗?"没有回答。我害怕吵醒了母亲,所以我又关上了门。从外面的灌木丛里传来一阵叫声,像狗的叫声,但是更尖厉和深沉。我打开窗户向外看,但是什么也没看到,除了一只巨大的蝙蝠,它显然在用自己的翅膀拍打着窗户。于是我又回到了床上,决定不睡觉。不久门开了,妈妈向里面看。看见我没有睡着,她进来坐在我身边,比往常要更温柔地对我说：

"我很担心你，孩子，所以来看看你好不好。"

我怕她坐在这里会着凉，所以让她来和我一起睡，于是她上了床，躺在我身边。她没有脱下长袍，因为她说她就待一会儿，然后就回到自己的床上去。就在她躺在我的臂弯里时，我又听见了窗户上的拍打声。她很吃惊，有点被吓住了，叫起来："那是什么？"

我试着安抚她，最后成功了，她又安静地躺下了。但是我仍然能听见她可怜的心脏跳得不太正常。过了一会儿，灌木丛里又响起了叫声，不久窗户被击碎了，碎玻璃散了一地。窗帘被灌进来的风吹到了后面，就在破损的窗户的缝隙中，露出一只巨大、瘦削的灰狼的脑袋。

母亲惊恐地大叫起来，挣扎着坐起来，使劲儿地去抓任何能救她的东西。在所有的东西里，她抓住了范海辛医生坚持要我戴在脖子上的大蒜花环，把它从我身上扯了下来。她立刻坐起来，指着那只狼，喉咙里发出奇怪的可怕的"咯咯"的声音。然后她就倒下了，像是被闪电击中了一样，她的头撞到了我的额头，让我晕了一阵子。

房间和周围的一切好像都在旋转。我的眼睛盯着窗户，可是，狼把头缩回去了，一大堆小颗粒好像从破了的窗户被吹进来，转着圈，像一个尘埃的柱子，就好像旅行者所描述的在沙漠中看到的海市蜃楼。我想动弹一下，可是我身上好像有什么符咒。亲爱的母亲，她可怜的身体好像已经开始变冷了，因为她的心脏已经停止了跳动，她的身体把我压倒了，我有一段时间丧失了记忆。

直到我再次恢复知觉，时间并不显得很长，但是十分可怕。周围的某个地方，一个移动的铃在响。临近的狗全都在狂吠，外面树丛中，有一只夜莺在唱歌。我因为疼痛、恐惧和虚弱，而显得茫然和愚蠢。可是，那夜莺的歌声就好像我死去的母亲又回到我的身边安慰我。声音好像也把女仆吵醒了，我能听见她们光着脚在外面跑的声音。我叫了她们，她们进来了，当看到了发生的一切，还有床上压在我身上的东西时，她们惊叫起来。风从破窗户"嗖嗖"地刮进来，门"砰"的一下关上了。她们抬起我母亲的尸体，在我起来以后，她们把她平放在床上，在上面盖了一块布。她们太恐惧和紧张了，我让她们到餐厅去，每人喝一杯葡萄酒。门被打开了，又关上了。女仆们尖叫着跑进了餐厅。我把大蒜花放在了亲爱的母亲的胸膛上。这时我想起了范海辛医生叮嘱我的话，但是我不想把它们拿开，另外，我想让几个仆人陪我熬夜。我很惊讶女仆们没有再回来。我叫了她们，但是没有回答，我下楼到餐厅去找她们。

当我看见发生的事情时，我的心沉了下去。她们四个人无助地躺在地板上，沉重地呼吸着。桌上有半瓶雪莉酒，但是周围有一种让人眩晕的、辣辣的味道。我很疑惑，闻了闻酒瓶。它闻起来像是鸦片酊，我看了一下旁边，发现了医生给妈妈用的药的瓶子。啊！确实用了，已经空了。我该做些什么？我该做些什么？我又回到房间和母亲在一起。我不能离开她，而且我是一个人，除了那些睡着了的仆人，有人把她们给药倒了。和死人单独待在一起！我不敢走出去，因为我能听见狼那低沉的号叫声透过窗户传进来。

空气里仿佛充满了小颗粒，在从窗户吹进来的风里飘浮着，打着转，闪着幽暗的蓝光。我该怎么办？上帝保佑我躲过这一夜吧！我得把这张纸藏在我的胸口里，当他们来为我作殡葬准备的时候，就能在这里发现它。我最爱的母亲走了，也是我走的时候了！再见，亲爱的亚瑟，我活不过今晚了。上帝保佑你，亲爱的，也请上帝保佑我吧！

第十二章　西沃德医生的日记

9月18日

我立刻驾马车到了希灵汉姆，来得很早。我把马车停在门口，独自走上了小路。我轻轻地敲门，尽量小声地按门铃，因为我怕吵到露西或者她的母亲，希望是一位仆人来为我开门。过了一会儿，发现没有反应，我又敲了门，按了门铃，还是没反应。我诅咒仆人的懒惰，她们这时候可能还躺在床上，已经10点了，所以我又敲门并按门铃，我已经不太耐烦了，但还是没有回答。刚才我还只是准备责备一下仆人，但是现在一阵恐惧袭上我的心头。这是不是笼罩在我们周围的厄运锁链上的又一环呢？是不是这里已经是一个死人的房子，而我来得已经太迟了？我知道，一分钟甚至是一秒钟的耽搁，都可能对露西造成几小时的危险，如果她再次发病的话。我绕着房子走了一圈，想找到一个入口，可是却没有找到。每一扇门和窗户都被锁好了，于是我又回到前门去敲门。就在我这样做的时候，我听见一阵马蹄飞奔的声音。它停在门口，几分钟后我看见范海辛从小路跑过来，他看着我，喘着气说："是你，你刚来吗？她怎么样？我们是不是太晚了？你收到我的电报了吗？"

我尽量快速和连贯地告诉他，我今天一大早才收到他的电报，马上就赶到这里，但是屋里没有一个人给我开门。他停住了，摘下帽子严肃地说道："恐怕我们是太迟了。上帝已经下了决心了！"

他又恢复了原来的状态，继续说："来吧。如果没有能进去的入口，我们必须找出一条。时间现在对我们是头等重要的。"

我们转到房子后面，那里有一个厨房的窗户。教授从手提箱里取出一把医用锯，递给我，指着窗户外面的铁栏杆。我马上开始锯它们，很快就弄断了其中的三根。然后，我们用一把又长又细的刀将门闩拨开，打开了窗户。我帮助教授进去，然后跟在他后面。最近的厨房和仆人的房间里都没有人。我们看了所有经过的房间，在餐厅里，借助从百叶窗投下的微弱光线，我们发现四个女仆躺在地板上。没有必要检查她们是否还活着，因为她们的鼾声和房间里鸦片酊的味道已经清楚地说明了她们的情况。

范海辛和我互相看着，我们一边离开，他一边说："我们一会儿再来管她们。"然后，我们上楼进了露西的房间。我们停在门口一两秒钟，听了听，但是没有听到声音。我们的脸苍白了，用颤抖的手轻轻地打开了门，进入房间。

我该怎么描述我所看到的呢？床上躺着两个女人，露西和她的母亲。她的母亲身上盖着一块白布，一角被从破损的窗户吹进来的风吹开，露出一张扭曲、惨白的脸，上面还残留着恐惧的表情。在她的旁边躺着露西，脸更加惨白和扭曲。曾经戴在她脖子上的花现在在她母亲的胸膛上，她的脖子露了出来，上面有两个我们以前已经注意到的伤口，但是看起来更加发白和血肉模糊。教授一言不发地伏在她身上，他的头几乎都要碰到露西的胸膛。然后，他很快地转过头来，跳起来对我叫道："还不算晚！快点！拿白兰地来！"

我飞奔下楼，拿着白兰地上来了，小心地闻了闻，尝了尝，以免它也像我在桌子上看到的那瓶雪莉酒一样被下过药了。女仆仍然在呼吸，但是不太安定，我猜是药效快过了。他像以前那样将白兰地涂在她的嘴唇、牙龈、手腕和手掌上，他对我说："我可以做这个，做一切现在能做的事，你去把仆人们叫醒。用湿毛巾擦她们的脸，然后拍拍她们，让她们准备好火炉和澡盆。这个可怜的人几乎要和她身边的那个一样冰冷了。在我们做其他事情之前，必须把她给弄热。"

我立即去了，很容易地叫醒了其中的三个。第四个是个小女孩，药显然对她起了更大的作用，所以我把她扶到沙发上，让她继续睡。

其他几个一开始很晕，但是，当她们回忆起来时，全都歇斯底里地叫着和啜泣着。不论事情怎样，我对她们很严肃，不让她们说话。我告诉她们，失去一条生命已经够糟糕的了，如果她们耽搁了，还会失去露西小姐。所以，她们哭着喊着，衣衫不整地去准备炉火和热水了。幸运的是，厨房里锅炉的火还没有熄灭，不缺热水。我们弄了个澡盆把露西抬出来，然后放进去。就在我们忙着擦热她的四肢时，大厅的门被敲响了。其中一名女仆慌忙穿好衣服，下去开门。她回来小声跟我们说，有一位绅士带来了郝姆伍德先生的信息。我吩咐她，就告诉他先等着，因为我们现在谁也不能见他。她去传话了，因为专注于手头的工作，我把他完全给忘记了。

在我的印象里，从没见过教授这样认真地工作过。我知道，他也知道，这是与死亡进行的持久的战斗，我停下来告诉他。他回答的话让我听不懂，但是脸上的表情是极其严肃的。

"如果这就是所有的了，我就会停在我们现在的地方，然后让她自己慢慢地死去，因为我在她的世界里看不到生命的曙光。"他更加拼命地继续工作着。

不久，我们都感觉到加热开始有效果了。露西的心跳在听诊器里更明显了，也能感到她的肺在运动。范海辛总算松了口气，当我们把她扶起来，用一块热毛巾把她擦干时，他对我说："是我们首先得到了奖励。"

我们把露西带到了另一个房间，那个房间现在已经准备好了，把她放在床上，并向她的喉咙里灌了几滴白兰地。我看见范海辛将一块柔软的丝绸手帕系在她的脖子上。她依然没有知觉，情况还是我们看到过的最坏的。

范海辛叫其中的一名女仆进来，让她和露西待在一起，在我们回来之前，眼睛都不要离开她，然后示意我离开了房间。

"我们必须商量下一步该怎么做。"我们下楼的时候他说。在大厅里，他打开了餐厅的门，我们进去以后，他小心地关上了门。百叶窗已经被打开了，但是窗帘拉上了，这是英国的下层阶级的妇女严格遵守的哀悼礼仪。于是，房间变得十分黑暗，但是对于我们的目的来说，这已经足够亮了。范海辛的严肃有点被为难所化解了，他显然在为一些事情而苦恼，于是我等了一下，他说道：

"我们现在怎么办呢？我们能找谁来帮忙呢？我们必须再输血，否则那个可怜的女孩连一小时也活不过。你已经筋疲力尽了，我也是。我不敢相信那些女人，即使她们有勇气做。我们怎么才能找到一个愿意为她打开自己血管的人呢？"

"那么，我怎么样？"

一个声音从沙发那里传来，这个声音给我带来了安慰和欣喜，因为这是昆西·莫里斯的声音。

范海辛一开始又惊讶又生气，但是下一刻又变得高兴起来，因为我叫道：

-131-

"昆西·莫里斯！"然后冲到他面前，向他伸出双手。

"你怎么会在这儿？"我们握着手，我叫道。

"我想是因为亚瑟。"

他递给我一封电报：

三天都没有西沃德的消息了，我非常焦急。可是不能离开，父亲的情况还是不好。告诉我，露西怎么样了。不要耽搁。郝姆伍德。

"我想我来得正是时候，你只用告诉我该做些什么。"

范海辛走上前来，拉着他的手，看着他的眼睛说道："当一个女人遇到麻烦时，一个勇敢的男人的血是这世界上最好的东西了。你是一个男人，没错。魔鬼一直在倾尽全力地和我们作对。可是，上帝在我们需要的时候为我们送来了男人。"

我们再一次实施了输血。我没有心思再仔细说了。露西受到了强烈的刺激，这对她产生了比以往更大的影响。因为，虽然大量的血液已经输进了她的身体，她也没有像上几次那样有太大起色。她挣扎着获得生命，看起来和听起来都是一件很吓人的事情。无论如何，心脏和肺都在工作了，范海辛又给她注射了吗啡，像上次一样，效果很好，她由晕厥变成了熟睡。教授看着她，我则和莫里斯一起下了楼，叫其中一名女仆去付钱给等待的马车夫。

我给昆西倒了一杯葡萄酒，让他躺下了，又告诉厨子做一顿好点的早餐。我突然有了一个想法，于是我回到了露西待的房间。当我轻轻地进来时，看见范海辛手里拿着一两张纸，他显然在读它们，而且手扶着额头思考着。他脸上有一种满足的表情，就像一个人消除了疑虑。他只是把纸递给我说："当我们给她洗澡时，这张纸从她的胸口掉出来了。"

我读了它，然后站在那里看着教授，停了一会儿我问他："以上帝的名义，这些都是什么意思？为什么她会疯狂，那可怕的危险又是什么呢？"我是那么困惑，不知道再往下说什么。范海辛伸出手拿那张纸，说道：

"不要为这个操心了，先忘了它吧。你会在合适的时间明白一切的，但不是现在。那么，你来是想跟我说什么呢？"这又把我带入了现实中，我又成了我自己。

"我是想说死亡证明。如果我们做得不合适和不明智，就会有审讯，那这张纸就要被拿出来作证明。我希望我们不会被审讯，因为如果我们有的话，就肯定会杀了露西，如果不是别的什么的话。我知道，你知道，还有其他服侍她的医生也知道，韦斯顿拉夫人有心脏病，我们能够证明她是死于心脏病。让我们现在就写证明吧，然后我就可以去登记，再找一名殡仪事业经营者。"

　　"是的，我的朋友，好主意！确实，露西小姐如果因为缠着她的敌人而伤心的话，也至少会因为爱着她的朋友们而快乐的。一个，两个，三个，都为她输送了自己的血液，另外，还有一个老头子。是的，约翰，我不瞎！我更爱你了！现在去吧！"

　　在大厅里我见了昆西·莫里斯，拿着一封要发给亚瑟的电报，说韦斯顿拉夫人已经去世了，露西也病了，但是现在正在好转中，范海辛和我在陪着她。我告诉他，我要去哪里，他催我快点去，我走的时候他说，"等你回来的时候，约翰，我能单独和你说几句话吗？"我点了点头，出去了。我很容易地登了记，还安排了当地的殡仪事业经营人晚上过来量一下棺材的尺寸，作一些安排。

　　当我回来的时候，昆西在等我。我告诉他，等我去看一眼露西就来他这儿，我上了楼，来到了她的房间。她还在睡觉，教授也还在她身边坐着。因为他将手指放在自己的嘴唇上，我知道他不想让露西太早醒过来。于是我下楼把昆西带进了早餐室，那里的窗帘没有被拉上，所以，这个房间比其他房间更让人高兴，或者说不太让人难过。

　　当我们单独在一起时，他对我说："约翰·西沃德，我不想把自己放进我无权进入的地方，但是，这不是一件普通的事情。你知道我爱那个女孩，想和她结婚，虽然这一切都已经结束了，我也一样忍不住担心她。她到底是怎么回事儿？那个荷兰人，那个善良的老者，我能看见，当你们两个走进房间的时候，他说你们必须再次输血。还有，你们两个都筋疲力尽了。现在，我非常清楚地知道，你们医生说话是禁止旁听的，别人不能试图打听他们在商量什么。但这不是一件寻常事，无论它是什么，我都尽了我的全力了。是这样吗？"

　　"是这样的。"我说道，然后他继续说道：

　　"我觉得你和范海辛都已经做过我今天做的事情了。是吗？"

"是的。"

"我猜亚瑟也是。当我四天前在他那里看到他时，他好像不太舒服。我从没见过什么东西这么快地垮掉，我在南美大草原上，有一匹母马，我们喜欢晚上到草原去。一种被他们叫作吸血鬼的大蝙蝠有一天咬了它，它的血管被咬开了，它没有足够的血可以站起来，我不得不在它躺着的时候朝它开了一枪。约翰，如果这不是秘密，就请告诉我，亚瑟是第一个，不是吗？"

就在他说话的时候，这个可怜的人看起来十分焦虑，他被关于他爱的女人的悬念所折磨，完全忽视了似乎在包围着她的那个可怕的秘密，这反而加剧了他的痛苦。他的那颗心在流血，这让他丧失了男人的气概，但是他的庄严让他不至于垮掉。我在回答之前停顿了一下，因为我觉得，不能泄露任何教授希望保密的东西，但是既然他已经知道这么多了，也猜到了这么多，好像也没有理由不回答他，所以我用同样的话回答了他：

"是这样的。"

"这样多长时间了？"

"大约 10 天了。"

"10 天！那么我猜，约翰·西沃德，在这些天里，这个我们都爱怜的美丽小生命的身体里已经流淌着四个强壮的男人的血液了。男人们还活着，而她的整个身体却承受不了了。"他靠近我，低声说道，"怎样才能解决？"

我摇了摇头，"这个，"我说，"就是问题。范海辛为它苦恼，而我已经绞尽脑汁，我甚至不敢猜测一下。已经发生了一系列的小情况，把我们为了让露西得到精心看护的计划都打破了。但是，这些都不会再发生了，我会在这里待到一切都恢复正常。"

昆西伸出了他的手，"也算我一个，"他说，"你和那个荷兰人告诉我该做什么，我会去做的。"

当露西在下午晚些时候醒来时，她的第一个反应就是去摸胸口，让我吃惊的是，她把那张范海辛已经让我读过的纸递给了我。细心的教授已经把它放回了原处，以免她醒来以后受到惊吓。然后，她的眼睛对着范海辛和我闪着光，变得高兴起来。接着她环顾四周，确定自己在哪里，她颤抖着，大声地哭着，用可怜的瘦削的手捂着苍白的脸。

我们都明白这是为什么，她已经知道了自己母亲的去世，所以我们尽量地安慰她。无疑同情心对她有一点儿安抚作用，但是她情绪十分低落，小声地哭了很长时间。我们告诉她，我们两个人或是其中的一个都会一直和她待在一起，这似乎让她得到了安慰。快到黄昏的时候，她开始打盹儿。这时一件奇怪的事情发生了。就在她睡着的时候，她把那张纸从自己胸前拿出来撕成了两半。范海辛走上前把纸从她的手中夺走了，可她还在做撕的动作，就好像纸还在自己的手里。然后她举起手臂张开它们，就好像在抛撒碎片。范海辛看起来很吃惊，他的眉毛拧到了一起，仿佛在思考，但是什么也没说。

9月19日

昨晚一夜她睡得都不安宁，总是害怕睡着，当她醒了之后更虚弱了。教授和我轮流看护她，我们一刻也没有离开过她。昆西·莫里斯没有说他在想什么，但是我知道，他一整夜都在房子周围巡视着。

当到了白天，光亮显示出露西的力气受到了怎样的摧残。她几乎抬不起头，也吃不下饭，这对身体没有好处。她有时睡过去，我和范海辛都能注意到她在睡和醒之间的变化。当睡着的时候，她看起来更健康，虽然很憔悴，呼吸也更平缓了。她张开的嘴露出了牙齿上萎缩的苍白牙龈，牙齿看起来比平时要长和尖利。当她醒来时，她温柔的眼睛显然变了颜色，这时更像她自己，虽然是一个快死的人。下午的时候她想见亚瑟，我们就发电报给他。昆西去车站接他了。

他到的时候是下午6点钟，太阳很圆、很温暖，红光透进窗户让她苍白的脸颊多了点颜色。当他看见她时，他几乎激动得哽咽了，我们谁也说不出话来。在过去的几小时里，她的睡眠，或者说是晕厥状态不时发作，并且越来越频繁，可以谈话的时间变短了。无论如何，亚瑟的到来好像起到了刺激物的作用，她的精神好了一点儿，跟他说话的时候比之前更活跃一点儿了。他也振作起精神，尽量高兴地和她说话，这样所有的努力都做到了。

现在将近夜里1点了，他和范海辛坐在她身边。75分钟后，我会去替换他们，所以现在，我再把这些录到露西的留声机里。他们会一直休息到6点。我怕明天我们就要结束看护了，因为她受到的刺激太大了。可怜的孩子恢复不了元气了。上帝帮帮我们吧。

米娜·哈克给露西·韦斯顿拉的信
（被她封上了）

9月17日

我最亲爱的露西：

　　从我上一次收到你的信好像已经过去好长一段时间了，或者说是从我上一次写信起。你会原谅我的错误的，我相信，当你读到我的一大捆的消息的时候。我让我的丈夫康复了。当我们到达埃克斯特的时候，有一辆马车在等着我们，里面坐着豪金斯先生，虽然他的中风刚刚发作过。他把我们带到了他的住处，那里有房间可以让我们住，房间非常好非常舒适，我们一起吃的饭。吃过饭后，豪金斯先生说：

　　"亲爱的，我想为你们的健康和幸福干杯。还有，希望我的祝福会保佑你们两个。我知道你们两个还都是孩子，我很骄傲能看着你们成长。现在，我希望你们把家安在这里，陪着我。我没有孩子。等我走了，我在遗嘱中会把一切都留给你们的。"亲爱的露西，我哭了，就在乔纳森和那老人握紧双手的时候。我们度过了一个非常非常愉快的夜晚。所以现在，我们在这座漂亮的房子安了家。从我的卧室和起居室里，都能看见附近的大教堂里的大榆树，他们高大的黑色树干立在教堂古老的黄色石头旁边，我能听见乌鸦一整天都在我们头顶唧唧喳喳地叫着。我很繁忙，不用告诉你也知道，忙着布置房间还有做家务。乔纳森和豪金斯先生一整天都很忙，因为现在乔纳森是合伙人了。所以，豪金斯先生想介绍给他所有的客户。

　　你亲爱的母亲怎么样了？我希望自己可以到镇上去看你一两天，亲爱的，但是我还不敢走，身上有这么多的任务，乔纳森也还需要照顾。他开始长点肉了，但是被长时间的疾病已经折磨得不像样子。甚至现在，他有时也会突然从梦中惊醒并且颤抖着，直到我哄着他，让他再次平静下来。无论如何，感谢上帝，这样的情况一天天地减少了，它最终会随着时间的流逝而消失的，我相信。现在我已经告诉了你我的消息，让我问问你的。你什么时候结婚，在哪里，谁来主持婚礼，你会穿什么，会是一个公开的婚礼还

-136-

是秘密的？告诉我一切，亲爱的，因为没有什么让你感兴趣的事情是对我不重要的。乔纳森让我向你表示"敬意"，但是我认为，这对于重要的豪金斯＆哈克公司的年轻的合伙人是远远不够的，因为你爱我，他也爱我，而我又是那么爱你，所以我只把他的"爱"送给你。再见，我亲爱的露西，祝福你。

你的米娜·哈克

帕特里克·汉尼西给约翰·西沃德的信

9月20日

我亲爱的先生：

依照您的心愿，我附上了我负责的事情的情况报告。关于病人仑费尔德，还有很多要说的。他又发作了一次，本来可能有一个糟糕的结局，但是幸运的是，没有造成任何不愉快的后果。今天下午，一辆运输公司的马车带来了两个人，他们拜访了与我们相邻的那所空房子，您会记得那所房子，病人两次跑到了那里。那两个人在我们的大门口向门卫问路，因为他们是生人。

我正坐在书房看着窗外，在饭后吸一支烟，看见他们中的一个人走近了我们的房子。当他经过仑费尔德的房间时，病人开始在里面斥责他，用他所知道的最脏的字眼骂他。那个人看起来足够正派，警告他"闭上那张脏嘴"，对此，病人指责他抢劫了他，想要谋杀他，还说他会阻止他，如果他因此被处以绞刑。我打开窗户叫那个人不要在意，他看了看这个地方，知道自己到了什么地方，说道："上帝保佑你，先生，我不会在意这些在疯人院听到的话的。我同情你必须在这里同像他这样的野兽住在一起。"

然后他又礼貌地问了路，我告诉他那所空房子的大门在哪里。他离开了，伴随着病人的威胁和诅咒。我下去想看一看能否查明他生气的原因，因为他一般是一个很温顺的人，除了他的狂躁发作的时候，从来没有发生过这种情况。让我吃惊的是，我看见他的行为既镇静又友好。我试着让他说说刚才的事情，可是他冷淡地问我是什么意思，让我觉得他已经把刚才的事情完全忘记了。我抱歉地说，这是他的狡猾的又一体现，因为在半小时之内，我又听见了他的消息。这一次他从自己房间的窗户逃出去，跑到了路上。我叫值班员跟着我去追他，因为我怕他想去做什么坏事。我的担心得到了证实，我看见那辆曾经来过的马车跑在路上，上面装着很多大木箱。马车夫擦拭着前额，脸很红，好像做过剧烈运动似的。在我抓住他之前，他冲向他们，把其中一个人从马车上拉下来，把他的头向地上撞。要不是我当时抓住了他，我相信他会把那个人给杀死的。另一个人跳下车用鞭子的手柄击中了他的脑袋。这是沉重的一击，但是他好像并不在意，而是也抓住了那个人，与我们三个人搏斗，来来回回地拉扯我们，就好像我们是小猫一样。你知道我不瘦，另外两个人也是很魁梧的男人。一开始，他搏斗的时候还很沉默，当我们开始制伏他的时候，值班员也正给他套紧身背心，他开始叫起"我会打败他们的！他们不会抢劫我了！他们也不会谋杀我了！我会为我的主人而战！"这一类不连贯的胡话。我们非常困难地把他带回了精神病院，把他锁进了软壁小室。其中一名值班员哈蒂弄伤了手指。不过，我还好，他现在情况挺好。

那两个运输工人一开始威胁着要搞破坏，并且保证一定要让我们受到惩罚。无论如何，他们的威胁还夹杂着对自己被一个弱小的精神病人所打败的辩护。他们说要不是他们把这些沉重的箱子搬到马车上耗费了体力，会把他揍扁的。他们还给出了他们失败的另一个原因，是因为他们的工作又脏又累。我理解了他们的大意，喝了一杯烈性掺水酒，或者更多，我给了每个人一个金镑，他们就不在乎袭击了，发誓他们愿意某天再遇到一个更糟糕的疯子，为了能遇到一位像你的通讯员我一样的慷慨的人。我记下了他们的名字和地址，以防哪天用到他们。他们是住在沃尔沃斯，乔治国王大街，杜丁兰茨公寓的约瑟夫·斯摩莱特，和住在贝特那尔格林，彼特法力路，盖得考特院的托马斯·斯乃令。他们都受雇于哈里斯父子运输公司。

我会随时把这里发生的特别的事情告诉你的，如果有什么重要的事会给你拍电报。

相信我，亲爱的先生。

你忠实的帕特里克·汉尼西

米娜·哈克给露西·韦斯顿拉的信
（由她封上）

9月18日

我最亲爱的露西：

　　一个非常不幸的消息降临到我们身上。豪金斯先生突然去世了。一些人可能觉得这对于我们不是那么悲伤的事情，但是我们两个人都是那么地爱他，仿佛我们失去了一位父亲。我无父无母，所以这个老人的死对我是个沉重打击。乔纳森非常痛苦，他不仅是觉得悲痛，深深的悲痛，因为这位善良的老人一生都在帮助他，最后对待他还像对待自己的儿子一样，给他留下了这样一笔财产，对于我们这样苦出身的人来说，这是个天文数字，但是乔纳森还因为另一个原因感到悲痛。他说豪金斯给他留下的重大责任让他感到紧张。他开始怀疑自己了。我试着让他高兴起来，我对他的信任也帮助他相信自己。但是他经历的刺激对他的影响太大了。他的善良、单纯、高尚和强大，让他在我们的这位父亲的帮助下，在几年内从职员升为老板，当他的力量精髓消失时，这些品质会受到很大的伤害。原谅我，亲爱的，我拿我的问题让快乐的你担心了，但是露西，我必须要告诉什么人，因为要在乔纳森面前保持一种勇敢和快乐的样子，这样的压力折磨着我，这里没人可以让我吐露心声。我怕去不了伦敦，可是我们约好了后天要见面，因为可怜的豪金斯先生在遗嘱中说要和自己的父亲葬在一起。因为他没有别的亲人，乔纳森会是主要的送葬者。我会尽量去见你，哪怕只有几分钟。原谅我让你担心。祝福你！

　　　　　　　　　　　　　　　　　　　爱你的米娜·哈克

西沃德医生的日记

9月20日

　　只有意志和习惯才能让我今晚在这儿写日记。我太痛苦了，情绪低落，对这个世界和它里面的所有东西感到恶心，包括生命本身，我不在乎此刻是否听到了死亡天使的翅膀拍打的声音。它最近一直在因为某种原因拍打着它可怕的翅膀，露西的母亲和亚瑟的父亲，现在……让我开始继续工作吧。

我及时地去接范海辛的班去看守露西。我们想让亚瑟也去休息，起初他拒绝了。只有当我告诉他，我们会让他在白天帮助我们，我们不能因为缺乏休息全都垮掉，以免露西受到伤害时，他才同意离开。

范海辛对他非常友好，"来吧，我的孩子，"他说，"跟我来。你很虚弱，还有那么多悲伤和心理上的痛苦，还有那么多的负担，我们知道。你不能单独一个人，因为一个人会害怕的。来客厅吧，那里有大壁炉，还有两张沙发。你可以躺在一张沙发上面，我躺在另一张上面，我们的同情心会让对方好受点，即使我们不说话，即使我们在睡觉。"

亚瑟和他一起离开了，走之前，回头注视着露西露在枕头之间的脸，那张脸几乎比麻布还苍白。她安静地躺着，我检查房间，看看所有的东西是否都在它们应该在的地方上。我能看见教授已经在这个房间里放了大蒜，像在其他房间里一样。整个窗户周围都是大蒜，还有露西的脖子上，在范海辛给她系的丝绸手绢上面，是一个充满香气的花环。

露西有点打鼾，她的脸色也很不好，张开的嘴露出苍白的牙龈。她的牙齿，在昏暗的灯光下，显得比早上还要长和锋利，特别是，因为光线的原因，她的犬齿看起来要比其他牙齿更长和锋利。

我坐在她身边，不久她不安地动着。同时窗户外面响起了一阵沉闷的拍打声。我轻轻地走过去，从窗帘的缝隙向外窥视。外面是一轮满月，我能看见那个噪声是一只大蝙蝠制造出来的，它转着圈，无疑是受到了光的吸引，虽然很阴暗，却不时地用翅膀拍打着窗户。当我回到座位上，我发现露西稍微移动了一点儿，还从脖子上扯下了大蒜花环。我把它们放回原处，坐着看着她。

不久以后，她醒了，我给了她食物，像范海辛交代的那样。她吃了一点儿，但是很不情愿。她好像没有了那种不自觉地对生命和力量的渴望。这让我很好奇，当她苏醒了以后，她把大蒜花靠近了自己。这很奇怪，只要当她进入了昏睡的状态，打着鼾，就会把花从自己身上拿掉，但当她醒了以后，又把花靠近自己。我不可能看错，因为在接下来的好几小时里，她一直在睡睡醒醒，重复了这两种动作好多次。

6点钟范海辛来替我。亚瑟那时正在打盹儿，他非常仁慈地让他继续睡了。当他看到露西的脸，我又听见了他吸气的声音，然后他低声对我说道："把窗帘拉开，我需要光！"然后他弯下腰检查，脸几乎要贴在露西的脸上，仔细检查着。他将花和丝绸手绢从她的脖子上拿走，就在他这样做的时候，他吃惊地向后退，我听见他突然叫喊道："天哪！"就好像谁要掐死他一样。我也弯下腰察看，当我看到时，不禁打了个冷战，她脖子上的伤口完全消失了。

整整五分钟，范海辛都站着看着她，脸上的表情严肃到了极致。然后他转向我说道："她快要死了，不会太久了。对我来说，她是清醒地死去还是在睡梦中死去，大不相同。去把那个可怜的男孩叫醒，让他来再看她最后一眼。他会相信我们的，我们向他保证过了。"

我到餐厅叫醒了他，他迷糊了一会儿，但当他看见阳光透过百叶窗的缝隙射进来时，他以为自己太晚了，表示出了自己的恐惧。我让他放心，说露西还在睡觉，但尽可能婉转地告诉他，范海辛和我都觉得快要结束了。他用手捂住脸，跪在沙发上，大约在那儿待了一分钟，埋着头祈祷，肩头悲痛地颤抖。我用手把他扶起来，"来吧，"我说，"亲爱的老朋友，坚强一点儿，这对她最好了，也让她放心。"

当我们进入露西的房间，我能看见范海辛以他一贯的先见，已经把一切都安排得尽量让人高兴了。他甚至梳了露西的头发，令她的头发像往常一样卷曲着摊在枕头上。当我们进入房间，她睁开了眼睛，看见了他，温柔地低声说道："亚瑟！噢，我的爱人，我真高兴你来了！"

他上前想去亲吻她，但范海辛示意他退后，"不，"他低声说道，"现在先不要！抱着她的头，这样会让她更安慰一些。"

于是亚瑟握住她的手，跪在她旁边，她看起来很漂亮，温柔的线条配上天使般的美丽眼睛。然后渐渐地，她的眼睛闭上了，又陷入昏睡之中。她的胸部轻轻地上下起伏着，一呼一吸，像一个疲倦的孩子。

然后在不知不觉中，我在晚上看到的变化又发生了。她开始打鼾，嘴张开了，苍白的牙龈萎缩了，使牙齿看起来比往常要长和锋利。她像是在梦游一样，蒙蒙眬眬地、无意识地睁开眼睛，目光突然变得迟钝而呆滞，用一种温柔的、妖艳的声音，一种我从来没有从她嘴里听到过的声音，说道："亚瑟！哦，我的爱人，你来了我真高兴！吻我吧！"

亚瑟急切地弯下腰想去亲吻她，就在那时，像我一样，对露西的声音感到惊讶的范海辛，一把拉住他，用双手捉住他的脖子，奋力地把他向后一拖，力量大到我都不敢相信这是范海辛做出来的，几乎是把他推向了屋子的另一边，"为了你的生命，不要这样！"他说，"为了你的灵魂和她的，不要这样做！"然后他站在他们之间，像绝境中的狮子。

亚瑟被推得那么远，以至于一时不知道该做什么、说什么，在暴力的冲动到来之前，他意识到此时此地的特殊性，于是只是默默地站着、等待着。

我的眼睛一直盯着露西，就像范海辛一样，我们看到她的脸上有一阵抽搐，锋利的牙齿咬在了一起。然后她闭上了眼睛，沉重地呼吸着。

又过了非常短的一段时间，她又温柔地睁开双眼，伸出她的可怜的、苍白的、瘦削的手，抓住了范海辛棕色的大手，拉近自己，她亲吻了他。"我忠实的朋友，"她用微弱的但充满无法形容的伤感的声音说着，"我忠实的朋友，也是他的！保护他，让我安息！"

"我发誓！"他庄重地说道，跪在她身边抬起头，就好像在宣誓，然后，他转向亚瑟对他说，"来吧，孩子，把她的手握住，亲吻她的前额，只能一次。"

他们的眼神交汇在一起，而不是嘴唇，就这样他们分开了。露西的眼睛闭上了，范海辛严密地注视着，他拉着亚瑟的胳膊，把他拉开了。

然后露西又开始打鼾，然后一切都停止了。

"一切都结束了，"范海辛说，"她死了。"

我挽着亚瑟的手臂，把他带到了客厅，他在那里坐下，双手捂住脸，啜泣着，让我几乎不忍心看。

我又回到房间，发现范海辛看着可怜的露西，他的脸比以前还要严肃。她的身体起了一些变化。死亡让她恢复了部分的美貌，她的脸颊又恢复了一些流畅的线条，甚至嘴唇也不再那么苍白了。仿佛是血液不再被工作的心脏所需要，而是让死亡尽可能变得不那么残忍。

"我们认为她是在睡觉时死的，当她死的时候，她在睡觉。"

我站在范海辛身边，说道："可怜的姑娘，最后她安息了。这就是结果了！"

他转向我，严肃地说道："还不是！还不是！这只是开始！"

当我问他是什么意思时，他只是摇头，回答道："我们现在还什么也做不了。等等看吧。"

第十三章　西沃德医生的日记之继续

葬礼安排在了第二天，这样，露西和她的母亲就可以葬在一起了。我办完了所有的手续，那个有礼貌的殡仪事业经营人总是表现出一副献媚的神色，甚至连为死者办理最后一道手续的女人也信心十足地告诉我说：

"她的遗容非常美丽，先生，很荣幸能为她服务。毫不夸张地说，她会为我们的公司增光的。"

我注意到范海辛一直站在不远处。这也许是因为露西家庭状态的混乱。周围没有亲人，因为亚瑟第二天必须回去参加自己父亲的葬礼，所以，我们无法向任何人宣布谁受到邀请。在这种情况下，范海辛和我自己来检查了文件。他坚持要自己来看露西的文件，我问他为什么，因为我害怕因为他是一个外国人，可能不太清楚英国法律的要求，所以可能会因此造成一些不必要的麻烦。

他回答道："我知道，我知道。不过你不要忘了，我是一个医生的同时，还是一名律师。但这不光是因为法律。你知道的，因为你没有让验尸官来验尸。比起回避验尸官，我有更多要避免的事情。可能有更多的文件，就像这个。"

他一边说着，一边从口袋里取出曾经放在露西胸口，又被她自己在睡梦中撕掉的那个备忘录。

"当你找到了是哪个律师为已故的韦斯顿拉夫人做事，请附上所有她的文件，今天晚上给那位律师写信。我呢，今天一整晚上都会在这个屋子和露西原来的房间里守着，我自己会搜查一下有没有什么东西。她的想法让陌生人知道不太好。"

我继续进行我自己的这部分工作，半小时之后，我找到了韦斯顿拉夫人律师的姓名和地址，给他写了信。可怜的夫人的所有文件都整理好了。埋葬地点的具体位置也告诉他了。我刚要封上信封，让我吃惊的是，范海辛走进屋子里说道：

"我能帮助你吗，约翰？我很闲，如果我可以的话，随时愿意效劳。"

"你找到你想要的东西了吗？"我问道。

他对此回答道："我没有在找任何特定的东西。我只是希望可以找到，我在那里找到的所有东西就是一些信和备忘录，还有一本刚刚开始写的日记。但是我把它们留着，我们现在还不能动它们。我明天晚上会和那个可怜的小伙子见面，在他同意以后，我就可以使用它们了。"

当我们结束了手头的工作，他对我说道："现在，约翰，我觉得我们可以睡觉了。我们需要睡眠，你和我都需要休息来恢复体力。明天，我们要做许多事情，但是今晚没必要。"

在睡觉之前，我们去看了一下可怜的露西。殡仪事业经营人显然出色地完成了他的工作，因为房间已经变成了一个小教堂。到处都是美丽的白花，死亡已经被尽力弄得不那么让人感到抵触。布的末端盖住了她的脸。当教授弯下腰轻轻地把它掀开时，我们都为眼前的美人惊呆了。高高的蜡烛给了我们足够的光来看清她。露西所有的可爱都回到了她的脸上。过去的几小时，不但没有留下枯萎的痕迹，反而让她重新焕发了生命的美丽，我几乎不敢相信自己的眼睛是在看着一具尸体。

教授看起来严厉而庄重，他不像我那么爱她，他也没必要为她而流泪。他跟我说道："在我回来之前待在这儿。"然后就离开了房间。他回来时，手里捧着一把从大厅的盒子里拿的野生大蒜，放在床上和周围。然后他从自己的领子里掏出一个小小的金色十字架，放在她的嘴上。他把布又放回了原位，然后我们离开了。

我正在我自己的房间里脱衣服，这时，他先是敲了一下房门，然后走进来，立即跟我说道：

"明天晚上之前，我想让你给我带来一套验尸刀。"

"我们一定要验尸吗？"我问道。

"是，也不是。我想进行一个手术，但不是你想的那种。我现在就告诉你吧，但是一个字也不要告诉别人。我想要砍掉她的头，然后挖走她的心脏。

看！你是一个外科医生，还这么吃惊！我从没看见你的手和心颤抖，你为活人和死人做手术，让别人颤抖。但是，我不能忘记，我亲爱的朋友，你曾经爱过她，而且我也没有忘记，所以由我来操作，你绝不能帮忙。我本来想今天做的，但是因为亚瑟，我不能。他明天参加完父亲的葬礼以后就有时间了，他会想来看她的，会来看的。然后，当她被装进棺材为第二天准备好的时候，你和我可以等所有人都睡了再来。我们会打开棺材的盖子，然后来操作，然后把一切放回原处，这样就不会有人知道了，除了我们俩。"

"但是为什么要这样做呢？这个女孩已经死了，为什么要对她做不必要的伤害呢？如果没有解剖的必要，如果这样做得不到什么，对她，对我们，对科学，对人类的知识，都没有用处，为什么还要这样做呢？这样做太可怕了。"

作为回答，他将手放在我的肩膀上，无限温柔地说道："约翰，我同情你流血的心，而且我为此更加爱你了。如果可以的话，我愿意为你承担你现在所承担的。但是有一些事情是你所不知道的，但是你会知道的，幸好现在我知道，虽然不是一些什么高兴的事。约翰，我的孩子，你做我的朋友已经许多年了，你还不知道我不会做任何没有足够理由的事情吗？我可能会犯错误，我也是一个凡人。但是，我相信我所做的一切。要不是因为这个，你也不会在这些灾难到来时让我帮忙了。是的，当我不让亚瑟亲吻他的爱人，虽然她快死了，我还用尽全力把他拉开时，你没有惊讶，或者被吓坏吗？是的。然而，你也看见了她是怎么感谢我的，用她那双美丽的奄奄一息的眼睛，她的声音已经那么微弱，还亲吻了我粗糙的老手并且祝福我。是的！你没有听见我向她发誓后，她才感激得闭上了眼睛吗？是的！"

"我对我想做的一切都有充足的理由，你这么多年都信任我。几周前，你已经相信我了，当事情发生的那么蹊跷，而你也有很多怀疑时。再相信我一次，约翰。如果你不相信我，那我就必须告诉你我所想的，这可能不太好。如果我工作，就像我应该做的那样，无论有没有信任，没有我的朋友相信我，我会带着沉重的心情工作。当我需要帮助和勇气时，我会多么孤单！"他停了一下，继续严肃地说，"在我们面前，将会是奇怪和糟糕的日子。让我们不要作为两个人，而是成为一个人，这样我们才能成功。你会相信我吗？"

我握着他的手，向他作出保证。他走了以后，我把门开着，看着他走进自己的房间，关上门。当我站着不动时，我看到其中一名仆人静静地穿过走廊，因为她背对着我，所以没有看到我，她走进了露西躺着的房间。这个景象让我感动。奉献是如此的珍贵，我们是如此的感激，对那些自愿地向我们所爱的人奉献的人。这有一个可怜的女孩，将她本应有的对死亡的恐惧抛在一边，自己一个人跑到她所爱的小姐的棺材旁。这样，那可怜的尸体就不会在她永久的安息之前，感到孤独。

我一定睡了很长时间，睡得很香，因为当范海辛来到我房间叫醒我的时候，已经是大白天了。他来到我身边说道："你不用费事拿刀来了。我们不做了。"

"为什么不？"我问道。因为他前一晚上的庄重给我留下了很深的印象。

"因为，"他严肃地说，"太晚了，或者说太早了。看！"他举起了那个小小的金色十字架，"这个在晚上被偷走了。"

"怎么偷走的？"我奇怪地问，"你现在不是握着它吗？"

"这是我从那个偷走它的一钱不值的无耻之徒那里得到的，从那个抢劫死人的女人那里。她一定会受到惩罚的，但不是通过我。她不完全明白自己在做些什么。因此，这只是无知的偷窃罢了。现在我们必须等一等。"他抛下这一句就走了，留下又一个新的秘密让我去思考，又一个新的难题来对付。

上午是一段无聊的时光，但是中午，那位律师来了。他是马奎德 & 里德代尔律师事务所的马奎德先生，他非常温和，也很感激我们所做的一切，并接手了我们的工作。在午饭的时候，他告诉我们，有一段时间，韦斯顿拉夫人觉得自己会因为心脏病突发而死，把自己的事情都已经料理好了。除了一部分露西父亲遗留的财产，因为没有直系亲属，已经留给了远房亲戚以外，所有的房子、不动产和私人物品，都完全由亚瑟·郝姆伍德继承。他告诉我们了这么多以后，说道：

"坦白地说，我们尽了我们一切努力来避免这样的遗嘱安排，因为这样做的结果有几种可能性：要么会让她的女儿身无分文，要么会让她不能自由地在婚姻关系中有所作为。实际上我们争论得很激烈，以至于几乎要发生冲突，她问我们还打不打算按照她的意愿办事。当然，我们别无选择，不得不接受。我们在原则上是对的，99% 的情况下，我们都应该通过逻辑、通过事实，来证明我们判断的正确性。

"然而，坦率地说，我必须承认，在这件事情上，任何其他形式的处理方法都不是按照她的意愿办事。因为如果她先于自己的女儿死亡，后者将获得财产，即使她只比她的母亲多活了五分钟，如果没有遗嘱，当然遗嘱在这个案子里也不可能有，她的财产将会被视为无遗嘱财产。在这种情况下，高达尔明勋爵虽然是很亲密的朋友，也不会继承到任何东西。远方的继承人不太可能因为对一个完全陌生的人的感情用事而放弃自己的正当权利。我保证，亲爱的先生，我对结果很满意，非常满意。"

他是个好人。但是，他只对这样一个悲剧中的这样一个小部分满意，当然因为工作的原因，他才对这一部分感兴趣，在同情的范围里，这只是一堂直观教学课。

他没有停留太久，但是说自己会在今天的晚些时候见到高达尔明勋爵。无论如何，他的到来对我们是种安慰。因为这确保了我们不会因为我们的任何行动而担心受到不友好的批评。亚瑟会在 5 点钟来，所以在那之前，我们去了死者的房间。这就是现实，母亲和女儿现在同时躺在里面。殡仪事业经营人手艺很好，他用自己的东西作出了最好的摆设，但那里死亡的气氛让我们的情绪立即变得低落了。

范海辛让殡仪事业经营人还照原样摆放物品，并解释说，因为高达尔明勋爵马上就要来了，这样，当他看见自己的未婚妻一个人待着时，就不会感觉那么悲惨。

殡仪事业经营人看起来对自己的愚蠢很吃惊，赶紧把东西放回了前一晚我们放的位置，这样，当亚瑟来的时候就能避免像我们一样受到刺激了。

可怜的人！他看起来非常悲痛和伤心，甚至连他那高大强健的男子气概在这悲痛情绪的压力下都有点萎缩了。我知道，他非常真心和忠诚地爱着自己的父亲，在这个时候失去他，对他是个痛苦的打击，他对我还是一样的亲切，对范海辛也很有礼貌。但是，我还是看出他有点拘谨。教授也注意到了，示意让我带他上楼。我这么做了，把他留在了房间门口，准备离开，因为我觉得他想单独和她在一起，但是他拉住我的胳膊让我进去，用嘶哑的声音地说道：

"你也爱她，老朋友。她把什么都告诉我了，在她心里，不会再有第二个朋友能比你占有更亲密的位置，我不知道，对于你为她做的一切，我该怎么感谢你。我还不能思考……"

这时他突然失去了控制，用胳膊抱紧我的肩膀靠在我的胸前，大哭道："约翰！约翰！我该怎么办？整个生命好像一下子就离开我了，世界上没有什么值得我活下去了。"

我尽力安慰了他，在这样的情况下，男人不需要太多言语上的表达。紧握双手，搂紧肩膀，一起哭泣，就是对一个男人表示同情的最好方式。我沉默地站着，直到他不再啜泣，然后轻轻地对他说："让我们来看看她吧。"

我们一起走到了床前，我将布从露西脸上拿开。上帝啊！她是这么漂亮。好像每一秒钟都在增加她的美丽。这有点让我吃惊和害怕。亚瑟则开始颤抖，后来由于疑惧而打着冷战。最后，停了很长一段时间，他小声地对我说道："约翰，她是真的死了吗？"

我伤心地向他表示肯定，然后继续安慰他。因为我觉得这样可怕的怀疑不能多存在一秒钟，这经常发生在死者的脸变柔和，甚至恢复了年轻时的容颜后。我好像消除了他的怀疑，他跪在尸体前，充满爱意地看了她很长一段时间，然后站到了一边。我告诉他必须说再见了，因为要准备棺材，于是他回去拿起她的手亲吻了一下，又弯下腰吻了一下她的额头。他走开了，走时还回头看了看她。

我把他留在客厅，告诉范海辛，他已经道过别了，于是他走进厨房让殡仪事业经营人的手下开始准备合上棺材。当他再次从房间里出来时，我告诉了他亚瑟问的问题，他回答道："不奇怪。刚才我自己还怀疑了一会儿呢！"

我们一起吃了饭，我能看出来，可怜的亚瑟在努力地振作起来。范海辛一直很沉默，但是，当他点起一支雪茄后，他说："勋爵……"但是亚瑟打断了他："不，不，不要这样，看在上帝的分儿上！无论如何不要。原谅我，先生，我不是故意要冒犯您，只是因为我刚刚失去了太多。"

教授温和地说："我用这个称呼只是因为我在怀疑，我不能叫你'先生'，我已经爱上你了，我亲爱的孩子，是对亚瑟的爱。"

亚瑟伸出手，亲切地握住教授的手，"你想怎么叫我都可以，"他说，"我希望我可以一直被像朋友一样的称呼，我已经不知道说什么来感谢你对我的爱人所做的一切了。"他停了一下，继续说道，"我知道她比我更能领会你的仁慈，如果我在你那样做的时候，有什么无礼或是不足，你知道的，"——教授点了点头——"你一定要原谅我。"

他仁慈地回答道："我知道，那时候让你相信我很困难，因为要相信这样的暴力，需要理解，我认为你不肯、也不能现在就相信我，因为你还不了解。可能以后，还有更多的时候我需要你在不能理解、可能不理解或者还不理解的情况下相信我。一定会有这一天，你会完全地信任我，你还会像太阳普照大地一般地理解一切。那时，你会从始至终地祝福我，为了你自己，为了别人，也为了那个我发誓要保护的人。"

"确实是这样，确实，先生，"亚瑟亲切地说道，"我无论如何都会信任你的。我知道，也相信你有一颗高尚的心，你是约翰的朋友，也曾经是她的朋友。你想怎么做都可以。"

教授清了好几次嗓子，好像要说什么，最后还是说了："我现在就能提出一些要求吗？"

"当然。"

"你知道韦斯顿拉夫人把财产都留给你了吗？"

"不，那个可怜的人，我从没想过。"

"因为东西全都是你的了，你可以按照自己的意愿来处置它们。我想让你允许我阅读露西小姐的所有文件和信件。相信我，这不是因为无用的好奇心。我有一个她一定会赞成的动机。我把它们都留在这里。我是在知道这些都是你的东西之前拿走的，这样就不会有陌生人看到它们，不会有陌生人能窥探她的心灵。我会留着它们，如果我可以的话。甚至是你也还不能看它们，但是我会好好保留它们的。不会有什么丢失的，在合适的时间，我会把它们归还给你。我的要求或许是一件很困难的事情，但是你会答应的，你会吗，为了露西？"

亚瑟像他以前那样由衷地说："范海辛医生，你想怎么做都可以。我感觉这么说是在做我的爱人允许的事情。我不会问问题麻烦你，直到时机成熟。"

教授站起来庄重地说道："你是正确的。对我们来说，这很痛苦，但不会总是痛苦，最后也不会是痛苦的结局。我们和你，尤其是你，我亲爱的孩子，必须在我们得到甘甜之前穿越苦水。但是，我们必须要有勇敢的心和无私的奉献，尽我们的责任，然后一切都会好起来的！"

那晚，我在亚瑟房间的沙发上睡了。范海辛一点儿都没有睡，他来来回回地走着，就好像是在巡视房间，一直盯着放露西棺材的房间，里面放了大蒜花，它穿过百合和玫瑰的香气，在黑夜里散发着浓重的气味。

米娜·哈克的日记

9月22日

在开往埃克斯特的火车上，乔纳森正在睡觉。我就好像是昨天才记过日记，可是在这之间发生了多少事情啊。在惠特白发生的一切，乔纳森走了以后杳无音信，现在，我和乔纳森结婚了，乔纳森成了一名律师，一个合伙人，一个富有的老板，豪金斯先生的去世和下葬，乔纳森又有了一个可能伤害到他的刺激。某天他会问我的，让他去吧。我的速记本领都荒废了，看到我们出乎意料的富足，无论如何要练习一下恢复它。

葬礼很简单和庄重。只有我们，仆人，他在埃克斯特的一两个老朋友，他的伦敦代理人，还有一位代表律师联合协会主席约翰·帕克斯顿的绅士。我和乔纳森手拉着手站在一起，我们觉得，我们最好最亲爱的朋友离我们而去了。

我们回到了镇上，搭上一辆到海德公园拐角的巴士。乔纳森觉得那里会让我感兴趣，所以我们坐下了。但是那里没有什么人，看到这么多空椅子让人觉得很悲伤和凄凉，让我们想起了家里的空椅子。所以我们站起来沿着皮卡迪里大街散步。乔纳森搀着我的胳膊，在我去学校工作之前，他就经常这样做。我觉得这样很不合适，因为你不能教了别的女孩那么多年的端庄和礼节，自己却还一点儿不遵守。但这是乔纳森，他是我的丈夫，我们不认识看见我们的人，我们也不在乎他们是否看见，所以我们继续走着。我看见一个非常漂亮的姑娘，戴着一顶宽檐的圆形帽子，坐在圭里亚诺店铺外面的遮篷马车那里。这时，乔纳森突然紧紧地抓住我的手，几乎把我弄疼了，他屏住呼吸说道："我的上帝啊！"

我一直很担心乔纳森，因为我害怕一些紧张因素会再次让他不安。所以我快速将头转向他，问他发生了什么事。

他非常苍白，眼睛像是要凸出来，一半是恐惧一半是惊讶，他盯着一位又高又瘦的男人，他长着鹰钩鼻，黑色的小胡子和尖尖的胡须，他也在观察那个漂亮女孩。他死死地盯着那女孩，没有看见我们俩，所以我好好观察了他一下。他的脸长得不太好看。神情很严肃、冷酷、色情，白色的大牙齿因为嘴唇的红色而显得更白，伸出的嘴巴像猛兽一样。乔纳森一直盯着他，我害怕他会注意到我们。我怕他会生气，因为他看起来那么凶残和讨厌。我问乔纳森为什么这么不安，他回答道，显然认为我和他对这件事知道的一样多："你没看见他是谁吗？"

"不，亲爱的，"我说道，"我不认识他，他是谁？"他的回答让我震惊，因为他好像不知道是在和我说话："这就是那个人！"

亲爱的乔纳森显然是被一些什么东西吓住了，吓得要死。我相信，要不是我可以让他倚靠和支持，他就会瘫倒在地上的。他还在盯着他看。一个男人拿着一个小包裹从商店里出来，把它给了那位小姐，于是他们驾着马车走了。那个阴沉的人眼睛一直盯着她，当马车在皮卡迪里大街上跑时，他也向着同样的方向跟过去，叫了一辆马车。乔纳森一直看着他，好像在对自己说：

"我相信那就是伯爵，但是他变年轻了。我的上帝，如果是这样的话！哦，我的上帝！我的上帝！但愿我知道！但愿我知道！"他是这么痛苦，我怀疑不管我问他什么问题，他都不会集中精神回答我的，所以我保持着沉默。我静静地走了，他，挽着我的胳膊，也跟来了。我们走了一会儿，然后走进格林公园坐了一会儿。虽然已是秋天，但还是很热，在树荫下面，有一个很舒服的座位。盯着空气想了几分钟之后，乔纳森闭上眼睛，很快睡着了，头靠在我的肩膀上。我想，这对他是最好的事情了，因为这样不会让他不安。大约二十分钟后他醒了，很高兴地对我说：

"米娜，我睡着了吗？原谅我这么无礼。来，我们找个地方喝一杯茶吧。"

他显然把那个神秘的陌生人完全忘记了，就像在病中，他忘记了刚才那个片段提醒了他的所有事情。我不想让他忘记，但这样会继续给头脑造成伤害；我也不能问他，害怕这样做的坏处会大于好处。但是我必须要知道一些他在国外的经历。当那一时刻到来时，我恐怕必须打开那个包裹，看看里面写的是什么。哦，乔纳森，我知道，如果我做错了什么请原谅我，但是，这全是为了你。

过了一会儿

无论从哪方面说，我们都是伤心地回了家，房子里没有了曾经对我们那么好的善良的灵魂。乔纳森因为他的旧病复发，仍然苍白和头晕，现在来了一封范海辛的电报，不知道这人是谁。

你们会很悲痛地得知韦斯顿拉夫人在五天前去世了，露西也在昨天去世了。她们今天下葬。

天啊！短短的几个词里面有多少悲痛啊！可怜的韦斯顿拉夫人！可怜的露西！去了，去了，再也不能回到我们身边！可怜的亚瑟，失去了他生活中这么重要的人！上帝，帮助我们渡过难关吧！

西沃德医生的日记之继续

9月22日

一切都结束了。亚瑟已经回去了，还带上了昆西·莫里斯。昆西是多好的人啊！我打心眼里知道，他因露西的死受到的打击不比我们任何一个人少。但是，他自己承担着这一切，像一个具有强烈责任感的斯堪的纳维亚人。如果美国人都像他这样，那么，美国一定会变成世界上的强国。范海辛躺下来休息，为行程作着准备。今晚他将回阿姆斯特丹，但是说明天晚上返回，他只是想回去作一些安排，并且只能是自己来做。然后就会和我在一起，如果他可以的话。他说他在伦敦有工作要做，这可能会让他花上一段时间，可怜的老人！我怕上周的压力会把他的钢铁一般的神经也压垮了。在葬礼中，我能看出他一直非常拘谨。当一切都结束时，我们站在亚瑟身边，这个可怜的人正在说着自己在那次输血中，把自己的血输进了露西的血管中。我可以看见范海辛的脸一会儿变成白色，一会儿变成紫色。亚瑟说，自从那一次，他就觉得他们两个人好像已经结婚了，她已经成为了他的妻子。我们谁也没提另外的几次输血，我们谁也不能。亚瑟和昆西一起去了火车站，范海辛和我则到了这里。就在我们单独待在马车里的那一段时间，他变得歇斯底里。他不承认那是歇斯底里，坚持说那只是他的幽默感在非常糟糕的处境下的表现。他大笑着，后来又哭了，然后又笑了，最后又哭又笑，就像一个女人。我试图让他镇定下来，就像在这种情况下对待一个女人一样，但是没用。男人和女人在表现自己的紧张和虚弱时，竟是如此的不同！当他的表情再次变得庄重而严肃以后，我问他为什么会这样，为什么会在此时发作。他用自己典型的回答方式——有根据地、有说服力地、充满神秘地——回答道：

"哈，你不会理解的，约翰。不要以为我不伤心，虽然我在笑，甚至是我笑得噎住了的时候，我其实是哭的。但是也不要认为我很抱歉自己在哭，即使是在笑的时候也是一样，永远记住，如果笑敲着你的门问道：'我能进来吗？'那么这一定不是真正的笑。不！它是一个国王，它想什么时候来就什么时候来，想怎么来就怎么来。它不会问人，也不会选择合适的时间，它会说：'我在这里了。'看，就比如说我为这个年轻的女孩而悲伤吧。我给了她我的血，虽然我又老又疲惫。我给了她我的时间、我的技能，还有我的睡眠。我还能非常庄重地笑，当教堂司事的铁锹在她的棺材上发出'砰砰'的声音，直到她把我的血液还回来。我的心在为那个可怜的男孩流血，那个和我自己的孩子差不多大的男孩，他们的头发和眼睛是一样的。

"现在你知道，我为什么这么爱他了吧。他说的话也打动了我充满男子汉气概的心，让我像父亲一样如此渴望他，而不是渴望别的任何人，甚至是你，约翰，因为你和我在经历上的平等超越了父亲和儿子，即使是在这种时候，笑这个国王来到我身边在我耳边大喊：'我在这里！我在这里！'直到血液回来并给我的脸颊带来了一些阳光。哦，约翰，这是一个奇怪的世界，一个悲伤的世界，充满悲惨的世界，还有灾祸和麻烦。然而，当笑的国王来的时候，它让这一切都听它来指挥。流血的心脏，教堂墓地的尸骨，流下的眼泪，都在它不露声色的指挥下行动。相信我，约翰，它能来是很好的。我们男人和女人就像被拉到不同方向上的绳子。眼泪掉下来时，它们就像绳子上的雨水，它们振奋我们的精神，直到拉力变得太大，我们自己断掉。但是笑的国王像阳光一样来到，它又将拉力放松，然后我们继续生活，无论前途会怎样。"

我不想通过假装不理会他的想法伤害他，但是因为我仍然不明白他笑的原因，就问他。就在他回答我时，他的脸变得严肃起来，他用另一种语调对我说：

"这些真是极大的讽刺。这样一位可爱的姑娘被戴上像生命一样美丽的花环，直到我们一个接一个地想知道她是否真的死了，她躺在那个孤独的教堂墓地里，那里躺着她的很多亲人，和爱她的、她也爱的母亲躺在一起，神圣的钟悲哀而缓慢地响着，那些虔诚的人们，穿着天使的长袍，假装念着经书。然而，我们的目光从来没落在书上，我们全都低着头。这一切都是因为什么？因为她死了！不是吗？"

"在我看来，教授，"我说，"我完全没看出来这有什么好笑的。你的解释让这更难懂了。即使葬礼很滑稽，那么可怜的亚瑟和他的问题又怎么样呢？为什么他只有伤心？"

"就是这样。他不是说，他把血输到她的血管里让她变成了自己真正的新娘了吗？"

"是的，这对他来说是一个安慰的想法。"

"是的。但是有一个问题，约翰。如果是这样，那么其他人怎么办呢？你和昆西，还有我，虽然我可怜的妻子已经去世了，但是因为教堂的规定而活着，虽然没有智慧，一切都没了，甚至是我，对这个去世的妻子依然忠诚，也犯了重婚罪。"

"我没看出这有什么好笑的！"我说，而且我对他说的这些东西也不觉得高兴，他将手放在我的手臂上，说道：

"约翰，原谅我让你心痛。我的心受伤时，我不对别人表达自己的感受，只对你，我的老朋友，我能信任的朋友。如果你能看穿我的心，你会知道我什么时候想笑；当笑来到的时候，你会明白我的感受；当笑的国王收起它的皇冠，和一切它的东西而远离我很长很长时间时，也许你会非常同情我的。"

我被他柔和的语调所打动，问他为什么。

"因为我知道！"

现在我们分开了，很长一段时间，孤独都会收起翅膀坐在我们的屋顶上。露西躺在自己亲人的坟墓里，一个孤独的教堂墓地的一个贵族的坟墓里，远离喧嚣的伦敦，那里空气新鲜，太阳升起在汉普斯黛山上，野花在那里肆意地生长着。

于是，我能够结束这本日记了，只有上帝才知道我会不会开始另一本。如果我会，甚至再次打开这一本时，那也是在对待不同的人和不同的事时，因为在这本讲述我的一段浪漫故事的日记的结尾，在我重新开始生活和工作之前，我悲伤和失望地说："结束了。"

《西明斯特公报》9 月 25 日
汉普斯黛的神秘故事

汉普斯黛附近地区最近发生了一系列事件，成为报纸的头版头条，例如"肯星顿恐怖事件"，还有"受伤的女人"以及"神秘女人"。在过去的两三天里发生了好几起案件，都是年幼的孩子从家里失踪或者在荒地里玩耍后忘记回家。在所有这些案件里，孩子都太小，不能清楚地描述自己的经历，但是他们的理由惊人的巧合，都是他们和一位"神秘女士"在一起。他们总是在傍晚的晚些时候失踪，两起事件里，孩子直到第二天早上才被找到。人们普遍认为，因为第一个失踪的孩子给出的理由，是那位"神秘女士"叫他一起散步，于是其他的孩子也跟着用这个理由。这更为正常，因为现在孩子们最喜欢的游戏就是用诡计来引诱对方。一位通讯员写信给我们说，一些小孩子装作是那位"神秘女士"是件非常滑稽的事情。他说，一些漫画家可能会从这个怪诞人物的讽刺意味上得到灵感。这位"神秘女士"将会成为壁画展上受欢迎人物，这符合人性的基本原则。我们的通讯员天真地说，即使是艾伦·泰利也比不上这些孩子装出的鬼脸吸引人，他们甚至想象自己就是这个人。

然而，这个问题可能有它严肃的一面。因为一些孩子的喉咙有点轻微受伤，他们所有人都是在晚上失踪的。这些伤口像是被蝙蝠或是一条小狗咬的，虽然对个人没有多大意义，但是看起来无论是什么动物伤害了他们，都有它自己的一套方法和逻辑。派出的警力被命令严密搜查失踪的孩子，尤其是非常小的孩子，在汉普斯黛荒野上或者附近，还有附近可能有的流浪狗。

《西明斯特公报》9 月 25 日特刊
汉普斯黛的恐怖事件
又一名孩子受伤
神秘女士

我们刚刚得到消息，另一名在昨天夜间失踪的孩子，早上在汉普斯黛荒原的舒特山的一个灌木丛里被发现，这里比起其他地方更加人烟稀少。

他也有像其他几起案件里被注意到的那种小伤口。他非常虚弱，看起来十分憔悴。当他恢复精神以后，也像其他孩子一样，说是被一位"神秘女士"引诱走了。

第十四章　米娜·哈克的日记

9 月 23 日

乔纳森在经历糟糕的一晚后好一些了。我很高兴他有很多工作要做，这样可以不让他去想那些可怕的事情；另外，我也很高兴，他没有因为新职位的繁重工作而减轻体重。我知道他对自己很诚实，现在我很骄傲地看到他走在了前进的路上，尽力地完成自己身上所担负的责任。他每天都很晚回家，他说不能在家吃午饭。我的家务活做完了，所以我把自己锁在房间里，拿出他的国外游记阅读。

9 月 24 日

昨晚我没有心情写日记，乔纳森那可怕的日记让我心烦意乱。可怜的，亲爱的人！他受了多少苦啊，无论那是真的还是想象出来的。不知道里面有没有真实性。是不是他得了脑热病，写下了这些可怕的文字，对此他有什么动机吗？我猜自己永远也不会知道，因为我不敢和他讨论这个话题。还有，我们昨天看到的那个男人！他看起来十分肯定，可怜的人！我猜是那个葬礼让他心烦，让他回忆起了一些东西。

他自己相信那一切。我记得他在我们婚礼的那天是怎么说的："除非是一些严肃的任务，让我回到那些痛苦的时刻，醒着的和睡着的、疯狂的和清醒的……"这里面好像有一种连续性。那个可怕的伯爵已经来到了伦敦。如果是的话，他来到伦敦，这里有成千上万的人……也许会有严肃的任务，如果他来了，我们决不能退缩。我应该作好准备。这个时候我应该找出我的打字机，开始把速记符号翻译成文字。然后，我们应该找到帮手，如果需要的话。那时，如果我已经作好准备，可怜的乔纳森可能就不用心烦了，因为我可以替他说出来，再也不让他为此担心了。等乔纳森度过这段紧张的时间，也许他会把一切都告诉我，这样我就可以问他问题，找出答案，看看怎样才能让他得到安慰。

范海辛给哈克夫人的信（机密）

9月24日

亲爱的夫人：

我恳求你原谅我，因为我们的关系是那么远，但却是我告诉了你露西·韦斯顿拉小姐的死讯。因为高达尔明勋爵的好意，我被允许读她的信件和文件，因为我对一些至关重要的问题非常担心。我发现，其中有一些是你给她的信，证明你们是很要好的朋友，还有你对她的爱。哈克夫人，因为这种爱，我恳请你帮助我。我这是在为别人的利益而求你，为了避免一些错误，也为了挽回一些损失，也许比你想象的要更大的损失。我可以见你吗？你可以信任我。我是西沃德医生和高达尔明勋爵（就是露西的亚瑟）的朋友。我必须保密，我会立即到埃克斯特见你，只要你告诉我，我能够荣幸地见到你，并且告诉我时间和地点。我请求你的原谅，夫人。我已经看过你给可怜的露西的信，知道你有多么好，还有你的丈夫受到了什么样的折磨。所以我恳求你，如果可以的话，不要让他知道，否则会有坏处。再次表示歉意，请原谅我。

范海辛

哈克夫人给范海辛的电报

9月25日

今天坐10点15分的火车来，如果你可以赶上的话。随叫随到。

威尔海尔·米娜·哈克

米娜·哈克的日记

9 月 25 日

我忍不住对即将到来的范海辛医生的来访感到兴奋，不知为什么，我希望这可以帮助我多了解一些乔纳森悲惨的经历，而且因为他在露西生病的最后的时期照顾了她，他可以跟我说说露西的事情。这就是他来的原因。这和露西，还有她的梦游有关，而不是关于乔纳森。那样，我就永远也不能知道真相了！我真是愚蠢啊！那本讨厌的日记抓住了我的想象力，而且把一切东西都染上了一些它的颜色。当然是和露西有关。她又犯了老毛病，一定是那次在悬崖上的经历让她病倒了。我自己忙得都顾不上之后她的情况了。她一定告诉了他自己在悬崖上的梦游经历，而且我又知道这件事情的详情，所以，现在他想让我把所知道的都告诉他，这样他可能会明白。我希望，没有告诉韦斯顿拉夫人这件事是正确的。我永远不会原谅自己，如果我的任何行为，即使是消极的行为，对可怜的露西有坏的影响的话。我也希望范海辛医生不要责备我。我最近有这么多的麻烦和烦恼，我感觉自己目前承受不了更多的压力了。

我猜，大声的叫喊有时可能对我们都有益，把其他事情的阴影给消除掉。可能是因为昨天读了日记才让我心烦意乱。然后乔纳森今天一大早就走了，一整天都不在我身边，这是从我们结婚以来的第一次分离。我真希望亲爱的他可以照顾好自己，不要有什么事来烦他。

现在是下午 2 点钟，医生马上就会来了。除非他问我，否则我不能谈起乔纳森的日记。我真高兴我已经把我自己的日记打出来了。万一他问起露西，我可以把这个交给他。这样可以省去许多问题。

过了一会儿

他来了，已经走了。哦，多么奇怪的见面，让我晕头转向。我像是在梦里。可能是梦吗？或者是其中的一部分？要不是我先读过了乔纳森的日记，我决不可能相信。可怜的，可怜的，亲爱的乔纳森！他受了多少苦啊！愿上帝保佑这一切不会再让他不安。我会尽量不让他知道。但是，这可能是对他的安慰和帮助，虽然知道他的眼睛、耳朵和大脑没有欺骗他自己，这所有一切都是真的，是很可怕的，结果也很糟糕。也许是疑虑让他苦恼，当疑虑解除了，无论是清醒的还是做梦，当证明了这是事实时，他会更满足，更能承受打击。如果范海辛医生是亚瑟和西沃德医生的朋友，他们千方百计地把他从荷兰找来照顾露西，那么他一定是既善良又聪明。我通过和他见面也感觉到他很善良和蔼以及品德高尚。等明天他来了以后，我会问问他关于乔纳森的事情。然后，求上帝保佑，所有的这些悲痛和焦虑都能化为乌有。我曾经想过，要采取采访的方法。乔纳森在《埃克斯特报》的朋友告诉过他，记忆力在这种工作中就是一切，你几乎必须能够记下别人说的每一个词，即使过后你需要提炼。这是一次有趣的采访，我会试着逐字逐句地记录下来。

当门被敲响的时候是2点半。我鼓起勇气等待着。几分钟后，玛丽开了门，叫道："是范海辛医生。"

我站起来点点头，然后他向我走来，中等身材，身强力壮，宽阔厚实的胸膛、脖子、头与躯干搭配得很和谐。他匀称的体形给我留下了富于思想和力量的深刻印象。头部很高贵，大小适中，宽阔，耳后的面积很大。脸刮得很干净，露出了棱角分明的方形下巴，坚毅灵活的嘴巴，形状好看的鼻子，非常挺，但是有着敏感的鼻孔，好像在皱起浓眉和闭紧嘴巴的时候，鼻孔会变宽。前额宽阔，大大的深蓝色眼睛分得很开，根据他的情绪变化，时而敏锐，时而温和，时而严肃。他对我说道：

"是哈克夫人吗？"我点了点头。

"就是米娜·穆雷小姐？"我又点头。

"我正是来见米娜·穆雷的，可怜的露西·韦斯顿拉的朋友。哈克夫人，我是为死者而来的。"

"先生，"我说，"不用说，你就是露西·韦斯顿拉的朋友和帮手了。"我伸出了手。他握住我的手，温柔地说：

"哦，哈克夫人，我知道，那个可怜姑娘的朋友一定非常好，但现在我才知道……"他恭敬地鞠了一躬。我问他为什么要见我，他立即开始说了：

"我已经读过了你写给露西小姐的信。请原谅我，我必须从某处开始调查，但是谁也问不了。我知道你和她一起在惠特白生活过。她有时会记日记，你不必感到惊讶，哈克夫人。这是从你离开她之后开始的，她也是在效仿你，就在她写关于梦游的事情的时候，提到了你救她的事情。于是我非常困窘地来找你，请你能好心地把你能记得的与此有关的所有事情都告诉我。"

"范海辛医生，我想我能把所有的事都告诉你。"

"好，那你能清楚地记得事实的细节吗？并不是每位年轻的女士都可以的。"

"不能，但是我当时把它们都记下来了。如果你想的话，我可以给你看。"

"噢，哈克夫人，我非常感激。你会帮大忙的。"

我忍不住要迷惑他一下，我猜，那是咬第一口苹果的滋味。所以我交给了他用速记文字记的日记。他拿着它感激地鞠了一躬，问道："我可以读它吗？"

"如果你愿意的话，"我尽量严肃地回答他。他打开它，突然脸色阴沉下来了。然后，他站起来鞠了一躬：

"哦，你真是聪明的女人啊！我很久以前就知道乔纳森先生是一个幸福的男人，瞧，他的妻子什么都会。你可以帮我读读它吗？唉，我不懂速记文字。"

这时我的小玩笑结束了，我甚至有点感到羞愧。所以，我拿出打印稿递给了他。

"原谅我，"我说，"我帮不上什么忙。但是，我想过你是希望问关于露西的事情，所以，你可能没有时间等待，不是为了我自己，而是我知道你的时间很宝贵，我用打字机为你打出来了。"

他接过它，眼睛闪着光。"你太好了，"他说，"那我现在可以读它吗？当我读过以后，我可能会问你一些问题。"

"什么问题都可以。"我说，"我去吩咐他们做饭，你就可以读了，然后你可以在我们吃饭的时候问我问题。"

他又鞠了躬，坐在一张椅子上，背对着光，完全沉浸在了那些纸张里。这时，我去准备饭菜，以免他被打扰。当我回来时，我看见他在屋里大步地走着，他的脸激动地闪着光。他冲向我，握住我的双手。

"噢，哈克夫人，"他说，"我不知道自己欠了你多少？这些日记就像是阳光。它为我打开了门。我眼花了，我茫然了，因为这么强烈的阳光，然而乌云仍然时刻在阳光后面翻滚。不过你不会了解这个的。噢，但是我太感激你了，你是如此聪明的女人，夫人。"他严肃地说，"如果亚伯拉罕·范海辛可以为你做任何事情的话，我相信你会让我知道的。我为能像朋友一样为你服务感到荣幸和快乐。作为朋友，我所知道的和我所能做的一切都是为了你和你所爱的人。生活中既有黑暗，也有阳光。你就是其中一缕阳光。你会有幸福的生活，你的丈夫会因你而享福的。"

"但是，医生，你过奖了，而且你不了解我。"

"不了解你？我，一个老人，用毕生精力研究男人和女人，专攻大脑和一切属于大脑和来自大脑的问题！我已经看过你好心为我打出的日记了，它的每一行都透着真实。我，一个读了你给露西的，关于你的婚姻和你的信任的，那么美好的信的人，不了解你？噢，哈克夫人，好女人把她们的生活都说出来，无论是一天、一小时，还是一分钟的生活，这些只有天使可以读到的东西。我们这些想要了解的男人，都有着天使一样的眼睛。你的丈夫品德高尚，你也一样，因为你的信任。信任是不能存在于卑鄙的人身上的。还有你的丈夫，跟我说说他吧。他还好吗？脑热病痊愈了吗？他是否强壮和健康？"

"他认为自己看到了一个能让他回忆起坏事情的人，那些坏事情导致了他的脑热病。"所有的事情好像一下把我压倒了。对乔纳森的同情，他经历的恐惧，他的日记中的一切可怕的神秘事件，一直折磨我的恐惧，一下子全涌上来了。我觉得自己有点歇斯底里，因为我一下子跪在地上对他举起手，恳求他把我的丈夫治好。他握住我的手把我扶起来，让我坐在沙发上，然后坐在我旁边。他握住我的手，无限温柔地对我说道：

"我的生活是荒芜和孤独的，繁忙的工作一直让我没有时间可以放在友谊上。但是，自从我被我的朋友约翰·西沃德召唤到这里，我认识了这么多好人，感受到了这么多的高尚，我年纪越大，就越觉得孤单。相信我，我充满尊敬地来到你这里，你给了我希望，不是在我所寻找的东西里，而是因为，仍然还有可以把生活变得幸福的好女人存在，她的生活和她的事实能教给孩子们很多东西的好女人。我很高兴自己能对你有用。因为，如果你的丈夫有问题，那么，他的问题就是在我所研究的范围内的。我向你保证，我很高兴为他做一切我能做的，或者把他的生命变得强壮和勇敢，并让你过得幸福。现在，你必须吃饭了。你过于劳累或者也过于担心。你的丈夫乔纳森不想看见你这么憔悴，在他所爱的人身上看见他不喜欢的东西，对他可不好。因此，为了他，你必须吃饭和微笑。你已经告诉了我关于露西的情况，所以我们现在可以先不谈她。我今晚会在埃克斯特，因为我想思考一下，你告诉我的事情，当我思考的时候，我会问你问题，如果我可以的话。同时，你可以跟我谈谈乔纳森的困难，但不是现在。你现在必须吃饭了，过后你可以告诉我一切。"

吃过晚饭，我们回到了客厅，他对我说："现在把他的事全告诉我吧。"

当和一个学识渊博的男人讲话时，我开始担心他会觉得我是个傻瓜，乔纳森是个疯子，那本日记太奇怪了，我犹豫要不要继续。但是他是这么和蔼而温和。而且，他也保证过要帮我，我也信任他，于是我说道："范海辛医生，我要告诉你的事情太奇怪了，你不要嘲笑我和我的丈夫。从昨天开始，我就一直怀疑。你要对我温柔一点儿，不要认为我是个蠢货，因为我对一些奇怪的事情将信将疑。"

他用行动和语言向我保证："哦，亲爱的，但愿你知道我来这儿的目的是多么的奇怪，应该是你嘲笑我才对。我明白，不要轻视任何人的信仰，无论它有多么奇怪。我已经尽量保持一颗开明的心，生活中的平常事不能接近它，而是那些奇怪的事，那些反常的事，那些让人怀疑自己到底是疯狂的，还是清醒的事。"

"谢谢你，万分感谢！你让我如释重负。如果你同意的话，我会让你读一些文件。它很长，但是我已经打出来了。上面有我的问题和乔纳森的问题。这是他在国外记录所有发生的事情的日记的副本，关于它，我不敢说什么。你自己读一读，然后作出判断。当我们再见面的时候，也许，你会好心地告诉我，你是怎么想的。"

"我保证，"我把文件递给他时他说，"我会在早晨尽快来见你和你的丈夫，如果可以的话。"

"乔纳森 11 点 30 分的时候会在家，你必须来吃午饭，那时候可以见到他。你可以坐 3 点 34 分的快车来，他会在 8 点之前把你带到帕丁顿的。"

他很吃惊我这么了解列车时刻，因为他不知道我已经列出了所有开往和从埃克斯特出发的火车，这样，我就可以帮助乔纳森，如果他有急事的话。

他带上文件离开了，我坐在那里思考着，思考着我不知道的是什么东西。

范海辛给哈克夫人的信（手写）

9月25日，6点

亲爱的哈克夫人：

我已经读了你丈夫的日记。你可以安心睡觉了。虽然它们很可怕和奇怪，但是它们确实是事实！我用我的生命发誓。对别人来说，可能是坏消息，但是对他和对你却没有什么可怕的。他是一个高尚的人，让我用男人的经验告诉你，一个像他一样爬上那堵墙，进入那个房间，并且再次这样做的人，不是那种会永久地受到刺激伤害的人。他的大脑和心脏都是好的，我保证，在我见到他之前，请休息吧。我会问他很多其他事情。我真幸运，今天我去见了你，因为我一下子知道了这么多，一直感到眼花缭乱，我必须思考。

你最忠实的亚伯拉罕·范海辛

哈克夫人给范海辛的信

9月25日，下午6：30

我亲爱的范海辛医生：

一千次地感谢你的来信，真的让我如释重负。然而，如果这是真的，那个人，那个魔鬼真的在伦敦，这会是世界上多么可怕的事情啊！我不敢想。就在我写信的时候，我收到了乔纳森的电报，说他今晚6点25分离开朗塞斯顿，10点18分的时候回来。所以，今晚我就不会感到害怕了。因此，你能否8点钟来吃早餐，对你来说不会太早的话？如果您急的话，可以乘10点30分的火车，在2点35分到达帕丁顿。不要回这封信，这样我就会知道了，如果我没有收到回信，就表示你会来吃早餐。

相信我。

你的忠诚的和充满感激的朋友米娜·哈克

乔纳森·哈克的日记

9月26日

　　我还以为自己不会再写这本日记了，但是，那个时刻终于来了。当我回来的时候，米娜准备好了晚餐，当我们吃晚餐的时候，她告诉了我范海辛医生的来访，还有她给了他两份复制的日记，他有多担心我。她让我看了医生的信，上面说，我写下的所有事情都是真实的。这仿佛让我焕然一新，就是对这些事情真实性的怀疑把我给打倒了。我感到无力、黑暗和怀疑。但是，现在我知道，我不害怕了，甚至是伯爵，他最终成功地到了伦敦，我看见的就是他。他变年轻了，怎么回事儿？范海辛就是那个可以揭开他面具、捕获他的人，如果他像米娜说的那样。我们坐到很晚，一直在说这件事情。米娜在穿衣服，我应该几分钟后去旅馆，把他带过去。

　　我觉得，他看到我时很吃惊。当我进了他的房间，介绍了我自己，他握住我的肩膀，将我的脸对着灯光，仔细地检查了以后，说道："可是，哈克夫人告诉我你病了，你受到过刺激。"

　　听到我的妻子被这个和蔼、坚毅的老人称作"哈克夫人"，是件好笑的事情。我微笑着回答说："我是病了，我也受过刺激，但是你已经治好我了。"

　　"为什么？"

　　"用你昨天晚上给米娜的信。我很怀疑，所有的事情都显得不真实，我不知道该相信什么，甚至是我自己的感觉。不知道相信什么，我就不知道该做什么。所以，我只好埋头做能让我愉快的工作了。可是，就是工作也开始不能让我开心了，我不信任自己。医生，你不知道怀疑一切、甚至你自己是什么样的感觉。不，你不知道，有你这样眉毛的人是不会知道的。"

　　他看起来很高兴，大笑着说："哦！你是个相面师。我每小时内学到了更多的东西。我很高兴能和你一起吃早餐，先生，你会原谅一个老人的赞扬的，这都要感谢你的妻子。"

　　我愿意听他一直赞扬我的妻子一整天，所以我只是沉默地站着，一直在点头。

　　"她是上帝的女人，是上帝亲手设计的；是在告诉我们所有的男人和女人，有一个天堂是我们可以去的，它的光芒可以照在地球上。那么诚恳、那么温柔，那么高尚、那么无私，让我告诉你，私心在这个年代很多，又多疑又自私。你呢，先生——我已经读了所有给露西的信，其中的一些信提到了你，因此，我通过别人的了解对你有所了解。但是，我昨晚看到了真正的你。你会把你的手给我的，你会吗？让我们做一生的朋友。"

我们握了手，他是那么的诚恳和亲切，几乎让我窒息。

"那么现在，"他说，"我能再让你帮我一个忙吗？我有一件重要的任务要完成，但首先，就是要了解事情的始末。你可以在这上面帮助我。你可以告诉我，你在去特兰西法尼亚之前，发生了什么吗？以后我还会让你帮我的忙，另一个忙；但现在只到这一步而已。"

"那么先生，"我说道，"你要做的和伯爵有关吗？"

"是的。"他严肃地说。

"我会和你并肩作战。我会给你一沓报纸，因为你要坐 10 点 30 分的火车，所以可能没有时间阅读它们。你可以带上它们在火车上读。"

早餐过后，我送他去了车站。当我们分开时，他说："可能你会来镇上，如果我叫你的话，请带上哈克夫人。"

"你叫我们的话，我们都会去的。"我说。

我已经为他准备好了早报和昨晚的伦敦报。当我们在车厢的窗户边谈话，等着火车开的时候，他翻着这些报纸。他的眼睛好像在《西明斯特公报》上突然捕捉到了什么，他的脸变得苍白。他一边读着，一边呻吟道："天啊！天啊！这么快！这么快！"我觉得他当时好像把我给忘记了，就在那时汽笛声响了，火车开了。这提醒了他，他将头探出窗外，挥手叫道："代我向哈克夫人问好。我会尽快写信的。"

西沃德医生的日记

9 月 26 日

确实还没有结束。不到一周前，我说过"结束了"，我要重新开始，可还是得继续记我的日记。直到今天下午，我都没有理由去想该怎么结束。仑费尔德几乎在一切方面都变得异常清醒。他捉苍蝇的工作已经走上了正轨，养蜘蛛的工作也刚刚开始，所以到现在，他还没给我找任何麻烦。我收到了一封亚瑟的信，在周日写的，通过这封信，我猜亚瑟已经振作起来了。昆西·莫里斯和他在一起，这有很大的帮助，因为昆西自己的精神已经很好了。昆西也给我写了一行字，通过它我知道，亚瑟开始变得像原来一样开朗。这一切都让我的心情放松了。至于我自己，我开始充满热情地投入到我的工作中，像我以前那样，所以我可以说，露西留在我心中的伤口已经开始愈合了。

无论如何，一切都重新开始了，只有上帝才知道结果是什么。我对范海辛所隐瞒的东西明白了一点，但是他只会在合适的时间才说。他昨天去埃克斯特了，一整晚都待在那里。今天他回来了，在大约 5 点 30 分的时候，几乎是跳进了屋子，然后把昨天晚上的《西明斯特公报》扔到了我的手上。

"你怎么看？"他站在后面，两手抱在胸前问道。

我翻看着报纸，因为我真的不知道他指的是什么。他把报纸拿过来，指着一篇关于在汉普斯黛小孩被拐走的文章。这对我没有太多意义，直到我看到有一段文字描述了他们脖子上的小孔。我有了一个想法，抬头看着他。

"怎么样？"他说。

"和露西的一样。"

"你从里面看出什么了？"

"就是他们有相同的原因。伤害她的东西也伤害了他们。"我没太理解他的想法。

"这间接是正确的，但并不直接。"

"你是什么意思，教授？"我问道。我有点想轻视他的严肃。因为，毕竟，四天的休息让我从焦急、痛苦和忧虑中解脱出来，并恢复了精神。但当我看着他的脸，又让我严肃起来。即使是在我们对露西的绝望中，他也没这么严肃过。

"告诉我！"我说，"我猜不出来。我不知道该想什么，我也没有可以猜想的根据。"

"你是不是想告诉我，约翰，你对露西因何而死没有任何怀疑，即使已经得到了暗示，不光是事实的，还有我的？"

"因为虚脱而造成大量失血或过度用血。"

"那么血是怎么失掉或者用掉的呢？"我摇了摇头。

他走上前，坐在我旁边，继续说道："你是个聪明人，约翰。你很会推测，你也很有智慧，但是你太偏激了。你不去听，也不去看，在你日常生活之外的事情就与你无关了。你不觉得，有一些事你还不明白，但是它们仍然存在，还有一些人能看见别人看不到的问题吗？但总有一些新事老事不能被人们的眼睛所看到，因为他们知道或者以为知道，别人已经告诉他们的一些事。我们的科学的错误，就是想用它解释一切，如果解释不了，就说没什么好解释的。但是，我们仍然看见我们周围，每天都有新的信仰在形成，它们觉得自己是新的，其实它们仍然是旧的，它们假装很年轻，就像戏剧里的漂亮女人。我猜，你现在不会相信肉体转移吧？也不相信物质化？也不相信星状体？也不相信思想的阅读？也不相信催眠术……"

"是的，查尔考特已经很好地证明了。"

他微笑着继续说道："那么，你对他就满足了，对吗？当然，这样你就知道它们是怎么回事儿，可以跟随着伟大的查尔考特，可是他已经不再受到他影响的病人的心里了。不是吗？约翰，我是不是应该认为你只接受事实，而满足于在前提到结论之间的这一段都保持空白呢？不是吗？那么告诉我，因为我是研究大脑科学的学生。人们是怎么接受催眠术而拒绝思想的？让我告诉你，我的朋友，今天在电学里的一些发现，在发现电的前人们看来是不圣洁的，而他们自己当时也被当成了巫师。生活中总是有神秘的事物。为什么麦修彻拉活了900年，'老帕隆'活了169年，而可怜的露西却不能多活一天？你知道生命和死亡的全部秘密吗？在比较解剖术的全部内容之后，你能说出为什么兽性出现在同一个人身上，而不是在其他人身上吗？你能告诉我为什么其他蜘蛛很快就死了，而老西班牙教堂的钟楼里的大蜘蛛却能活上几个世纪，一直长大，直到喝光了教堂里所有的灯油吗？你能告诉我为什么在南美大草原上或者其他地方，有一种大蝙蝠，晚上出来咬开牛和马的血管喝光它们的血？为什么在北海的一些岛上，有蝙蝠一整天都挂在树上，那些看到过它们的人说它们像巨大的果核或者荚果，当船员因为天热睡在甲板上时，它飞到他们身上，在早上他们就成了死人，像露西小姐一样苍白？"

"上帝啊！上帝啊！教授！"我惊叫着跳起来，"你的意思是，露西是被这样一种蝙蝠咬的，这样的事情会发生在19世纪的伦敦？"

他沉默地挥着手，继续说道："你能告诉我，为什么乌龟比人活得时间长？为什么大象一走，直到看见族群？为什么鹦鹉只会死于猫或狗咬它们或是其他原因？你能告诉我，为什么有的男人和女人生存在不会死的年代和地方吗？我们都知道，科学已经证明了，有蟾蜍封在石头里一千年，被关在一个小洞里，那个小洞只能在它们很小的时候盛下它们。你能告诉我为什么印度的托钵僧能在他们自己死去并被埋葬，甚至坟墓被封住，上面种上了庄稼，庄稼成熟了，收割了，播种了，然后又成熟又收；当人们把坟墓启封，躺在那里的印度托钵僧，没有死，而是起来像原来一样到处走着？"

我在这里打断了他。我越来越迷惑了。他将这些自然界里的反常现象一股脑儿地倒在我的心上，让我的想象力都要着火了。我隐约地觉得，他要给我上一课，就像很久以前，他在他阿姆斯特丹的书房里做的那样。但是，他原来是用它们来告诉我事情，这样我就有了思考的目标。而现在我没有他的帮助，我还是想听懂他的话，于是我说：

"教授，让我再做一回你得意的学生吧。告诉我主旨，这样我就可以用上你的知识，在你说的时候。现在，我在自己心里从这儿走到那儿，像是一个疯子，而不是一个清醒的人，我感觉自己就像一个新手在雾中的沼泽地里行走，从一块草丛上跳到另一块草丛上，只是一心想着向前，却不知道自己要去向哪里。"

"这是一个有趣的场面，"他说，"好，我应该告诉你了。我的主旨是，我想让你相信。"

"相信什么？"

"相信你不能相信的事情。让我举个例子。有一次，我听到一个美国人这样定义'忠诚'：'一种让我们去相信我们认为不正确的事情的能力。'我理解那个人的意思。他的意思是说我们要开通，不要用一丁点儿的事实来判断一大堆的事实，就像一个小石子对一辆运货车做的那样。我们先有了小的真理。这很好！我们留着它，我们重视它，但是我们不能让它觉得自己就是宇宙中所有的真理了。"

"那么，你是让我不要被以前的一些信仰所影响，而去接受一些奇怪的事情。我说得对吗？"

"哈，不愧为我最喜欢的学生，教你是值得的。现在你愿意去了解了，你已经迈出了第一步。你觉得，那些孩子喉咙上的小孔和露西身上的小孔是同一种东西造成的吗？"

"我猜是的。"

他站起来，严肃地说："唉，要是那样就好了！但事实并不如此，不，是更坏的，远远更坏的情况。"

"看在上帝的分儿上，范海辛教授，你是什么意思？"我叫起来。

他绝望地瘫在椅子上，胳膊肘搭在椅柱上，一边用手捂住脸，一边说道："是露西弄的！"

第十五章　西沃德医生的日记之继续

　　有一阵我感到非常的生气，就好像在露西的整个一生中，他都在打露西的脸。我狠狠地砸了一下桌子，站起来说："范海辛医生，你疯了吗？"

　　他抬起头看着我，不知为什么，他脸上的温柔立即让我镇定下来。"我倒希望是这样！"他说道，"比起这样的事实，也许用'疯狂'来形容更好听一点儿。唉，我的朋友，你想一想，我转了这么一大圈儿，费这么大劲儿来告诉你如此简单的一件事情，到底是为了什么？是因为我恨你并且一生都在恨你吗？是因为我想为那次你从一次可怕的死亡中救了我而复仇吗？不是！"

　　"原谅我。"我说。

　　他继续说道："我的朋友，这是因为我不想太伤害你，因为我知道，你曾经爱过那位美丽的姑娘。但是，我仍然不指望你能相信。立即接受一个荒诞的现实太困难了，我们会怀疑它的可能性，因为我们从来没相信过它会是真的。接受这样一个伤心的事实更加困难，因为它是关于露西小姐的。今晚我就会来证实它。你敢和我一起来吗？"

　　这让我犹豫了一下。一个男人不愿意证实这样一个事实，一个拜伦从自己的词典里除去的事实，猜忌。

　　"证实那个他最厌恶的事实。"

　　他明白我正在犹豫，于是说道："逻辑很简单。现在没有疯子的逻辑了，在雾中的沼泽地上从一块草丛跳到另一块草丛。如果它不是真的，那么去证实一下就会安心的，至少不会有害处。如果是真的，哈，这就是可怕之处了，然而每一种可怕都会支持我的动机，因为在里面有信仰的存在。来，我告诉你，我是怎么打算的。首先，去医院看望那个孩子。报纸上说他所在的诺斯医院的文森特医生是我的朋友，我想他也应是你的朋友，因为你在阿姆斯特丹上过他的课。如果他不让两个朋友看，那么，他也会让两个科学家看他的病人的。我们什么也不要跟他说，只是去得到我们想知道的；然后……"

"然后呢？"

他从口袋里面拿出一把钥匙，举起来："然后我们，你和我，晚上到安葬露西的教堂墓地去。这是坟墓的钥匙。我从做棺材的人手里拿到的，准备交给亚瑟。"

我的心脏和我一起沉下去，因为我觉得我们面临着一场可怕的考验。然而，我什么也做不了，于是，我鼓起勇气说我们最好快点，因为下午就要过去了。

我们发现孩子醒着。他已经睡过觉，吃了一点儿东西，一切都在好转之中。文森特医生去掉他脖子上的绷带，让我们看那个小孔。没错，和露西喉咙上的是一样的。它们更小，边缘看起来更新鲜，就这么多了。我们问文森特医生是怎么诊断的，他回答说一定是什么动物咬的，可能是一只蝙蝠，在他看来，他倾向于认为那是一种在伦敦北边很多的蝙蝠。"其中一种无害的蝙蝠，"他说，"可能是从南边来的一种更有害的物种中的一个野生样本。也许是一些水手带回家了一只，结果它逃跑了，甚至可能是在动物园，一只小的被放出来了，或者是吸血蝙蝠生在那里的一只。这些事情确实会发生，你知道。就在十天前，一只狼逃跑了，我相信，也是从这儿来的。一周以前，孩子们都在荒原上和峡谷里玩耍，直到对这个'神秘女士'的恐慌发生了，他们就都像过节日一样。甚至是这个可怜的小孩子，当他今天醒了以后，问护士他是否可以走。当护士问他为什么想走时，他说他想和那位'神秘女士'玩耍。"

"我希望，"范海辛说，"当你送这个孩子回家的时候，告诫他的父母要严格地看护他。他们想迷路的愿望是最危险的，如果这个孩子又在外面待了一晚，这可能就是致命的。不过无论如何，我猜你这几天都不会让他走吧？"

"当然不会，至少一个星期，如果伤口没愈合就会更长时间。"

我们去医院探访的时间比我们预计的要长，在我们出来之前，太阳就下山了。当范海辛看见天黑时，他说："不用急，时间比我想象的要晚。来，我们找找哪里可以吃饭，然后就可以继续上路了。"

我们是在"杰克·斯特劳的城堡"吃的饭，旁边还有一小群自行车手和一些吵闹着谈话的人们。大约晚上10点，我们从小酒馆出发了。那时，天已经非常黑了，当我们走在单个路灯发出的光的半径之外的时候，分散的路灯让黑暗显得更明显。教授显然知道我们要走的路，因为他毫不犹豫地向前走，但是对于我，我对周围的地理状况感到很迷惑。我们走得越远，遇到的人就越少。直到最后，当我们看到骑警在执行他们日常的巡逻任务时都有点吃惊了。最后，我们到达了教堂墓地的围墙边，爬了过去。有点困难，因为很黑，而且整个地方对于我们好像都很陌生。我们找到了韦斯顿拉家的墓穴。教授取出钥匙，打开了吱吱嘎嘎的门，然后站在后面，很礼貌，但也是下意识地示意我走在他前面。礼貌地让别人先进入这可怕的地方，这是种有趣的讽刺。他很快地跟在我后面，谨慎地关上门，仔细地确认了锁是明锁，而不是暗锁。如果是后者，我们就会处在一种糟糕的处境中了。然后他在包里摸着，拿出一盒火柴和一根蜡烛，点燃了。下葬的时候，坟墓里面都是鲜花，墓室显得非常安详、庄重，可是现在——几天后，当花都已经枯萎了，它们的白色变成了铁锈色，绿色变成了褐色；当蜘蛛和甲虫开始它们对这里的统治；当因为时间而褪色的石头，落满灰尘的灰泥，生锈和潮湿的铁，晦暗的黄铜，氧化的银色镀层让微弱的蜡烛火焰退缩的时候，这样的效果比你能想象到的更加痛苦和悲伤。它不可阻挡地传达着一种感觉：生命，动物的生命，不是唯一会死亡的东西。

范海辛有条理地进行着他的工作，举着蜡烛，这样，他可以读棺材上的金属牌，白色的蜡烛油滴在金属上时凝结起来。他确认了这是露西的棺材，又把手伸进包里，拿出了一把改锥。

"你要做什么？"我问道。

"打开棺材，然后你就会相信了。"

他开始操作着，最后掀起了盖子，显出了下面的铅质箱子。这样的情景对于我来说是受不了的。这是对死者的侮辱，就像是在她生前睡着的时候剥光她的衣服一样。我抓住了他的手，不让他这么做。

他只是说："你会看见的。"然后他又把手伸进包里拿出一把小小的磨损了的锯子。一边在铅上敲改锥，一边快速地向下一戳，这让我退缩，他弄了一个小孔，不过已经足够让锯子进去了。我本来还以为，几星期之久的尸体会散发出一阵臭气。我们医生已经知道自己的危险，必须习惯这些事情，我向门口后退。但是教授一刻也没有停下。他沿着棺材的一边锯了几英尺，然后走过去，开始锯另一边。他抬起松开的边缘，将它弯向棺材底部，然后将蜡烛伸进缝隙，示意我过来看。

我走近看了看，棺材里面是空的。这显然让我很吃惊，甚至是震惊。但是范海辛依然不动声色。现在，他对自己的结论更加肯定了。因此，他更有胆量来完成自己的任务。"你现在满意了吗，约翰？"他问我。

我感到自己身体里所有的固执和好辩的细胞都苏醒了，我回答道："我满意露西的尸体不在那口棺材里面，但是这只能说明一件事。"

"什么事，约翰？"

"她不在那儿。"

"这是很好的逻辑，"他说，"就现在的情况而言。但是，你现在怎样解释她不在那儿呢？"

"可能是一个盗墓者，"我说到，"殡仪事业经营人的手下可能把她偷走了。"我感到自己像是一个蠢货。然而，这是我能提出的唯一一个有可能的原因了。

教授叹了口气，"唉，好吧，"他说，"我们必须有更多的证据。跟我来吧。"

他又盖上了棺材盖，收起他所有的东西装进了包里，吹灭了蜡烛，把蜡烛也放了包里。我们打开门，出去了。他关上了我们身后的门，锁上了它。他递给我钥匙，说道："你能保存它吗？你最好确定。"

我笑了，但不是很高兴的笑，我一边示意他留着钥匙，一边下决心说道："钥匙没什么用，有很多把，而且无论如何，撬开这样一把锁也不是难事。"

他什么也没说，把钥匙放进了口袋里。然后，他让我检查教堂墓地的一边，他自己检查另一边。

我站在一棵紫杉树后面，看着他的黑色身影移动着，直到有墓石和树木挡住了我的视线。这是孤独的一夜。就在这时，我听见传来午夜12点的敲钟声，然后是1点、2点。我又冷又没有意志力，我很生气教授让我干这种差事，还生气我自己会来。我寒冷和困倦，集中不了注意力，但是又没困到背叛我的信仰。总之，我度过了一段无聊、讨厌的时光。

突然，就在我转身的时候，我看到了好像是白色条纹的东西，在教堂墓地，离坟墓最远的那一侧的两棵紫杉树之间移动；同时，一团黑色的东西从教授的那一边移动过来，快速地向那个白色条纹跑过去。然后我也开始移动，但是必须绕过墓碑和坟墓，我突然被坟墓绊倒了。天空很阴暗，远处响起了一声鸡鸣。不远处，在一排分散的红松之外，那儿有通向教堂的小路，一个朦胧的白色人影向坟墓的方向快速跑着。坟墓本身被树遮住了，我看不见那个人影在哪儿消失了。我在最初看到白色人影的地方，听到了一阵沙沙的响声，跑过去，看见教授手里抱着一个孩子。当他看见我时，他把孩子交给我，说道："你现在满意了吗？"

"不。"我说，语气中带着挑衅。

"你没有看见这个孩子吗？"

"是的，这是个孩子，但是谁把他带来的？他受伤了吗？"

"我们应该看看。"教授说道，我们一口气走出了墓地，带着那个睡着的孩子。

我们走出了一段距离，进入一个树丛中，点燃一根火柴，看着孩子的脖子。没有任何刮伤或者疤痕。

"我对了吗？"我得意扬扬地问。

"我们发现得正是时候。"教授感激地说。

我们现在必须决定该怎么处置这个孩子，所以一起商量了一下。如果我们把他带到警察局，就必须解释我们晚上在那儿的行为。起码，我们必须描述一下我们是怎么找到那个孩子的。所以，我们决定把他带到荒原，当我们听见警察来的声音的时候，就把他留在他们能找到的地方。然后那时，我们再尽快地找到回家的路。一切都很顺利。在汉普斯黛荒原的一角，我们听到了警察沉重的脚步声，然后把孩子放在小道上，等着看着，直到警察来来回回地晃着灯发现了他。我们听到了他的尖叫声，然后就悄悄地离开了。很幸运，我们找到了一辆出租马车，驶进了镇里。

我睡不着，所以记下了日记。但是我一定要睡几小时，因为范海辛中午会到我这儿来。他坚持要我再跟他去一次。

9 月 27 日

我们找到机会做我们想做的事的时候，已经是 2 点了。中午举行的葬礼都已经结束了，最后一批哀悼者也恋恋不舍地走了。当我们在桤木丛后面仔细观察时，我们看见教堂司事锁上了身后的门。我知道，我们一直到明天早晨之前都不会被人发现了，但是，教授告诉我最多只需要一小时。我再一次感到现实的可怕。这时，所有的想象力好像都不管用了，我也清楚地意识到，在我们亵渎神明的工作中，我们要承担多大的法律风险。另外，我还觉得这一切都没有用处。虽然打开一个铅质棺材，看看已经死了差不多快一周的女人是否真的死了是很野蛮的，现在再次打开坟墓，看见棺材是空的，更像是最愚蠢的事情。无论如何，我耸了耸肩，无声地站在旁边休息，因为无论谁去反对，范海辛还是要有一些工作要做。他拿出钥匙，打开门，又一次礼貌地请我先进。这个地方不像昨晚那么可怕了，但是当太阳射进来时又十分难看。范海辛走到露西的棺材前，我跟在后面。他弯下腰再次敲开了铅质边缘，惊讶和愕然击中了我。

露西躺在那里，似乎还和我们在她葬礼的前一天晚上看到的一样。她比原来还要容光焕发和漂亮，我都不能相信她已经死了。她的嘴唇是红色的，而且比原来还红，面颊红润。

"这是在变戏法吗？"我对他说。

"你现在相信了吗？"教授回答说，他一边说着一边伸出手，做出了让我颤抖的动作，他拨开她的嘴唇露出她的牙齿，"看，"他继续说道，"它们甚至比以前还要锋利。用这个还有这个，"他摸着两颗犬齿，"就可以咬小孩了。现在你相信了吗，约翰？"

固执又一次在我体内产生。我不能接受他这一压倒性的提议。所以，我想要争论，甚至，当时我都感到害羞了，我说："她也许是昨天晚上被放在这儿的。"

"真的吗？如果是这样，是谁呢？"

"我不知道。总之，有人这样做了。"

"然而她都死了一周了，绝大多数人在这个时候看起来不是这样的。"

我不知道怎么回答这个问题了，所以沉默了。范海辛好像没有注意我的沉默，无论如何，他既没有懊恼也没有得意，而是有意识地看着死者的脸，翻起她的眼皮看她的眼睛，又一次打开嘴唇检查了牙齿，然后他转向我说道：

"现在有一件事情是很不寻常的。有一种两重的生命是非同一般的。她在恍惚的状态下，在梦游的时候被吸血鬼咬了，哦，你吃惊了。你不知道那件事，约翰，但是你以后会知道的，在恍惚状态下就可以有更多的血被吸走。在恍惚状态下，她死了，但是在恍惚中，她又没有死。所以她不同于其他人。通常，当不死的人在家睡觉的时候"，他一边说着，一边做了一个帮助理解的挥动手臂的动作，来说明对于吸血鬼来说，什么是"家"，"他们的脸露出原形。但是，当他不是不死人的时候，他就和平常的死人没什么两样了，这时他没有什么攻击性。所以我必须在她睡觉的时候杀死她。"

这让我的血都凉了，我开始接受范海辛的理论。但是如果她真的死了，又为什么要杀她呢？

他抬头看着我，显然看出了我脸色的变化，因为他几乎是高兴地问我："你现在相信了？"

我回答道："先不要把我逼得太紧，我愿意接受。那你怎么做？"

"我要砍掉她的头，把大蒜装满她的嘴，然后我会用一根桩子刺进她的身体。"

这让我颤抖，想象着一个我曾经爱过的女人的身体被如此残害。

不过，这样的感觉不像我想象的那么强烈。实际上，我开始颤抖，是因为竟然有这样的生物存在。这个不死的人，就像范海辛说的那样，我开始厌恶它。爱都是主观的，抑或是客观的？

我等了相当长的一段时间，范海辛还是没有开始。他站在那里像是陷入了沉思中。然后他突然把包扣起来，说道：

"我一直在思考，我已经决定了怎样做才是最好的。如果我只是依自己的愿望，那么我现在就会做了。但想到了别的事情，更加困难的事情。这很简单。她还没有死，虽然只是时间问题，现在行动就是冒险。那时我们就要面对亚瑟了，我们该怎么告诉他呢？即使是你，虽然看见过露西脖子上的伤口，也见过医院的孩子身上相似的伤口，昨晚还看见棺材是空的，而今天人却又回来了，她没有变化，除了在死后的一星期里面变得更漂亮以外，可是你仍然不相信。那么，还怎么指望对这些一无所知的亚瑟相信呢？

"当我在她快死的时候，不让他吻她，他怀疑了我。我知道他已经原谅了我，因为我不让他告别是错的；但是他可能觉得，把这个女人活埋是更加错误的，我们必须杀了她更是错中之错。他会争辩说我们，是我们错误地依自己的想法杀了她，所以他会永远不高兴的。但是他永远不能确定，这是最坏的情况，他有时会觉得，这个他爱的人是被活埋的，这样就会让他害怕她遭受了怎样的痛苦；然后，当他再次想起时，又会认为我们可能是对的，他的爱人其实是一个不死的人。不！我告诉过他一次。现在，因为我知道这都是真的，比我知道他会在到达甘泉之前，穿越苦水还要多知道一百倍。他，可怜的人，必会有一小时感到天堂的脸都变黑了，然后我们就可以照顾一切，让他恢复平静。我已经决定了。我们走吧。你今晚回精神病院，去照顾一些事情。至于我，我今晚都会待在教堂墓地里。明晚 10 点钟，你去伯克利旅馆见我，我会叫亚瑟也来。现在，我和你去皮卡迪里大街吃饭，因为我必须在日落前赶回这里。"

于是，我们锁上坟墓离开了，翻过墓地的墙——这已经不算难事了，然后回到了皮卡迪里大街。

范海辛留在旅行箱内的给约翰·西沃德的便条
（没有送）

9 月 27 日

约翰：

我写下这个以防发生了什么事。我自己在看着墓地。让我高兴的是那个不死的人，露西，今晚不会离开，所以第二天晚上她会更饥渴。因此我要用一些她不喜欢的东西，大蒜和十字架，然后封上坟墓的门。她是不死人的时候也很清醒，会注意到的。另外，只要不让她出来就可以了。他们不会想进来的，因为那时不死的人已经孤注一掷，会作最后的抵抗，无论是什么。我会一晚上都在那里，从日落直到日出，这样我会知道一切应该知道的事情。因为我不怕露西小姐。但是，对于知道她是不死人的那个家伙，他是不会找到她的坟墓的。他很狡猾，从我在乔纳森先生那里知道的，还有他在拿露西的生命和我们开玩笑时，他愚弄了我们，我们失败了，无论从哪个方面来讲，这个不死的人都是强大的。他有 20 个人那么强壮，即使是我们 4 个人也对抗不过他。另外，他会召集他的狼群和我不知道的东西。所以，如果今晚他会来的话，他会找到我的。但是别人不会发现，当发现时也已经太迟了。但是，

-178-

也可能是他不想到这里来。没有理由让他来。他的狩猎场要比这个不死的女人躺的墓地广阔得多。

因此，我写下这个以防不测。拿上这些纸，是哈克的日记和其他的东西，读一读它们，然后找出这个不死的人，砍下他的头，烧掉他的心或者刺穿他的心，这样，整个世界就都安宁了。

如果是这样的话，再见了。

范海辛

西沃德医生的日记

9 月 28 日

一晚上的好觉对我很有用。昨天，我几乎要接受范海辛可怕的想法了，但是现在，这个想法在通常意义上好像就是暴行。我不怀疑他完全相信这个想法。不知道他是不是有点精神错乱了。当然，这些神秘的事情会有合理的解释。有没有可能是教授自己做的？他是那么聪明，如果他下了决心，就会用巧妙的手段达到自己的目的。我讨厌这样想，发现教授疯了，会是一件和其他的情况一样惊人的事情。但无论如何，我会小心地看着他。我可能会搞清楚这个秘密。

9 月 29 日

昨晚，10 点之前，亚瑟和昆西进了范海辛的房间，他告诉了我们，他想让我们做的事情。但是特别重点地跟亚瑟说，好像我们所有的愿望都集中在他身上。他一开始说，他希望我们都跟他一起去，"因为，"他说，"有一项严肃的任务要完成。你一定对我的信很吃惊吧？"这个问题是问亚瑟的，"是的，有点让我心烦，最近发生了这么多麻烦事，我不想再有更多的事情发生了。我也很好奇你是什么意思。"

"昆西和我讨论了一下，但是我们谈得越多，我就越糊涂，直到现在，我可以说我一点儿都不明白。"

"我也是。"昆西·莫里斯打断说。

"哦，"教授说道，"那么我们接近开端了，约翰则还要再返回起点。"

显然，虽然我什么也没说，他也看出来我又重新产生了怀疑。然后，他转向另外两个人，严肃地说：

"今晚，我想让你们去做我认为正确的事情。我知道，有很多要问的问题，当你们知道我想做的是什么时，你们会知道的，只有那时才会知道。因此，我想让你们保证在黄昏，就是过一会儿的时间，虽然你们可能会生我的气，我不能假装这样的事情不会发生，但是你们不要为任何事情责备自己。"

"无论如何，这很坦率。"昆西插话道，"我来为教授回答。我不太明白他的想法，但是我发誓他是真诚的，这对于我就足够了。"

"谢谢你，先生，"教授自豪地说，"我很荣幸把你看作可以信任的朋友，你的保证对我很珍贵。"他伸出一只手，昆西握住了它。

然后，亚瑟说话了："范海辛医生，我不太喜欢被蒙在鼓里，如果我作为绅士的荣誉，或者我作为一个基督徒的忠诚受到了损害，我不能作这个保证。如果你能保证你想做的事情不会破坏这两样东西，那么，我会立即同意，即使我一生都不会明白，你为什么这么做。"

"我接受。"范海辛说，"我要求你的就是，当你想谴责我的做法的时候，请先思考一下，确定这样不会损害你的权利。"

"我同意！"亚瑟说，"这很公平。现在谈判结束了，我能问一下我们要做的是什么吗？"

"我想让你和我一起来，悄悄地到金斯戴德的教堂墓地去。"

亚瑟的脸色沉下去了，他吃惊地问：

"埋葬露西的地方？"

教授点了点头。

亚瑟继续问道："为什么去那儿？"

"进到坟墓里去！"

亚瑟站起来，说："教授，你是认真的吗，或者这是个可怕的玩笑？对不起，我看你是认真的。"他又坐下了，但是，我能看出他坚定而自豪地坐下，像一个有尊严的人。他沉默了一会儿，问道："为什么进坟墓？"

"打开棺材。"

"够了！"他生气地站起来说，"我愿意对合理的事情保持耐心，但是这个，对坟墓的亵渎，对我的……"他愤怒得哽咽了。

教授怜悯地看着他，"如果我可以为你承担一个痛苦，我的可怜的朋友，"他说，"上帝知道我就会这么做。但是今天晚上，我们的脚必须走在荆棘丛生的路上，或许以后，或许永远，你都必须走在布满火焰的路上。"

亚瑟抬起严肃苍白的脸说道："请慎重，先生，请慎重一些。"

"可以听我说吗？"范海辛说道，"至少到那时你会明白我的目的的界限，我可以开始说了吗？"

"可以。"莫里斯插话道。

范海辛停了一会儿，显然是努力地说道："露西小姐死了，是这样吗？是的！这当然没错。但是，如果她没有死……"

亚瑟跳起来，叫道："上帝啊！你是什么意思啊？难道有什么错吗，她被活埋了？"他痛苦地呻吟着。

"我也没有说她还活着，我的孩子。我不是这样想的，我只是说她可能是个不死的人。"

"不死的人！没有活着！你是什么意思？这是个噩梦吗，要么还能是什么？"

"有一些神秘的事物，人们只能猜测，一个时代接着一个时代过去了，他们可能只解决其中的一部分问题。相信我。我们现在就在解决其中的一个，但是我还没有做。我能砍下死去的露西小姐的头吗？"

"当然不行！"亚瑟激动地叫道，"我一辈子都不会同意对她的尸体进行残害。范海辛医生，你让我做得太多了。我对你做了什么，你要这样折磨我？那个可怜的女孩做了什么，让你想要在她的坟墓上刻上耻辱？你疯了吗，说出这样的事情？还是我疯了会来听你说？不要再想了，我不会同意任何你想做的事情的。我有义务保护她的坟墓不受破坏，以上帝的名义，我会这样做的！"

范海辛从他一直坐着的地方站起来，庄重而严肃地说道："我的高达尔明勋爵，我也有义务要履行，一个对他人的义务，对你的义务，对死者的义务，以上帝的名义，我会这样做的！我现在要你做的就是让你跟我来，你自己看一看、听一听，这样如果我再做同样的请求，如果你还是不想这样做的话，我还是会履行自己的义务，无论你怎么想。然后，按照你的愿望，我会把我自己交给你处置，给你一个交代，无论何时何地，只要你想的话。"他的声音停住了，然后怜悯地继续说：

"但是我恳求你，不要对我生气。在我一生中，有许多我不想做的事情，有时我会动摇，但是我从没有接受过这样一项艰巨的任务。相信我，如果到了你改变对我的看法的时刻，你看我一眼就会让这些伤心的时刻烟消云散，因为我会尽一个男人所能做的不让你痛苦。想想吧，为什么我要给自己这么多痛苦和悲伤？我从我的故乡来到这里做事，一开始是为了让我的朋友约翰高兴，然后是帮助一位可爱的年轻姑娘，我也爱上了她。对于她，我羞于说得太多，但是我要说，我也给了她你所给她的，我的血液；我给了她，我不像你一样是她的爱人，只是她的医生和她的朋友；我给了她，我的黑夜和白天，无论在死之前，还是在死之后，如果我的死能对她有好处，即使是现在她已经变成了一个不死的人，我也可以为她而死。"他说的时候，带着严肃和温柔的骄傲，亚瑟被感动了。

他握住老人的手，哽咽地说，"这太难以想象了，我不能理解，但至少我会和你一起去并且守候在那儿。"

第十六章　西沃德医生的日记之继续

　　我们翻过矮墙进入到墓地的时间是差 15 分 12 点。夜晚很黑，时而从天上划过的厚厚云彩的边缘透过一缕月光。不知道为什么，我们都互相靠得很近，范海辛稍微在前面一点儿，因为他要带路。当我们走近坟墓时，我一直看着亚瑟，因为我怕靠近这个给他这么多痛苦回忆的地方会让他不安，但是他看起来还能承受。我觉得，这件事情的神秘在某种程度上抵消了他的悲痛。教授打开了门，看见我们因为各种各样的原因犹豫着，于是他自己先进去了。我们都跟在他后面，他关上了门。然后他点燃了一盏油灯，指着棺材。亚瑟犹豫地走上前。范海辛对我说："你昨天是和我在一起的。露西小姐的尸体在棺材里吗？"

　　"是的。"

　　教授转向其他人说道："你们都听见了，没有人不相信我了吧？"

　　他用改锥再次打开了棺材的盖子，亚瑟看着，脸色很苍白，但是很沉默。当盖子打开的时候，他走上前，他显然不知道里面还有一个铅质棺材，无论如何，他从来没有考虑过。当他看见铅上的裂缝，他的血一下子冲到了脸上，但是又很快消散了，他仍然苍白得可怕，依然沉默着。范海辛撬开边缘，我们都往里面看，然后跳了回去。

　　棺材是空的！

　　有一刻谁也没说话。昆西·莫里斯打破了沉默："教授，让我来回答你。你说的话就是我想听的。我不会把它当成一件平常事来问了，我不会用怀疑来侮辱你，但是这是一件荣誉和耻辱之外的神秘的事情。这是你做的吗？"

　　"我以一切我视为神圣的东西向你发誓，我没有移动她或者接触她。发生的事情是，前天晚上，西沃德和我一起来过，是出于善意的目的，相信我。

我打开了棺材，那时是封上的，我们看见它是空的，就像现在一样。我们等待着，看见一个白色的东西穿过树丛。第二天我们是在白天来的，她就躺在里面。是这样吗，约翰？"

"是这样的。"

"那一晚我们来得正是时候，又有一个小孩子失踪了。我们在坟墓之间发现了他，感谢上帝，他没有受到伤害。昨天我是在日落前来的，因为日落以后不死的人就会出来。我一直在这儿守着，直到日出。但是什么都没有看见。可能是因为我在门的砖上放了大蒜。不死的人受不了大蒜，还有另外一些他们害怕的东西。昨晚她没有离开，于是今晚在日落之前我拿走了大蒜和其他的东西。于是我们看见这个棺材空了。但是请原谅我。至今为止，发生了很多奇怪的事情。你们和我一起在外面等着，还会有更奇怪的事情发生。所以，"他吹灭了灯，"现在出去吧。"他打开了门，我们出去了，他最后出来并锁上了门。

经过坟墓的恐怖以后，夜晚的空气显得清新而纯净，能看见月光和云彩是多么的可爱，能呼吸新鲜空气而不沾染上死亡和腐烂是多么好。亚瑟沉默了，我能看出，他正在努力理解秘密的内涵。我自己则很耐心，又开始抛弃我的怀疑并接受范海辛的结论了。昆西·莫里斯冷静地接受了所有的事情，勇敢地接受了，冒险地接受了。因为不能吸烟，他切下很大一块烟草嚼了起来。至于范海辛，他很坚定，先是从包里取出了一块薄薄的像威化饼干的东西，很仔细地用餐巾纸卷好了。然后，他又抓出两把白色的东西，像是生面团或者灰泥。他将类似威化饼的东西弄碎，揉进白色的东西，然后搓成小条，把它们塞在门之间的缝隙里。我有点被这个搞迷糊了，靠过去问他这是在做什么。亚瑟和昆西也凑过来了，因为他们也很好奇。

他回答道："我在封闭坟墓，这样，不死的人就进不去了。"

"你塞在那里的东西，可以做到这件事吗？"

"是的。"

"你用的是什么东西？"这一次是亚瑟在问。范海辛尊敬地举起帽子回答道："圣饼，我从阿姆斯特丹带来的。我信教。"

这是最让我们的质疑害怕的答案了，我们都觉得教授的目的是那么真诚，是一个能够让他使用最神圣的东西的目的，这让我们不可能不相信。我们充满敬意地沉默着，走到坟墓周围我们被分配的地方躲藏起来，以免被任何人发现。我很同情另外几个人，尤其是亚瑟。我上一次已经经历过了这种恐怖，可是就在一小时之前，还在怀疑这件事的真实性的我，此时的心已经沉了下去。坟墓从没像现在这样显得鬼一样的苍白。丝柏、紫杉和红松，从没像现在这样，如同葬礼上黑暗的化身；草丛不祥地沙沙地响着；树枝神秘的吱吱嘎嘎地响着；远处的狗叫声更像在黑夜里传送着一种不祥的预兆。

又是很长一段时间的沉默、痛苦、空虚，然后是教授急切地发出的咝咝声。朝着他所指的方向，在小路的远处，我们看到一个白色人影在前进，一个朦胧的白色人影，怀里抱着一个黑东西。人影停住了，在明亮的月光下，现出了一个让人吃惊的黑头发的女人，穿着尸衣。我们看不见她的脸，因为她正伏在看上去是一个金色头发的孩子身上。有一阵停顿和一阵尖厉的叫声，就像一个孩子在睡觉时发出的，或是像一条狗躺在壁炉旁边做梦时发出的。我们开始向前走，但是教授站在一棵紫杉树后面，给了我们一个警告的手势，让我们后退。此时，白色人影又开始向前移动了。现在足够让我们看得清了，月光也还在。我的心脏变得冰冷，我能听见亚瑟的喘气声，因为我们认出了露西·韦斯顿拉的身影。是露西·韦斯顿拉，但是已经变了。甜美变成了无情和残酷，纯洁变成了放纵和淫逸。

范海辛走出来了，根据他的手势，我们也向前走。我们四个人在坟墓前站成了一排。范海辛点燃了灯并举起来。通过落在露西脸上的集中的灯光，我们看见她的嘴唇上都是鲜血，血顺着她的下巴向下滴着，玷污了她的麻布尸衣。

我们害怕地颤抖着。我能通过颤抖的灯光看出，连范海辛坚强的神经也受不了了。亚瑟就在我旁边，要不是我抓住他的胳膊支撑着他，他就晕倒了。

当露西——我把在我们面前的这个东西叫作露西，是因为她们长得一样——看见我们时，她后退了，愤怒地咆哮着，就像一只猫无意中发出来的声音，然后，她的目光在我们之间徘徊。露西的眼睛还是那个形状和颜色，却没有我们熟悉的那种纯洁和柔和，它们不再纯净，充满地狱的火焰。就在那时，我残留的爱转变成了憎恨和厌恶。如果能在那时把她杀了，我会毫不犹豫，并且会高兴地动手。她看着我们，眼睛闪着邪恶的光，脸被淫荡的微笑所扭曲。上帝啊，看到这些我是在怎样地颤抖！突然，她躺在地上，像魔鬼一样无情地对着那个她至今都紧紧抱在胸前的孩子咆哮着，像是一条狗对着骨头咆哮。孩子发出刺耳的哭声，躺在那里呻吟。这个举动是那么的冷血，亚瑟呻吟了一下。当她伸出手，淫荡地笑着走向他时，他捂着脸向后退缩着。

她仍然在向前走，淫荡地笑着，说道："过来，亚瑟。离开他们到我这儿来。我的手臂在等着你，来，我们可以一起休息，来，我的丈夫，来！"

她的语调里带着邪恶的甜蜜，像是敲击玻璃的声音，甚至也穿过我们的脑子，虽然这些话不是说给我们听的。

至于亚瑟，他像是中了邪，将手从脸上拿下来，张开了双臂，她跳向他的怀抱，这时范海辛跳上前去，站在中间，举起他的金色小十字架。她退缩了，脸突然地扭曲起来，充满愤怒，猛冲过去，好像想要进到坟墓里去。

然而，在离门一英尺左右的地方，她停住了，好像被什么不可抗拒的力量俘获了。然后她转身，她的脸在灯和月光下看得很清楚，不再因为范海辛的勇敢而颤抖。我从没看见过这样一张充满着挫折和怨恨的脸，我也相信，不会再有活人的眼睛看到这样的一张脸。漂亮的脸色变得铁青，眼睛好像要迸发出地狱之火的火星，眉毛拧在一起，好像美杜莎的一团蛇，那张可爱的血腥的嘴大张着，就好像希腊人和日本人的面具。如果有一张脸代表死亡，如果目光也能杀人的话，那么我们现在看到的就是这样一张脸。

这样整整一分钟后，感觉像是永恒，她站在十字架和自己的坟墓之间。

范海辛打破沉默，问亚瑟："回答我，我的朋友！我可以执行我的工作了吗？"

"做你想做的，朋友，做你想做的。不会再有比这更可怕的了。"他的灵魂都在呻吟。

昆西和我同时走向他，抓住了他的胳膊。我能听见范海辛熄灯的声音，他走近坟墓，开始把自己放在缝隙里的东西去掉。当他向后一站，我们吃惊地看到，那个女人，有着和我们一样的肉身，却通过那个就连刀片也难以插入的缝隙进去了。当我们看见教授又把那些东西塞回了门缝时，都高兴地松了口气。

当做完了这一切时，他抱起孩子说道："过来，我的朋友们。我们在明天之前还能做很多事情。中午有一个葬礼，所以在那之后我们都要回来。死者的家属在两点之前就会都离开，等教堂司事锁上门，我们就可以待在这儿了。

然后有很多要做的事情，但不是今天晚上要做的这种。至于这个小家伙，他没受太大伤害，在明天晚上之前他会变好的。我们应该把他放在警察能找到的地方，就像那晚一样，然后回家。"

他走近亚瑟，说道："我的朋友亚瑟，你已经经历了痛苦的考验，但是在这之后，当你再回首时，你就会知道这有多必要。你现在就在苦水里，我的孩子，上帝保佑，在明天的这个时候，就会熬过去了，并且会尝到甘甜，所以不要太伤心。直到那时我都不会要求你原谅我的。"

亚瑟、昆西还有我一起回家了，我们在路上试着让对方高兴起来。我们把孩子放在了安全的地方，非常疲倦。所以我们都睡着了。

9 月 29 日晚间

快到 12 点时，我们三个人，亚瑟、昆西·莫里斯和我，去见了教授。奇怪的是我们不约而同地都穿了黑色的衣服。当然，亚瑟穿黑衣服是因为他正在哀悼中，但是我们其他的人是凭直觉穿了黑色。我们在 1 点半钟到达了墓地，四处转悠，避免被别人发现，这样当掘墓人完成了他们的任务，教堂司事已经确认所有人都走了，锁上了门之后，我们就可以进去了。范海辛没有带他的那个小黑包，而带了一个长长的皮包，有点像板球包，看起来很沉。

我们听着最后的脚步声消失在远方，静静地跟着范海辛到了坟墓。他打开门，我们走了进去，关上了门。然后，他从包里取出灯，点燃它，还有两根蜡烛，他点燃了以后，将它们的尾端融化，固定在了其他的棺材上，这样光线就充足了。当他打开露西的棺材盖子时，我们都向里面看去，亚瑟像白杨树一样颤抖着，我们看见尸体躺在里面，容颜依旧。然而，我的心里已经没有爱了，而是憎恨这个可恶的东西占据了露西的身体。我甚至看见亚瑟的脸在看着她时也很严肃，他对范海辛说道："这真的是露西的身体，还是一个魔鬼，长着她的样子？"

"这是她的身体，但又不是。不过等一会儿，你会见到真正的她。"

她躺在那里，看起来就像是露西的一个噩梦，尖尖的牙齿，血腥的、肉欲的嘴唇，让人不寒而栗，她的肉欲的、没有灵魂的外表，看起来就像是对露西的纯洁的可怕嘲笑。范海辛像往常一样，有条不紊地开始从包里取出各种工具，把它们摆好待用。他先取出了一块焊锡，拿出了一盏油灯，把它点燃放在角落，它散发出的气体剧烈地燃烧着，发出蓝色的火焰。还有他的手术刀，最后是一根木头圆桩，有两三英寸那么粗，三英尺那么高。其中一端已经用火烧焦了，被削得很尖，还有一把锤子。对于我来说，医生的准备工作让我刺激和振奋，但是这些东西却让亚瑟和昆西感到害怕。然而，他们两个鼓起勇气，保持着沉默。

　　等一切都准备妥当，范海辛说道："在我们做任何事之前，让我告诉你们。这是在那些前人们——研究过不死人的力量的人——的知识和经验以外的。当他们变成这样，对不死人的诅咒就会发生变化。他们不会死，而是年复一年地增加新的受害者和世界上的邪恶力量。所有的受害者都会变成不死的人，然后继续捕获自己的同胞。所以这个圈子越来越大，就像是石头扔进水里形成的涟漪。亚瑟，如果你在露西死之前得到了那个吻，或者是昨晚，当你为她张开双臂的话，那么等你死后，就会变成诺斯夫拉图——他们在东欧这样叫吸血鬼，然后会不停地制造这种让我们都害怕的不死人。这位小姐的吸血鬼生涯才刚刚开始。那些被她吸过血的小孩还不算太多，但如果一直这样下去，更多的人会失掉他们的血，并在她的召唤下来到她身边，然后她就用她那张邪恶的嘴巴吸他们的血。但如果她真真正正地死了，一切都会停止。喉咙上的小伤口会消失，然后他们就会对此毫无知觉地继续玩耍。但最幸运的是，当这个不死的人真正死的时候，我们爱着的小姐的灵魂就会重新获得自由。她就不会再在夜里干邪恶的事，一天天地堕落下去；而是会和那些天使们在一起。所以，她会感激那只把她的灵魂解放的手。我愿意这样做，但是我们之间是否有一个人更有权利这样做呢？当他晚上睡不着的时候，他想着'是我的手让她升入了天堂'，难道这不是一种快乐吗？这只能是最爱她的人亲自下手，如果她可以选择的话，她也会选择那只手的。告诉我，我们之间有这样一个人吗？"

　　我们都看着亚瑟。他也看出了我们的好意，提议应该由他的手将露西变成大家神圣的回忆。虽然他的手颤抖着，脸像雪一样苍白，但他还是勇敢地走上前说道："我的朋友，从我受伤的心的最深处，我感谢你。告诉我该怎么做，我不会犹豫的！"

　　范海辛将手放在他的肩膀上，说道："勇敢的小伙子，只需要一刹那的勇气，就可以完成了。这根桩子必须刺穿她，这是个严峻的考验，不要被它吓倒，只需很短的时间，你就会有比现在的悲痛更多的快乐。你会像脚踩着云一样从这个坟墓里走出来。但是你一旦开始，就不能犹豫。只要想着，你的真正的朋友，我们会在你的周围，我们一直为你祈祷。"

"请继续，"亚瑟嘶哑地说，"告诉我该怎么做。"

"左手拿着桩子，把它放在心脏的位置；右手拿着锤子，然后我们会为死者祈祷，我这里有书，我会读它，其他人跟我一起读，以上帝的名义刺进去，这样我们的死者就会回来，不死的人就会消失。"亚瑟拿起了桩子和锤子，在他下定了决心后，他的手就一点儿也不颤抖了。范海辛打开他的弥撒书开始读起来，我和昆西尽我们所能地跟着一起读。

亚瑟对准心脏，我能看见白肉上的凹痕，然后他用尽全力刺了进去。

棺材里的这个东西蠕动着，一声可怕的、能让血液凝固的尖叫声从她的嘴里发出，身体剧烈地颤抖和扭动着。牙齿紧咬着，直到嘴唇都被咬烂，嘴上沾染着深红色的泡沫。但是亚瑟没有犹豫，当他的手臂抬起和下落的时候，他就像是一个雷神，将桩子越刺越深，这时血液从刺穿的心脏里喷涌而出。他的脸很坚定，散发着使命感的光芒。这样的情景给了我们勇气，我们的声音回响在坟墓里。

然后，她的身体不再挣扎，咬牙切齿，脸部抽搐，最后她安静了。可怕的任务结束了。

锤子从亚瑟的手中滑落。要不是我们扶住他，他就会晕倒过去。他的额头上冒出了大颗的汗珠，他大口地喘着气。这对于他来说真是可怕的压力，如果不是被人类的关怀所强迫，他肯定挺不过来。好几分钟我们都在照顾他，没有注意到棺材里面。当我们去看棺材时，互相惊讶地低语着。我们如此热切地注视着，亚瑟从地上站起来也过来看，他的脸上出现一丝兴奋，驱散了以往所有的恐惧。

那里躺着的不再是我们都憎恨的可怕的东西，而是我们曾经看到的露西，脸上洋溢着无比的甜蜜和纯洁，就像我们原来看到过的那些，关切和痛苦的痕迹。但是这些对我们都很珍贵，因为这才是我们所知道的真正的她。我们都感觉到，神圣的宁静像明媚的阳光一样照在她那张死去的脸上。

范海辛将手放在亚瑟的肩膀上，对他说："现在，我的朋友，好孩子，我能被原谅了吗？"

他拉住教授的手，将它放在嘴唇上，亲吻了一下，说道："原谅了！上帝保佑你，你又把我最亲爱的人的灵魂还给了她，也给了我安宁。"

他将双手放在教授的肩膀上，头靠在他的怀里，默默地哭了一阵子，而我们站在那里不动。

当他抬起头，范海辛对他说："现在，我的孩子，你可以吻她了。如果你愿意的话，也可以亲吻她的嘴唇，因为如果让她选择，她会选择这里的。她现在不再是一个魔鬼了，不再是一个永恒的卑劣的东西，她不再是不死的人。她是上帝的真正的死者，她的灵魂在上帝那里！"

亚瑟伏上去亲吻了她，然后我们把他和昆西都送出了坟墓。教授和我把桩子的末端锯下来，把尖端留在她的身体里。然后我们砍下了她的头，在嘴里装满大蒜。我们焊上铅质棺材，合上盖子，收起我们的东西，离开了。教授锁好门，把钥匙给了亚瑟。

外面的空气是甜美的，阳光普照大地，小鸟唱着歌，仿佛整个世界都变了，到处都是喜悦、欢笑和宁静。因为我们已经完成了一个任务，我们很高兴，虽然这是一种温和的喜悦。

在我们走之前，范海辛说道："现在，我的朋友，我们的第一步完成了，对于我们来说这是最痛苦的一步。但是还有一项更艰巨的任务，我们要找到所有这些悲惨事件的制造者，把他们踩在脚下。我已经有了线索，但是这是个漫长的过程，里面充满着危险和痛苦。你们都会来帮助我吗？我们已经学会了相互信任，不是吗？如果是这样，我们没有看见自己的责任吗？是的！难道我们不会发誓走到最后吗？"

我们轮流握住他的手，作出了保证。我们一边走着，范海辛一边说道："两天之后早上 7 点钟，我们一起和约翰吃饭，我向你们介绍另外两个人。你们还不知道他们，我会告诉你们所有的工作和计划。约翰，你和我一起回家，因为我要和你讨论很多问题，你能帮助我。今晚我回阿姆斯特丹，明天晚上再回来，然后就开始我们伟大的探索。但是一开始，我有很多要说的，这样你们就会知道该做什么和该怕什么；然后，我们再重新向对方保证。因为我们面临的是艰巨的任务，我们的脚一旦迈出去，就再也没有退路了。"

第十七章　西沃德医生的日记之继续

当我们到达伯克利酒店的时候，范海辛看到了一封给他的电报。

我坐火车来，乔纳森在惠特白。有重要的消息。

米娜·哈克

教授很高兴。"是那个善良的哈克夫人，"他说，"女人中的珍珠！她来了，但是我不能停留。她必须去你那里，约翰。你得去车站接她。立即发电报给她，这样她可以有所准备。"

电报发出去以后他喝了一杯茶。他告诉我乔纳森·哈克有一本在国外写的日记，给了我一份打印版本。"拿着它们，"他说，"好好读读。等我回来了，你就知道所有事情的真相了。这样我们就可以更好地开始。好好留着它们，因为它们很重要。你需要用到全部的忠诚，即使你今天已经经历过这样一个事件。这上面说的，"他将手放在日记上，说道，"可能会是你、我和许多人的末日的开始，或者会是横行在世界上的不死人的丧钟。把所有的都读了，我请你，用开明的心，如果你可以补充一些什么，就请做吧，因为它们都很重要。你已经记下了这些奇怪的事情，不是吗？是的！然后等我们见面的时候我们会把这些都放在一起讨论。"然后他很快走到了利物浦大街。我去了帕丁顿，在火车来之前的 15 分钟必须到达那里。

人群散开了，像是火车出发前的站台上经常发生的那样，我开始觉得不安，怕我会错失我的客人。这时一个甜美优雅的女孩向我走来，她很快看到了我并且说道："是西沃德医生吗？"

"你是哈克夫人！"我立刻回答道，这时她伸出了手。

"我从可怜的露西的信中知道了你，可是……"她突然停下来了，她的脸红了。

我的脸也红了，不知为什么这让我们都自在了一点儿，因为我和她心照不宣。我拿起她的行李，里面有一台打字机，我们坐地铁到了芬彻驰大街，之前我发了封电报给我的管家要他立即给哈克夫人准备一个起居室和一间卧室。

我们准点到达。当然她知道这是一家精神病院，但是我能看出她在进来的时候还是忍不住发抖。

她告诉我，如果可以的话，她想一会儿来我的书房，因为她有很多话要说。所以我一边等她一边在这里录下了我的留声日记。至今我还没有机会看一看范海辛留给我的那些文件，虽然它们就放在我面前，现在我得给她找点事做，这样我就有机会读日记了。她不知道时间有多宝贵，或者我们手上有怎样的一项任务。我必须小心不要吓到她。她来了！

米娜·哈克的日记

9 月 29 日

我在安顿下来以后，就去了西沃德医生的书房。在门前我停顿了一下，因为我觉得自己听见他在和什么人说话。因为他叫我快点，所以我敲了门，在听见他说"请进"以后，我进了房间。

让我吃惊的是，没有人和他在一起。他一个人，我认出在他对面的是一台留声机。我还从来没有见过留声机，所以很感兴趣。

"希望我没有让你久等，"我说道，"不过我在门口听见你说话，还以为有人和你在一起。"

"哦，"他微笑着回答道，"我只是在录我的日记。"

"你的日记？"我吃惊地问他。

"是的，"他说道，"我用这个来录音。"他一边说着一边把手放在留声机上面。我很感兴趣问他："这比速记文字还好！我能听听它发出的声音吗？"

"当然了。"他欣然接受，站起来要把它打开。但是他突然停住了，露出为难的表情。

"事实上，"他结结巴巴地说，"我只在里面记日记，所以它整个都是，几乎整个都是关于我的病人的，这可能不太好，我的意思是……"他完全停住不说了。

我尽力使他不感到尴尬。"你一直都帮助照顾露西，直到最后一刻，请让我知道她是怎么死的，因为我想知道她的全部，我会很感激的，这对我非常非常重要。"

让我吃惊的是，他的脸上露出惊恐的表情，他回答道："告诉你她的死？根本不可能！"

"为什么不？"我问，一种沉重的、不详的感觉涌上我的心头。

他又停住了，我能看出他正在编造借口。最后，他结结巴巴地说："看，我不知道怎么选出我日记中的一段。"

即使在说着一个自己不理解的问题，他都会表现出无意识的天真，用一种不同的声音，有时像孩子一样的质朴："这是真的，我保证。"

我只能苦笑了，对此他做了鬼脸，"我露馅儿了！"他说，"但是你知道吗，虽然我已经记了几个月的日记，却从来没想过我怎么样才能找出其中特定的一段，以便我想查看它。"

这时我已经确认，这位照顾过露西的医生的日记可能会增加我对可怜的露西的了解，于是我大胆地说："那么，西沃德医生，你最好让我用打字机把你的日记打出来。"

他的脸变得惨白，说道："不！不！不！一定不能。我不会让你知道这个可怕的故事的！"

一切都变得很糟了，我的直觉是对的！我想了一会儿，目光在屋里游走，想找到一些能帮助我的东西，我看到了桌上放着的一堆打印出的文件，他一直盯着我，不假思索地顺着我的视线看过去。当他看见了那些文件时，他明白了我的意思。

"你不了解我，"我说，"等你读过那些东西——我自己的日记和我丈夫的，是我打出来的，你会更了解我。我不怕袒露我的任何想法。当然，你还不了解我，到现在为止我还不能指望你信任我。"

显然他是一个高尚的人，可怜的露西没看错他。他站起来打开一个大抽屉，里面整齐地摆放着许多覆盖着黑蜡的金属唱片。

他说："你说得很对。我不相信你是因为我不了解你。但是我现在了解你了，让我告诉你——我本应该很早以前就了解你的。我知道露西跟你提起过我。她也向我提起过你，我可以补偿吗？拿走这些唱片听听它们。前一沓是我私人的，不会吓住你，你会更了解我。一直到晚饭做好之前，我会读这些文件，为了弄清楚一些事情。"

他将留声机搬到我的起居室，为我调整了一下。我将会知道一些有趣的事情，我确定。因为它会告诉我一个真实的浪漫故事的一半，它的另一半我已经知道了。

西沃德医生的日记

9 月 29 日

我完全被乔纳森·哈克和他妻子的日记所吸引了，我一直读着，甚至来不及思考。当女仆通知开饭时，哈克夫人不在楼下，所以我说："她可能累了。再等一小时吧。"我又继续开始读。当哈克夫人进来的时候，我刚刚读完她的日记，她看起来很漂亮，但是很伤心，眼睛湿润了。不知何故这让我很感动。最近我有落泪的理由，上帝知道！但是我已经感到安慰了，现在这对温柔地闪着泪光的眼睛又深入了我的心里。所以我尽量温柔地对她说："我恐怕让你伤心了。"

"哦，不，没有让我伤心，"她回答道，"但是我被你的悲伤感动了，这是个很好的机器，但是里面全是残酷的事实。它告诉了我你内心的愤怒，就像一个心灵在向万能的上帝哭诉。绝不能有人再听到这些话了！看，我试着做点有用的事情。我已经把它们打出来了。"

"没人需要知道，也没人应该知道。"我低声说道。她将手放在我身上严肃地说："但是你必须让人知道！"

"必须！为什么？"我问道。

"因为这是悲惨的故事的一部分，露西的死和一切导致她死亡的原因的一部分。因为在对付魔鬼的斗争中，我们必须找到一切可能的线索和帮助。我觉得那些圆桶里包含的内容比你想要我知道的东西还要多。我能看见你的日记里有很多能解开这个黑暗秘密的东西。你会让我帮助你的，不是吗？在一定程度上我什么都知道，虽然你的日记只到 9 月 7 日，我已经知道可怜的露西是如何被疾病所困扰的，还有她悲惨的命运是如何造成的。自从范海辛教授见过我们后，我和乔纳森就夜以继日地工作。他已经到惠特白去采集更多的信息了，他明天会来这里帮助我们。我们之间不需要有秘密！并肩作战，彼此完全的信任，我们会更强大。"

　　她用充满恳求的眼睛看着我，同时她透露出如此坚强的勇气和决心，我立即同意了。"你应该，"我说，"在这件事中做你想做的。上帝原谅我，如果我做错了什么！还有一些糟糕的事情我们不知道。如果你已经在探究露西死因的道路上走了这么远，我知道你不会满足于仍然处在黑暗中。然而，最后，最最后，我们找到的答案会给你带来安宁。来吧，晚饭准备好了。为了我们面临的任务我们必须保持健康。我们有一项残酷和可怕的任务。等你吃完晚饭，你应该知道其他的东西。我会回答你的所有问题，如果有你不明白的地方的话——虽然我们都知道某人的存在。"

米娜·哈克的日记

9 月 29 日

　　吃过晚饭后我跟着西沃德医生到了他的书房。他取回了留声机，我搬来一张椅子，放上留声机——这样不用站起来就能够到它了。他告诉我万一我想暂停应该怎么做，然后他非常细心地搬来一张椅子，背对着我开始读起来，这样我就可以觉得自在一点儿，我把这个金属设备凑近自己的耳朵听起来。

　　当我知道了关于露西死去的悲惨故事和后面发生的事情，我无力地瘫在椅子上。幸运的是我不经常会晕倒。当西沃德医生看见我时，他惊叫着从椅子上跳起来，然后从壁橱里取出一个酒瓶，给我喝了一些白兰地，这在几分钟内确实让我的精神振作了一点儿。我的脑子很晕，只有当知道了露西最终获得了安息时，我才稍微宽心。这一切都太残忍和神秘了，如果不是我已经知道了乔纳森在特兰西法尼亚的经历，我是绝对不会相信的。虽然是这样，我不知道该相信什么，所以要通过照顾别人来解脱自己。我去掉打字机上的罩子，对西沃德医生说道：

"让我把它们打出来吧。在范海辛医生来之前我必须准备好。我已经发了电报给乔纳森，让他从惠特白回到伦敦后来这里。现在时间就是一切，我觉得如果我们把所有的材料准备好，把所有的事件按照时间顺序排列，会帮助我们弄清楚事情的真相。"

"你告诉我高达尔明勋爵和莫里斯先生也会来。等他们来我们可以告诉他们。"

于是他把留声机放在低处，我从这17张唱片的第一个开始打，我用了复写器，这样就可以有三个副本，就像我对剩下的一部分做的那样。当我工作时已经很晚了，但是西沃德医生依然去巡视病人了。当他工作结束了以后，回来坐在我身边，开始阅读，这样我在工作时就不会觉得太孤单了。他是多么善良和细心啊！世界上好像充满了好人，即使里面有一个魔鬼。

在我离开他之前，我想起了乔纳森在自己的日记中写道，教授在埃克斯特火车站读到一张晚报里的什么东西时惊慌的情形，所以当看到西沃德医生留着他的报纸时，我就借了《西明斯特公报》和《保尔摩儿公报》带到了我的房间。我还记得《日报》和《惠特白公报》对我们了解伯爵登陆时发生在惠特白的可怕事件有多大帮助，我已经把它们剪下来了，所以我要把从那以后的晚报都读了，也许会发现一些新的线索。我不困，工作会让我保持平静。

西沃德医生的日记

9月30日

哈克先生在9点钟到达。他在出发前收到了他妻子的电报。他聪明，活力充沛。如果他的日记是真实的，根据我的经验，他一定是个坚强的人。两次进入那个教堂的坟墓是一件非常恐怖的事情。在读了他的记录以后，我准备着见到这位优秀的男人，但不是今天来的这位安静的生意人。

过了一会儿

午餐过后，哈克和他的妻子回到了他们的房间，我刚才经过时听见了打字机的声音。他们很努力。哈克夫人说要按照时间顺序把所有的事情都连接起来。哈克得到了在惠特白的箱子的收货人和伦敦的运货人之间的通信。他现在正在读他妻子打出来的我的日记。不知道他们得到了什么。这时……

奇怪的是我从没想过隔壁的房子就会是伯爵的藏身之地！天晓得我们已经从我的病人仑费尔德那里得到了足够的线索！那一些关于房子购买的信有了副本。唉，要是我们早点认识他们，我们就能挽救可怜的露西了！停下来！不要再发疯了！哈克已经回去了，还在收集资料。他说在午餐之前他们就可以得到所有相关的法律文件。他认为我们应该观察仑费尔德，因为迄今为止他就像一个伯爵来去的标志。我还不能证实，但是当我看到了日期可能就会。哈克夫人把我的日记打出来是件多好的事情啊！否则我们永远都不会发现这些线索了。

我看见仑费尔德安静地坐在他的房间里，两手交叉，温和地微笑着。这个时候他就像我见到的其他人一样神志清醒。我坐下跟他讨论了很多问题。他很自然地回答着每个问题。这时他说起了回家，这是一个他在我这里居住期间从来没有提到过的话题。实际上，他非常坚决地要我放他走。我相信要不是我和哈克谈过，并且读过那些信和他发作的日期吻合的话，我就准备再观察一小段时间后就放他走人。即使是这样，我还是很疑惑。他的发作都和伯爵的接近有关联，那么这其中隐含着什么呢？会不会是他的本能因为吸血鬼的最终胜利得到了满足？等一等——他是食肉狂，当他在那所废弃的老教堂的门外说胡话时，他总是提到"主人"，这些好像都证明了我们的想法。不过，过了一会儿我就走了，我的朋友现在过于清醒，用问题来窥探他想法的话会有危险。

他也许会开始思考，那样的话……所以我离开了。我不相信他有这样平静的心情，所以我让值班员严密监视他，把紧身背心准备好以备不时之需。

乔纳森·哈克的日记

9 月 29 日

在去伦敦的火车上，当我收到比灵顿先生的礼貌的来信，说愿意给我一切信息时，我想最好还是去惠特白，到那个事发地点问一些我想问的问题。

现在我的目标是追踪伯爵的那辆恐怖的马车一直到他在伦敦的房子，以后我们也许可以对付他。小比灵顿，一个很好的小伙子，在车站见了我，把我带到他父亲的房子，他们觉得我必须在那里过夜，他们非常好客，真正的约克郡的好客传统，把一切都让给客人，让客人做一切想做的事情。他们都知道我很忙，我不会停留太长时间，比灵顿先生已经在办公室准备好了所有关于箱子的委托事宜的文件。令我吃惊的是，我又看见了在知道伯爵的邪恶计划之前在他的桌子上看到的一封信。一切都经过了周密的策划，被有条理并且精心地实施着。他好像已经为在实施计划的道路上可能遇到的一切障碍都作好了准备。他已经做到"万无一失"，他的指示被精确地完成，这是他的计划合理的结果。我看见了发票，抄了下来，"50 箱普通的泥土，实验目的"，还得到了给卡特·帕特森的信和他的回复副本，这就是比灵顿先生所能给我的全部信息了，于是我去了海港的海岸警卫队，见了海关关员和海港的负责人，他们非常好心地让我联系上了接收这些箱子的那个人，他们的记录和单子上的一样，除了简单地描述"50 箱普通泥土"以外没有再说别的了，还说箱子很沉，运送它们是很枯燥的工作。

9 月 30 日

站长人很好，他替我向他的老伙计——国王十字火车站的站长打了招呼，这样当我早上到那里时，我就可以问站长关于到达那里的箱子的事情了。他也立即把我介绍给了有关的官员，我看见他们的记录也对应上了原始的发票。得到一个特殊信息的希望到此中止了。无论如何，已经合理地利用了它们，我又不得不用适合的方法处理结果。

从那里我去了卡特·帕特森的中心办公室，他们对我以礼相待。他们在日志和信件簿里找到了这笔交易，并立即打电话到他们在国王十字的办公室问了更多的细节。幸运的是，那个工作组的人正在等待分配工作，官员立即叫他们过来，让他们其中一个人带来了账单和所有关于运送箱子到卡尔法克斯的文件。我再次看到理货单对应上了。运送人的手下对缺乏的文字又作了一点细节的补充。

我很快发现这些补充的内容只是和这件工作的又脏又累的性质有关，于是最后的希望寄托在了操作者身上。

其中的一个人说，房子很老，然而那个教堂看起来很恐怖。如果我去过那所房子，我就会相信他的。

有一件事情我现在满意了。所有这些被迪米特号从瓦尔纳运到惠特白的箱子，都被安全地放在了卡尔法克斯的老教堂里。应该有 50 个箱子，除非被移走了，因为根据西沃德医生的日记恐怕会是这样的。

过了一会儿

米娜和我工作了一整天，我们把所有的文件都整理好了。

米娜·哈克的日记

9 月 30 日

我很高兴，几乎控制不了自己。我猜，这是因为曾经萦绕在我心头的恐惧的反应，我怕这件可怕的事情和揭开他的老伤口会对他造成不利的影响。我看见他在去惠特白之前那一张果敢的脸，但是我很不安。无论如何，这些努力都对他有好处。他从来没有像现在这样坚定，从来没有这么强壮，从来没有这么精力充沛。这就像是那个亲爱的范海辛教授所说的，他有真正的勇气，他证明了适者生存。他回来时充满了生命、希望和决心。我们为了今晚已经把一切都安排好了，我感觉自己异常兴奋。我猜想会有人同情伯爵这个受到围捕的人，这个家伙就是他自己。他根本不是人类，甚至不是野兽。读了西沃德医生对露西的死的描述，还有后面发生的事情，已经足够让一个人心里所有的同情一扫而空了。

过了一会儿

高达尔明勋爵和莫里斯先生到的比我们想的要早。西沃德医生出去办事了，也带走了乔纳森，所以必须由我来见他们。这对我来说是一次痛苦的见面，因为它带来了可怜的露西本应该在几个月之前就应该得到的希望。当然他们听露西提过我，而且从莫里斯先生所说的来看，似乎范海辛教授也已经"大力宣传"了我。可怜的人们，他们没有意识到我知道所有关于他们向露西求婚的事情。他们不知道要说什么或者做什么，因为他们不如我知道得这么多，所以他们一直在谈着一些无关紧要的事情。无论如何，那一切都结束了，我认为还是和他们讨论最紧要的事情为好。我从西沃德医生的日记中得知他们在露西去世时都在场，如果她真正地去世的话，我就不用担心会泄露什么秘密了。所以我尽自己所能告诉他们，我已经读了所有的文件和日记，我的丈夫和我已经把它们打出来了，刚刚把它们整理好。我给他们一人一个副本，让他们在书房里读。高达尔明勋爵得到他的副本，在手里翻转着看，他说："都是你打出来的吗，哈克夫人？"

我点点头，他继续说："我没有太掌握它的要点，但是你们是那么善良，如此诚挚和热情地做着工作，我能做的就是接受你们的看法并且尽量帮上忙，我刚刚吸取了教训，接受了一个让人在他生命的最后一刻都会保持谦虚的事实。而且，我知道你爱露西……"

这时他转过头去捂住自己的脸。我能从他的声音中听出眼泪。莫里斯先生因为生来体贴他人的性格，只是将手放在他的肩膀上一会儿，就静静地走出了房间。我猜是女人的天性让一个男人能够轻易地在她面前失去控制，显示出自己柔弱和感性的一面，而不会觉得有损男子气概。因为当高达尔明勋爵发现自己单独和我在一起时，他坐在了一个沙发上，情感完全失去了控制。我坐在他身边握住了他的手。他是一位真正的绅士，因为我能看出来他的心都碎了，我对他说："我爱露西，我也知道她对你意味着什么，你对她意味着什么。她和我情同姐妹，现在她走了，你能让我做你的姐妹，分享你的痛苦吗？我知道你是怎样的悲痛，虽然我不能测量它们。如果同情和怜悯能够帮助你度过不幸，你会让我帮这个忙吗，为了露西？"

就在一刹那，这个可怜的人被悲伤压倒了，就好像最近他所默默遭受的一切痛苦都找到了出口。他变得歇斯底里，举起双手击着掌，站起来又坐下，泪如雨下。我无限同情他，不假思索地抱着他。他啜泣着靠着我的肩膀，像一个孩子一样大哭着，他的身体由于激动而颤抖着。

我们女人有一种母性，当其被激发时就能让我们站在所有事情之上。我感觉到这个悲伤的男人的头靠在我身上，就像是一个某天会躺在我怀里的婴儿，我摸着他的头发就好像他是我的孩子。我从没有这么奇怪的想法。

过了一小会儿，他停止了哭泣，抱歉着坐起来。虽然他并没有伪装自己的感情。他告诉我在那些日日夜夜里，疲劳的白天和无眠的夜晚，他没能同任何人讲，当一个男人必须把自己的悲痛说出来的时候。没有女人可以同情他，也没有女人可以让他自由地讲话，包围着他的是悲痛和恶劣的环境。

"现在我知道自己有多受伤了，"他一边擦干眼泪一边说，"但是我还不知道，别人也不会知道，你今天对我有多么同情，我会及时地知道的，并且相信我，虽然我现在并不是不感激，但是我的感激会随着我的理解一起增加的。请你让我像一个兄弟一样，为了我们所有人，为了露西，你会吗？"

"为了亲爱的露西，"当我们握紧双手时，我说，"也为了你自己。"他补充道："因为如果一个男人的尊敬和感激值得拥有的话，你今天已经赢得了我的尊敬和感激。如果以后你需要一个男人的帮助，相信我，你叫我是不会白费工夫的。上帝保证不会破坏你生命中的阳光，但是如果发生了什么，向我保证你会让我知道。"

他是那么诚恳，他的悲伤是那么真切，我想这样会安慰他，于是我说道："我保证。"

我沿着走廊走时，看见莫里斯先生看着窗外。他听见我的脚步声转过头来，"亚瑟怎么样了？"他说。然后注意到了我红红的眼睛，他继续说："噢，我看见你在安慰他。可怜的人！他需要安慰。只有女人可以帮助男人，当他的心受伤的时候，没有人能来安慰他。"

他如此勇敢地承受了自己的痛苦，我的心在为他流血。我看见了他手里的稿子，我知道当他读了它以后就会意识到我知道了多少了，于是我说道："我希望自己可以安慰所有心受伤的人。你可以让我做你的朋友吗？当你需要的时候，你会让我安慰你吗？你一会儿会知道为什么我会这样说。"

他看见我很真诚，就弯下腰，拿起我的手，举到他的嘴唇上亲吻了一下。这看起来就是对这样一个勇敢和无私的灵魂的安慰了。我冲动地上前亲吻了他。他的眼眶湿润了，喉咙哽咽了一会儿，他平静地说：

"小女孩，你永远都不会遇到后悔的事情。"然后他进了书房去找他的朋友。

"小女孩"！这是个他曾经用在露西身上的词，但是它证明了他是我的朋友。

第十八章　西沃德医生的日记之继续

9 月 30 日

　　我 5 点钟到的家。后来发现高达尔明和莫里斯不但已经到了，而且已经读过了各种日记和信笺的打印稿，哈克去拜访送货人的手下还没有回来，汉尼西医生已经写信给我了。哈克夫人给了我们一杯茶，我可以真诚地说，自从我第一次住在这里，这所老房子就好像家一样。我们喝完茶，哈克夫人说道：“西沃德医生，我能请你帮个忙吗？我想见见你的病人仑费尔德。请让我见他。你在日记里提到的关于他的事情让我很感兴趣！”

　　她看起来那么漂亮，吸引人，我不能拒绝她，也没有理由拒绝，所以我把她带来了。当我走进房间，我告诉他有位女士想见他，对此他只是问道：“为什么？”

　　“她来看房子，想看看里面的每一个人。”我回答。

　　“哦，很好，”他说，“让她进来吧，但是等一分钟，让我把这地方收拾一下。”

　　他收拾房间的方法很奇特，就是在我阻止他之前，他把盒子里的所有苍蝇和蜘蛛全部吞掉。很显然他害怕了，或者是对一些干扰产生猜疑。当他伪装好以后，高兴地说：“让那位女士进来吧。”然后坐在床沿，低着头，但是抬起眼皮，这样当她进来时就可以看见她。有一刻我想他可能有杀人的念头，所以我站在立即可以抓住他的地方，如果他想扑向她的话。

　　她优雅地走进房间，这种优雅可以立刻唤起所有精神病人的尊敬，因为温厚是精神病人最尊敬的品格之一。她走向他，微笑着伸出手。

　　“晚上好，仑费尔德。”她说，“你看，我知道你，因为西沃德医生提起过你。”他没有立即回答，而是皱着眉上下打量着她。这样的表情变成了惊讶，又变成了怀疑，然后让我吃惊的是，他说："你不是医生想娶的那个女孩，是吗？你不会是的，你知道，因为她死了。"

哈克夫人甜甜地一笑，说："哦，不！我有自己的丈夫，在遇到西沃德医生之前我就已经嫁给他了。我是哈克夫人。"

"那你在这儿做什么？"

"我的丈夫和我来看望西沃德医生。"

"那么不要留在这儿。"

"为什么？"

我想这样的对话可能会让哈克夫人不高兴，即使是我也不会高兴的，于是我插话道："你怎么知道我想娶某个人？"

他的回答很轻蔑，停了一下，把目光从哈克夫人身上移向我，立刻又移回去："多愚蠢的问题啊！"

"我并不这么认为，仑费尔德先生。"哈克夫人立即维护我。

他礼貌而尊敬地回答她："当然，你会明白的，哈克夫人，当一个男人像我们的医生一样可爱并且受人尊敬，他的任何小事情都会被我们讨论的。西沃德医生不只对于他的家人和朋友是可爱的，甚至对于他的病人也是那样，他们其中的一些人并没有精神失常，只是善于曲解原因和效果。因为我自己是精神病院里的一个居民，我能注意到这里的一些居民趋向于犯诡辩的错误。"

我仔细地注意着这个新的发展。我自己的精神病人，我见过的他最决然的一次，用优雅绅士的方式，谈论基本的哲学。不知是不是哈克夫人的在场触动了他的心弦。如果这种现象是自发的，是由于她无意的影响，那她一定是有某种罕见的天赋或是力量。

我们继续谈了一会儿，因为看到他好像比较理智，她一开始先带着疑问地看了看我，然后冒险地将他引到他最喜欢的话题上。我再次惊讶了，因为他神志清醒地无偏见地发表了对这个问题的看法，他甚至在谈到一些事情时将自己作为例子：

"我自己就是一个有奇怪信念的人的例子。确实，我的朋友很警觉，坚持要我受控制，我曾经想象生命是一个正面的永恒的实体，通过消灭许多生物，无论这个生物的规模有多小，一个人可以无限地延长生命。我曾经那么坚持这个信仰，实际上我尝试杀人。这位医生可以证明，有一次我要杀了他，为了增强我的生命力，通过他的血作为媒介来吸取他的生命到我自己体内，当然是根据《圣经》上的句子：'因为血液就是生命。'不是吗，医生？"

我点了点头，因为我太惊讶了，几乎不知道说什么，很难想象我看见他在五分钟之前吃掉了蜘蛛和苍蝇。我看了看表，发现自己要去车站接范海辛了，于是告诉哈克夫人是时候走了。

她高兴地跟仑费尔德说："再见，我希望能经常见到你。"

让我吃惊的是，他对此回答道："再见，亲爱的。我恳请上帝不要让我再见到你那可爱的脸了。愿他保佑你！"

当我去车站接范海辛的时候，我留这些可怜的男孩们在家里。亚瑟看起来高兴一点儿了，昆西比几天前更像是快乐的自己。

范海辛像一个男孩一样敏捷地走下车厢。他立刻看到了我，冲向我，说道："哈，约翰，最近怎么样？还好吗？我一直很忙，但是如果需要的话，我会留在这里。我都处理好了，有很多话要说。哈克夫人和你在一起吗？是的。他的好丈夫呢？还有亚瑟和昆西，他们都和你在一起吗？好的！"

当我们的马车向我的房子驶去的时候，我告诉他发生的事情，还有我的日记是如何通过哈克夫人的帮助变得有用的，这时教授打断了我：

"哈，那个可爱的哈克夫人！她有着男人的头脑和女人的心。上帝因为一些原因设计出了她，相信我，她作了如此美妙的结合。约翰，至今我们都该庆幸让这女人帮助了我们，但是过了今晚，她不能再和这件可怕的事情有任何关系。她冒这么大的风险不好。我们男人决心已下，难道我们没有发誓消灭这个魔鬼吗？但是这不关女人的事情。即使没有受到伤害，也会遭受到恐惧。另外，她这么年轻，刚结婚不久，有时也有其他事情要考虑，如果不是现在的话。你告诉我她把所有的东西都打出来了，那么她必须和我们一起商量，但是明天她要和这项工作说再见，我们独自上路。"

我完全同意他的说法，然后告诉他我们一直不知道德古拉买的房子就是我自己家旁边的那一所。他吃惊了，脸上露出难过的神情。

"要是我们早点知道，"他说，"那时我们就可以及时地捉住他，挽救可怜的露西了。无论如何，就像你们说的，'不要为打翻的牛奶哭泣'。我们不要再想它了，而是要一直走我们的路直到终点。"之后他一直沉默，直到进了大门。在我们准备晚饭之前，他对哈克夫人说："我的朋友约翰告诉我，你和你的丈夫已经把直到现在发生的所有事情按顺序排好了？"

"不是直到现在，教授，"她冲动地说，"直到今天早上。"

"为什么不是直到现在？我们至今已经知道了小事会有多大的帮助。我们都已经说出了自己的秘密。"

哈克夫人开始脸红，从口袋拿出一张纸，说道："范海辛医生，你读读这个，告诉我它算不算数。这是我今天的记录，我也觉得有必要记下现在所有的事，无论多琐碎，但是这里面没有什么，除了一些私人的东西。它算数吗？"

教授认真地读了，交还给她，说道："如果你不希望的话，它就没必要算数，但是我希望它可以。它会让你的丈夫更爱你，还有我们，你的朋友，更以你为荣，同时更尊敬和爱你。"

她收回它，一阵脸红和微笑。

于是现在，直到此刻，我们手里的所有记录都已经完备和整理好了。教授拿走一个副本作研究，这是在吃过饭后，在我们9点的会面之前。我们其他人已经都读过了，所以当我们在书房开会的时候，我们就都知道事实，就可以制订我们的计划来与这个可怕和神秘的敌人作战了。

米娜·哈克的日记

9月30日

当我们在6点钟的晚饭后两小时在西沃德医生的书房见面时，下意识地成立了一种委员会。范海辛教授坐在桌子的顶端，在他刚进屋子的时候西沃德医生就示意他坐在那里。教授让我坐在他的右边做秘书，乔纳森坐在我旁边。我们对面坐的是高达尔明勋爵、西沃德医生和莫里斯先生，高达尔明勋爵坐在教授旁边，西沃德医生坐在三个人的中间。

教授说道："我想大家都已经知道了这些文件中写的事实了吧？"我们都表示同意。他继续说道："那么我想最好告诉你们一些我们所要对付的敌人的情况，我会让你们了解它的历史，这些都已经被我弄清楚了。这样我们就可以商量一下对策，然后采取相应的行动。

"有一种生物叫作吸血鬼，我们中有一些人有证据能够证明他的存在。即使不是我们自己有过关于他的不愉快的经历，过去的教训和记录对于明智的人来说也是足够的证据。我承认自己一开始也很怀疑，如果不是多年来我一直要求自己保持开明的心态，那么我也不会相信，直到有一天事实在我耳边大声叫道：'看！看！我证明了，我证明了。'哎呀，如果我早一点儿知道我现在所知道的，不，即使是猜到是他，一个我们这么爱的人的宝贵生命就会得到挽救。她已经去了，所以我们必须继续工作，以免让更多的可怜灵魂受到伤害。这个诺斯费拉图不像蜜蜂一样叮一次就会死，他只会越来越强壮，有更多的力量来做邪恶的事情。我们要对付的这个吸血鬼有20个男人的力气，他比凡人狡猾，因为他的狡猾是随着年龄而增长的。他还有巫术的帮助，按照字面意思，就是死人的预感，所有他接近的死人都听他的指挥。他是野兽，却比野兽还凶残，他是无情的魔鬼，没有良心。

　　"他在自己的统治范围内能够控制自然力、风暴、云雾、雷电，还可以指挥老鼠、猫头鹰、蝙蝠、飞蛾、狐狸和狼等一切卑劣的生物，他可以变大，也可以变小，有时还可以化为乌有。那么我们怎么才能消灭他呢？我的朋友，我们承担的是一项艰巨的任务，它的后果可能会让勇者都胆寒。

　　"在这场战斗中，如果我们失败了，他就必胜无疑，那么我们的结果会怎么样呢？生命是微不足道的，我并不在乎生命。但是在这里失败，就不只是生和死的问题了。我们从此会变成像他一样的夜晚里活动的丑恶生物，没有感情和良知，捕食那些我们最爱的人。天堂之门将永远对我们关闭——谁还会为我们打开它呢？我们将永远为所有人所憎恶，我们成了上帝阳光中的污点，是为人类而死的上帝体内的一支箭。然而我们面对着的是责任，在这样的时候，我们应该退缩吗？对于我，我会说不，但是我已经老了，生命的阳光、美好、鸟儿的歌唱、生命的音乐和爱，都已经远离了我，你们还年轻。一些人曾经悲伤过，但美好的日子还在前面等候着你们。你们说呢？"

　　就在他说的时候，乔纳森握住了我的手。当我看见他伸出手时，我特别担心的是我们所处的危险把他吓住了，可是我感觉到了他的触摸，很有力，很自信，也很坚决。勇敢之人的手就会说明一切的，甚至不需要一个女人用爱来倾听他们。

　　教授说完了，我和我的丈夫互相注视着对方的眼睛，我们之间无须语言。

　　"我替米娜和我自己同意。"他说。

"算上我一个，教授。"昆西·莫里斯像往常一样干脆地说。

"我和你在一起，"高达尔明勋爵说，"如果不是为了别的原因，也要为了露西。"

西沃德医生只是点头。

教授站起来，把金色十字架放在桌子上，然后向两边伸出双手。我握住了他的右手，高达尔明勋爵握住了他的左手，乔纳森用左手握住了我的右手，右手伸向莫里斯先生。就在我们握手的同时，我们已经订立了神圣的契约。我感觉到自己的心像冰一样的冷，但是这也没有让我退缩。我们坐回原位，教授继续说起来，带着一种愉快，表明这项严肃的工作已经开始了。这项工作将被严肃地对待，用一种做生意的方式，就像生活中的其他交易一样。他说：

"你们都知道我们要对抗的是什么，但是我们也不是没有力量。我们有团结的力量，这是吸血鬼所没有的。我们有科学，我们可以自由地思考和行动，我们所拥有的时间是一样的。就我们的力量所延伸到的范围，它们是不受束缚的，可以让我们运用自如。我们还有对一项事业的自我牺牲精神和对无私的追求。这些就足够了。

"现在让我们看一下吸血鬼的能力能够受到多大的限制，还有单个的吸血鬼有什么是做不到的。总而言之，让我们考虑一下吸血鬼总体的局限性，特别是这一个吸血鬼的局限性。

"我们所要依靠的就是传统和迷信。这些在一开始并不十分明显，当事情只停留在生和死的层面，然而如果超越了生和死，事情就一样了。我们必须满足于此，首先，因为我们必须这样，我们掌握不了其他方法。其次，因为这些东西，传统和迷信，就是一切。别人需要相信吸血鬼的存在吗？不需要！但是我们需要！一年以前，在我们科学的、怀疑的、实事求是的 19 世纪，我们中有谁会接受这样一种可能性？我们甚至拒绝接受已经在我们眼皮底下被证实的事实。相信它吧，吸血鬼，和他的局限还有对策。因为，让我来告诉你们，他在人类生活的各个地方都很出名。在古希腊、古罗马，它在整个德国都非常活跃，在法国，在印度，甚至是在离我们如此遥远的车摩西斯和中国，都有他的存在和相信他的存在的人们。他是随着冰岛的狂暴战士的苏醒而出现的，还有魔鬼的独生子匈奴人、斯拉夫人、撒克逊人和马扎尔人。

"到现在为止，我们已经知道了我们要对付的是什么生物，然后让我来告诉你们一些已经被我们在自己的不愉快经历中看到的东西所证实的看法。吸血鬼能一直活着，不会随时间的流逝而死亡，如果他可以吸活人的血，就可以一直活下去。甚至我们看见他会变年轻，他的生命活力变得会更加旺盛，看起来它需要一些特殊的养料来使自己焕然一新。

　　"但是如果没有这种养料，他就不能存活，他们不像我们一样吃饭。即使是乔纳森，和他一起住了几周，也从没见过他吃饭，从来没有！他没有影子，在镜子里没有影像，就像乔纳森观察到的。他的手力大无比，这也被乔纳森看到了，就在他关上门挡住狼群，还有他帮他上马车的时候。他可以把自己变成狼，就像我们在船登陆惠特白时看到的，还有他把一只狗撕开的时候。他还可以变成蝙蝠，就像哈克夫人在惠特白时在窗口看到的，还有约翰看见他飞得离房子那么近，还有昆西在露西小姐的房间的窗口看见的。

　　"他可以在自己制造的雾中前进，那位高尚的船长证明了这一点，但是，就我们所知道的，他能制造的距离很有限，这个雾只能围绕着他。

　　"他可以变成月光中的自然的尘埃，就像乔纳森在德古拉城堡看到的那几个女人一样。他也可以变得很小，就像我们自己看到露西在死之前，能够从坟墓的微小的缝隙溜走。一旦找到了自己的出路，他就能从任何东西里出来或是进入任何东西里面，无论那东西被封得多严实，甚至被焊住了。他能在夜晚看得清楚。这可不容小视，因为这个世界有一半时间都不见光线，但是再听我说。

　　"他可以做所有的这些事情，但是他不自由。不但如此，他甚至比帆船上的奴隶和小室里的精神病人还不自由。他是非自然的，可仍然要遵守一些自然法则，他自己并不知道为什么。他一开始是不能进入一个地方，除非那家有人让他进去，虽然之后他可以随意出入。在白天来临时，他做邪恶之事的能力就消失了。

　　"只有在特定的时间他才有有限的自由。如果他在不属于他的地方，他只能在中午或日出和日落时改变自己。这些事情我们听说过，我们也能从我们的这些记录中找到证明。他能在自己的限定范围内为所欲为，在他的泥土的家里、坟墓的家里、地狱的家里和被玷污的地方，就像我们看见他去了惠特白的自杀者的坟墓，在其他时间他就只能在夜晚来临的时候才能变身。还听说他只能穿过缓慢流动的水和潮水。还有一些东西会折磨他，让他失去力量，大蒜——是我们都知道的，还有神圣的东西，比如这个标志——我的十字架——甚至在我们作决定的时候也在我们身边，在这些东西面前他是微不足道的。当它们存在时，他会远远地离开，充满敬畏地沉默着。还有其他的东西，我会告诉你们的，以便在我们的搜查时用到它们。

"放在他的棺材上的一束野玫瑰让他出不来，一颗射进棺材的神圣的子弹会把他真正地杀死，或者像我们所知道的，用桩子刺进他的身体，或砍掉他的头都可以杀死他。我们已经亲眼看到过了。

"因此，如果我们遵守这些规则的话，我们可以找到他的住所，把他关在棺材里面杀死他。但是他很聪明。我已问过我的朋友——布达佩斯大学的阿米尼亚斯——关于他的历史。实际上，他就是沃依沃德德古拉，因跨过土耳其边境上的大河战胜土耳其人而得名。如果是这样的话，那么他一定聪明过人，因为在那个时候，以及接下来的好几个世纪，他都被称为最聪明和最狡猾的，还有'森林之外的土地'上最勇敢的孩子。他强大的头脑和钢铁一般的意志跟随着他一起进了坟墓，甚至现在摆在了我们面前。阿米尼亚斯说，德古拉家族是一个伟大和高贵的家族，虽然时不时地有后裔被同时代的人认为是曾经和魔鬼打过交道的。人们在赫曼斯戴德河边的山脉中了解到这些秘密，在这里人们认为他才智过人。在记载中有巫师、撒旦和地狱等词语，并且在一份手稿中，这位德古拉被称为'吸血鬼'，这个我们已经很清楚了。他是从一个伟大的男人和很多好女人那里来的，他们的坟墓让圣洁的地球成为这个肮脏的东西唯一能居住的地方。这个邪恶的生物不仅仅深深地植根于所有美好的事物上，而且在缺少神圣记忆的土地上是不能生存的。"

就在大家说话的时候，莫里斯先生的眼睛一直盯着窗外，然后他静静地站起来，走出了屋子。教授停了一下，继续说道："现在我们必须制订出我们的行动计划。我们现在已经有很多资料了，我们必须把我们的计划罗列出来。通过乔纳森的调查，我们知道50箱泥土被从城堡运往了惠特白，都被送到了卡尔法克斯，我们还知道至少其中一些箱子已经被移走了。我觉得应该先看看它们还在不在隔壁的房子里，如果一些被移走了，我们就要追踪……"

这时我们被一种吓人的方式所打断。外面响起一声枪响，窗户被射得粉碎，子弹射在了对面的墙上。我怕自己在内心最深处是一个胆小鬼——因为我惊声尖叫起来。所有人都跳起来，高达尔明勋爵飞奔到窗户边上打开了窗户。就在他这样做时，我们听见莫里斯先生在外面喊道："对不起！怕是吓到你们了，我进来告诉你们是怎么回事儿。"

一分钟后他进来说道："我这样做真是太愚蠢了，我请求你们的原谅，尤其是对哈克夫人，我怕一定是把你吓坏了。但是事实是，正当教授在讲话时，窗外飞来一只大蝙蝠坐在窗台上。我因为最近的这几件事对这个该死的野兽有一种恐惧，我忍受不了他了，所以就出去开枪射它，我最近晚上只要一看见蝙蝠就这么做。你还因为这个笑过我，亚瑟。"

"你打中它了吗？"教授问道。

"我不知道，我想没有，因为它飞到树林里了。"他没继续说什么，又回到原位，教授又开始讲话："我们必须找到每个箱子，我们要作好准备，我们要么在他的躲藏之处把他捉住杀死，要么，可以这么说，让泥土失去作用，这样他就没有藏身之所了。于是最后我们会发现他在中午和日落之间变成人的样子，我们要在他最虚弱的时候和他交战。

"现在是你，哈克夫人，今晚对你来说是一个结束——你的任务结束了。你对我们太珍贵了，我们不能冒这个险。等我们今天分开后，你不能再问问题。我们会在合适的时间告诉你的。我们是男人，我们能够承担，但是你就是我们的希望，你安全了，我们才能放心大胆地工作。"

听到这个，所有的男人，甚至乔纳森，好像都轻松了一些，但是我认为不应该让他们冒这个险，来保护我的安全。无论如何，他们决心已定，虽然这对于我是很痛苦的，我什么也不能说，除了接受他们的保护以外。

莫里斯先生又拾起话题："因为时间很宝贵，所以我建议我们现在就去看看他的房子。对付他，时间就是一切，我们这边早点采取行动也许能挽救另一个受害者。"

我承认当开始行动的时间越来越接近时，我的心开始沉下来，但是我没说什么，因为我更怕如果自己成了他们工作的障碍，他们就会干脆把我排除在讨论小组之外。现在大家都去了卡尔法克斯，带着进门的工具。

他们叫我去睡觉——就好像一个女人能在她所爱的人处在危险之中时能够睡得着一样！我应该躺下来，假装睡着了，免得乔纳森回来以后增加对我的担心。

西沃德医生的日记

10月1日早上4点

　　就在我们要出发的时候，我得到紧急通知说仑费尔德想知道我能否现在见他一面，似乎他有非常重要的事情要告诉我。我告诉传话的人现在我很忙，明天早上再去看他。

　　值班员说："他看起来非常坚持，先生，我还从来没见过他这么急切。我不知道别的，但是我觉得你要是不马上去看他，他的狂躁就又会发作了。"我知道他如果没有原因是不会这样说的，于是说道："好吧，我现在就去。"我让其他人等我几分钟，因为我必须去看我的病人。

　　"带上我吧，约翰，"教授说道，"我对你在日记里写到的有关他的事情很感兴趣。他和我们的案子也有关系，我非常想见见他，特别是当他心理失常的时候。"

　　"我也能去吗？"高达尔明勋爵问道。

　　"我也能吗？"昆西·莫里斯说。"我可以去吗？"哈克说。我点了点头，我们一起进入了走廊。

　　我们发现他很兴奋，但他的言行举止却比我原来见到的要理智得多。他的理解力非同寻常，不像我原来遇到的任何精神病患者，他认为自己的理智能够说服其他完全正常的人是理所应当的。我们五个都进去了，但是他们一开始都没说什么。他要求我立即把他从精神病院放出去，然后把他送回家。为了说服我，他说自己已经完全恢复了，还说自己现在是神志清醒的，"我要求你的朋友们帮助我，"他说，"他们也许不会介意对我的事情作出评价。另外，你还没有介绍我。"

　　我很吃惊，甚至当时都没有感觉到在精神病院里介绍一个精神病患者是很奇怪的事情，而且，在这个人的行为里有一种尊严和一种要求平等的习惯，于是我立即作出了介绍："高达尔明勋爵，范海辛教授，来自得克萨斯的昆西·莫里斯先生，乔纳森·哈克先生，仑费尔德先生。"

　　他跟每个人握了手说道："高达尔明勋爵，我很荣幸在文德汉姆曾经帮助过你的父亲，看到你的头衔，我很遗憾地知道他已经不在了。他受所有知道他的人的爱戴和尊敬，我听说，他曾是一种烧制的朗姆酒的创始人，那种酒在得州赛马场上很受欢迎。莫里斯先生，你应该为你伟大的国家而感到骄傲。它对联邦制的接受开创了一个先例，可能会对从今往后有深远的影响，即使是极地和热带地区也因为星条旗而成为了一个联邦。条约的力量有可能成为扩张的一个巨大的发动机，门罗主义已经成了一个政治神话。当一个人见到范海辛是该怎样表达自己的快乐呢？先生，我不会为没有使用任何传统上的尊称而感到抱歉的。当一个人通过发现脑的持续发育而革新了治疗学时，那些传统上的尊称都不再适合他了，因为它们会把他限定在某个阶级。先生，您因为国籍、传统和天资，适合在这个变化的世界里享受您受人尊敬的地位，我证明自己至少像完全享有自由的大多数人一样精神健全。西沃德医生，我确定，你是一个人道主义者、医学专家和科学家，作为一项道德义务，把我作为一个在特殊环境下的人来对待。"他用礼貌的语气和信念作出了自己这最后的请求。

我们都很吃惊。对于我来说，尽管知道这个人的特点和历史，我相信他已经恢复了理智，我觉得自己有一种强烈的冲动，告诉他我对他的神志清醒程度很满意，看看要办一些什么必要的手续，然后早上就放他走。但我知道在作这样一个严肃的决定之前最好再等一等，无论如何，因为我早就知道这个病人曾经发生过的突然转变。所以我笼统地说他看起来恢复得非常迅速，我会在早上和他长谈一次，那时再看看能不能满足他的愿望。

但是这一点儿都没有满足他，因为他很快说道："但是西沃德医生，我恐怕你没有理解我的愿望。我想立刻就走，从这里，现在，就在这个时刻，如果我可以的话。时间很紧张，这也是合同的要求。我确定非常必要在西沃德医生这样如此令人钦佩的实践者面前提出这个简单但又十分重要的愿望，来确保它的实现。"

他渴望地看着我，可我脸上是否定的表情，他又转向别人，紧紧地盯着他们。他没有得到任何补充的回答，就继续说道："有没有可能是我的判断出错了？"

"是的。"我坦率地说道，但是同时，我又觉得很无情。

停了相当长的一段时间，他才慢悠悠地说："那么让我换一个请求。我请求一个特许照顾，随你怎么说。我这样请求你，不是为了我自己，而是为了他人。我不能把全部的原因都说给你听，但是我保证，你会把它们当成是好的、合理的并且无私的原因，是出于最强烈的责任感。先生，如果你能够看穿我的心的话，你就会和我有同感，而且，你会把我当成你最好的最诚挚的朋友。"

他又非常恳切地看着我们。我越来越相信他的突然变化是他的疯狂的另一种表现，所以我决定再留他一段时间，通过经验我知道他会像其他精神病人一样在最后露馅儿的。范海辛紧紧地注视着他，浓密的眉毛几乎要和视线的焦点相遇了。他对仓费尔德说话时所用的那种语调并没有让我在当时惊讶，但是当我后来回想起来的时候却惊讶了，因为它充满了平等的原则，他说："你能不能坦率地告诉我你想今晚离开的真正原因？我保证，如果你满足了我，一个不带偏见和有着保持开明习惯的陌生人的要求，西沃德医生会冒险并且出于自己的责任，给你这个特许。"

他伤心地摇了摇头，脸上露出强烈的遗憾的神情。教授继续说服他："来吧，先生，你自己想一想。你把道理放在最高的位置上，因为你想用你完全的理性来给我们留下印象。你这么做，我们有理由怀疑你的清醒，因为你还没有因为这个缺点而中断治疗。如果你不帮助我们选择最明智的过程，那我们还怎么履行你强加于我们身上的责任呢？聪明一点儿，帮助我们，如果我们可以的话，会帮助你完成你的心愿。"

他还是摇着头，说道："范海辛医生，我没有什么要说的。你说得很有道理，但是如果我可以说的话，我一分钟都不会犹豫，但是在这件事情上我自己不能做主，我只能要求你相信我。如果我被拒绝了，我就尽不到我的责任了。"

我想现在是时候结束这个谈话了，他现在变得越来越滑稽而且严肃，于是我朝门口走去，说道："来吧，朋友们，我们还有事情要做。晚安。"

然而，当我走出门，病人又有了新的变化。他快速地向我走来，一开始我还害怕他又想袭击我。然而，我的担心毫无根据，因为他举起双手恳求我，用动人的方式来进行他的恳求。当他发现自己过分的情感外露对他不利，因为我们又回到原来的关系上，他更加易动感情了。我看了一眼范海辛，觉得他和我想的一样，于是更坚决了，告诉他，他的努力都是徒劳。我以前已经见过他相同的不断高涨的情绪，在他作出一些他已经考虑了很久的要求时，比如，当他想要一只猫时，我准备着看他表现出像原来请求被拒绝时的消沉。

但是我预料的却没有发生，因为当他发现自己的请求不会成功时，他变得异常狂躁。他猛地跪下来，举起双手，恳求地摆动着，眼泪顺着脸颊流了下来，整张脸都表达着最深的情感："我请求你，西沃德医生，求求你，让我立刻离开这个房子，随便怎么把我送走，把我送到哪里都没有关系，让看守者拿着绳子和锁链带我走，让他们给我穿上紧身背心，给我戴上手镣脚镣，甚至把我送到监狱里都可以，只要让我离开这里。你不知道把我留在这儿意味着什么，我是从内心和灵魂的最深处请求你。你不知道你错怪了谁，怎么错怪了，但是我不能说。我真伤心啊！可是我不能说。看在所有你视之为神圣的东西的分儿上，看在所有你珍视的东西的分儿上，看在你失去的爱人的分儿上，看在你的希望的分儿上，看在上帝的分儿上，让我离开这里，不要让我的灵魂负罪！你听不见我说的吗？你不明白吗？你永远不会懂吗？你不知道现在我很清醒和真诚，我不是一个正在发作的精神病人，而是一个为自己的灵魂而战的人吗？听我说！听我说！让我走，让我走，让我走！"

我觉得再这样下去，他会变得越来越疯狂的，这样他的狂躁症就又会发作了，于是我握住他的手把他扶起来，"来吧，"我严肃地说，"不要再这样了，已经够了，上床吧，慎重一点儿。"

他突然停住了，若有所思地看着我好长时间。然后，一言不发地站起来，转身坐到床沿上，像原来一样又消沉起来，正如我所预料到的。

当我最后一个离开房间时，他冷静地对我说："我相信，西沃德医生，以后你会为我证明今晚我已经尽力地说服你了。我竭尽所能了。"

第十九章 乔纳森·哈克的日记之继续

10月1日早上5点

我和一行人很轻松地出门搜查了，因为我觉得自己从没看见过米娜如此的强壮和健康。我很高兴她同意退出，让我们男人来工作。无论如何，她参与到这个可怕的事情中来对于我来说太恐怖了，现在她的工作都已经完成了，就是因为她的精力、头脑和远见，把所有的事情都放在一起，所以事情才有了眉目，她也许也认为自己的这部分工作已经完成了，从此就可以把剩下的工作交给我们来完成了。我觉得，我们都因为仑费尔德的事有点心烦。在我们从他的房间里出来以后，一直沉默着直到回到了书房。

莫里斯先生对西沃德医生说："约翰，如果他不是要用假象欺骗人的话，这是我见过的最清醒的精神病人了。我不敢肯定，但是我相信他一定有什么重要的目的。如果是这样，他会因满足不了愿望而很苦恼的。"

高达尔明勋爵和我没有说话，不过范海辛说："约翰，你比我更了解精神病人，我很高兴事实是这样的，因为恐怕要是由我来决定，我可能在他歇斯底里地爆发之前就已经放他走了。但是我们会不断增长经验，而在我们现在的任务中，我们必须万无一失，就像我的朋友昆西说的那样。所以还是让所有的事情保持原状的好。"

西沃德医生好像是在梦里，他说道："我不知道，但是我同意你。如果他是个普通的精神病人，我可能就冒险相信他了。但是他和伯爵有某种标志性的联系，我怕放了他会出麻烦。我不能忘记他在向我要一只猫时，也是同样强烈地恳求我，然后又想用牙齿撕开我的喉咙。另外，他叫伯爵"主人"，他可能是想出去帮他实施一些罪恶的计划。那个可怕的东西有狼、老鼠和自己的同类来帮助自己，所以我想他应该用不上一个精神病人。虽然，他确实看起来很诚恳。我希望自己做得是正确的。这些事情，和我们棘手的工作搅在一起，真是让人伤透脑筋。"

教授走过来，把手放在他的肩膀上，深沉而温和地对他说："约翰，不要怕。我们是在一个悲伤和可怕的事情里尽力尽到我们的义务，我们只能尽力而为。其他的我们还能希望什么呢，除了上帝的怜悯以外。"

高达尔明勋爵悄悄地离开了几分钟，现在他回来了。他拿出一只银色的口哨，说道："那个老房子里可能有很多老鼠，有这个东西我们就有备无患了。"

我们翻过墙，当月光照下来时，我们小心地保持在树冠落在草坪上的阴影里，这样到了门口。当我们到了门口，教授打开包取出很多东西，把它们放在台阶上，分成了四小份，显然每人一份。

"我的朋友们，我们正在进入危险之中，需要很多武器。我们的敌人不仅仅是超乎世俗的。记住这个人有 20 个男人的力气，还有，虽然我们的脖子和气管与普通人一样都很容易被折断，但是他也不是不可战胜的。一个强壮的男人，或者一个男人的团体，加起来比他力气大，有可能在一定时候制伏他，但是我们不可能像他伤害我们那样伤害到他。因此，我们必须保护自己不让他碰到我们。把这个放在你们的胸口，"教授一边说着，一边举起一个小小的银十字架递给我，因为我离他最近，"把这个花环戴在你们的脖子上，"他又给了我一个枯萎的大蒜花环，"对那些普通的敌人，有这把左轮手枪和小刀，还有这些小电灯作帮助，你们可以把它系在自己胸前。最后，也是最重要的，还有这个我们不能随意玷污的东西。"

这是一块圣饼，他把它放在一个信封里递给我。其他人也得到了一样的装备。

"现在，"他说，"约翰，你的万能钥匙带了吗？这样我们可以打开门。我们就不用像原来在露西那儿一样破门而入了。"

西沃德医生试了一两把万能钥匙，作为一个外科医生，他的巧手帮了他的忙。不久他找到了一把合适的钥匙，前后捅了几次，插销松了，随着一阵铁锈的摩擦声，插销缩回去了。我们去推门，生锈的合叶吱吱嘎嘎地响着，门慢慢地打开了。这情景和西沃德的日记中描写的打开韦斯顿拉小姐的坟墓的情景惊人的相似，我猜其他人也感觉到了这一点，因为他们同时都向后退缩。教授是第一个迈开步子走进这扇门的人。

"主啊，将我托付给你吧！"他一边说着，一边在经过门口时在胸前画了十字。我们关上了身后的门，以免当我们点上灯后，注意力可能会被路口所吸引。教授仔细地检查了锁，以免在我们慌着找出口的时候从里面打不开门。然后我们都点上灯开始了搜查。

随着灯的光线交织在一起，我们的身体投下巨大的影子，这些小小的灯发出的光线营造出了各种稀奇古怪的效果。我一辈子都摆脱不了这种感觉了，我觉得有什么人在我们中间。我猜这是回忆，如此强烈，是屋里的情景让我想起了在特兰西法尼亚的可怕经历。我想每个人都有相似的感觉，因为每当发出一个新的声音，出现一个新的影子时，大家都立即回头张望，和我的动作一样。

整个屋子里都积满厚厚的灰尘。地上的灰尘好像有几英寸厚了，除了那些有新近的脚印的地方，我将灯放低，能看见地上有靴子的平头钉的印记。墙壁上很粗糙，布满灰尘，角落里有很多蜘蛛网，上面也落满灰尘，并且一部分被灰尘的重量压塌了，看起来就像破布一样。大厅里的桌子上有一大串钥匙，每一把上都有一个旧得发黄的标记。钥匙已经被用过好多次了，因为桌子上的灰尘有好几处痕迹，和教授把钥匙拿起来之后看到的痕迹是相似的。

教授转向我说道："你熟悉这个地方，乔纳森。你画过这个地方的地图，至少比我们知道得多。哪条路可以去教堂呢？"

我知道它的方向，虽然上一次我没能进到里面去，于是我带了路，在转错了好几次弯儿以后，我发现自己站在一扇低低的用铁箍条支撑的橡木拱门前。

"这就是了。"教授一边说，一边将灯照在一张这所房子的小地图上，这是从我关于房屋购买的原始信笺上复制下来的。我们费了一点儿劲从那一串钥匙里找到了这扇门的钥匙，打开了门。我们已经为一些不愉快的事情作好了准备，因为当我们稍稍打开了一点门时，一股恶臭的气体从缝隙中散发出来，但是我们谁也没有想到会遇到这样的气味。除了我没有一个人近距离地见过伯爵，当我看见他时，他要么是在他的房间中处于禁食状态，要么是在露天的废弃建筑物里身体里充满了鲜血，但是现在这个地方既狭小又密闭，长时间的废弃使空气变得污浊而带有恶臭。可是关于这种气味本身，我该怎么描述它呢?

这种气味中不仅带着死亡的意味和血液的刺鼻味道,而且好像腐烂的东西自己都已经腐烂了。哼!想到这里我感到很恶心。那个魔鬼呼出的每一口气好像都留在了这个地方,让这里变得更加恶心。

要是在一般的情况下,这样的臭气会让我们的冒险心理和信心降到最低点,但是这次不是普通的情况,我们所肩负着的神圣而严肃的使命给了我们超越生理考验的力量。在第一次闻到这令人作呕的气体后不由自主地颤抖了一下之后,我们都开始了工作,就好像这个令人讨厌的地方是一座玫瑰花园。

我们仔细地检查了这个地方,在我们开始前,教授说道:"首先要数一数剩下了多少个箱子,然后我们要检查每一个洞、每一个角落、每一条缝隙,看看能不能找到关于其他箱子的任何线索。"

一眼就能看出有多少箱子剩下,因为这些箱子都很庞大,不可能数错。

50 个箱子只剩下了 29 个!有一次我被吓住了,因为看见高达尔明勋爵突然转头看着房间的门外黑黢黢的走廊,我也向外看,一瞬间我的心脏停止了跳动。在某处,透过影子,我好像看见了伯爵那张邪恶的脸,那鼻梁,那双红色的眼睛,那血红的嘴唇和那吓人的苍白。但是只持续了一小会儿,因为高达尔明勋爵说道:"我觉得我看到了一张脸,不过那只是影子。"然后他又开始了搜查,我将灯向那个方向照去,进到了走廊里面。没有任何人的迹象,而且因为那里没有墙角,没有门,没有任何缝隙,只有硬邦邦的墙壁,即使是他也不可能有藏身之处。也许是恐惧激发了想象力,所以我什么都没说。

几分钟后我看见莫里斯从他正在检查的一个角落突然向后退,我们都注视着他的行动,无疑一种紧张感正在我们心里滋生,我们发现了一团鬼火,像星星一样闪烁着。我们都本能地向后退。整个屋子里都因为老鼠而变得活跃起来。

有一两秒钟我们都被吓呆了,除了高达尔明勋爵,他看起来对这种紧急情况早已作了准备。他冲向那扇箍着铁条的橡木大门——就像西沃德医生在门外那样称它,我看见他转动锁里的钥匙,拉开巨大的门闩,将门打开。然后,他将那只小小的银色口哨从口袋里掏出来,吹出了一声低沉、刺耳的哨声。在西沃德医生的院子里响起了狗叫声,一分钟后三只小猎犬围住了房子。我们都不自觉地朝门口走,就在我们缓慢移动的同时,我注意到灰尘被破坏得很厉害，被移走的箱子就是从这里被搬出去的。但是就在这期间，老鼠的数量剧增，他们好像顷刻间就充满了整个房间，直到灯光照在它们移动着的黑色身体和闪着光的恶毒的眼睛上，这个地方好像变成了萤火虫的世界。狗冲上去了，到了门口却突然停住狂吠起来，同时抬起鼻子，开始发出忧伤的嗥叫。老鼠正在成千上万地增加，于是我们出去了。

高达尔明勋爵抱起一只狗，将狗带进了屋里，放在了地板上。在它的脚接触地面的一刹那，它好像恢复了勇气，冲向了自己的敌人。另外的两只狗也被以同样的方式放进了屋子，在他们捕到任何猎物之前，所有的老鼠都一下子消失了。

它们一走，就好像一些邪恶的鬼怪都离开了，因为小狗欢跃着，高兴地叫着，仿佛它们在打败自己的仇敌身上突然刺中了一枪，然后将它们在空中猛烈地抛掷着、翻滚着。我们都松了口气。我不知道这到底是因为教堂的门被打开，净化了这种致命的空气，还是因为我们发现自己在室外而感到安心，但可以肯定的是恐惧的阴影就像长袍一样从我们身上滑落，我们来到这里的这件事不像原来那么可怕了，虽然我们的决心没有丝毫的减少。我们关上大门，锁上了它，把狗带在身边，开始搜查房子。除了大量的灰尘以外我们什么也没发现，一切都没被动过，除了我第一次来这里时留下的脚印。狗也没有表现出任何不安的迹象，甚至是当我们返回教堂时，它们还是欢跳着，仿佛是在夏季的树林中追赶兔子。

当我们出来的时候，天已经发白了。教授把大门的钥匙从那串钥匙上取下来，用平常的方式锁上门，将钥匙装进了口袋。

"至今，"教授说道，"我们的这一晚非常成功。我们没有受到我害怕会有的伤害，也确定了有多少个箱子不见了。最让我高兴的是，我们的第一次，也许也是最困难和最危险的一次行动顺利完成，而没有为哈克夫人带来不好的影响，或是让她在醒着时和睡着时都被她可能永远也忘不掉的恐怖的景象、声音和气味所困扰。而且我们知道了，那些伯爵指挥的野兽并不是完全服从他的精神力量的，看，那些老鼠能够被伯爵召唤来，就像他在你走时和那位可怜的母亲哭泣时，在城堡的顶端召集了狼群一样，虽然它们为他而来，却被亚瑟的那么小的狗吓得屁滚尿流。我们面前有更多的事情、更多的危险、更多的恐惧，和那个魔鬼——他今晚不是唯一一次也不是最后一次对野兽的世界使用他的威力。可能是他去了别的地方。好！这就让我们在这局棋里有机会喊了一次'将军'，我们是在为了人类的灵魂而下这局棋。现在让我们回家。马上就要天亮了，我们有理由对我们第一晚的行动感到满意。也许注定以后会有很多这样的日日夜夜，充满危险，但是我们必须继续前进，决不能在危险面前退缩。"

当我回到精神病院，一切都很安静，除了一个可怜的人在远处的一间病房里尖叫，还有仑费尔德的房间里传出的低沉的呻吟声，这个可怜的人无疑正在折磨自己，在精神错乱之后，带着他那些痛苦的想法。

我踮着脚尖走进我自己的房间，看见米娜正在睡觉，呼吸是那么轻柔，我必须把耳朵凑近才能听到。她比平时还要苍白，我希望今天晚上的会议没有让她心烦。我很高兴她不用参与到我们未来的工作之中，甚至是我们的商讨。这样的压力对于女人来说太大了。我一开始还不觉得，现在我知道了。因此我很高兴事情就这样定下来了。也许会有事情让她听了害怕，然而对她隐瞒这些事情可能比告诉她还要糟糕，一旦她怀疑自己被隐瞒的话。从今以后我们的工作对于她来说就是一本密封上的书了，直到一切都结束了，地球上少了一个地狱里的魔鬼时我们才能告诉她，我敢说像我们原来这么互相信任，一开始很难对她保持沉默，但是我一定要坚定，而且明天我不会对她说今晚发生的事情的。我在沙发上休息了，以免打搅到她。

过了一会儿

我猜我们所有人睡过头是很自然的事情，因为昨天真的是太忙了，而且我们一晚上都没有休息。甚至是米娜，她也一定觉得筋疲力尽了，因为尽管我已经睡到了太阳照在头顶才起床，可她比我起得还晚，我叫了她好几次，她才醒过来。实际上，她睡得太熟了，以至于被我叫醒的时候，一开始都没有立刻认出我，只是恐惧地看着我，就像刚做了一场噩梦一样。她说自己是太累了，我让她一直休息到很晚。现在我们知道 21 个箱子被搬走了，如果有一些是在这几次搬迁中的任何一次被搬走的，我们就有可能找到所有的箱子。当然，这样就会让我们省掉许多力气，而且这事儿越早办越好，我今天应该去见见托马斯·斯乃令。

西沃德医生的日记

快到中午的时候，教授走进我的房间叫醒了我，他比平常要高兴，显然昨天晚上的行动让他的心里减轻了一些负担。

在回忆了昨晚的经历后他突然说："你的病人让我很感兴趣，今天早上咱们能去见见他吗？如果你太忙了，我可以自己去。看见一个精神病人谈论哲学，说话这么有条理，对我来说还真是一件新鲜事。"

我有很多紧急的工作要做，所以我告诉他，如果他要自己去我会很高兴。因为我不应该叫他再等了，就叫来了值班员吩咐了他几句。在教授离开房间之前，我提醒他不要让我的病人的做法蒙蔽了他。

"但是，"他说，"我想让他谈谈他自己以及他对消费生命的理论。我在你昨天的日记里看到，他对哈克夫人说他曾经有过这样的信念。你为什么笑呢，约翰？"

"原谅我，"我说，"不过答案在这里。"我将手放在那些打印的材料上面，"当我们这位神志清醒而博闻强记的精神病人在陈述自己对消费生命的见解时，他的口中实际上尽是他在哈克夫人进入房间之前吃掉的苍蝇和蜘蛛的臭味。"

范海辛也笑了，"好的！"他说，"你的记忆是正确的，约翰。我应该记起来的。正是这种不明的想法和记忆让心理疾病成为如此吸引人的学问。也许我从这个疯子的愚蠢里得到的东西要比最智慧的人教给我得还要多。谁知道呢？"

我继续工作，不久就进入了状态。好像没过多久，范海辛就回到了书房。"我打扰到你了吗？"他站在门口礼貌地问道。

"当然没有，"我回答道，"进来吧，我的工作已经完成了，我现在很闲。如果你愿意的话，我现在可以和你一起去。"

"不用了，我已经见到他了。"他说。

"怎么样？"

"我觉得他不太喜欢我，我们的谈话很短。当我进去的时候，他坐在屋子中央的一个板凳上，胳膊肘撑在膝盖上，表情非常不满。我尽量高兴和尊敬地跟他说话，他根本不答理我。'你不认识我了吗？'我问。他的回答让人不安：'我够了解你的了，你是那个老蠢货范海辛。我希望你能带着你自己和你的那些愚蠢的大脑理论到别的地方待着去。所有大头的荷兰人都见鬼去吧！'然后就再也不肯说话，绷着脸坐在那里，对我漠不关心，就好像我根本不在那个屋子里。这样我就和从这个如此聪明的精神病人那里了解点东西的机会说再见了，于是我只好离开了，又和那位好心的哈克夫人说了几句话让自己高兴起来。约翰，我真是说不出的高兴，因为她不用再为我们这些可怕的事情痛苦和担心了。虽然我们非常怀念她的帮助，但最好还是这样。"

"我完全同意你，"我诚挚地说道，因为我不想让他在这件事情上变得优柔寡断，我说，"哈克夫人最好不要参与这件事情。这些对于我们，对于全世界的男人来说都已经够受的了，我们已经经历过许多危险的事情，但这件事不是女人做的，如果她还和这件事情有关联，就无疑会伤害到她。"

于是，范海辛去和哈克夫妇商量，昆西和亚瑟出去找箱子的线索。我要完成我的工作，然后我们晚上会再见面。

米娜·哈克的日记

10月1日

很奇怪我像今天这样被蒙在鼓里，在看到乔纳森这么多年对我完全地信任之后，他却显然在回避一些事情，就是那些最关键的事情。在昨天的疲劳之后，今天早上我睡到很晚，虽然乔纳森也起晚了，但他还是比我早。他在出去之前对我说了话，他从没有这样甜蜜和温柔过，但是却对昨天到伯爵房子发生的事情只字不提。他一定知道了我有多么的担心。可怜的亲爱的人！我猜这一定让他比我还苦恼。他们一致同意最好不要让我再参与进这项可怕的工作中，我同意了。但是一想到他什么都不让我知道，现在我哭得像是一个傻瓜——当我知道这是出于我丈夫的伟大的爱和那些坚强的男人们的好意。

他们所做的都是为了我好，有一天乔纳森会把全部都告诉我的。为了不让他觉得我对他隐瞒过什么，我会像以前一样继续写日记。这样如果他担心我对他的信任，我就会把日记拿给他看，上面写下了我心中的每一个想法。我今天感到特别的伤心，情绪特别低落，我想是因为过于激动了。

昨晚大家走之后我就上床睡觉了，只是因为他们告诉我要这样做。我一点儿都不困，心中充满了强烈的不安。我反复想着自从乔纳森来伦敦看我以后的每件事，每一件事都仿佛是一场悲剧，是无情的命运促成了一些注定的结果。做的每一件事都没错，可是却带来了最让人悔恨的结果。如果我没有去惠特白，也许可怜的露西现在就会和我们在一起了。因为我去了教堂墓地，她才跟着去的，如果她没有在白天和我一起去那儿，她就不会在梦游的时候到那里去了。如果她没有在晚上走到那里睡着了，那个魔鬼就不会伤害她了。天哪，为什么我要去惠特白呢？现在，我又哭了！不知道我今天是怎么回事儿。我绝不能让乔纳森看到，要是让他知道我一个早上就哭了两次——我从没有为了自己而哭过，他也从来没有让我掉过眼泪，亲爱的他会担心死的。我应该表现得很勇敢，如果我真的想哭，也永远不能让他看到。我猜这就是可怜的女人必须要学会的……

我不记得自己昨晚是怎么睡着的了。我记得突然听见了狗叫声和很多奇怪的声音，像是很多人在祈祷，是从仑费尔德先生的房间里发出的，就在我的房间下面的某个地方。然后又是深深的寂静，静到让我毛骨悚然，我起来向窗外看，一切都很黑暗和寂静，月光造出的投影充满无声的秘密。没有什么不稳定的东西，但是一切都看起来很可怕，像是带着死亡和宿命的意味。一股薄薄的雾缓缓地穿过草丛向房子的方向潜来，好像它有知觉和生命。我想分一下心可能对我有益，因为当我再回到床上时，就感到一阵困意袭来。我躺了一会儿，还是睡不着，于是我又起来向窗外看去。雾在蔓延，现在贴近了房子，我能看见它厚厚地在墙上堆了一层，仿佛在悄悄地向窗户靠近。可怜的仑费尔德的声音比原来更吵了，虽然我听不出他说的是什么，我能感觉到在他的声音里有一种恳切的哀求。然后是一阵搏斗的声音，我知道值班员在对付他。我十分害怕，又回到床上，将衣服盖在自己头上，用手堵住了耳朵。我那时一点儿都不困，起码我是这么觉得，但是我一定是睡着了，因为当乔纳森叫醒我时，从那时直到早上的事情我除了梦就什么也记不起来。我想自己费了点劲儿才反应过来自己在哪里，还好有乔纳森在我身旁。我的梦很奇怪，是很典型的那种白天的思想进入了梦中，或是在梦中延续。

我觉得自己是在睡觉，等着乔纳森回来。我很担心他，我无力动弹，我的双腿、我的双手，还有我的脑子都很沉重，所以一切都不能正常地活动了。这样我不安地睡着和思考着，然后我觉察到空气非常沉重、潮湿和寒冷。我将脸上的衣服拿开，惊奇地发现周围的一切都变得很朦胧。那盏我为乔纳森点着的汽灯变得很暗，就像是雾中的一点微小的红色火花。雾显然越来越厚，源源不断地进入房间。然后我想到是不是自己上床前没有关好窗户，我想起床确认一下，可是沉重的睡意像是捆住了我的手脚甚至是意志。我静静地躺着、忍受着，就是这样了。我闭上了眼睛，但还是能从眼皮中间看见（我们的梦给我们开了多么好的玩笑，我们想象的又是多么的方便）。雾越来越浓，现在我能看清它是怎么进来的了，因为我发现它像一阵烟，又像是沸腾的水冒出的白色蒸汽，不是从窗户，而是从门的接缝处流了进来。越来越厚，最后好像在房间里集中形成了一个云的柱状体，在顶端我能看见闪光像是一只红色的眼睛。我的脑子开始眩晕，就像是这团雾开始在屋里旋转，我想起了《圣经》里的话："白天是云柱晚上是火柱。"难道是这句话真的进入了我的梦中？但是这个柱子既有白天的成分也有夜晚的成分，因为那只红色眼睛里面就有火，我越想越觉得有趣，直到，我看见那团火分开了，变成了一双红色的眼睛，穿过雾照在我身上，就好像在悬崖上露西在自己暂时的精神错乱中，她对我说的落日的光芒照在圣玛丽教堂的窗户上一样。突然我害怕地想起来乔纳森就是这样看到那些恐怖的女人在月光中从旋转着的雾变成了现在这个样子的，在梦里我一定是昏过去了，因为一切都变成了黑暗。想象里作出的最后的有意识的努力就是让我看见一张生动的白脸从雾中伸出来伏在我的身上。

我必须要提防这样的梦，因为太多这样的梦会让人丧失理智。我应该让范海辛医生或者西沃德医生给我开点东西让我睡着，但是我又怕惊动他们。现在这个时候，这样的一个梦会让我更恐惧。今晚我会努力让自己自然地睡着。如果不行的话，我明晚会让他们给我开一剂麻醉剂，用一次不会对我造成什么伤害的，而且可以让我睡个好觉。昨天晚上我比没有睡着还要累。

10月2日晚上10点

昨晚我睡着了，但是没有做梦。我一定睡得很熟，因为乔纳森上床没有吵醒我，但是睡眠并没有让我振作起来，今天我觉得特别的虚弱和没精神。昨天一整天我都在阅读，或者是躺下来休息。下午的时候，仑费尔德问能不能见我。可怜的人，他很温和，我走时他还吻了我的手并让上帝保佑我。不知为什么这让我很是感动，我想到他就哭起来。这又是一个新的弱点，我一定要小心。要是乔纳森知道我哭过会很痛苦的。他和其他人直到吃晚饭的时候才回来，都很疲倦。我尽力地使他们高兴起来，我猜这种努力对我有好处，因为这样我就忘记了自己也很累。吃过饭后他们让我上床睡觉，然后一起到别处去吸烟了，他们是这样说的，但我知道他们是想告诉别人这一天自己都遇到了什么事。我能从乔纳森的举止看出他有重要的事情要说。我本应该很困，可是却不困，所以在他们走之前，我向西沃德医生要了一点儿麻醉剂，因为我昨晚也没有睡好。他非常好心地给我开了一点儿安眠药，告诉我不会对我有害处，因为这药很温和，我吃了下去，等待着睡眠的到来，虽然对它我还是敬而远之的。我希望自己没有做错什么，因为当困意来临时，我又有了一种新的恐惧，怕我非要让自己睡着的做法是很愚蠢的，也许我是需要醒着的。要睡觉了，晚安。

第二十章　乔纳森·哈克的日记之继续

10月1日晚上

　　我在贝特那尔格林找到了托马斯·斯乃令，可惜他并不记得任何事情。我的到来，让他很高兴能得到喝啤酒的机会，他很快就醉得一塌糊涂。无论如何，他正派的妻子告诉我，他只是斯摩莱特的助手，斯摩莱特才是负责人。于是我前往沃尔沃斯，在约瑟夫·斯摩莱特先生的家里见到了他，他穿着长袖衬衫，正在喝茶。他是一个庄重、聪明的人，明显是一个靠得住的好工人，他有他自己的头脑。他回忆了关于那些箱子的事情，并从座位旁边的一个神秘容器里取出一个小小的笔记本，上面用粗粗的铅笔记着潦草的日记，他从里面找到了箱子运送到的地点。他说他从卡尔法克斯运了六个箱子，到麦尔安德纽镇的奇科三德大街 197 号，另外六个运到了波芒德细的杰麦卡路。如果伯爵是想把自己的这些恐怖的藏身之处散布在整个伦敦的话，这些地方就是他选定的第一批地点，以后他会把它们送到更多的地方。他这种有条理的做法，让我觉得他不会把自己限定在伦敦的两侧。现在他已经锁定了北海岸的最东端，南海岸的东端，还有南面。北面和西面是决不会从他的邪恶计划里漏掉的，更不用说城市本身，还有西南边和西边的伦敦最繁华的地区了。我又问斯摩莱特还有没有箱子从卡尔法克斯搬走。

　　他回答道："先生，你对我很够意思，"因为我已经给过他半个金镑，"我会告诉你所有我知道的东西。我听说一个叫布劳克山姆的人，四天前在宾撒小巷说过他和他的伙伴们在帕夫利特的一所老房子里干了怎样的脏活。这种脏活不多见，我想可能布劳克山姆可以告诉你点什么。"

　　我想知道到哪去找布劳克山姆，于是我告诉他，如果他能给我找到地

-226-

址，我会再给他半个金镑。于是他把自己的茶喝完，站起身来，说他会去找找看。

在门口，他停住了，说道："看，先生，我就不留您在我这儿了。我可能会很快找到山姆，也许找不到，但是无论如何，他今晚都不太可能会告诉您什么东西的。只要他一喝上酒就什么都不知道了。如果你能留给我一个信封，上面贴上邮票，写上你的地址，我会找到山姆在哪里，并在今晚把地址寄给你。不过你早上最好早点起床，不要在他喝酒的时候找他。"

这个主意不错，于是我找了一个孩子，给他一便士去买一个信封和一张纸，让他留着剩下的零钱。他回来以后，我在信封上写上地址，贴上邮票，在斯摩莱特再次诚恳地保证之后，我踏上了回家的路。无论如何，我们已经有了线索。我今晚很累，我想睡了。米娜睡得很熟，看起来很苍白，她的眼睛看起来像是哭过。可怜的人，我对她的隐瞒让她很苦恼，这会让她加倍担心我和其他人，但是最好还是让事情保持原样。现在，让她失望和苦恼要比让她的神经崩溃好得多。医生坚持让她不要参与到这项可怕的工作中来是完全正确的。我一定要坚定，因为是我承担着在这件事上对她保持沉默的特殊责任。在任何情况下，我都不能向她开启这个话题。实际上，这也许不是一件难事，因为她在这件事情上很沉默，自从得知我们的决定之后，她自己就再也没提起过伯爵和他的行动了。

10月2日晚上

漫长而兴奋的一天。第一趟邮车就送来了写有我地址的信封，里面有一张皱巴巴的纸，上面用木工铅笔潦草地写着："布劳克山姆，考克兰斯，波特斯考特4号，巴特尔大街，沃尔沃斯。到后找帝派特。"

我在床上看了信，起来的时候没有叫醒米娜。她看起来又累又困，还很苍白，情况一点都不好。我决定不叫醒她。但是，当我今天寻访回来以后，我会安排把她送回埃克斯特。我想她在我们自己的家里会高兴一点，家务活能更加吸引她，而不是待在这里被我们忽视。我只见了西沃德医生，并告诉他我要去哪里，保证一旦发现情况马上回来告诉其他人。我赶往沃尔沃斯，好不容易才找到波特斯考特。斯摩莱特先生的拼写误导了我，因为我问的是波尔斯考特而不是波特斯考特。不过，在我找到了波特斯考特后，就很容易地找到了考克兰斯。

当我问来开门的人谁是"帝派特"时，他摇了摇头说道："我不认识他。这里没有这个人，我从来没有听说过他，别指望这儿或是别的什么地方住着这个人了。"

我拿出斯摩莱特先生的信，当我读它的时候，我发现，那个误导我的拼写错误可能给了我点启发。"你是谁？"我问道。

"我是帝派迪。"他回答道。

我立即发现自己又有线索了。拼写错误又一次误导了我。我给了他两个半先令的小费，让他回答我的所有问题。他告诉我布劳克山姆先生昨夜在考克兰斯喝醉了酒，今天早上五点钟离开到波普勒工作去了。他说不清楚那个工作地点具体在哪里，但是有一个模糊的印象，好像是一种"新型的工地"。带着这一丁点线索我到了波普勒，在12点钟的时候才找到一个对这个地方令人满意的提示，我进了一家咖啡厅，一些工人正在那里吃饭。他们中的一个说克罗斯安琪大街上正在建一所新房子，因为这个情况符合所谓的"新型的工地"，我立刻到了那里。我在那儿遇到了一个坏脾气的看门人和一个脾气更坏的工头，两个人都被我用钱摆平了，给了我布劳克山姆的线索。我向他的工头提议愿意付布劳克山姆这几天的工资，来换取问他几个关于私事的问题的优先权，于是他被叫了过来。他虽然言谈举止都很粗俗，但却是个聪明人。当我向他保证会付给他钱并且给他一些保证金后，他告诉我，他在卡尔法克斯和皮卡迪里大街的一所房子之间运过两次东西，从前者向后者一共运了九个箱子，"都是很沉的箱子"。为此他还租了一辆马车。

我问他能否告诉我皮卡迪里大街上的那所房子的门牌号码时，他对此回答是："先生，我忘记号码了，但是它离一所白色的大教堂只有几步远，或者不是教堂，反正挺新的。那也是一所很脏的老房子，虽然比不上我们拿箱子的那所房子脏。"

"你是怎么进到这两所空房子里的？"

"在帕夫利特的房子里有一个老人在等我，他帮我把箱子搬到了马车上，他是我见到过的最强壮的家伙了，是个老家伙，白胡子，瘦到你可能都会认为他不会有影子。"

他的话让我紧张的心怦怦跳！

"他举起那些箱子时就好像那只是几磅茶叶，我可是费了好大劲儿才搬起来的。"

"你是怎么进到皮卡迪里大街上的房子里的？"我问道。

"他也在那儿。他一定是马上出发，在我之前赶到那儿的。当我按响门铃，他自己过来开门，帮我把箱子搬到了大厅。"

"全部只有九个箱子吗？"我问。

"是的，第一次运了五个，第二次四个。这是很累的活儿，我都不记得自己是怎么回家的了。"

我打断他说："就把箱子放在大厅了吗？"

"是的。大厅很大，其他什么也没有。"

我又问他："你没有钥匙吧？"

"没用钥匙。那个老人自己开的门，当我走的时候，也是他关的门。我不记得最后一次了，因为喝了酒。"

"你也记不得房子的门牌号码了？"

"不记得了，先生。但是你不用担心。房子很高，正面是用石头做的，上面有一个弓形的东西，门前有很高的台阶。我知道台阶数，因为我和三个来挣点铜钱的游手好闲的人一起把箱子搬上了台阶。那个老人给了他们几先令，他们还想要更多的钱。但是他抓住其中一个人的肩膀想要把他扔下台阶，于是他们骂骂咧咧地跑开了。"

我想通过他的描述我可以找到那所房子，于是给了他钱，出发去了皮卡迪里大街。我又有了一次新的痛苦的经历。显然，伯爵自己能搬得动那些箱子。如果是这样的话，时间是很宝贵的，因为现在他已经完成了一些分配，他会随时将这项任务悄无声息地完成。在皮卡迪里圆形广场，我付了马车费，向西走去。我发现了所描述的房子，它就在德古拉的藏身之所的隔壁。房子看起来很长时间都没有人居住了。窗户上落满了灰尘，百叶窗都是开着的。所有的框架都因为时间的原因而发黑了，铁上的漆几乎都已经脱落了。显然，阳台前面曾竖着一块大公告牌，然而，它被粗暴地拔掉了，但支撑它的柱子还留在那里。在阳台的围栏后面，我看见散乱地放着几块板子，它们粗糙的边缘看起来发白。要是能看见那块公告牌仍然完好无损就好了，也许我就可以找到一些关于这幢房子主人的线索。我想起了自己调查和购买卡尔法克斯那幢房子的经历，我想我可以找到房子原来的主人，也许能发现一些进入房子的办法。

目前，在房子朝皮卡迪里大街的这一面已经找不出什么了，也什么都做不了，于是我绕到后面看能不能从这个方向上发现什么线索。商店十分兴隆，皮卡迪里大街上的房子几乎都被用了。我问了周围能看见的一两个马夫和帮手，看他们能不能告诉我一些这所空房子的情况。其中的一个说这所房子最近有人买了，但是他不知道是谁买的。他告诉我，直到最近，那里还竖着一块"此房出售"的公告牌，也许房屋代理商孙坎蒂公司的米歇尔可以告诉我一些这所房了的情况，因为他记得在公告板上看见了这家公司的名字。我不想表现得太急切，以免让他知道或是猜出太多的东西，于是我像平常一样谢了他，散着步离开了。现在黄昏越来越近了，快到了秋天的晚上了，所以我没有耽搁任何时间。在伯克利旅店从一本姓名地址录上找到了孙坎蒂公司的米歇尔的地址，我立刻到达了他们在塞克维尔大街上的办公室。

接待我的那位绅士很和蔼，但是同样沉默寡言。在整个对话中，他都称皮卡迪里大街上的那所房子为"公馆"，他只告诉我，房子已经卖出去了，因而对话到此为止。当我问他是谁买了房子时，他睁大眼睛，停了几秒钟，然后回答道："房子已经卖出去了，先生。"

"原谅我，"我同样礼貌地说道，"但是我想知道是谁买了它，这非常重要。"

然后他停了更长的时间，抬起眉毛："已经卖出去了，先生。"又是这个简短的回答。

"当然，"我说，"你不会介意我知道这么多吧？"

"我确实介意，"他回答道，"客户的事情在孙坎蒂公司的米歇尔手中是绝对安全的。"

这显然是一个一本正经的人，没必要逼他。我想最好迎合他的想法，于是我说道："先生，您的客户一定会高兴有您这样一位坚定的秘密保管者。我自己也是一个圈里人。"

我递给他我的名片，说："在这件事情上，我不是因为好奇的驱使，我是代表高达尔明勋爵问的，他想了解一下这所最近要出售的房子的信息。"

这句话有了不一样的效果。他说："如果可以的话，我愿意为您效劳，哈克先生，我特别愿意为这位勋爵效劳。当他还是亚瑟·郝姆伍德阁下的时候，我们曾经为他租过几间房子。如果你告诉我他的地址，我会考虑一下这所房子的事情，无论如何，我晚上都会和他通信讨论这个问题。如果我们只是违反这个规则，而提供给勋爵想要的信息，我会很高兴的。"

我想多交一位朋友，而不是制造一个敌人，于是我谢了他，告诉了他西沃德医生的地址，就离开了。现在天黑了，我又累又饿。我在"松软面包房"喝了一杯茶，坐火车回到了帕夫利特。

我发现所有人都在家。米娜看起来又疲倦又苍白，但是却努力让自己显得快活而高兴。我怕是因为我对她的隐瞒造成了她的焦虑。感谢上帝，这会是最后一晚她看着我们开会，因为我们对她保守秘密而感到苦闷。我鼓足勇气，坚持不让她参加到我们可怕的工作中来。不知为什么，她更顺从了，或者她已经反感了这件事情，因为每次不小心地提到这件事时，她都会颤抖起来。我很高兴我们及时地下了决心，我们所知道的越来越多的东西，对她来说简直是一种折磨。

在我们单独在一起的时候，我才能把今天的事情说出来。于是吃过晚饭，我甚至放了一小段音乐在我们之间装了装样子，我把米娜带到房间，让她睡觉。这个可爱的女孩和我感情更好了，她贴在我身上好像要留住我，但是有很多事情要讨论，于是我离开了。感谢上帝，隐瞒没有让我们之间产生隔阂。

当我又回来时，我看见大家都围坐在书房的壁炉边等我。我在火车上把发生的事都写在了日记里，所以只是把日记读给他们听了，这是尽快让他们了解事情经过的最好方式。

我念完以后，范海辛说道："这是很大的进展，乔纳森。无疑，我们已经有了失踪箱子的线索。如果箱子全在那所房子里，我们的工作就快结束了。但如果又少了一些，我们还必须继续寻找，直到找到它们。到那时我们就能作出最后的一击，将这个无耻之徒真正地置于死地。"

我们沉默地坐了一会儿，突然莫里斯先生说道："说一说！我们该怎么进到那所房子里呢？"

"我们已经进到旁边的房子里了。"高达尔明勋爵很快回答。

"但是，亚瑟，这一次不同了。我们在卡尔法克斯破门而入，但是我们有夜晚和一个带围墙的院子来保护自己。在皮卡迪里大街上那就是完全不同的事情了。无论是在白天还是在晚上。我承认我不知道该怎样才能进去，除非那个办事处的人能给我们找到钥匙一类的东西。"

高达尔明勋爵皱起眉头，站起身来在屋子里踱步。不久以后，他停下来，将头不停地转向我们中的一个人，他说："昆西的头脑很冷静，夜盗罪可不是闹着玩的。我们成功了一次，但是我们现在手上的工作很棘手，我们只能找到伯爵的钥匙才行。"

因为在早上之前做不了什么，等待高达尔明勋爵接到米歇尔的信是最可取的，我们决定在早餐之前不采取任何主动的行动。我们长时间地坐在一起吸烟，讨论问题。我抓住机会，把今天的日记补充完整了。我很困了，要睡觉了……

就写一行。米娜睡得很香，呼吸很平稳。她的前额皱起了小小的皱纹，仿佛在梦中也在思考。她依然很苍白，但是不像早上看起来那么憔悴了。我希望，明天这一切就会好了，她会回到我们在埃克斯特的家中。唉，但是我真是困了！

西沃德医生的日记

10月1日

我又被仑费尔德弄糊涂了。他的心情变化得如此之快，让我很难捉摸得透，因为他的心情不只表明了他的健康程度，因此这反而变成了一项有趣的研究。今天早上，在仑费尔德拒绝了范海辛后，我去看他，他的举止就像一个能够支配自己命运的人。实际上，他在主观上支配着命运。他并不真正关心地球上的事物，而是站在云端俯视着我们可怜的凡人的弱点和需要。

我想我可以推进这个情况，得到一些信息，于是我问他："这几天苍蝇怎么样了？"

他傲慢地对我微笑，回答道："我亲爱的先生，苍蝇有一个显著的特点——它的翅膀有着通灵的能力。古人把灵魂比作蝴蝶是多么巧妙啊！"

我觉得我要把他的类比变得尽可能的合乎逻辑，于是我很快地说道："噢，这就是你现在追求的灵魂，是吗？"

　　他的疯狂击败了他的理智，他的脸上露出困惑的表情，他坚决地摇着头，我很少看见他这样。

　　他说："哦，不！哦，不！我不想要灵魂，生命是我唯一想要的。"这时他高兴起来："但是我现在不关心它。生命也有了，我已经有了所有我想要的。你应该有一位新病人了，医生，如果你想研究食肉动物的话！"

　　这让我感到迷惑，于是我继续引导他："那么你掌握着生命。你是个神了，我猜？"

　　他的微笑里有一种不可名状的傲慢："哦，不是！怎么能把上帝的特点放在我的身上，我甚至不关心他的那些精神上的行动。如果要说我的位置，就地球上的事物而言，有点像是伊诺克在心灵中占据的位置！"

　　这对我是个难题。我在当时回忆不起来伊诺克了，所以我不得不问了一个简单的问题，虽然我觉得这么做是在降低自己在这个精神病人心目中的地位："为什么是伊诺克？"

　　"因为他和上帝在一起走路。"

　　我不能看出有什么相似，但是又不想承认，于是我又回到了他否认的地方："所以你不在乎生命，也不想要灵魂。为什么不？"我很快地问问题，还有点严肃，为的是让他措手不及。

　　努力成功了，有一刻他又回到了原来奴颜婢膝的态度，在我面前弯着腰，几乎是摇尾乞怜地说："我不想要任何灵魂，真的，真的，我不要！我就是有他们也用不了，他们对我没有用处，我不能吃掉他们，也不能……"

　　他突然停了下来，狡猾的神情又回到了脸上，像一阵拂过水面的风。

　　"医生，至于生命，它究竟是什么？就是你得到所有需要的东西，而再也没有需要的了，就是这样。我有朋友，好朋友，像你，西沃德医生。"他一边说，一边斜眼瞟了我一下，狡猾得难以形容，"我知道我永远不会缺少生命的。"

　　从他那混乱的陈述中，我似乎感觉到一些敌意，因为他立即采用了最后的应急办法——固执的沉默。过了一会儿，我觉得现在跟他说话没什么用，他不太高兴，于是我就离开了。

这天的晚些时候，他让人叫我过去。通常没有特殊的原因我是不会去的，但是现在，我对他非常感兴趣，我愿意尝试一下。另外，我希望过去一段时间后他能好点了。哈克出去追查线索了，高达尔明勋爵和昆西也一样。范海辛坐在我的书房里研究着哈克夫妇准备的记录。他好像觉得在精确地掌握了所有细节后，他会发现一些新的线索。他不想在工作时被打扰，如果没有原因的话。本来我想叫范海辛和我一起去看病人的，只是觉得在他上次被拒绝以后，他可能就不想再去了。还有一个原因。在第三者在场的时候，仑费尔德可能不能像他和我单独在一起时那么自由地说话了。

我看见他坐在屋子中央的板凳上，这个动作一般表明他有某种精神上的活力。当我来了以后，他立即说道，就好像问题已经在他的嘴唇上等待着："谈谈灵魂怎么样？"

显然，我的推测是正确的，无疑是大脑活动开始起作用了，即使是对一个精神病患者。我决心把这件事搞清楚。

我说："你自己的灵魂怎么样了？"

他一开始没有回答，而是上上下下地环顾四周，好像希望找到回答问题的灵感。

"我不想要灵魂！"他用一种虚弱的、道歉的方式说道。这件事好像让他苦恼了，所以我决定利用它，于是我说："你喜欢生命，你想得到生命？"

"是的！但是现在还好。你不用担心这个。"

"但是，"我说，"你不要灵魂的话，又怎么能得到生命呢？"

这好像难住了他，于是我又说道："你总有一天会离开这里。成千上万的苍蝇、蜘蛛、鸟和猫的灵魂会在你周围呻吟。你得到了它们的生命，你知道的，那么你就必须忍受它们的灵魂！"

他的想象力好像受到了影响，因为他把手放在耳朵上，闭上眼睛，使劲儿地拧着，就像一个小男孩在脸上涂肥皂时做的那样。这里面有一种让人同情的东西感动了我。这也让我知道了，好像在我面前的就是一个孩子，只是一个孩子，虽然样子已经很老了，下巴上的胡子也白了。显然，他正在经历一番心理挣扎，还知道了他以前的情绪是被一些不相干的东西所迷惑，我想我应该尽可能地进入他的头脑和他一起思索。

第一步是恢复他的信心，于是我问他，声音放得很大，使他能通过自己的手捂住的耳朵听到我的声音："你想不想再要点糖把你的苍蝇再集合起来？"

他好像突然醒了，摇了摇头。他大笑着回答："不要了！毕竟，苍蝇是可怜的生物！"停了一下他又说道："但是我也不想让它们的灵魂在我耳边嗡嗡地叫。"

"那么蜘蛛呢？"我继续问。

"别提蜘蛛了！蜘蛛有什么用啊！它们又没有什么东西可吃……"他突然停住了，就好像想起了一个被禁止的话题。

"对，对！"我对自己说，"这是他第二次在说'喝'这个词之前停住了。这是什么意思呢？"

仑费尔德好像意识到自己犯了个错误，因为他很快地说道，好像想要分散我的注意力："我再也不储存这些东西了。'老鼠和小鹿，'莎士比亚这样说，'储藏柜里的嫩肉，'可以这么叫它们。我已经没有那些荒谬的念头了。你也可以叫一个人用一双筷子去吃它们，但我不再对食肉感兴趣，当我知道在我面前的是什么的时候。"

"我明白了，"我说，"你想要大点的东西好填满你的牙缝？你想不想拿一头大象当早餐？"

"你在胡说些什么呀？"他有点过于清醒了，所以我觉得我得把他逼得紧点。"不知道，"我说，"大象的灵魂是什么样子的？"

我得到了想要的效果，因为他马上又从高高的座位上跌落下来，成了一个孩子。

"我不想要大象的灵魂，或者其他任何灵魂！"有一段时间，他灰心丧气地坐着。突然他跳起来，眼睛闪着光，表现出大脑亢奋的所有征兆，"你和你的灵魂见鬼去吧！"他叫道，"为什么你总拿灵魂来折磨我呢？即使不去想灵魂，难道我还不够担心、痛苦和疯狂吗？"

他看起来十分怀有敌意，我觉得他的疯狂举动又快要发作了，所以吹响了口哨。

然而，就在我这么做的那一瞬间，他突然变得冷静了，抱歉地说："原谅我，医生。我忘记我自己了。你不需要任何帮助。我最近太心烦了，很容易被激怒。要是你知道我所要面对和解决的问题，你就会同情、容忍和原谅我的。求求你不要给我穿上紧身背心。我想思考，但是如果我的身体被束缚起

-235-

来，我就思考不了了。我肯定你会理解的！"

他显然能够控制自己了，所以当值班员来的时候我告诉他们没什么事，他们就走了。仑费尔德看着他们离开。当门被关上时，他庄严而亲切地对我说道："西沃德医生，你对我太照顾了。相信我，我是非常、非常感谢你的！"

我觉得最好让他保持现在的状态，于是就离开了。他的状态确实有很多需要思考的地方，有几个点好像构成了美国的访问者所说的"一个故事"，只要谁能把它们按照适当的顺序排列出来。它们是：

不会提到"喝"。

害怕因任何生物的"灵魂"而烦恼。

不担心将来会缺少"生命"。

蔑视一切低等的生命，虽然他害怕他们的灵魂会来打扰他。

这些东西在逻辑上都指向了一个意思！他确定自己会得到高等的生命。

他害怕结果，灵魂的负担。那么他想要的就是人类的生命！

可是为什么这么确定……

仁慈的上帝啊！伯爵已经到他身边了，一些新的恐怖计划正在进行中！

过了一会儿

在巡视了一圈以后，我到了范海辛那里，把我的怀疑告诉了他。他变得很严肃，在思考了一段时间以后，他要我带他去看仑费尔德。我这样做了。等我们走到门口时，我们听见这个精神病人正在高兴地唱歌，像他原来做的那样，刚才那段时间好像已经是很久以前了。

当我们进去以后，我们惊奇地发现他像以前一样撒上了糖。苍蝇在秋天里昏昏欲睡，开始嗡嗡地叫着飞进了房间。我们试着想让他谈谈我们刚才的对话所谈到的话题，可是他根本不理我们。他继续唱着歌，就好像我们是隐形人。他得到了一张纸，将纸片折成笔记本。我们只好像来时一样毫无收获地离开了。

他真是个奇怪的病人。我们今晚必须来看他。

孙坎蒂公司的米歇尔给高达尔明勋爵的信

10月1日

我的勋爵:

　　我们一直很高兴能够满足您的愿望。关于勋爵您的愿望,哈克先生已经代表您向我们表达了,请允许我们向您提供以下关于皮卡迪里大街347号的房子的销售和购买的信息。房子原来的拥有者是已故的阿齐宝儿的温特萨菲尔德先生的指定遗嘱执行人。买主是一位外国的贵族,德维里伯爵,他自己办理的购买手续,将买房的钱交给了经纪人。除此以外,我们对他一无所知。

　　我们是您的忠实的仆人

米歇尔 & 孙坎蒂公司

西沃德医生的日记

10月2日

　　我昨天晚上,安排了一个人在走廊里,让他记录下他从仑费尔德的房间里听到的任何声音,吩咐他如果有什么异样,一定要告诉我。吃过晚饭后,我们都聚集到书房里的壁炉边上,哈克夫人已经去睡觉了,我们讨论了今天的所见所闻。哈克是唯一有收获的人,我们都特别希望他的线索是非常重要的。

　　在上床之前,我巡视了病人的房间,从观察窗向里看。他睡得很香,他的胸部随着呼吸平稳地一起一伏。

　　早上值班的那个人告诉我,午夜之后一点,他就开始不安起来,大声地祈祷着。我问他是不是这就是所有的了,他回答说是。他的举止有点可疑,于是我直接问他是不是睡着了。他否认自己睡着了,但是承认"打了一会儿盹儿"。这太糟糕了,如果不监视着这些人,就没法相信他们。

　　今天哈克出去寻找线索,亚瑟和昆西在照顾马。高达尔明认为最好时刻准备好马，因为我们一旦得到了所要寻找的信息，就不会浪费时间了。我们必须在日出和日落之间把所有进口的那些泥土都毁掉。这样，我们可以在伯爵最虚弱的时候捉住他，而他也没有藏身之处可以去。范海辛去了不列颠博物馆寻找关于古代的药方的资料。古代的医生注意到的东西并不为后来人所接受，教授正在寻找以后可能对我们有用的巫术和对付恶魔的办法。

我有时觉得我们一定都疯了，只有穿上紧身背心我们才能清醒过来。

过了一会儿

我们又开了会，最后好像找到了线索。也许我们明天的工作就是结束的开始。不知道仑费尔德的安静和这个有没有关系。他的情绪精确地随着伯爵的行动而变化，也许这个魔鬼即将到来的末日，微妙地影响到了他。要是我们能够看出，在我同他的讨论与他又重新开始捉苍蝇之间的时间里，他的头脑中有什么想法，也许会给我们提供一个有价值的线索。他现在好像已经安静了好长一段时间了……这是他吗？那狂野的叫声好像是从他的房间里传来的……

值班员冲进我的房间告诉我，仑费尔德出事了。他听见了他在叫喊，当他来到仑费尔德的房间，发现他俯卧在地上，到处都是血。我必须马上去看看……

第二十一章　西沃德医生的日记之继续

10月3日

　　我将把发生的一切事情都准确地记录下来，尽可能地回忆起来，从我上一次记的日记开始。我能回忆起来的任何一个细节都不能放过。我必须冷静地开始回忆。

　　当我来到仑费尔德的房间的时候，我发现他正躺在地板左侧的血泊中。我过去将他移动了一下，很显然他受了很严重的伤。因为他的脸暴露在外面，所以我能看见他的脸是被撞伤的，好像还是被砸在了地板上。实际上那摊血就是从他脸上的伤口流出来的。

　　当我们把他的身体翻过来的时候，跪在他身体旁边的值班员对我说道，"我觉得，先生，他的背部受伤了。看，他的右臂、右腿和整张脸都瘫痪了。"这种事情是如何发生的让值班员很困惑，他看起来手足无措，说话时眉毛拧在了一起，"我不能理解这两件事情，他可以通过把自己的头向地上砸把他弄成这个样子。我在埃佛斯费尔德精神病院看见过一个女人，在任何人能够制止她之前她就这样做了。我猜他是从床上掉下来的时候摔伤了脖子，如果他抽筋的话。但是我一辈子都不能想象这两件事情是怎么发生的。如果他的背部受了伤，他就不能砸自己的头，如果在他从床上摔下来之前就把自己的脸弄成了这个样子，应该会留下痕迹。"

　　我对他说："去找范海辛医生，让他立刻过来。不能耽搁一分钟。"

　　值班员跑走了，不到一分钟，教授穿着睡衣和拖鞋出现了。当他看见躺在地上的仑费尔德，盯了他一会儿后，就把头转向我。我想他从我的眼睛里看出了我的想法，因为他平静地说——显然是说给值班员听的："啊，悲惨的事故！他需要仔细的照顾。我和你待在一起，但是我要先穿上衣服。如果你留在这里，我过几分钟就来。"

病人呼吸急促，可以很容易地看出他受的伤很严重。

范海辛非常迅速地返回了，还带着一个外科手术箱。他显然经过了一番思考，并且下定了决心，因为在他看着这个病人之前，他低声对我说："让值班员离开吧。在他经过手术变得清醒之前，我们必须单独和这个病人待在一起。"

于是我说道："我想现在差不多了，西蒙斯。我们现在已经做了我们能做的。你最好去巡视吧，范海辛医生要做手术了。如果有什么事情立即来告诉我。"

值班员离开了，我们对病人进行了仔细的检查。他脸上的伤只是表面的，而真正的伤是颅骨的凹陷骨折，沿着运动神经扩展。

教授思考了一会儿对我说道："我们必须减轻压力，尽可能地回到正常的状态。快速的充血现象说明了他受伤的严重性，而整个运动神经好像都受到影响了。大脑的充血速度会迅速地增快，所以我们必须马上为他做开颅手术，否则就太晚了。"

就在他说话的时候，突然响起了轻轻的敲门声。我走过去打开了门，发现走廊里站着穿着睡衣和拖鞋的亚瑟和昆西，亚瑟说道："我听见你的值班员去找范海辛说出事了。所以我叫醒了昆西，或者说是去找他，因为他还没有睡着。这段时间，事情发展得太快太奇怪了，我们谁都睡不好。我一直在想明晚就会看到不一样的事情了。我们需要回顾，还需要比我们已经做得更往前看一点。我们可以进来吗？"

我点了点头，打开了门一直等他们都进来了，便马上又把它关上。当昆西看见病人躺在地上的姿势和状态，并注意到地板上的那摊血的时候，他轻轻地说道："我的上帝啊！他出了什么事？可怜的家伙！"

我简短地向他讲述了大致的情况，并说我们希望在手术过后他可以恢复知觉，即使是一小会儿。他立即走过去坐在床角，高达尔明坐在他身边，我们都在耐心地等待着。

"我们应该等着，"范海辛说，"等着找到开颅的最佳位置，这样我们才能最迅速和最准确地移走血块，因为血显然在大量流失。"

我们等待的每分每秒都过得异常缓慢。我的心里有一种不好的预感，我从范海辛的脸上看出他对即将发生的事情感到一种恐惧。我害怕仑费尔德可能说出的话，我甚至不敢去想。但是我坚信将会发生一些事情，因为我读过听到过死亡钟声的人写的东西。这个可怜的人的呼吸变成了不稳定的喘气。每一秒钟他好像都会睁开眼睛说话，但是之后会跟着一阵长长的吸气声，又会陷入更深度的昏迷。虽然我已经习惯了病床和死亡，但是我心中的悬念还是越变越大。我几乎可以听见自己心跳的声音，血液大量地涌到太阳穴里，发出汩汩的声音听起来就像是锤子在击打着什么。安静最终变成了苦恼。我看着自己的同伴，一个接一个，通过他们涨红的脸和沮丧的神情可以看出他们在经受着相同的煎熬。我们心中都有一个紧张的悬念，就好像我们头顶有一个铃，会在我们最不希望它响的时候有力地响起来。

　　最后有一段时间，显然病人的情况在不断恶化，他随时都有可能死去。我抬头看着教授，发现他也正盯着我的眼睛。他的脸十分严肃，说道："不能再浪费时间了。他的话可能值很多条命。我站在这里的时候一直在这样想，可能有一个灵魂正处在危险中！我们就在他耳朵的上方手术。"

　　他没再说什么，就开始动手术了。有几分钟，病人的呼吸声一直很响。然后是一次很长的呼吸，好像会把他的胸膛撕开。突然他的眼睛睁开了，眼神呆滞而无助。这样持续了一段时间，然后转变成了愉快的惊喜，从他的嘴里叹出一口气。他开始痉挛，说道："我会安静的，医生。让他们把我的紧身背心脱下来吧。我做了一个噩梦，它让我十分虚弱，我动不了了。我的脸怎么回事儿？我感觉它肿起来了，而且疼得特别厉害。"

　　他试着转头，但是在作着努力的时候，他的眼睛又变得呆滞起来，所以我轻轻地把他放回了原位。然后范海辛用平静庄重的口吻说道："把你的梦告诉我们，仑费尔德先生。"

　　就在他听到这个声音的时候，他受伤的脸活跃起来，说道："范海辛医生，你能在这里真好。给我一点儿水，我的嘴唇很干，我会尽量跟你讲，我梦见了……"

　　他好像又晕过去了。我悄悄地对昆西说道："去拿杯白兰地来，在我的书房里，快！"他飞奔出去，回来的时候带着一个杯子、一瓶白兰地和一瓶水。我们湿润了他干裂的嘴唇，病人很快又苏醒了。

无论如何，他那可怜的手和大脑好像在间歇这项工作，因为当他清醒的时候，他的眼神带着一种我永远都不会忘记的苦闷，并且有神地看着我说道："我不应该欺骗自己。这不是做梦，而是可怕的事实。"

然后他看着周围。当他看见有两个身影耐心地坐在床沿的时候，他又继续说道："如果我不是很肯定，我会从他们那里知道的。"

他闭上了眼睛，不是因为痛苦和困倦，而是下意识的，好像用尽了全力。当他再睁开眼睛的时候，他快速地说话，有了更多的能量，他说："快，医生，快，我要死了！我觉得自己只有几分钟了，然后我就必须死了，或者更糟！再用白兰地把我的嘴唇弄湿。在死之前我有一些话必须说，或者在我那可怜的即将摔碎的大脑死了之前。谢谢你！在你离开我的那个晚上，就是我请求你放我走的那一次。我当时没有说，因为我感到自己的舌头被打了结。但是我当时是很清醒的，像我现在一样。在你离开之后的很长一段时间里，我都在绝望中挣扎，可能过了好几小时。然后我突然平静下来了。我的大脑好像又冷静下来了，我意识到自己在哪里。我听见了从房子后面传来的狗叫声，但不是他在的地方！"

就在他说话的时候，范海辛的眼睛眨都没眨一下，他伸出手紧紧地握住了我的手。无论如何，他没有背叛自己，而是轻轻地点了点头，说道："继续吧。"声音很低沉。

仑费尔德继续说道："他在雾中来到了窗前，就像我以前经常看到的那样，但是那时候他是真实的，不是一个鬼，在他生气的时候，眼神却像一个男人的眼睛那般凶猛。他咧开红色的嘴大笑，当他回头望着那片树丛，就是狗在叫的地方的时候，他那锋利的白色牙齿闪着微光。我一开始没有叫他进来，虽然我知道他是很想进来的，就像他一直想的那样。然后他开始许诺给我东西，不是用语言，而是用行动。"

教授突然打断了他，问："怎么做的？"

"当时兑现。就像他在太阳照射的时候把苍蝇送进来一样。苍蝇大大的、肥肥的，翅膀上带着蓝宝石。晚上是大蛾子，带着脑袋和背上的脊骷髅。"

范海辛一边对着他点头，一边下意识地轻声对我说道："是被你叫作'骷髅飞蛾'的东西？"

病人没有停，继续说道："然后他开始低语：'老鼠，老鼠，老鼠！成百，成千，成百万的老鼠，每个都是一个生命。狗也吃它们，猫也吃它们。所有的都是生命！全是红色的鲜血，里面有几年的生命，不仅仅是嗡嗡叫的苍蝇！'我嘲笑他，因为我想看看他能做些什么。然后狗开始狂吠，在那片黑暗的树丛之中，他的房子里。他招手让我到窗前来。我起身向外看，他抬起了手，好像在召唤，不用任何语言。一团黑黑的东西蔓延过了草地，形状像是一团火焰。然后他左右移动着雾，我能看见成千上万的老鼠，眼睛发着红光，像他的眼睛一样，只是小一点儿。他一举起手，它们就都停了下来，我觉得他像是在说：'所有的这些生命我都给你，还有更多的和更大的，在以后无尽的岁月里，只要你跪下来膜拜我！'然后一团红色的云，像血一般的颜色，飘了过来，似乎蒙上了我的眼睛，在我知道自己在做什么之前，我发现自己打开窗户对他说：'进来吧，主人！'老鼠全都不见了，可是他却通过窗户进入了房间，虽然窗户只开了一英寸那么宽，就好像月光能够从最细小的缝隙里射进来，在我面前呈现出她完全的大小和光彩一样。"

仑费尔德的声音越来越微弱了，于是我又用白兰地湿润了他的嘴唇，但看起来他的记忆好像跳跃了，因为故事前进了很多。我正要把他拉回到原来的地方，但是范海辛小声对我说道："让他继续，不要打断他。他回不去了，而且可能一旦失去了思路就完全进行不下去了。"

他继续说道："我一整天都在等他的消息，但是他什么都没给我送来，甚至连一只绿头大苍蝇都没有，当月亮升起来的时候，我已经对他非常生气了。当他从窗户溜进来的时候，虽然窗户是关着的，他甚至没有敲一下，我对他发脾气了。他嘲笑我，从雾里探出他那白色的脸，红色的眼睛闪着光，他好像拥有这整个屋子，而我却什么都不是。当他走过我身边的时候，他身上的那股气味闻起来都不像以前那样了。我抓不住他。不知道为什么，我倒是感觉好像是哈克夫人来过这个屋子。"

坐在床上的两个人站了起来，走到他身后，这样他就看不见他们了，但是无论他们在屋子的什么地方，他们都可以听得很清楚。他们很沉默，但是教授却吃惊地颤抖着，然而，他的脸变得更加严肃了。仑费尔德没有注意到，继续说道："当哈克夫人下午来看我的时候，她看起来不太一样。她就像是掺过水的茶。"这时我们都动了，但是谁也没说话。

他继续说道："直到她开口说话，我才知道她在这儿，她看起来和原来

-243-

不一样了。我不喜欢苍白的人。我喜欢他们身体里充满了血液，而她的血液看起来像是用完了。我当时没有反应过来，但是当她离开以后，我开始思考，当我知道了他开始夺取她的生命时，我简直是发疯了。"我能感觉到屋子里其他的人都在发抖，就像我现在这样。但是我们仍然一动不动。"所以当今晚他来的时候，我已经准备好了。我看见那团雾潜入进来，我就紧紧地抓住了他。我听说过疯子有超自然的力量，因为我知道自己是一个疯子，虽然只是有时，我决心使用我的力量。他也感觉到了，因为他不得不从雾里出来和我搏斗。我紧紧地抓住他，感觉自己快要赢了，因为我不想让他再吸她的血了，当我看到他的眼睛的时候，他那种眼神直射进我的心里，我的力气竟一下子化成了水。他逃脱了，当我再一次努力靠近他的时候，他把我举起来狠狠地摔到了地上。我的眼前出现了一片红色的云，然后是一阵雷鸣般的噪声，那团雾好像从门下溜走了。"

他的声音越来越微弱，呼吸的声音更加大了。范海辛本能地站了起来。

"现在我们知道了最坏的。"范海辛说，"他就在这里，我们现在已经知道了他的目的。也许还不算晚。让我们武装起来吧，就像那晚一样，不要再浪费时间了，一秒的时间都不能浪费。"

没有必要把我们的恐惧或者是信念写成文字，因为我们都是一样的。我们都冲进屋拿起了和那一晚我们进入伯爵的房子时一样的东西。教授已经准备好了，当我们在走廊见面的时候，他意味深长地指着它们说道："它们从没来没有离开过我，直到这件不愉快的事情结束，它们都不会离开我。聪明一点儿，朋友们。我们要对付的不是普通的敌人，唉！唉！那位亲爱的哈克夫人会受到伤害的！"他停住了，声音哽咽。我不知道愤怒和恐惧是否占据了我自己的心。

我们在哈克夫妇房间的门外停住了。亚瑟和昆西却向后退去，昆西说道："我们应该打搅她吗？"

"必须，"教授严肃地说道，"如果门是锁着的，那么就把它撞开。"

"这会不会把她吓坏了？擅自闯入一位女士的房间可不太好呀！"

范海辛严肃地说道："你总是正确的，但是这关系到生与死，所有的房间对于医生来说都是一样的。即使不一样，今晚对于我来说也是一样的。约翰，当我转动门把手的时候，要是门没有开，你就用肩膀去撞。你们也一样，我的朋友们。现在！"

他一边说一边转动了门把手，但是门没有开。我们向门上撞去。"哐"的一声，门被撞开了，我们几乎栽倒在屋子里。可教授确实是摔倒了，当他用手和膝盖支撑着站起来的时候，我穿过他向前方看去。

眼前的景象让我胆寒。我感觉自己的头发像身上的寒毛一样竖了起来，我的心脏好像也停止了跳动。

月光是如此的明亮，即使是穿过厚厚的黄色窗帘，仍然亮得足以看清屋里的陈设。在靠近窗户的床的一侧躺着乔纳森·哈克，他的脸通红，呼吸沉重，像是已经昏迷了。跪在床沿，脸朝着外面的是他妻子的白色身影。站在她身边的是一个又高又瘦的男人，全身都是黑色。他的脸背对着我们，但是在我们看见他的一刹那，我们都认出了那个人就是伯爵，不管从哪个方面，甚至是通过他前额的伤疤。他左手抓住哈克夫人的两只手，并且紧紧地拉住它们，他的右手抓住了她的脖子，将她的脸压在哈克的胸口上。她的白色睡衣上面染满了鲜血，哈克的衣服被撕开了，一股鲜血的细流从他裸露的胸膛淌下来，他们的姿势就像一个孩子将小猫的鼻子摁进一碟子牛奶一样，强迫它喝下去。就在我们闯进房间的那一刻，伯爵转过头来，我听过的描述中的可怕样子好像跳上了他的脸。他的眼睛闪着魔鬼似的愤怒的红色火焰，白色的鹰钩鼻，两个巨大的鼻孔张得大大的，边缘颤抖着，白色的锋利的牙齿，在滴着血的嘴唇后面，像一只野兽一样咬牙切齿。他用力地一扭，将他的受害者扔回了床上，就好像从高处投下来一样，他转身扑向了我们。但是这时教授已经站稳了脚跟，他举起了盛着圣饼的信封。伯爵突然停住了，就像可怜的露西在自己的坟墓外面做的那样，向后退缩。他越退越远，而我们举着十字架，越走越近。当一块巨大的黑云划过天空时，月光突然被遮住了。当昆西用火柴点燃了汽灯，我们除了一团朦胧的烟雾以外，什么也没有看到。这团烟雾从门下飘走了，这时被撞开的门又反弹回去，回到了原来的位置。范海辛·亚瑟和我向哈克夫人走去，这时她深吸了一口气，发出了一声凄惨的尖叫，如此的刺耳，如此的绝望，让我觉得这声音会一直在我耳边回响，直到我死的那一天。有那么几秒钟，她无助地保持着原来的姿势，衣冠不整。她的脸像鬼一样苍白，因为嘴唇上、脸颊上和下巴上沾染的鲜血而显得更加苍白。一小股鲜血从她的喉咙滴落下来，她的眼睛里充满了恐惧。然后她用自己可怜的被压坏了的手捂住了脸，苍白的手上还有被伯爵抓过的红色痕迹，从手的后面传来了一声低沉、凄惨的痛哭，这使刚才那声尖叫只像是对无尽悲痛的快速表达。范海辛走上前轻轻地将床单盖在她的身体上，这时亚瑟在绝望地看着她的脸之后，跑出了房间。

范海辛低声对我说："乔纳森昏迷了，就像我们所知道的，是吸血鬼干的。现在我们对可怜的哈克夫人什么也不能做，直到她恢复过来。我们必须叫醒乔纳森！"

他将毛巾的一端浸入冷水，然后开始用毛巾在他脸上轻轻地拍打，他的妻子这时还在用手捧着脸，用让人心碎的声音啜泣着。我打开窗帘，从窗户望出去。月光很明亮，我能看见昆西·莫里斯穿过草坪藏在了一棵大紫杉树的阴影里面。我不知道他为什么这样做。但是这时我听见乔纳森在有了一些知觉后惊叫起来，将头转向床，在他的脸上是异常惊讶的表情。他好像眼花了几秒钟，然后好像突然又完全清醒了，吃惊地跳了起来。

他的妻子被这突然的举动唤醒了，转向他伸出双臂，好像要拥抱他。然而，她的手臂突然又缩了回去，并且举起手肘，将手捂在脸上，一直颤抖着，直到她身下的床开始晃动。

"看在上帝的分儿上，到底发生了什么事？"哈克叫出来，"我的医生，范海辛医生，这是怎么回事？发生了什么事？怎么了？米娜，亲爱的她这是怎么了？这些血是怎么回事儿？我的上帝啊！我的上帝啊！事情已经这样了吗？"他用膝盖支撑着站起来，使劲儿地击着掌，"上帝救救我们！救救她！噢，救救她吧！"

他突然从床上跳起来，开始穿上衣服，他身体里所有的男子气概都在需要的时候觉醒了。"发生了什么事？把一切都告诉我！"他不停地大叫起来。"范海辛医生，你爱米娜，我知道。哦，救救她吧！应该还不算晚。保护好她，我去找他！"

他的妻子，尽管恐惧和悲痛，看见了他所处的危险。她立即忘记了自己的悲痛，她抓住他叫起来：

"不！不！乔纳森，你不能离开我。我今晚已经够痛苦的了，上帝知道，还好他没有伤害你。你一定要和我在一起，和这些朋友们在一起，他们会看护好你的！"她越说越变得疯狂起来。他向她屈服了，她将他拉回来让他坐在自己身边，紧紧地靠着他。

　　范海辛和我试着让他们两个镇静下来。教授举起他的金色十字架，冷静地说道："不要怕，亲爱的。我们在这里，当这个东西在你身边时，就没有邪恶的东西可以接近你了。你今晚是安全的，我们必须要镇定，一起商量一下。"

　　她颤抖着、沉默着，将头放在自己丈夫的胸前。当她抬起头时，他的白色睡衣上面沾满了从她的嘴唇和脖子滴下的血的痕迹。在她发现这件事的一刹那，她退缩了，在哽咽中发出了一声低沉的痛哭，然后低声说着什么。

　　"不纯洁的，不纯洁的！我不能再摸你和吻你了。哦，现在我应该是你最大的敌人，是你最应该害怕的人。"

　　乔纳森坚决地说道："胡说，米娜。听到这样的话真让我感到羞耻。我不会让人这样说你的，我也不会让你这样说自己的。愿上帝根据我的功过评价我，用比现在更苦的痛苦来惩罚我，如果是我的某个行为或者愿望让我们之间发生了什么事的话！"

　　他伸出手臂将她揽入怀中，她躺在那里啜泣了一会儿。他通过她低下的头的上面看着我们，颤抖的鼻孔上方是一双沮丧的眼睛。他的表情像钢铁一样严肃。

　　过了一会儿，他的啜泣变得少了，也微弱了，这时他对我说，他的声音里带着一种伪装的冷静，我想他一定是把自己的神经力量使用到了极致。

　　"现在，我的医生，把一切都告诉我吧，我需要知道所有的事实。告诉我发生的一切。"乔纳森急切地说。

　　我准确地向他描述了发生的一切，他看起来听得毫无感觉，可是当我告诉他伯爵是怎样用他那双无情的手将他的妻子固定在那个可怕的姿势，让她的嘴去吸他胸前伤口流出的血时，他的鼻孔抽搐着，眼睛闪着光。这很有趣，即使是在当时，看见在她弯下的头的上方是一张苍白的痉挛的脸，而他的手却温柔地充满爱意地抚摸着她凌乱的头发。我刚刚说完，就听见昆西和高达尔明在敲门，他们在我们的召唤下进了门。范海辛疑惑地看着我。我明白他的意思是如果可能的话，我们要不要利用他们的到来，来转移这对悲伤的夫妇对对方和对自己的注意力。所以在对他点了点头表示同意后，他问他们看见了什么，做了什么。高达尔明勋爵对此回答道：

　　"我在走廊里和任何一间屋子里都找不到他。我看了看书房，虽然他曾经去过那儿，但他现在也已经走了。然而，他……"他突然停了下来，看着床上那个可怜的意气消沉的人。

范海辛庄重地说道："继续说吧，亚瑟。我们不用再隐瞒什么了。我们现在希望知道一切。放心地说吧！"

于是亚瑟继续说道："他曾经去过书房，虽然可能只有几秒钟，但是他把那里搞得一塌糊涂。所有的手稿都被烧掉了，蓝色的火焰在白色的灰烬上闪耀。你的留声机的那些唱片也被扔进了炉子里，上面的蜡助长了火势。"

这时我打断了他，说："谢天谢地我们留有备份！"

他的脸高兴了一会儿，但是在继续往下说的时候又沉了下来："我跑下了楼，但是没有看见他的迹象。我向仑费尔德的房间里看，那里也没有痕迹，除了……"他又停了下来。

"继续说下去。"哈克用嘶哑的声音说道。于是他低下头舔了一下嘴唇，说道："除了发现那个可怜的人已经死了。"

哈克夫人抬起了头，轮流看着我们每一个人，庄重地说道："上帝的意旨被执行了！"

我感觉亚瑟还隐瞒了一些事情，但是，因为我知道这里面是有原因的，所以什么也没说。

范海辛将头转向莫里斯问道："你呢，昆西，你有什么可以说的吗？"

"一点点，"昆西·莫里斯说，"也许高达尔明勋爵说得已经是最后了，但是我现在还说不清。我想如果可能的话，最好知道在伯爵离开房子的时候，他会去哪里。我没有看见他，但是我看见一只蝙蝠从仑费尔德房间的窗户飞出去，并且向西方飞去了。我还以为会看见他返回卡尔法克斯，但是很显然，他去了其他的藏身之处。他今晚不会回来了，因为东方已经发白了，黎明马上就要到来了。我们明天一定要开始工作！"

他在说完了最后的一句话后闭上了嘴巴。可能有几分钟的时间，屋里很寂静，我想我可以听见我们心跳的声音。

然后范海辛将他的手温柔地放在哈克夫人的头上，说道："现在，哈克夫人，亲爱的，亲爱的哈克夫人，准确地告诉我们发生了什么。上帝会知道我不想让你痛苦，但是我们需要知道所有的事情。因为我们目前要比原来更快速而用心地完成所有的工作。我们必须结束一切，而那一天就要接近我们了，如果是这样的话，那么现在就是一个让我们学习的机会。"

可怜的夫人颤抖着，我能看见她紧张的神经，她将自己的丈夫拉得更近，将头更深地埋在他的怀里。然后她骄傲地抬起头，向范海辛伸出一只手，他握住了她的手，弯腰恭敬地亲吻了一下，紧紧地握着。她的另一只手被她的丈夫紧紧地握着，哈克将另一只胳膊抱紧她。她停顿了一下，显然是在整理自己的思路，然后她开始了：

"我吃下了你好心给我开的安眠药，但是很长时间它都没有发挥作用。我好像更清醒了，无数可怕的想象开始涌上我的心头。它们都和死亡、吸血鬼、血、痛苦和灾难有关。"当她把头转向她的丈夫时，他不由自主地呻吟着，她充满爱意地说道："不要害怕，亲爱的。你一定要勇敢和坚强，帮我完成这项艰巨的任务。要是你知道我把这件可怕的事情说出来要作出多大的努力，你就会明白我有多需要你的帮助了。好，我发现我必须让安眠药发挥它的作用，如果这对我有好处的话，所以我坚决地要睡觉。我一定是不久就睡着了，因为我再也不记得什么事情了。乔纳森上床没有吵醒我，因为在我记起来时他已经躺在我身边了。这时房间里又出现了我原来注意到的那种薄薄的白雾，但是我现在忘记了你们知不知道这个。你们会在我一会儿给你们的日记里找到它的。我感觉到以前就有过的那种朦胧的恐惧感，并且又觉得有什么东西在我的周围。我转身去叫乔纳森，可是发现他睡得太熟了，就好像是他吃了那些安眠药，而不是我吃的一样。我试着叫醒他，但叫不醒。这让我更加害怕了，我惊恐地看着四周。然后，我的心和我一起沉了下去。在床边，他仿佛走出了雾团，或者说是雾团变成了一个人，因为这个时候雾团完全地消失了，只剩下一个又高又瘦的男人站在那里，全身都是黑色。我通过别人对他的描述立刻认出了他。蜡黄的脸，高高的鹰钩鼻，光在上面照出了一条细长的白线，分开的红色嘴唇，中间露出锋利的白色牙齿，还有那双红色眼睛，就好像是我曾经在惠特白的圣玛丽教堂的窗户上看到的那样。我也认识乔纳森在他的前额上留下的红色疤痕。那一刻我的心脏停止了跳动，我想叫出来，可是我已经瘫痪了。当时他指着乔纳森，用一种尖锐的声音低声说着：

"'安静一点儿！要是你敢发出声音，我就当着你的面把他的脑袋摔碎。'我吓坏了，不知道该做什么，说什么。他嘲讽地微笑着，将一只手放在我的肩膀上，紧紧地抓住我，又用另一只手把我的脖子露出来，一边这么做一边说道：'首先，为了奖励我自己的努力，先补充一下能量。你也应该安静一点儿。这不是第一次，也不是第二次我用你的鲜血为自己解渴了！'我很困惑，而且太奇怪了，我并不想阻止他。我猜这是当他接触到自己的牺牲者时加在他们身上的一种可怕的诅咒。哦，我的上帝啊，我的上帝啊，可怜可怜我吧！他将他那冒着血腥的嘴唇贴在了我的喉咙上！"她的丈夫听到这里又开始呻吟了。她将他的手握得更紧，怜惜地看着他，仿佛他才是受害者，然后继续说道：

"我感觉我的力气在衰退，我似乎有点晕过去了。我不知道这可怕的事情持续了多久，但是在他将自己肮脏、恶心、冷笑的嘴巴拿开前，好像过了很长的时间。我看见他的嘴巴上滴着鲜血！"有一段时间，这样的回忆好像把她压垮了，她垂下头，如果不是她的丈夫用手臂支持着她，她也就倒下去了。她努力恢复过来，继续说道：

"然后他嘲讽地对我说道：'你，也像他们一样，和我玩花招。你帮助他们捉我，让我的计划受挫！你现在知道了一部分，他们也知道了一部分，不久你们就会知道全部，想要对付我，不是那么容易的，他们应该把更多的精力放在离家近的地方。就在他们和我耍花招的时候，和我，一个在他们出生的几百年前，统率过国家，为他们密谋，为他们战斗的人耍花招的时候，我却在暗中挫败他们。还有你，他们最亲爱的人，现在，你的肉就是我的肉，你的血就是我的血，你成了我的榨汁机，以后还会是我的伙伴和助手。你会反过来被报复的，因为他们谁也不会帮你了。但是你仍然要为你所做过的事情受到惩罚。你帮助他们阻挠我，现在你会听我的指挥。当我的头脑对你发出命令的时候，你就会漂洋过海为我服务。这就是结果！'

"于是他解开自己的衬衫，用他又长又尖的牙齿在胸前划了一个伤口。当血液开始喷出来的时候，他用一只手抓住我的双手，紧紧地抓住，用另一只手抓住我的脖子，将我的嘴按在他的伤口上，所以我要么得窒息，要么就得吞下他的……哦，我的上帝！我的上帝！我做了什么呀？我做了什么让自己是这种宿命，我每天都尽量地做到温顺和正直。上帝可怜可怜我吧！看一看这个比死还要糟的可怜的灵魂吧！也同情一下珍惜它的人们吧！"然后她开始擦拭自己的嘴唇，好像要把上面的污染弄干净。

就在她讲述自己可怕的故事的时候，东方的天空开始发亮了，所有的事物都变得越来越清晰。哈克仍然很安静和沉默。但是就在她叙述的时候，他的脸上有一片灰色的云，在早上的光芒中越变越深，直到黎明的第一缕红光照下来时，脸在变白了的头发的衬托下显得很黑很黑。

我们安排我们中的一个人留下来照顾这对伤心的夫妇，直到我们可以见面商量下一步的行动。

我很确定，今天的太阳升起以后，地球上不会再有家庭惨遭这样的不幸了。

第二十二章　乔纳森·哈克的日记之继续

10月3日

因为我必须做点什么，否则就要发疯了，所以我写下了这个日记。现在是6点钟，我们半小时后要在书房见面吃点东西，因为范海辛医生和西沃德医生都认为，如果我们不吃东西的话，就无法好好的工作。我最大的努力，上帝知道，会在今天用到。我必须一直写着，因为我不敢停下来思考。所有的，大的小的，都必须记下来。也许到了最后，这些事情能够帮上我们的大忙。教训，不管是大的还是小的，都不可能让米娜或者我比今天更糟了。无论如何，我们必须相信和希望。刚才可怜的米娜告诉我，她的眼泪流向脸颊，她说我们的忠诚正在接受考验。我们必须继续信任对方，上帝会帮助我们到最后的。最后！我的上帝啊！什么才是最后？工作……工作！

在范海辛医生和西沃德医生看过可怜的仑费尔德以后，我们开始严肃地商量下一步应该怎么办。首先，西沃德医生告诉我们，当他和范海辛医生下楼走进那个房间的时候，他们看见仑费尔德躺在地板上，缩成了一团。他的脸被撞坏了，颈椎也被摔断了。

西沃德医生询问在走廊上值班的值班员是否听到过什么声音。他承认自己当时正在打盹儿，突然听见从屋里传出一声巨响，紧接着仑费尔德大叫了几声："上帝啊！上帝啊！上帝啊！"然后就是什么东西摔下来的声音，当他进入房间时，他发现仑费尔德的脸朝下，躺在地板上，就像医生后来看到的那样。范海辛问他是否听到过"一些声音"或是"一个声音"，可他却说不清楚。一开始他觉得好像有两个声音，但是屋里只可能有一个人。如果需要的话，他可以发誓，"上帝"那个词是病人说的。

当我们单独待在一起的时候，西沃德医生对我们说，值班员不想参与到这件事情中来。审讯的问题要考虑一下，但是怎么也不能把真相说出来，因为不会有人相信的。他认为根据值班员提供的证据，他可以开一份从床上跌落的意外事故的死亡证明，以防验尸官需要，并且也会有一个正式的审讯，虽然结果都是一样的。

当我们开始商量下一步该做什么的时候，我们首先决定的就是应该让米娜知道所有的事情。任何事情，无论有多痛苦，都不应该再隐瞒她了。她自己也同意了，看见她这么勇敢，同时又仍然很悲伤，处在深深的绝望之中，真是可怜。

"绝不能有隐瞒，"她说道，"唉！我们经受得已经够多了。另外，世界上也没有什么东西能比我所遭受的事情给我带来更多的痛苦了！无论发生什么事情，它一定会给我新的希望和勇气的！"

在她说话的时候，教授严肃地看着她，突然静静地说道："但是亲爱的哈克夫人，难道你不害怕吗？不是为了你自己，而是为了别人，在发生了这样的事情之后？"

她的脸严肃起来，但是眼睛闪着一个殉难者信念的光，回答道："不！因为我已经下定决心了！"

"下定决心做什么？"他轻轻地问，我们都很沉默，因为我们每个人对她的意思都有自己的一个模糊的想法。

她的回答既直接又简洁，仿佛她只是在陈述一个事实："如果我在自己身上发现自己有伤害任何一个我爱的人的迹象，我会敏锐地注意到的，我就会去死！"

"你不会自杀吧？"他声音嘶哑地问道。

"我会的。要是我没有爱我的朋友们的话，谁能这样奋力地、孤注一掷地努力救我呢！"她一边说着，一边意味深长地注视着他。

他本来是坐着的，但是现在他站起来向她走去，将手放在她的头上，庄严地说道："我的孩子，有一种方式对你来说是有好处的。对于我，我会为你找到一种安乐死的方法的，甚至是在现在，如果这是最好的。而且，它很安全！但是我的孩子……"

他好像哽咽了，喉咙里抽泣着。他把它吞了下去，继续说道："有一些人会站在你和死亡之间。你绝不能死。你绝不能被别人的手杀死，而要用你自己的手。直到那个污染了你的美好生命的人真正地死了，你才能死。因为如果他还活着的话，那么你的死会把你变成和他一样的人。不，你必须活着！你必须努力地或者是挣扎地活着，虽然死亡看似是一种解脱。但是你必须与死亡搏斗，无论它是痛苦的，还是高兴的。不要再想着死亡了，直到这个恶魔死去的那一天。"

那个可怜的人变得像死人一样苍白，摇晃着、颤抖着，就像我看见流沙在涨潮时的摇晃和颤抖一样。我们都沉默了，我们什么也做不了。不久她冷静下来，转向他伸出自己的手，温柔却又悲伤地对他说道："我向你保证，我亲爱的朋友，如果上帝让我活着，我会努力活下去。直到有一天，直到他死的那一天，这种恐惧会从我身上离开的。"

她是这么的善良和勇敢，我们都感觉到自己的心脏因为她变得强大，而且可以做更多的工作，忍受更多的痛苦。然后我们便开始讨论具体该怎么做。我告诉她，让她好好保管我们所有的文件，所有的文件或是留声日记，今后都可能被我们用到，并且要她像原来一样继续记日记。她因为可以做一些事情而感到高兴，如果"高兴"可以用在这样一件可怕的事情上的话。

像往常一样，范海辛比任何人都考虑得长远，他正在准备着我们工作的详细计划。

"这可能是对的，"他说，"在我们去了卡尔法克斯之后，开会决定先不对放在那里的箱子做任何事情。如果我们那样做了，伯爵一定会猜到我们的目的，无疑会提前采取措施防止我们破坏其他的箱子。但是现在他不知道我们的意图。不仅如此，很有可能，他甚至不知道我们有能力毁掉他的藏身之处，这样他以后就不能使用它们了。"

"现在我们已经对它们放置的位置知道得很多了，等我们搜查了在皮卡迪里大街上的那所房子，我们就可能会找到最后的那些箱子。那么，今天就是属于我们的，在里面有我们的希望。今天在我们的悲痛中升起的太阳会在一天里都保护着我们。直到太阳落山，那个魔鬼都会一直保持着他现在的样子，他会被限制在他尘世的外壳中。他不能变化成稀薄的气体，或者从缝隙中逃跑。如果他要进门，他必须像一个凡人那样把门打开。因此我们有一天的时间把他的藏身之处找出来，再毁掉它们。如果我们现在还没有抓住他把他消灭的话，那么今天我们就让他陷入绝境，及时地抓住他把他消灭，我确定。"

这时我惊跳起来，因为我无法忍受这样的想法，这充满着米娜的生命和珍贵的幸福每分每秒都在从我们身边流逝，因为我们一直在说，而不能采取行动。但是范海辛举起手警告道：

"不，乔纳森。这个时候，最快的回家之路也是最长的路，就像你们的谚语说的那样。等时机成熟，我们就都会行动起来，并且是非常快速的行动。但是想一想，最关键的就是在皮卡迪里大街上的那所房子。伯爵可能买很多房子。他会有房子的购买证书、钥匙和其他东西。他会有写字的纸，也会有支票簿。他会在某个地方放着很多他的东西。在安静的地方，他可以随时从前面或者后面出入房子，在人来人往的时候，没有人会注意到他。我们应该去那儿搜查一下房子。等我们知道了那儿都有些什么的时候，我们再把那些泥土毁掉，捉住我们的这个老狐狸，怎么样？不是这样吗？"

"那让我们现在就走吧，"我叫起来，"我们正在浪费非常宝贵的时间！"

教授没有动，只是说："那么我们该怎么进到皮卡迪里大街上的那所房子里面呢？"

"用任何方式！"我叫道，"如果需要的话我们就破门而入。"

"那警察怎么办呢？他们会来吗，他们会怎么说？"

我犹豫了，但是我知道，如果他想推迟的话，一定是有合理的理由的。所以我尽量冷静地说道："不要等到太晚了。我确定，你知道我正在经受怎样的折磨吗？"

"我的孩子，我当然知道。我实在是不想增添你的痛苦。但是你要想一想，在采取最后的行动之前，我们都要做些什么。然后我们的时间才会到来。我已经想过了，我觉得最简单的方式就是最好的方式。现在我们想进入房子，可是我们没有钥匙。是这样吗？"

我点了点头。

"现在想象一下你就是这所房子的主人，但却进不去。如果你不想破门而入，会怎么做呢？"

"我会找来一名信得过的锁匠，然后让他为我打开门。"

"那么那些警察，他们会干涉吗？"

"不会的！如果他们知道了这个锁匠是在做正当的事情。"

"那么，"他一边敏锐地看着我，一边说道，"所有的怀疑都会集中在雇用锁匠的人身上，他们会怀疑这个人到底是好意还是恶意。这些警察一定是既热心又聪明的人，如此的聪明，他们会自己来过问这种事情。不，乔纳森，你在伦敦已经打开了一百所空房子的门，或者是世界上的任何城市，如果你做这件事的时候表现出你是在做正当的事情的话，当然这也确实是正当的，那么就没有人会干涉我们。我曾经读到过一位绅士在伦敦拥有一所很好的房子，当他到瑞士度过几个月的暑假之前，他锁好了自己的房子，一个窃贼却把房子后面的窗户打破，从而进入了房子。然后他走过去把房子前面的百叶窗打开，在警察的眼皮底下，从房子的门口出出进进。然后他在房子里搞了一次拍卖，做了广告，树起了巨大的广告牌。有一天，他通过一位很好的拍卖人把别人的所有东西都廉价出售了。之后他又找到了一个建筑工人，把房子卖给了他，签下协议让他把房子推倒，在规定的时间内把所有的东西运走。警察和其他的工程管理委员会都尽力帮助了他。当房子真正的主人从瑞士度假回来以后，他在原来房子的位置看到的只是一个大坑。这些事情都是被那个窃贼心安理得地做了的，我们做的时候也应该心安理得。我们不应该去得这么早，否则警察会怀疑，会觉得这很奇怪。不过我们应该在 10 点以后去，那时周围有很多人，我们要像房子的真正所有者一样做我们的事情。"

　　这时我才看出他是多么的正确，米娜绝望的脸在沉思中放松下来。在这样有益的讨论中存在着希望。

　　范海辛继续说道："只要进了那所房子，我们就会找到更多的线索。我们其中一些人可以待在那里，其余的人去博蒙德喜和麦尔安德的另外两处地方，找到更多的箱子。"

　　高达尔明勋爵站了起来，"我能派上一些用场，"他说，"我会拍电报叫我的人准备好马车，随时待命。"

　　"你看，老朋友，"莫里斯说道，"把所有的事情准备好以防我们想用马车，这是很对的，但是你不觉得你的一辆装饰漂亮的马车行驶在沃尔沃斯或者是麦尔安德的小路上会招来过多的注意吗？我觉得我们去南边和东边的时候应该租辆马车，甚至把它停在我们想去的地方的邻居那里。"

　　"昆西说得对！"教授说道，"他的头脑就像你们说的和地平线齐平。我们要做的是一件困难的事情，我们可不想让别人看着我们。"

米娜对一切都越来越感兴趣，我很高兴看到事情的紧急让她暂时忘记了昨天晚上痛苦的经历。她非常非常的苍白，几乎像鬼一样，她的嘴唇变得很薄，让她的牙齿看起来有点突出。我最后还是没有提这个，以免让她感到不必要的痛苦，但是一想到伯爵吸了露西的血后，令她发生的变化，我的血就好像要停止流动了。不过牙齿还没有变锋利的迹象，但是时间还很短，有很多值得害怕的事情。

当我们开始讨论我们行动的顺序和人员的分派时，又有了新的疑惑。最后决定在出发前往皮卡迪里大街之前，我们应该把伯爵离我们最近的藏身之地给毁掉。为了不让他很快发现，我们应该在他之前进行我们的摧毁行动。他在纯粹的物质的形态里，在最虚弱的时候，也许会给我们一些新的线索。

至于人员的分派，教授建议，当我们去了卡尔法克斯以后，我们都应该进入皮卡迪里大街上的房子里。然后两个医生和我留在那里，高达尔明和昆西则到沃尔沃斯和麦尔安德找到那些泥土毁掉它们。教授说，伯爵白天很可能会在皮卡迪里大街上的房子里出现，如果是这样的话，我们就要在那里对付他。无论如何，我们至少也可以跟着他。我强烈地反对这个计划，我想留在这里保护米娜。我觉得自己已经在这件事情上下定决心了，但是米娜根本不理会我的反对。她说可能会有一些有关法律上的事情需要我，我也许能根据我在特兰西法尼亚的经验从伯爵的文件里发现一些线索。她还说在对付强大的伯爵时要用上我们所有人的力量。我只好投降，因为米娜的决心很坚定。她说我们一起工作就是她最后的希望了。

"因为对于我来说，"她说，"我没有恐惧了。事情已经不可能再坏了。不论发生什么事情，里面总会有一些是希望和安慰。去吧，我的丈夫！如果上帝愿意的话，他会在我独自一人的时候保护我的，像你在我身边一样。"

于是我大喊起来："看在上帝的分儿上让我们立即行动起来吧，我们正在失去时间。伯爵可能会比我们想得更早到达皮卡迪里。"

"不会的！"范海辛举起手说道。

"为什么？"我问。

"不要忘记了，"他微笑着说道，"昨晚他大吃了一顿，会睡到很晚的。"

我忘记了吗？我应该忘记吗……我会吗？我们中有谁会忘记那可怕的一幕！米娜挣扎着保持她勇敢的表情，但是痛苦控制了她，她用手捂住脸，一边颤抖一边呻吟。范海辛不是故意要提醒她那可怕的回忆，他只是在思考时没有看见她，忘记她已经加入了我们。

她握住他的手，眼泪汪汪地看着他，用嘶哑的声音说道："不，我不会忘记的，我会清楚地记得的。和它在一起的还有很多关于你的甜蜜的回忆，我会把它们放在一起。现在，你们就快要出发了。早餐准备好了，我们都应该去吃饭，这样我们才能更强壮。"

这一天的早饭对于我们所有人来说都是奇怪的一餐。我们都尽量保持开心，互相鼓励，米娜是我们中间最高兴的一个人。当早餐结束时，范海辛站起来说："现在，我亲爱的朋友们，我们马上要去进行我们可怕的工作了。我们是否都已经武装起来了，就像我们那天晚上第一次造访我们敌人的巢穴时那样，对精神上的和世俗的袭击都作好了准备？"

我们都向他保证了。

"那就好。现在，哈克夫人，无论如何你在这里直到日落之前都会很安全的。在那之前我们会回来的……如果……我们会回来的！不过在走之前，让我看看你是不是也对袭击作好了准备。在你下楼以后，我已经在你的房间里放上了我们都知道的东西，这样他就进不去了。现在让我为你做好防护措施。以上帝的名义，我在你的额头上放上这块圣饼……"

突然发出一声可怕的尖叫，几乎让我们的心脏停止跳动。就在他把圣饼放在米娜的额头的一刹那，它在上面打了一个烙印——烧到了皮肤，就好像那是一块烙铁。我可怜的妻子的大脑已经像她的神经感觉到疼痛那样快速地明白了这个事实的含义，这两个东西把她压垮了，于是她的过度紧张化作了那一声可怕的尖叫。

尖叫的回声还没有停止，并且在房间里回响，她带着屈辱的挣扎跪在地上，将她美丽的头发盖在脸上，就像是麻风病人戴上自己的面罩一样，她大哭起来：

"不清洁，不清洁！就连上帝也要避开我这受过污染的皮肤！我必须要在额头上带着这个耻辱的标记直到上帝的最后审判日了。"

他们都停住了。我迸发出无助的悲痛的感情，跪在她的身边，将她紧紧地搂在怀里。在那段时间里我们悲痛的心脏在一起跳动，我们的朋友则转过头默默地流着眼泪。然后范海辛转回头庄重地说：

"也许直到上帝看见的那一天，你都不得不带着那个标记，但是他一定会在最后审判日那一天，把所有他加在地球上和他的子民身上的错误都纠正过来。哈克夫人，我亲爱的，愿我们这些爱你的人可以在那里，看着这块红色的伤疤——这个上帝的错误的标记——消失掉，让你的额头像我们所知道的你的心灵一样纯净。因为肯定在这以后，当上帝认为应该将我们身上的重负去掉的时候，那块伤疤也会消失的。那时我们会在胸前画十字，就像他的子民在遵守他的意愿时做的那样。也许我们是被他当成了开玩笑的工具，我们按照他的吩咐去做，无论是鞭策还是耻辱，无论是眼泪还是鲜血，无论是怀疑还是恐惧，这所有的一切都是上帝和犯人的区别。"

他的话里有一种希望和安慰。他是让我们听从命运的安排。米娜和我都感觉到了，我们同时分别拿起教授的一只手，亲吻了一下。我们什么都没说，全都跪了下去，拉起手来，发誓要互相忠诚。男人们发誓要把悲伤的面罩从她的头上取下，我们都用自己的方式在爱着她。我们祈求在我们面前的这项艰巨的任务中获得帮助和指导。这时到了出发的时刻了。于是我们和米娜告别了，这是一个我们直到死都不会忘记的分别，然后我们出发了。

有一件事我已经决定了。如果我们发现米娜最后变成了吸血鬼，她不应该独自到那块未知的、可怕的土地上去。我猜是在古时候一个吸血鬼代表了很多个。因为他们丑恶的身体只能在神圣的土地上生存，所以神圣的爱就是为他们的军队招募新兵。

我们毫不费力地进入了卡尔法克斯，发现所有的东西都还和上次一样。很难想象在这样一个充满灰尘和腐烂的让人忽视的平凡的地方，竟然隐藏着这样一个恐惧的人。要不是我们已经下定了决心，要不是可怕的回忆在激励着我们，我们甚至都无法进行我们的工作。我们没有找到任何文件，也没有发现使用过的痕迹。在那个老教堂里，那些大箱子还像我们上次看见过的那样。

当我们站在范海辛教授面前的时候，他严肃地对我们说："现在，我的朋友们，我们又有一项任务要完成。我们必须毁掉这些泥土，这是多么神圣的东西，他却把它们从遥远的地方带来作肮脏的使用。当我们用他自己的武器打败他时，我们就使它们变得依旧神圣了。它们被奉献给了这个人，现在我们把它们奉献给上帝。"

他一边说着，一边从包里取出了一把螺丝刀和一个扳手，很快一个箱子的盖子就被撬开了。泥土散发着刺鼻的臭味，但是不知道为什么我们都没有在意，因为我们的注意力集中在教授身上。他从自己的盒子里拿出一块圣饼，虔诚地放在了泥土上，接着又盖上盖子把螺丝紧上。

我们用同样的方式把所有的箱子一个一个地都处理了一遍，然后把它们全部复原，离开了房子。在每一个箱子里面都有一块圣饼。当我们关上身后的大门，教授庄重地说道："现在这个已经完成了。有可能我们在做另外几个的时候也可以这么顺利，那么今天晚上的落日就会照在哈克夫人的白如象牙的没有任何污点的额头上！"

就在我们穿过草坪去往火车站赶火车的时候，我们可以看见精神病院的前门。我急切地张望着，在我们自己房间的窗口，我看见了米娜。我向她招手和点头，表示我们在那里的工作已经顺利完成了。她也点了点头表示她明白了。我最后看见的是，她在挥手告别。我们怀着沉重的心情赶到火车站，刚好赶上了火车，我们在到达站台的时候火车也刚好到。我是在火车上写下这些文字的。

皮卡迪里大街 12 点 30 分

就在我们快要到达芬彻驰大街的时候，高达尔明勋爵对我说："昆西和我去找锁匠。你最好不要跟我们一起去，以免有什么麻烦。因为在这种情况下，我们闯入一个空房子是一件很坏的事情。但是你是一个律师，还是法律协会的成员，这表明你应该更懂得道理。"

我对我甚至不能分担遭受耻辱的危险而表示反对，但是他继续说道："另外，要是我们人太多了，就会引人注目的。我的头衔会让锁匠愿意出力的，也能摆平可能会过来的警察。你最好和约翰还有教授待在格林公园里，待在可以看见房子的地方，当你们看见门被打开了并且锁匠也已经走了，你们就都可以过来了。我们会注意你们的，会让你们进来的。"

"这个建议很好！"范海辛说道，于是我们就没再说什么了。高达尔明和莫里斯很快上了一辆出租马车，我们上了另一辆车，跟在他们车的后面。在阿尔灵顿大街的拐角处，我们的小分队拐了弯驶进了格林公园。当我看见那所寄托着我们那么多希望的房子的时候，我的心跳突然加快，这所房子在它那些活跃和漂亮的邻居之间显得可怕而安静，处于废弃状态。我们在一张视野很好的椅子上坐了下来，开始吸烟，尽量不吸引别人的注意力。我们等待的时间过得异常的缓慢。

　　不久，我们看见一辆四轮马车开了过来。高达尔明勋爵和莫里斯轻松地从里面跳了出来。里面还下来了一个工人，带着他的工具箱。莫里斯给了马车夫钱，马车夫抬了抬帽子就走了。三个人一起上了台阶，高达尔明向工人交代完任务，工人便轻松地脱下衣服，挂在围栏上的一个钉子上，对刚刚走过来的警察说了两句。警察点了点头表示同意，那个人就跪在地上，将工具箱放在旁边。工人在箱子里面翻了一会儿，挑选出了一些工具并按顺序摆在旁边。然后他站起来，看着锁孔，向里面吹气，将头转向他的雇主，说了一些话。高达尔明勋爵微笑了，于是那个人举起一串钥匙，挑选了其中一把，开始试锁，好像是在感觉它的形状。在摸索了一会儿以后，他又试了第二把、第三把。然后他轻轻地一推，门开了，他和另两个人进入了大厅。我们安静地坐着。我的雪茄燃得非常凶，但是范海辛的已经熄灭了。我们耐心地等着直到那个工人带上他的箱子走出来，然后他把门半开着，用膝盖固定着它，以便用一把钥匙试着锁。最后他把钥匙交给了高达尔明勋爵，勋爵拿出钱包给了他点钱。那个人抬了抬帽子，拿上箱子，穿上衣服，离开了。没有一个人注意到整个交易。

　　当那个人已经走远了，我们三个人穿过大街敲了门。昆西·莫里斯立即打开了门，高达尔明勋爵站在他身边点燃了一支雪茄。

　　"这地方真是难闻。"当我们进来时，高达尔明勋爵说道。这地方确实难闻。就像是卡尔法克斯的老教堂。根据上次的经验我们很容易地看出伯爵是很随意地使用这个地方。然后我们就开始搜查房子，所有人都走在一起以防袭击，因为我们知道我们有一个强大而诡计多端的敌人，而且我们还不知道伯爵现在是否在这个房子里。

　　在大厅的后面是餐厅，我们找到了八箱泥土。我们本应该找到九个箱子的，可是现在只有八个！我们的工作还没有结束，而且一直到我们找到失踪的那一个箱子以前都不会结束。

　　首先我们打开了百叶窗，外面是一块小小的石板铺的院子和一个马厩，看起来像是一个小型的房子的前面。上面没有窗户，所以我们不怕被监视。我们没有浪费时间，立即检查箱子。我们用我们带的工具一个接一个地打开了所有的箱子，像在那个老教堂做的那样，把它们都作了处理。显然伯爵此刻不在房子里，我们开始寻找他的其他财产。

在仓促地检查了从地下室到阁楼上的其他房间以后，我们得出了结论，餐厅里的东西有可能是伯爵的。于是我们检查了这些东西，它们被放置在餐厅的大桌子上。

那儿有一大沓关于皮卡迪里大街房子的购买证书，还有麦尔安德的以及博蒙德喜房子的购买证书、信纸、信封、钢笔和墨水。所有的东西上面都盖着一层薄薄的包装纸，以防落上灰尘。那里还有一把衣服刷子、一把梳子、一个罐子和一个脸盆。脸盆里盛着脏水，好像被血染红了。最后是一小堆各种形状、大小不同的钥匙，可能是其他几个房子的。

正当我们检查着这些最后发现的东西的时候，高达尔明勋爵和昆西·莫里斯准确记录下东边和南边房子的地址，拿上那一大串钥匙，然后出发去毁掉那几个地方的泥土。我们剩下的人尽量耐心地等待着他们的归来，或者是伯爵的来到。

第二十三章　西沃德医生的日记之继续

10月3日

我们等待高达尔明和昆西·莫里斯回来的时间好像特别的漫长，教授一直让我们思考，以使我们的思维保持活跃。通过他时不时地看着哈克，我能看出他的良苦用心。这个可怜的人被悲痛压垮了，让人不忍心看。昨天晚上他还是一个率直、快乐的人，有张健康的年轻的脸，充满活力，有着深棕色的头发。今天他变成了一个扭曲、憔悴的老人，他的白发正好和他那双空洞的眼睛和悲伤的脸相搭配，但是他仍然充满活力。实际上，他就像是一团燃烧的火。这次可能就是对他的解救，因为如果一切顺利的话，他就会度过绝望的时期，那时他就会又回到生活的现实中来。可怜的人，我觉得自己已经够悲惨的了，可是他……

教授也非常明白，正在尽力让他的思维保持活跃。在那种情况下，他说的话确实很吸引人。我把能记住的都写在下面了："我已经将关于这个魔鬼的所有材料都反复地研究了好几遍，自从我得到这些材料以后，我越研究，就越感觉到有必要将它完全铲除。这些材料——就我从布达佩斯的朋友阿米尼亚斯的研究中得到的——都是关于他的经历，这里面不但记载了他的力量，还记载了他的知识。他生前是一个最完美的人，军人、政治家和炼金术师。他的炼金术为他那个时代的科学发展作出了巨大的贡献。他有一个强大的头脑，无可比拟的学问，他还有一颗无畏和无情的心。在他的那个时代的知识领域中，没有他涉及不到的知识。

"他头脑的力量使他幸免于身体上的死亡。虽然记忆似乎并不完备。在头脑的一些机能方面，他还只是个孩子。但是他一直在成长，原来还很幼稚的地方现在变得成熟了。他一直在实践，并且做得很好。要不是我们阻碍了他，或者如果我们失败了，他就会成为一群新的生物的始祖，这些生物要走的路必须经过死亡，而不是生命。"

哈克呻吟道："这就是摆在我亲爱的人面前的事实！但是他是怎么实践的呢？这些知识可以帮助我们打败他！

"自从他来到这里，他一直在尝试自己的力量，不容怀疑，他的进展很缓慢。虽然他的那个孩子般的大脑正在工作，但是对于我们来说，那仍然是一个孩子的大脑。因为如果一开始他就在密谋一些事情的话，他早就应该在我们的控制之外了。无论如何，他是在图谋成功，而且后面还有几个世纪的时间在等着他，他可以等待，慢慢前进。"

"我不太明白，"哈克厌倦地说道，"跟我说得更明白一点儿吧！也许是悲伤和痛苦让我的脑子变迟钝了。"

教授将手轻轻地放在他的肩膀上，说道："啊，我的孩子，我会说得明白一点儿的。你没有看见，最近这个魔鬼是怎样在进行他的实验吗？他是怎样利用那个食肉的病人进入约翰的家里的？因为对于吸血鬼来说，无论以后他是否能够随意地出入别人的房子，刚开始的时候他都必须在经过房子里住的人的同意，才能进入。但是这些不是他最重要的实验。难道我们没有看到一开始这些大箱子是怎样被别人搬运的？他知道必须要这样。但是他孩子的大脑一直在成长，他开始考虑自己能否搬运那些箱子。于是他就开始尝试着搬动它们。然后，当他发现这样做是可行的时候，他就开始自己搬运它们了。于是他进行着，把他的这些坟墓分散开来。只有他自己才知道这些东西藏在哪里。

"他原来可能是想把它们埋在地里。这样当他在晚上想用它们的时候，或者在他变身的时候，这些东西也可以很好地使用，而且谁也不会知道这就是他的藏身之处！但是，我的孩子，不要绝望，他知道这些时已经太晚了！除了一个箱子，他剩下的所有的藏身之地会被我们毁掉。在日落之前我们就能做到。这样他就没有地方可以藏了。我今天早上拖延了一会儿，这样我们就可以确定。难道他不像我们一样也正处在危险之中吗？那么我们为什么不比他更仔细些呢？我的表现在是一点钟，如果一切顺利的话，亚瑟和昆西已经在赶回来的路上了。

"今天是属于我们的，我们必须万无一失，即使是慢一点儿。看！等他们回来我们就有五个人了。"

正当我们说话时，我们被北大厅门上的敲门声吓了一跳，是送电报的孩子。我们都冲动地想去大厅，然而范海辛举起手，示意我们要安静，他走到门前打开了门。男孩递给他一封电报。教授关上了门，打开电报大声读了起来：

小心伯爵，他在刚刚，12点45分的时候，匆匆地从卡尔法克斯出来向南边走去了。他大概是要巡视一圈，可能想见你们。米娜。

然后是一阵沉默，被乔纳森·哈克的声音打破："现在，感谢上帝，我们就要见面了！"

范海辛很快将头转向他说道："上帝会在自己的时间，用自己的方式办事。不要害怕，也不要高兴。因为我们等待的可能会是自己的毁灭。"

"我现在什么也不在乎了，"他激动地说道，"只要能够把这个魔鬼消灭掉，我宁愿出卖我的灵魂！"

"嘘，嘘，我的孩子！"范海辛说道，"上帝可不会买这么不聪明的灵魂，魔鬼虽然可能会买，也不会保持忠诚。但是上帝是仁慈和公正的，知道你的痛苦和你对亲爱的哈克夫人的忠诚。你想一想，如果她听见了你的这些蠢话，会怎样增加她的痛苦？不要担心我们任何一个人，我们都会为这项事业献身的，今天就会有结果了。行动的时刻就要来了。今天这个吸血鬼被限制在了凡人的能力里，直到日落他都不会变身。他要赶到这里是需要时间的，看，现在是1点20分，在他来之前还有一些时间，他不可能这么快的。我希望我们的高达尔明勋爵和昆西能够先到达这里。"

在收到哈克夫人的电报后半小时，大厅传来了一阵冷静、坚决的敲门声。这就是普通的敲门，就像所有的绅士在正常情况下做的那样，但是这让教授和我的心脏剧烈地跳动。我们互相看了看，然后一起走进了大厅。我们都准备好了自己的武器，对付超自然的武器握在左手，对付凡人的武器握在右手。范海辛拉开插销，半开着门，向后退，两只手都准备好，等待行动。我们心里的喜悦一定反映在了脸上，当我们看见门旁边站在台阶上的是高达尔明勋爵和昆西·莫里斯的时候，他们快速地进来，再次关上身后的大门，穿过大厅，高达尔明勋爵说道：

"办好了。我们找到了那两个地方，每个房子里都有六只箱子。我们把它们都毁掉了。"

"毁掉了？"教授问道。

"对！"我们沉默了一分钟，然后昆西说道："我们现在除了在这里等待，其他的什么也不能做。无论如何，如果他在5点之前还没有出现，那么我们就要行动起来了。因为不能在日落之后让哈克夫人一个人待着。"

"他不久就会来的，"范海辛看了看他的小本，说道，"夫人的电报里说，他从卡尔法克斯向南走了。这意味着他要过河，但是他只能在潮水的平稳期过河，这就是在1点以前。他向南走对我们意味着一些事情。他只是怀疑，从卡尔法克斯出来以后他会先去最不可疑的地方。

"你们一定是在他之前就到达博蒙德喜，因为他那时还要渡河。相信我，我的朋友们，我们不会等得太久了。我们应该作一些计划，这样我们才不会错失任何机会，因为已经没有时间了。准备好你们所有的武器！"他一边说，一边举起一只表示警告的手，因为我们都听见大厅的门锁里响起轻轻的插入钥匙的声音。

即使是在这个时候，我也不得不钦佩精神领袖的气魄。在我们的团体里和在世界上不同地方的历险中，教授一直是安排行动计划的人，亚瑟和我一直习惯于绝对地服从他。现在，教授的这种老习惯似乎又不自觉地开始了。他快速地瞥了一眼房间，立刻给出了行动计划，然后一声不响地用手势把我们安排在了几处特定的位置上。

范海辛、哈克和我就在门后面，这样当门开了以后，教授可以掩护我们，我们两个走过去站在来的人和门之间。高达尔明和昆西在视线之外，一前一后地站着，准备在窗户前面行动。我们等待中的悬念使这几秒钟过得像噩梦似的缓慢。缓慢的、谨慎的脚步声穿过了大厅。伯爵显然为一些意外作好了准备，至少他害怕了。

突然他一下子跳进了房间。他越过了我们站的位置，这样我们谁也没有抓住他。他的动作像豹子一样，不像人类，好像让我们从对他的到来的激动中清醒过来。第一个行动的是哈克，他快速地冲到通向房子前面的房间门前。

当伯爵看见我们的时候，他咆哮着，露出了又长又尖的牙齿。但是他邪恶的微笑很快转变成了像狮子一样轻蔑的凝视。他的表情又变化了，我们一冲动，一齐向他逼近。很遗憾我们没有一个更好的袭击计划，因为每一秒钟我都想知道我们下一步做什么。我自己都不知道我们的致命性的武器是否会对我们有利。

哈克显然跃跃欲试，因为他已经准备好了他的大弯刀，快速而猛烈地向他砍去。这是有利的一击。伯爵向后一跳救了自己。锋利的刀片划破了他的外衣，一捆银行票据和一堆金币从划破的口子里掉出来。伯爵脸上的表情是如此凶恶，我一时间为哈克担心起来，但是我看见他挥动大刀再次砍了过去。我本能地冲上前想要保护哈克，当我的左手举着十字架和圣饼的时候，我感到自己的胳膊充满了强大的力量，果然我看见这个魔鬼在向后退缩，于是我们每个人都在同一时刻做出了相同的动作。很难描述伯爵脸上是怎样一种表情，充满仇恨和受挫的怨恨，还有魔鬼般的愤怒。他蜡黄色的脸在他燃烧的眼睛的衬托下显得又绿又黄，苍白的皮肤上那块红色的疤痕像是跳动的伤口。然后，在哈克刺中他之前，他灵巧地躲过哈克的手臂，从地板上抓起一把金币，穿过房间，冲到窗户边上，从破碎的玻璃之间，跳进了下面铺着石板的院子。在振动的玻璃中间我能够听见金币的叮当声，一些金币掉在了石板上。

我们跑过去，看见他没有受伤，他从地上跳起来后就冲到台阶上，穿过院子，推开了马厩的大门。在那里，他回过头对我们说道：

"你们想要打败我，你们带着一张苍白的脸站成一排，就像是屠夫手下的绵羊。你们会觉得懊悔的，你们每个人！你们以为已经让我无处可去了，但是我还有别的地方。我的复仇才刚刚开始！我会让它持续几个世纪，我有的是时间。你们都爱的那个女孩已经是我的人了。你们和其他的人最后也会是我的人，我的工具，听我的吩咐，当我想吃饭时，就是我的走狗。呸！"

他轻蔑地笑了一下，快速地穿过大门，当他关上门的时候，我们能听见生锈的门闩吱吱嘎嘎地响着。然后外面的门打开又关上了。我们中第一个说话的人是教授。他意识到穿过马厩追他是很困难的，我们都向大厅走去。

"我们知道了一些事情……非常多的事情！尽管他说了很勇敢的话，可他还是怕我们的。他害怕时间，他害怕需求！因为如果不是这样的话，他干吗这么匆忙呢？他的声音背叛了他，或者是我的耳朵欺骗了我。为什么拿上那些钱？如果你是一个很快的跟踪者，或者你是追捕野兽的猎人，你就会明白了。对于我来说，我确信这里没有对他还有利用价值的东西了，否则他就会回来了。"

他一边说着，一边把钱放进口袋，拿上那一捆证书，然后把剩下的东西扔进了壁炉，用火柴点燃了。

高达尔明和莫里斯冲进院子里，哈克跳下窗户去追伯爵。然而，他插上了马厩的门闩，当他们强行把门打开的时候，已经不见了伯爵的踪影了。范海辛和我检查了房子的后面。但是商店里没有人，也就没人看见他离开。

现在已经是下午比较晚的时候，离日落的时间不远了。我们必须承认这次的行动已经结束了。我们带着沉重的心情对教授表示同意，他说："让我们回哈克夫人那儿去吧。可怜的、亲爱的哈克夫人。我们现在能做的已经做过了，我们至少能在那里保护她。但是我们没有必要绝望。还有一个箱子，我们必须找到它。等把这件事做完了，一切就都会好的。"

我能看出来他尽量表现得勇敢以安慰哈克。那个可怜的人有点失去控制，他不时地压抑不住地呻吟着，他在想着他的妻子。

我们伤心地回到我的房子，我们发现哈克夫人正在等着我们，脸上是很高兴的表情，这让她显得勇敢和无私。当她看见我们的脸时，她变得面如死灰。她的眼睛闭了一两秒钟，好像在默默地祈祷。

然后她高兴地说："我真是不知道怎么感谢你们所有的人。我可怜的亲爱的人！"

她一边说着，一边把手放在她丈夫的头上亲吻了一下。

"把你可怜的头放在这里休息一下吧。一切都会好起来的，亲爱的！上帝会保佑我们的，如果他是这样想的话。"那个可怜的人呻吟起来，没有语言能够表达他的痛苦。

我们一起草草吃了晚饭，我觉得这让我们大家都高兴了一点儿。也许只是因为饥饿的人吃到了食物，因为我们自从早饭后就再也没有吃过东西，或者是有人陪伴的感觉帮了我们，但是无论如何，我们都不像刚才那样痛苦了，明天也不是没有希望的。

因为我们承诺要告诉哈克夫人发生过的每一件事。虽然每当听到她的丈夫好像受到了威胁的时候，她的脸就会变得惨白，可当听到他对她表现出来的忠诚的时候，她的脸色又会变红。她自始至终勇敢而镇静地听着。

当我们叙述到哈克不顾一切地冲向伯爵的时候，她靠在自己丈夫的臂膀上，紧紧地抓住他，就好像这样做可以保护她的丈夫不受伤害一样。无论如何，直到叙述完了，她都一言不发，问题现在被提出来了。

她拉住自己丈夫的手，站在我们中间说话。我不能描述当时的场面。这是一位温柔善良的女人，带着青春和活力的美丽，还有额头上的红色伤疤，她能够意识到它的存在，我们看到它时就会咬牙切齿，依然记得它是什么时候来的、怎么来的。她的温柔抵消了我们极度的仇恨，她的忠诚抵消了我们的恐惧和怀疑。我们知道她和她的善良、纯洁和忠诚，已经被上帝接受了。

"乔纳森，"她说到这个词的时候充满了爱意和温柔，听起来就像是她嘴唇上的音乐，"亲爱的乔纳森，还有我最亲爱的朋友们，我想让你们在这段可怕的时间里在心理承受一些东西。我知道你们必须战斗。你们必须像消灭那个假露西一样消灭他，这样真正的露西就能够从此活下去了。但这不是一个仇恨的工作，那个造成了这一切悲剧的可怜的灵魂才是最可悲的人。只要想一想当他坏的方面被摧毁，好的方面就可以获得精神上的永生，他会有多高兴。你们也要怜悯他，虽然他不会和你们手牵手来毁灭自己。"

就在她说话的时候，我能看见她丈夫的脸越来越阴沉，就好像他的愤怒让他从人缩成了一个核一样。他本能地把自己妻子的手握得更紧了，直到她的关节开始发白。我知道她一定感觉到了疼痛，但是她没有挣脱，而是用更加恳求的眼神注视着他的眼睛。

就在她停下来的时候，他跳了起来，放开了他妻子的手，坚定地说道：

"愿上帝把他交给我，让我毁掉他世俗的生命。如果我能把他的灵魂永远送入燃烧的地狱，我一定会这样做的！"

"哦，别说了，看在上帝的分儿上。不要这样说，乔纳森，我的丈夫，否则你会用恐惧来打击我的。想一想，亲爱的……我这一整天都在想这个问题……也许……有一天……我也同样需要这样的怜悯，其他像你一样的人，有着同样愤怒的理由，会拒绝给我的！噢，我的丈夫！我应该让你知道还有别的方式。但是我请求上帝不要介意你的话，除了把它当做一个可爱、受伤的男人心碎的哀号。上帝啊，让这些可怜的白头发作为他遭受痛苦的证明吧，他的一生都没有做错什么，可是却经受了这么多的悲痛。"

现在我们所有的男人都哭了。我们没有控制眼泪，而是让它肆意地流出来。当看见自己的劝导奏效了以后，她也哭了。她的丈夫跪在了她的身旁，用双臂抱紧她，将自己的头埋在她的裙子里。范海辛示意了我们一下，于是我们离开了房间，将那两颗相爱的心和上帝留在那里。

在他们休息之前，教授将他们的房间布置了一下，以防吸血鬼的到来，然后向哈克夫人保证她可以安心地睡觉了。她尽力让自己相信，显然是为了她的丈夫，尽力显得满足。这是一个勇敢的斗争，而且，我相信，不会是徒劳的。范海辛在他们手边放上了一个铃，这样如果有了什么紧急情况，他们中的任何一个都可以将铃按响。当他们休息了以后，昆西·高达尔明和我决定，我们不应该睡觉，将晚上这段时间在我们中间分配了一下，我们要轮流照看这位受伤的女士的安全。第一班是昆西，于是我们剩下的人就尽快上了床。

高达尔明已经完成了任务，因为他是第二班。现在我的工作也完成了，该上床了。

乔纳森·哈克的日记

10月3日至4日接近午夜

我感觉昨天永远都不会结束。我渴望睡眠，隐隐约约地感觉到醒着就会发现事情变化了，现在任何的改变都会是向着好的方向。在我们分开之前，我们讨论了下一步该做什么，但是没有讨论出结果。我们唯一知道的就是还剩下一箱泥土没有找到，只有伯爵自己才知道它在哪儿。如果他选择藏起来，他就会用几年的时间来打败我们。同时，这个想法太可怕了，甚至是现在我也不敢去想它。我知道，如果有一个女人是完美的话，那么她就是我可怜的被误解的妻子，因为她昨晚的同情心，我又多爱了她一千倍，她的同情心让我对那个魔鬼的仇恨显得很卑鄙。我肯定上帝不会通过失去这样一个人而把世界变得更加悲惨的。这就是我的希望。我们都在向后漂，忠诚是我们唯一的锚。感谢上帝！米娜正在睡觉，没有做梦。我担心她的梦，不知道会是什么样子的。自从日落起，在我的眼里，她还没有这么平静过。然后，有一段时间，她的脸上浮现出一种恬静，就像是三月的微风过后的春天，但是不知为什么我觉得它有更深的含义。我自己并不困，虽然我很疲倦……极度的疲倦。无论如何，我要尽量睡着。因为还有明天，对于我来说不会有休息，直到……

过了一会儿

我一定是睡着了，因为米娜叫醒了我，她坐在床上，脸上是吃惊的表情。我看得很清楚，因为我们没有熄灯。她将一只表示警告的手放在我的嘴上，在我耳边低语："别出声！走廊里有人！"我轻轻地站起来，穿过房间，轻轻地打开了门。

在外面有一个垫子，莫里斯先生躺在上面，醒着。他抬起一只手示意我安静，小声对我说道："别出声！回到床上，没什么事。我们中的一个人晚上会一直在这儿看守。我们要万无一失！"

他的表情和姿势都表示要结束谈话，于是我回来告诉了米娜。她叹息了一声，苍白的脸上浮现出一丝微笑，用手臂抱住我轻轻地说道："感谢上帝有这些勇敢的人！"她叹息着又躺下去睡觉了。我现在把这些记下来，因为我不困，虽然我再次尝试着睡着。

10月4日早晨

晚上我又一次被米娜叫醒了。这一次我们都睡了一个好觉，因为外面天已经快亮了。

她快速地对我说："去，叫教授来。我想马上见到他。"

"为什么？"我问道。

"我有一个主意。我猜一定是晚上想到的，并且在我不知道的情况下成熟起来了。他一定要在黎明之前把我催眠，那时我就可以说话了。快点去，亲爱的，快没时间了。"

我打开门，西沃德医生躺在垫子上，看见我他跳了起来：

"出什么事了吗？"他警觉地问道。

"没有，"我回答道，"但是米娜想马上见范海辛医生。"

"我去叫他。"他说着，匆匆地进了教授的房间。

两三分钟后，范海辛穿着睡衣走进了房间，莫里斯先生、高达尔明勋爵和西沃德医生站在门口问着问题。当教授看见米娜，一个微笑代替了脸上的焦虑。

他一边摩擦着双手，一边说道："噢，我亲爱的哈克夫人，这真是一个改变。看！乔纳森，我们原来的亲爱的哈克夫人今天又回来了！"然后他把头转向她，高兴地说道："我能为你做些什么呢？这个时候你不会需要我的。"

"我想让你把我催眠！"她说，"在黎明之前做这件事，因为我感觉那个时候我可以说话，自由地说话。快一点儿，因为时间不多了！"他什么也没说，示意她坐在床上。

教授看着她，他开始在她面前比画着，从她的头上开始，向下两手交替着。米娜盯了他几分钟，在这期间我的心跳得像一把锤子，因为我感觉有一些危机逼近了。她的眼睛慢慢地闭上了，一动不动地坐着。只有通过她起伏的胸部才能让人知道她是活着的。教授又比画了一会儿，然后停了下来，我能看见他的额头上布满了大颗的汗珠。米娜睁开了眼睛，但是看起来不像是原来的那个女人了。她的眼神很迷离，她的声音像是梦呓，我从来没听到过。教授抬起手示意我安静，让我叫其他人进来。他们踮着脚尖走进来，关上了身后的门，站在床的尾端，注视着。米娜好像没有看见他们。安静被范海辛打破了，他用一种低沉的声音说着，避免打断她的思考。

"你在哪里？"

"我不知道。睡眠不知道跑到哪里去了。"好几次都是沉默，米娜一动不动地坐着，教授站在那里目不转睛地看着她。

我们其余的人几乎不敢呼吸，屋里越来越亮了。教授的眼睛没有离开米娜，示意我拉开窗帘。我这样做了，好像天亮了。一缕红光照射进房间，这时教授又说道：

"你现在在哪儿？"

回答像是在做梦，但是是有目的的。她好像在解释什么事情，在她读自己的速记笔记的时候我听到过相同的语调。

"我不知道。都很奇怪！"

"你看见了什么？"

"我什么也看不到，到处都是黑的。"

"你听到了什么？"我能从教授耐心的声音中发现一丝紧张。

"水的拍打声。水在汩汩地流着，还有小浪花跳起来。我能听到他们在外面。"

"那么你是在一艘船上？"

我们互相看着，试图从别人脸上得出什么。我们不敢思考。

回答来得很快："哦，是的！"

"你还听见了什么？"

"人们在头上走来走去。还有锁链的吱吱嘎嘎的声音，和起锚的叮叮当当的声音。"

"你在做什么？"

"我一动不动，就像死了一样！"声音化成了睡眠中的人的深深呼吸声，睁开的眼睛又闭上了。

这时太阳已经升起来了，完全进入了白天。范海辛医生将手放在米娜的肩膀上，将她的头轻轻地放在枕头上。她像一个睡梦中的孩子一样躺了几分钟，然后长叹了一声，醒过来了，吃惊地看着我们站在旁边。

"我在梦中说话了吗？"她说的就是这些。无论如何，她好像不用告诉也知道了情况，虽然她很急切地想知道自己都说了些什么。教授重复了刚才的对话，然后她说道："那么就不要浪费时间了。也许还不算晚！"

莫里斯先生和高达尔明勋爵朝门外走去，但是教授用平静的声音把他们叫了回来。

"坐下来，我的朋友们。那艘船，无论它在哪里，这时候正在从你们伦敦的港口起锚。你们去哪儿找它？感谢上帝我们又有了线索，虽然我不知道它会把我们引向哪里。我们有一点儿鲁莽了。男人容易变得鲁莽，因为当我们向后看时，看见了我们向前看时可能看到的东西，如果我们可以看见我们可能看到的！哎，但是这句话很混乱，不是吗？现在我们能够知道那时伯爵心里想着什么，虽然乔纳森的锋利的刀让他处于甚至害怕的危险之中，但是他还是把钱捡了起来。他是想逃跑。听我说，逃跑！他看见只剩下一只箱子，并且有一群人跟在他的后面，像狗追着狐狸，伦敦不是他待的地方了。他已经把那最后一个箱子运上了船，他已经离开这块土地了。他想逃跑，但是不行！我们要去追他。我们的老狐狸很狡猾。如此狡猾，我们也必须同样狡猾地跟着他。我同样很狡猾，我思考了他的想法。同时我们可以休息，安下心来，因为在我们之间是他不想跨过的东西，他也跨不过去。除非船到岸了，只有在涨潮和潮水平稳的时候。看，太阳刚刚升起来，直到日落整整一天都是属于我们的。让我们洗个澡，穿上衣服，吃一顿我们都需要的早餐，并且我们可以舒服地享用它，因为他已经不和我们在同一块土地上了。"

米娜恳切地看着他，说道："但是我们为什么还要追他，当他已经离开了我们时？"

他拿起她的手轻轻地抚摸着，回答道："现在还不要问我。等我们吃早饭的时候，我会回答所有的问题。"他不再说什么了。于是我们分开去穿衣服了。

早餐过后，米娜又重复了她的问题。他严肃地看着她，然后悲伤地说道："因为，亲爱的，亲爱的哈克夫人，现在我们更需要找到他，即使我们跟着他到地狱的门口！"

她变得苍白起来，无力地问道："为什么？"

"因为，"他庄严地回答，"他可以活上几个世纪，但是你是一个凡人。现在的时间是很让人担心的，自从他把那个印记留在了你的喉咙上。"

她向前晕倒过去，我及时地扶住了她。

第二十四章
西沃德医生的留声日记，范海辛口述

致乔纳森·哈克：

你留下来照顾你亲爱的米娜，我们去进行我们的搜查，如果我能这么叫它的话，因为它不是搜查，而是认识，我们只是想寻找、确认。但是今天你留下来照顾她，这是你最好的和最神圣的职责。今天他不会来了。

让我告诉你一些事情，这样你就可以知道我们四个人已经知道的事情了，因为我已告诉他们了。他，我们的敌人，已经走了。他已经回到他所在的特兰西法尼亚的城堡里去了。我很清楚这一点，就像火焰在墙上把它写下来一样。他已经准备好这样做了，最后一箱泥土准备被送到某个地方。为了这个他带了钱。为了这个他在最后很着急，以免我们在太阳落山之前捉住他。这是他最后的希望，除了他想藏在坟墓里，他以为可怜的露西变成了像他一样的东西，为他而开着门。但事情已经不是这样了。当这种做法失败了的时候，他直接用了自己最后的办法。他很聪明，这么聪明！他知道自己在这里已经结束了游戏，于是决定回家。他找到了他来时的路线和回去的船，他上了船。

现在我们要去找那艘船，还有要知道它去往何处。当我们发现了这些信息，我们就会回来告诉你。那时我们会用新的希望来安抚你和可怜的哈克夫人。因为当你仔细考虑它的时候，它会是一个希望，一切都没有失去。这个我们追寻的人，花了几百年的时间来到伦敦这么远的地方。某一天，当我们知道了他的计划，我们就把他消灭掉。他的力量是有限的，虽然他可以造成很多我们无法造成的伤害和痛苦。但是我们也很强大，我们有共同的目的，而且当我们在一起的时候，我们就更加强大了。重新振作起来吧，哈克，还有你亲爱的妻子。这场战斗刚刚打响，最终我们会胜利的。非常确定，就像是上帝在高处看着他的子民一样确定。因此放松一点，等我们回来。

范海辛

乔纳森·哈克的日记

10月4日

当我给米娜读了范海辛的留言的时候，这个可怜的女孩相当高兴，因为确定伯爵已经不在这块土地上给她带来了安慰。安慰对她来说就是力量。在我看来，现在这个危险不会与我们面对面了，这几乎难以令人相信，甚至是我在德古拉城堡的可怕经历也像是一个很久以前被遗忘的梦一样。现在这里有秋天清爽的空气和灿烂的阳光。

哎呀！我怎么能不相信呢？在我思考的时候，我的目光落在了我亲爱的人那块红色伤疤上。只要它存在着，我们就不会忘记的。米娜和我的担心变得懒惰了，于是我们一遍又一遍地温习着日记。不知为什么，虽然日记里的现实好像变得很沉重，但是痛苦和恐惧却减少了许多。好像有一种指导性的目的显现出来，它很让人感到安慰。米娜说也许我们最终是幸福的人。也许是吧！我应该像她这么想。我们还从来没有谈论过将来。最好等到教授和其他人调查回来以后。

这一天又比我想象的要过得快。现在是 3 点钟。

米娜·哈克的日记

10月5日下午5点

我们的报告会。出席人：范海辛教授，高达尔明勋爵，西沃德医生，昆西·莫里斯先生，乔纳森·哈克，米娜·哈克。

范海辛医生描述了他们这一天都做了些什么来寻找德古拉逃跑时是坐的什么船和去往哪里。

"据我所知，他想回特兰西法尼亚，我感觉他一定会经过多瑙河的河口，或者是经过黑海的某个地方，因为他来的时候就是经过那里的。

　　"在我们面前的是一片空白。于是怀着沉重的心情，我们开始寻找那艘昨天晚上离开这里去往黑海的船。他坐的是帆船，因为哈克夫人说过帆被张开了。根据高达尔明勋爵的建议，我们在劳埃德商船协会找到了扬帆行驶的所有船的名单，可是，太小了。在那里我们找到唯一一艘开往黑海的船和潮水一起出行了。它叫塞莉娜·凯瑟琳，它从独立特尔的沃尔夫驶往瓦尔纳，从那里沿着多瑙河去往别的港口。"

　　我说："这就是载着伯爵的船了。"

　　"于是我们去了独立特尔的沃尔夫，我们在那里的办公室里看到了一个人。我们向他询问了塞莉娜·凯瑟琳的出航情况。他骂的话太多了，他的脸很红，声音很大，但是他仍然是一个好人。昆西从口袋里掏出一些东西给了他，他把它卷起来的时候发出噼噼啪啪的响声，然后把它放进了深深的藏在他衣服里面的一个口袋，他变得更好了，成了我们恭顺的仆人。他和我们一起问了许多粗鲁的人，如果他们不是那么口渴的话，他们会是更好的人。他们说了很多我听不懂的话，我只能猜是什么意思。不过无论如何，他们还是把我们想知道的事情都告诉我们了。

　　"他们告诉我们，昨天下午大约5点的时候一个男人匆匆地赶了过来。这个男人个子很高，又瘦又苍白，鼻子高高的，牙齿很白，眼睛像是在燃烧。他全身都穿着黑色的衣服，除了戴着一项稻草帽子，这项草帽和他以及季节都不搭配。他给了我们钱，很快地询问我们哪艘船开往黑海，在哪里上船。一些人把他带到了办公室，然后带到了船那里，他没有上船，而是坐在岸边的跳板上休息，让船长过来。船长刚开始没有过来，但是当船长得知会得到很多钱的时候，他就过来了。但是那个瘦男人已经走了，一些人告诉他在哪里可以租到马车。他去了那里，不久又回来了，自己驾着马车，上面有一个大箱子。他自己把它搬下来，虽然要好几个人才把它放上手推车。他跟船长说了好长时间，关于把这个箱子放在哪里，怎么放。但是船长不喜欢这样，告诉他如果他愿意可以来看看应该放在哪里。但是他说：'不。'他说他不去了，因为还有很多事要做。于是船长告诉他让他最好快一点儿，因为船马上就要开了，在潮水转向之前。然后那个瘦男人笑了，说他当然会在他觉得合适的时候走，但是如果他现在就走，他会吃惊。船长又开始骂起来，用多种国家的语言，于是那个瘦男人鞠了一躬，感谢了他，说他会在起航之前上船的。最后船长比原来更生气了，用更多种国家的语言，告诉他，他不想让法国人在他的船上。然后，在问过到哪里能买船票后，他离开了。

　　"没有人知道他去了哪儿，也没有人关心，因为他们都有别的事情要考虑。不久大家都发现塞莉娜·凯瑟琳不能按时起航了，一团薄雾开始在河上蔓延，它扩大，扩大，直到不久后，一团浓雾包围了那艘船和它周围的一切。船长用多国语言骂着，但是他什么也做不了。水涨了又涨，他担心他会失去时机。当潮水涨到最高的时候，他的心情极其不佳，这时那个瘦男人又走上跳板，要求看一下他的箱子被放在哪儿了。

　　"然后船长回答说，他希望他和他的箱子都见鬼去。但是那个瘦男人并没有生气，而是和水手下去看了看箱子放在了哪里，上来后在雾中站在甲板上待了一会儿。他一定是自己离开了，因为没有人注意到他。实际上他们没有想注意他，因为不久雾开始散去了，一切又清晰起来。我的朋友们笑起来，当他们说道船长是怎样骂的，当他问其他船员谁在那段时间里在河上上上下下，他发现几乎没有人看见过那团雾，除了那些在沃尔夫以外的人。无论如何，船在退潮的时候出发了，无疑早上的时候会到河口。他们告诉我们，那个时候它就会进入海里了。

　　"那么，亲爱的哈克夫人，现在我们需要休息一会儿，因为我们的敌人正在海上，还有那些听他指挥的雾，他们正在去往多瑙河河口。航船是需要时间的，它从来没有这么快。然后我们从陆上更快地走，我们在那里和他见面。我们最大的希望就是从日出到日落这段时间里，在箱子里面看见他。因为那时他就反抗不了了，我们就会处理掉他。我们可以有好几天的时间来准备我们的计划。我们完全熟悉他所去的地方。因为我们已经见了船的所有者，他给我们看了发票和所有的文件。我们要找的箱子会被放在瓦尔纳，然后交给一个代理人，他会在那里呈递国书。这样我们的商人朋友就帮了我们的忙了。当他问到是不是出了什么事，如果是的话，他可以发电报在瓦尔纳调查一下，我们说'没有'，因为要做的这件事情不是给警察做的，也不是常规的事情。

我们必须自己来做，用我们自己的方式。"

当范海辛教授说完了，我问他是否肯定伯爵就在船上。他回答道："我们有最好的证据，你自己的证据，就是今天早上催眠的过程。"

我又问他是否真的有必要继续追寻伯爵，因为，我怕乔纳森要离开我，而且我知道如果别人都去的话他也一定会去的。他开始时回答得很平静，但是越说越激动。然而，就在他说话的时候，他越来越生气，语言越来越坚决，直到最后我们都发现有一种个人的优势让他这么长时间以来都是男人中的领袖。

"是的，这很必要，很必要，很必要！首先是为了你，其次是为了人类。这个魔鬼已经做了很多坏事，用很狭窄的眼界，在很短的时间内，迄今为止他还只是一个在黑暗里摸索着的人。这些我都已经告诉其他人了。你，我亲爱的哈克夫人，会在约翰的留声日记里，或者你丈夫的日记里发现这一点的。我已经告诉他们他是怎样离开自己贫瘠的土地，从没有人的土地，来到了一片新的土地上，这里到处都是人，像很多立着的庄稼。这方法他想了几个世纪，如果另外一个不死的人，像他一样，试图做他做过的事，无论是在过去的所有世纪里，还是将来的所有世纪里，这都会对他有帮助。这时，所有神秘和强大的自然力量都会以一种不可思议的方式发挥着作用。作为不死的人生活了几个世纪的地方，是一个充满了地质和化学的神奇的地方，那里有深不可测的山洞和裂谷。那里有火山，其中一些还在向外喷发着含有特殊物质的水，还有能够杀死和复活生物的气体。无疑，在这些神秘力量的结合里有一些磁的或是电的东西，可以对物质的生命发生奇怪的作用。在战争的年代，他被赞美成比任何人更具有钢铁般的意志、敏锐的头脑和勇敢的心脏。在他的身上一些重要的品质都神奇地到达了极限。随着他身体越来越强壮，保持茁壮成长的状态，于是他的头脑也跟着在成长。所有这些，除了恶魔的帮助，剩下的都确实是他自己的努力，因为他必须向善的力量投降。现在他对于我们就是这样。他已经传染了你，原谅我，亲爱的，我必须这么说，但是我是为了你好才这样说的。他很聪明地传染了你，这样即使他不再做什么了，你也只可能活着，像原来那样甜蜜地生活着，在一定的时候死去，这是人普遍的命运，得到过上帝的准许，但是他却能把你变成像他一样的人。绝不能这样！我们已经一起发过誓不能让事情变成这样了。这样我们就是上帝意旨的执行者。这个世界，和他的儿子为之而死的人类，是不会交给魔鬼的，这些魔鬼的存在就是对他的侮辱。他已经允许我们拯救这个灵魂了，我们向十字军战士一样出来拯救更多的灵魂。像他们一样，我们会向太阳升起的地方前进。像他们一样，如果我们失败了，也是为了正义的事业而失败的。"

他停住了，我说道："但是伯爵不会聪明地反击吗？因为他已经被赶出了英格兰，难道他不会躲避它，像一只老虎躲避自己曾经被追捕的村子一样吗？"

"哈！"他说，"你用老虎作比喻很恰当，对于我，我会采纳的。那些食人虎（印度人常这么叫老虎）一旦尝过了人血的滋味，就不再喜欢其他猎物了，而是不停地四处觅食，直到发现人。我们在我们的村子追捕的也是一只老虎，食人虎——他不会停止觅食的。而且，他不是那种愿意隐退和站得远远的人。在他的生命中，他活着的生命中，他踏上土耳其边境，在敌人的土地上进攻敌人。他被击退了，但是他停止了吗？不！他又来了，一次又一次。看看他的顽固性和持久力。用那个孩子的大脑，他很久以前就开始计划来到一座大城市。他怎么做的？

"他找到了全世界对他来说最有希望的城市。然后他开始深思熟虑地为完成任务而作着准备。他耐心地感受着自己力量和能力的变化。他学习了新的语言。他学会了在一块新的土地和新的人群中生活，老式的新环境、政治、法律、金融、科学和习惯。他对这里匆匆地一瞥，这些只会刺激他的胃口。而且，还会帮助他的头脑变得更加成熟。因为这一切都向他证明了他一开始的猜测是多么的正确。他自己一个人做了这些事情，一个人！从一片被遗忘的土地上，那个废弃的坟墓里。当一个更大的思想世界向他打开的时候，他还有什么不能做的呢？他可以对死亡微笑，像我们知道的那样。谁能在杀死了所有人类的那些疾病中健康成长呢？啊！如果这样的一个人是从上帝那里来的，而不是从魔鬼那里来的，这对于我们的世界，将是一件多好的事情啊！但是我们发过誓，要还世界自由。我们的辛苦就在于沉默，我们的努力都是秘密的。因为在这个文明的时代，当人们甚至不相信他们看到的东西的时候，聪明人的怀疑就是他最大的力量。这会立刻成为他的护套和盔甲，成为他摧毁我们的武器，他的敌人们愿意为保护他们所爱的人而牺牲自己的灵魂，也为了人类的利益和上帝的荣誉。"

在经过了讨论之后，我们认为今晚不适合决定任何事情。我们都应该枕着事实睡觉，尽力想出合适的结论。明天，早餐的时候，我们会再次见面，在互相告诉自己的结论后，我们会制订出一个确定的行动计划……

今晚我感到很平静和惬意，仿佛一些萦绕心头的东西都离开了我，也许……

我的猜测还没有结束，也不能结束，因为我在镜子里看到了自己额头上的那个红色的印记，我知道自己仍然是不清白的。

西沃德医生的日记

10月5日

我们起得都很早，而且我觉得睡眠对我们所有人都很有用。当我们早餐见面时，有一种我们都没想到还会再感受到的喜悦。

很高兴在人类的本性里有很大的精神恢复力。它让任何障碍物，无论是什么，都被去掉了，即使是通过死亡，然后我们恢复了最初的希望和愉悦。不止一次，当我们围坐在桌子旁，我都惊奇地睁大眼睛猜测过去的那些事情是否只是一个梦。只有当我看见哈克夫人额头上的红色印记时，我才又被带回了现实。甚至是现在，在我严肃地讨论这件事情的时候，还是很难意识到我们所有灾难的起因依然存在着，甚至是哈克夫人好像也忘记了她的烦恼。只是有时，一些事情让她想起了自己那可怕的伤疤。我们一个半小时以后在我的书房里见面，决定我们的行动计划。我只发现了当前的一个困难，我是通过直觉而不是推理发现的。我们都应该坦白地说话，然而我担心哈克夫人的舌头奇怪地打了结。我知道她已经有了自己的结论，而且我能猜出她的结论会有多么的英明和正确。但是她不，或者是不能，把它说出来。我想范海辛提到了这一点，等我们一会儿单独在一起的时候会讨论这个问题。我猜是进入她血液的一些可怕的毒药开始起了作用。伯爵把自己的血给她，有自己的目的。也许有一种毒药是从好的东西里面提炼出来的，在尸毒的存在还是个秘密的年代里，我们不应该对任何事情感到惊奇！我知道，如果我对哈克夫人沉默的直觉是正确的话，那么我们的工作里就出现了一个非常大的困难，一个未知的危险。我不敢再往下想了，因为这样我就会在我的头脑里侮辱了一位高贵的女性！

过了一会儿

当教授进来后，我们讨论了那件事情。我能看出他脑子里有想法，他想说出来，但是要说出来又有些犹豫。在犹豫了一会儿之后，他说道："约翰，有一些事情我必须和你单独谈谈，无论如何一开始也要这样。以后，我们可以让别人也知道。"

然后他停住了，所以我等待着。他继续说道："哈克夫人，我们可怜的、亲爱的哈克夫人正在变化。"

发现我的最糟糕的担心得到承认，我不禁打了个冷战。范海辛继续说道："根据不幸的露西小姐的事件，我们这次一定要小心，不能让事情发展得太严重了。我们的任务空前的艰巨，这个新的困难让每一小时都非常宝贵。我能看见她的脸上已经出现了吸血鬼的特征。现在还非常非常微小。但是如果我们不带偏见地去观察她的话，还是可以看出来的。她的牙齿变得很锋利了，有时她的眼神很冷酷。这还不是全部，现在她的沉默越来越多，就像露西那个时候一样。她不说话，即使她过后写下来自己想说的话。现在我的担心是，如果通过我们的催眠，她可以说出伯爵所看到的和听到的，那么，这个先催眠了她，然后喝了她的血并且让她喝了自己的血的人，会强迫她的心灵向他泄露她心里所知道的东西，不是更有可能吗？"

我点点头表示同意。他继续说道："那么，我们要做的就是防止它发生。我们必须不让她知道我们的计划，因为她不会说出自己所不知道的事情。这是一个痛苦的任务！太痛苦了，让我想起来就心碎，但是必须这样。等我们今天见面的时候，我必须告诉她，因为一些不能说出来的原因，她不能继续留在我们的委员会里，但是会得到我们的保护。"

他擦拭了一下额头，因为这是一个使那个已经饱受折磨的灵魂可能会受到更多打击和痛苦的决定，他出了很多的汗。我知道如果我告诉他我也是这么想的，会给他一些安慰。因为无论如何，这样会让他避免疑虑的痛苦。我告诉了他，效果正如我所设想的。

现在离我们见面的时间越来越近了。范海辛和我各自去为见面作准备了。我知道他只是想能够单独作祈祷。

又过了一会儿

在会议的一开始，范海辛和我都感到了莫大的安慰。哈克夫人让她的丈夫带来了留言，说她现在不会加入我们，因为她想最好我们可以自由地讨论行动计划，而不用为她的在场而感到尴尬。教授和我对视了一下，不知为什么我们都好像感到很宽慰。在我看来，如果哈克夫人自己意识到了危险，不但是避免了危险，而且是避免了痛苦。在当时我们看了看对方，将指头放在嘴唇上，同意对我们的怀疑保持沉默，直到我们可以再次单独讨论。我们立刻开始制订行动计划。

范海辛先大致地把事实摆在我们面前："塞莉娜·凯瑟琳昨天早上离开了泰晤士河。如果用它最快的速度，要花上三周的时间才能到达瓦尔纳。但是我们从陆路走只用三天就可以到达那里。现在，如果我们允许船再少走两天，由于我们知道伯爵可以制造天气的影响，并且假设我们自己可能会遭遇的一天一夜的耽搁，那么我们就有将近两周的富裕时间。

"因此，为了安全起见，我们最迟要在17号离开这里。这样我们无论如何都可以比船提前一天到达瓦尔纳，并且可以作好必要的准备。当然我们都要武装起来，为了抵御邪恶的事物，既有精神上的也有身体上的。"

这时昆西·莫里斯说道："我知道伯爵是来自一个狼的国度，他可能会比我们先到达。我建议我们增加一把温彻斯特式连发枪作为装备。如果发生这样的麻烦的话，我相信温彻斯特式连发枪。你还记得吗，亚瑟，那时候我们在托波斯克被一群狼追赶，我们不是给了每只狼一枪吗？"

"好的！"教授说道，"应该带上温彻斯特式连发枪。昆西的头脑总是很冷静。不过大多数情况下，当有东西可追捕时，人对狼的威胁比起狼对人的威胁要大得多。同时我们在这里什么都做不了。因为我觉得我们都不熟悉瓦尔纳，为什么不早点到那去呢？在那里等待的时间和在这里是一样长的。今晚和明天我们可以作好准备，如果一切顺利的话，我们四个人就可以出发了。"

"我们四个人？"哈克质问道，看着我们每一个人。

"当然了！"教授很快地回答道，"你必须留下来照顾你的妻子！"

哈克沉默了一会儿，然后说道："让我们早上再讨论这个问题吧。我想和米娜商量一下。"

我想是时候让范海辛告诉哈克不要把我们的计划泄露给米娜了，但是他没有这么做。我意味深长地看着他，咳嗽了一声。作为回答，他将手指放在嘴唇上转头走了。

乔纳森·哈克的日记

10月5日下午

我们今天早上开过会以后，很长一段时间我都不能思考，事态的新发展让我的头脑里充满了疑问，已经没有空间可以主动地思考了。米娜决定不参加讨论，让我自己思考。因为我也不能和她讨论这件事，所以我只能自己猜测。我现在根本摸不着头脑。其他人接受这个决定的方式也让我困惑。上一次我们讨论的时候还决定在我们之间不应该有任何的隐瞒。米娜现在正在睡觉，像一个小孩一样平静和甜蜜。她嘴唇的曲线很美，脸上闪着幸福的光。感谢上帝，她仍然能有这样的时光。

过了一会儿

这一切都太奇怪了。我坐在那里看米娜睡觉，自己也变得快乐起来。当夜幕渐渐降临，太阳越落越低，大地变得昏暗，房间里的寂静变得越来越庄严。

米娜突然睁开了眼睛，温柔地看着我说道："乔纳森，我想让你向我保证一件事情。向我保证，也向上帝保证，即使是我跪下来哭着求你也不要毁约。快点，你现在就向我保证。"

"米娜，"我说，"一个这样的保证，我不能现在就做。我可能没有权利做。"

"可是，亲爱的，"她说，"这是我的愿望，也不是为了我自己。你可以去问范海辛医生我是不是对的，如果他不同意你可以随意。而且，如果你们同意了，以后会因为这个保证而得救的。"

"我保证。"我说，她变得特别的高兴，虽然对我来说她的所有幸福都被她额头上的那个红色伤疤否定了。

她说："向我保证你不会把对付伯爵的任何计划告诉我。不能用语言或者是暗示，任何时候都不行，只要它还在这里！"她严肃地指着自己的伤疤。我看出她很诚恳，于是我庄严地说道："我保证！"就在我说出这句话的时候，我感到我们之间的沟通之门关上了。

过了一会儿，午夜

米娜一晚上都很高兴。如此高兴，好像让其他人都有了勇气，甚至我自己也觉得压在我们身上那悲哀的幕布也被抬起来了一点儿。我们都很早就休息了。米娜现在睡得像一个小孩，很幸运即使遭受了这样的苦难，她仍然可以睡得很香。感谢上帝，因为至少这个时候她可以忘记自己的烦恼。也许这一点也会像她今晚的快乐情绪一样影响到我。我应该试一试。唉！没有梦的睡眠。

10月6日早晨

又是一个惊讶。米娜很早就叫醒了我，大概和昨天差不多的时间，她叫我去叫范海辛医生过来。我还以为她又想催眠，没有问什么就去叫范海辛了。他显然预料到了我会来，因为我看见他在房间里已经穿好了衣服。他的门是半开着的，所以他可以听见我们房间的开门声。他立即过来了。当他走进房间里时，他问米娜其他人是否也可以进来。

"不，"她回答得很简单，"没有这个必要。你也可以告诉他们，我必须和你们一起去。"

范海辛教授像我一样吃惊。他停了一下问道："为什么？"

"你们必须带上我。我和你们在一起会更安全，你们也会更安全。"

"这是为什么呢，亲爱的哈克夫人？你知道你的安全是我们最神圣的职责。我们要去经历危险，你，有可能，比我们任何一个人都更容易受到他的伤害……因为……已经发生的事情……"他尴尬地停住了。

她抬起手指着自己的额头，回答道："我知道，这就是为什么我必须去的原因。我现在可以告诉你，在太阳正在升起来的时候——也许我以后就不能看到了——我知道当伯爵需要我的时候我必须走。我知道如果他让我偷偷地做，我就必须欺骗你们，用任何方式，甚至是乔纳森。"上帝看见了她说话时看着我的表情，如果真的有记录天使的话，那个表情会被记作她永久的荣誉。我只能握住她的手，我说不出话来，因为我太激动了。

她继续说道："你们很勇敢也很强大。你们团结起来就更强大了，因为你们可以蔑视能够压垮单独一个人忍耐力的东西。另外，我可以为你们服务，因为你们可以催眠我，知道甚至是我自己都不知道的事情。"

范海辛医生严肃地说道："哈克夫人，你总是很智慧。你应该和我们一起走，我们会取得胜利。"

在他说话的时候，米娜长时间的沉默让我看着她。她又躺在枕头上睡着了，甚至当我拉开窗帘让阳光照进房间的时候，她都没有醒。

范海辛示意我安静地跟他走。我们去了他的房间，不到一分钟高达尔明勋爵、西沃德医生和莫里斯先生也来了。

他告诉他们米娜说的话，继续说道："早上我们就出发去瓦尔纳。现在我们要对付一个新的问题——哈克夫人。但是她的心灵是真诚的。她告诉我们这些对她来说是很痛苦的。但是这是最正确的，我们及时得到了警告。事情必须万无一失，在瓦尔纳我们必须准备好，在船到达的那一刻就采取行动。"

"我们具体应该做些什么？"莫里斯先生简洁地问道。

教授在回答前停了一下："首先我们要上船。然后，等我们把那个箱子找到之后，在上面放一束野玫瑰。我们要把它系牢，因为当它在那里，什么都不会出现，就像迷信的人们认为的那样。我们首先要相信迷信。它最早是人们的忠诚，它仍然植根于忠诚之中。然后，等我们找到机会，等周围没有人的时候，我们就打开箱子，然后……一切都会好了。"

"我不会错过任何机会，"莫里斯说道，"只要我看见那个箱子，我就会打开它，把那个魔鬼消灭掉，即使是有一千个人在看着我，即使下一刻我会为这个而被杀死！"我本能地抓住他的手，发现它像一块钢铁一样坚硬。我觉得他明白我的表情，我希望他明白。

"好孩子，"范海辛医生说，"勇敢的孩子。昆西是一个男人。上帝保佑他。我的孩子，相信我，我们没有人会因为害怕而退缩或停顿。我只是在说我们可能要做的……我们必须要做的。但是事实上，我们不能说我们可能会做什么。有很多事情可能发生，它们的方式和结果各种各样，因此直到那一刻，我们都不好说。我们都应该武装起来，全方位的。当结束的时刻来到了，我们就都会努力的。今天让我们把所有的事情都安排好，让所有关于别人的而对我们很重要的事情，和依靠我们的人，都被安排好，因为我们谁也不能说结果会是什么，什么时候会结束。至于我，我自己的事情就是统领全局，因为我没有其他事情要做，我现在就去安排出行，我会去办所有的手续。"

所有的事情都说清楚之后，我们就分开了。我现在要整理好我所有的东西，等待着未知事情的来临。

过了一会儿

都准备好了。我写好了遗嘱，很完备。如果米娜幸存的话，她就是我唯一的继承人。如果她没有活下来的话，那么其他曾经对我这么好的人们都会得到遗产。

现在太阳快要下山了。米娜的不安引起了我的注意。我确信等到准确的日落的时刻，她头脑中的东西就会被揭示出来，这些事情对于我们所有人来说都是一种折磨。因为每天的日出和日落都会带来一些新的危险和新的痛苦，虽然这些在上帝的愿望里最终会有好的结果。

我把这些东西都写在日记里，因为我的妻子现在不能听到它们。但是如果到了她能看见它们的那一天，我应该准备好。她向我走过来了。

第二十五章　西沃德医生的日记之继续

10月11日晚上

　　乔纳森叫我把这个记下来，因为他说她在这个任务里是不能享受平等待遇的，他想让我准确记录下来。

　　我觉得当我们在日落前被叫去看哈克夫人时，没有人觉得惊讶。我们最近开始明白，日出和日落对于她来说是少有的自由时间。在这短暂的时间里会显现出原来的她，没有什么力量可以压制她、束缚她，或者是煽动她去做什么。这样的情绪或者状况通常在准确的日出或日落的前半小时开始，一直持续到太阳升高，或者是云彩依旧被地平线以上的光线照得通红。一开始会有一种不好的状况，仿佛是一个结被解开了，然后很快就是纯粹的自由。无论如何，当自由结束时，她很快就复原了，只需要通过一段沉默的时间。

　　今晚，当我们见面的时候，她有点不自然，表现出内心挣扎的所有征兆。我在第一时间镇压住了她暴力的倾向。

　　无论如何，几分钟后，她完全控制住了自己。然后，她示意她的丈夫坐在自己的身边，让我们其他人搬椅子坐得近点。

　　她拿起自己丈夫的手，说道："我们现在这样自由地坐在这里，可能是最后一次了！我知道你会陪着我，直到最后的。"这是对她的丈夫说的，我们能看见他们的手紧紧地握在一起。"早上我们便出发，执行我们的任务，只有上帝才知道等待我们的是什么。你们这么好，同意带上我。我知道勇敢的、真诚的男人们能为一个可怜的、弱小的女人做什么，他们都会去做的，这个女人的灵魂也许丢失了，不，不，还没有，但是无论如何很危险。但是你们必须记住我不再和你们一样了。我的心脏里，我的血管里有毒药，它可能毁了我，它肯定会毁了我，除非我们得到安慰。啊，我的朋友们，你们像我一样明白，我的灵魂危在旦夕。虽然我知道对于我来说有一条出路。但是你们和我都不能驱走它！"她恳切地看着我们每一个人，一开始和最后她的丈夫都一直握着她的手。

"那条路是什么？"范海辛声音嘶哑地问道，"那条我们绝不能走的路是什么？"

"如果我现在就死去，不管是用我自己的手还是别人的，在更大的邪恶来到之前。我知道，你们也知道，一旦我死了，你们就会将我永生的灵魂放归自由，就像你们对可怜的露西做的那样。如果死亡是我唯一的选择，我不会拒绝在爱我的朋友们中间立刻死去，但是死亡不是所有。当我们的前方有希望的时候，我不能够接受这样的死去。因此，对于我，我会放弃永久的安息，而是走进黑暗里，那里可能有世界，可能有下面的世界里最黑暗的东西！"

我们都沉默了，因为我们本能地感觉这只是一个序曲。其他人的表情都很严肃，哈克的脸变得灰白，也许，他比我们都更能猜出下面会是什么。

她继续说道："这就是我能够放进财产中的东西。"我注意到她在这里奇怪地用到了法律词汇，非常严肃的。"你们每个人会给出什么呢？你们的生命，我知道，"她说得很快，"这对于勇敢的人来说很容易。你们的生命是上帝的，你们可以把它们还给他，但是你们会给我什么呢？"她质疑地看着，但是这次没有看她丈夫的脸。昆西好像明白了，他点了点头，她的脸上露出喜悦的表情。"那么我会直接告诉你们我想要的，因为在我们这样的联系中不能有怀疑。你们必须向我保证，所有人，甚至是你，我亲爱的丈夫，当时间到来的时候，你们一定要杀了我。"

"那个时间是什么？"声音是昆西的，但是很低沉。

"当你们确定我已经变到只有去死，才能获得永生的时候。当我的肉体死了以后，你们一秒钟都不要耽误，将木桩插进我的心脏，砍掉我的头，或者做一些其他的任何事情，只要能让我安息！"

在片刻的停顿之后，昆西是第一个行动的人。他跪在她面前，将她的手放在自己手里，庄重地说："我只是一个粗鲁的人，也许，不配有这样的荣誉，但是我以我所有神圣和珍贵的东西发誓，如果那个时间到来的话，我不会推卸这个你放在我们身上的责任。我也向你保证，我会把事情办好，因为只要我有怀疑，就把它当成是那个时间已经到了！"

"我真正的朋友！"这是她在泣不成声时说的唯一的话，她俯下身子，亲吻了他的手。

"我也发誓，我亲爱的哈克夫人！"范海辛说。"还有我！"高达尔明勋爵说道，他们轮流跪在她面前起誓，说他们每个人也都会这样做的。然后她的丈夫神色黯淡地看着她，他的脸色苍白，发白如雪，他问道："我也必须作保证吗，我的妻子？"

"你也一样，亲爱的。"带着无限爱怜的声音和悲伤的眼神，她说，"你不能退缩。你是我在世界上最亲近的人，我们的灵魂已经结合在一起了，并且是我们整个的一生。想一想，亲爱的，曾经有勇敢的男人，为了保护他们的妻子不落入敌人之手，他们杀死了自己的妻子。他们举起武器的手没有丝毫犹豫，因为这是他爱的人请求他杀了她。这是男人对他们所爱的人的义务，在这种考验下，亲爱的，如果我必须死在某个人的手里，就让我死在最爱我的人的手里吧。范海辛医生，我没有忘记你在露西的那件事里，对她爱的那个人的仁慈。"她脸红了，换了一个词，"对那个最有权利给她安宁的人。如果再有这样的时刻，我希望你让它成为我丈夫生命中幸福的回忆，是他的手把我从可怕的束缚中解放出来了。"

"我发誓！"教授的声音响亮。

哈克夫人笑了，她松了一口气躺回去说道："现在是一个警告，一个你们绝对不能忘记的警告。这个时刻，如果这个时刻会来的话，它会来得又快又突然，在这种情况下你们一定不要浪费机会。因为这个时候我自己可能……如果这个时刻到来，我会和你们的敌人一起对付你们。"

"还有一个要求，"她说这句话的时候表情变得非常严肃，"这不像刚才那件事那么关键和必要，但是我想让你们为我做一件事，如果你们愿意的话。"

我们都默许了，没人说话，因为没有说话的必要。

"我想让你读葬礼上的话。"她的话被她丈夫的一声呻吟打断。她拿起他的手，放在自己胸前，继续说道："你总有一天会为我读它的。无论说出的是什么，它对我们来说都会是一个甜蜜的回忆。你，我最亲爱的人，我希望你来读它，这样你的声音就会永远留在我的记忆中！"

"可是，亲爱的，"他恳求道，"死亡离你还很遥远。"

"不，"她说道，举起一只表示警告的手，"现在我的死亡比被一个尘世的坟墓重重地压在身上还要深。"

"我的妻子，我一定要读它吗？"他在开始读之前说。

"这样会安慰我的，我的丈夫！"她就说了这么多，然后哈克开始读她已经准备好的本子。

我怎样才能描述那样的场面，庄重、忧伤、悲哀、恐惧，却很甜蜜。甚至是一个怀疑论者——他在任何神圣的和感人的东西里面只能看到苦涩的事实的滑稽——如果他看到这一小群忠诚的朋友跪在这个受伤的、悲哀的女人面前，也一定会深受感动的。听着她的丈夫温柔的声音，用这样受伤和感动的语调，他必须经常停下来，读着这段简单而美丽的文字。我写不下去了……我泣不成声！

她的直觉是对的。很奇怪，我们当时也感受到了她强大的影响力，这让我们感到很安慰。沉默，预示着哈克夫人又从她心灵的自由恢复到了原来的状态，好像并不像我们害怕的那样，并没有充满绝望。

乔纳森·哈克的日记

10月15日瓦尔纳

我们在 12 日早上离开了茶陵克罗斯，同天晚上到达了巴黎，然后坐上了东方快车，车上为我们留了位置。我们日夜兼程，在大约 5 点钟的时候到达了那里。高达尔明勋爵到大领事馆看有没有他的电报，我们其余的人则进了一家旅店——"敖德萨斯"。

旅途上可能有一些小故事，然而，我很急切地想行动，没时间管它们，直到塞莉娜·凯瑟琳到达港口，我都不会对这个广阔世界的任何东西产生兴趣。感谢上帝！米娜现在的情况很好，看起来越来越强壮了。她的气色又恢复了。她睡得很多。她几乎在整个旅程中都在睡觉。不过，在日出和日落之前，她非常清醒和警觉。范海辛在这个时候催眠她也成了一种习惯。一开始，他需要作很大的努力，他要做很多手势。但是现在，她很快就能够进入催眠的状态了，好像已经习惯了。他在这个特殊的时刻好像有一种意念的力

-291-

量，使她的思想服从他。他总是问她看到了什么，听到了什么。

她一开始回答："什么也没有，一切都是黑暗的。"

然后又说："我能听见波浪拍打着船，水从旁边流过去。帆和索具被拉紧了，桅杆吱吱嘎嘎地响着，风很大……我能听见支桅索在动，浪花击打着船头。"

显然塞莉娜·凯瑟琳仍然在海上航行，正在去往瓦尔纳的路上。高达尔明勋爵刚刚回来。他收到了四封电报，从我们出发开始一天一封，不过作用都一样，都是说塞利娜·凯瑟琳还没有从任何地方向劳埃德商船协会报告。他在离开伦敦之前安排他的代理人每天给他发一封电报，说明是否收到了船的报告。即使没有报告他也要发电报，这样他可以确定伯爵另一头一直在被监视。

我们吃了晚饭很早就上了床。明天我们去见副领事，安排一下能不能船一到，我们就上船。范海辛说我们的机会是在日出和日落之间上船。伯爵，即使他能变成蝙蝠，也不可能随心所欲地跨越流动的海水，因此他不会离开船。因为他不敢变成人的样子引起怀疑，他显然想避免怀疑，他一定会乖乖地待在箱子里。如果是这样，我们可以在日出之后上船，这样他就任凭我们摆布了，因为我们可以在他醒来之前打开箱子杀死他，就像我们对可怜的露西做的那样。他怎样受我们的摆布已经不重要了。我们认为不会在官员和水手那遇到太大麻烦。感谢上帝！这是一个只要行贿就能做任何事情的国家，我们的钱很多。我们唯一要确认的就是船不会在我们没有得到警告的情况下，在日落和日出之间就驶进港口，这样我们就安全了。钱包会解决这些问题的，我想！

10 月 16 日

米娜的报告依旧如此。拍打的波浪和奔流的海水，黑暗和顺风。显然我们情况不错，等我们有了塞莉娜·凯瑟琳的消息，我们就会准备好。当它经过达达尼尔海峡的时候，我们一定会得到报告的。

10 月 17 日

现在所有的事情都准备好了，我认为，我们现在是在准备欢迎伯爵旅途归来。高达尔明告诉托运人，他觉得这个运到国外的箱子里可能装着一些从他的朋友那儿偷来的东西，已经差不多得到同意，他可以自己冒风险打开它。货主给了他一张纸，上面让船长给他行个方便，无论他想在船上做什么，还有给他在瓦尔纳的代理人的一个相似的授权。我们已经见过那个代理人了，高达尔明亲切的举止给他留下了深刻的印象，我们都很满意他可以达成我们的愿望。

我们已经安排好当我们打开箱子以后该做什么。如果伯爵在里面的话，范海辛和西沃德要立即砍下他的头，向他的心脏插入一根木桩。莫里斯、高达尔明和我会防止外界的干扰，即使我们必须使用武力我们也会准备好的。教授说，如果我们能够这样处理伯爵的身体，那么他不久就会化为灰尘。这样就不会留下证据，如果我们涉嫌谋杀的话。即使不是这样，我们也会作好准备，也许某一天这个手稿会作为证据避免我们被捕。对于我自己，我只能非常感激这个机会终于要来了。我们要在实施计划前作好一切准备。我们已经和一些官员商量好了，只要塞莉娜·凯瑟琳一出现，我们就会得到通知。

10 月 24 日

整整一周的等待。每天都有高达尔明的电报，但是总是一样的消息："还没有报告。"米娜早上和晚上的报告也没有变化。拍打的波浪，奔流的海水，嘎吱作响的桅杆。

10 月 24 日伦敦的劳埃德商船协会的路福斯·史密斯给高达尔明勋爵的电报。问瓦尔纳的 H.B.M. 副领事好。塞莉娜·凯瑟琳今天早上从达达尼尔海峡发来报告。

西沃德医生的日记

10 月 25 日

我是多么怀念我的留声机啊！用钢笔写日记真让我讨厌！但是范海辛说我必须这么做。昨天当高达尔明勋爵收到从劳埃德商船协会发来的电报时，我们都激动得不得了。我现在知道了，那些在战斗中当人们听见战斗的号角吹响的时候是一种什么样的心情。

哈克夫人，在我们这个小团体之外，没有表现出任何感情。毕竟，她这样不奇怪，因为我们特别小心不让她知道这件事情，而且我们在她在场的时候，也尽量不表现出任何兴奋。要是在原来，我确定，她会察觉的，不论我们有多努力地隐瞒，但是她在过去的三周里变化很大。

她变得嗜睡，虽然她看起来健康而且强壮，并且恢复了她的气色。范海辛和我有些怀疑。我们经常讨论她，不过，我们一个字也没有跟别人说。即使是让哈克知道我们在这件事上表示怀疑，都会打碎可怜的哈克的心，当然还有他的神经。范海辛告诉我，她在被催眠的时候，他非常仔细地检查过她的牙齿，因为他说只要牙齿没有开始变锋利，她就没有更大的危险和变化。如果有了变化，就必须采取行动！我们都知道这个行动会是什么，虽然我们没有告诉对方。我们谁也不能在这项任务中退缩，虽然想起来很可怕。"安乐死"是一个使人感到安慰的词语！我很感激发明它的人。

从达达尼尔海峡航行到这里只需要大约 24 小时，根据塞莉娜·凯瑟琳从伦敦出发行驶的速度，它应该会在早上到达，但是因为它不可能在午夜之前抵达，所以我们都要很早就休息。并且在一点钟起床，已作好准备。

10 月 25 日午夜

仍然没有船抵达的消息。哈克夫人今天早上在催眠时的报告还像往常一样，因此我们随时都可能得到消息。我们男人们都很兴奋，除了哈克，他很平静。他的双手像冰一样冷，一小时以前，我看见他在磨那把他现在总是带在身边的刀。当这把被这只坚定、冰冷的手拿着的弯刀的边缘碰到伯爵的喉咙时，这对于伯爵来说一定是个悲惨的下场！

今天范海辛和我对哈克夫人有了点警觉。大约中午的时候她又开始嗜睡，我们都不喜欢这样。虽然我们没有说话，但是我们谁都不高兴。她一早起来就感到很不安，所以刚开始我们还很高兴她睡着了，可是，当她的丈夫无意中提到她睡得太香了，叫都叫不醒时，我们亲自到她的房间去看她。她呼吸得很自然，看起来很安详，我们都认为对于她来说，睡眠比其他什么都好。

可怜的女孩，她有这么多事情需要忘记，睡眠对她会有好处的，如果能够让她忘却的话。

　　过了一会儿

　　我们的想法得到了证实，因为在睡了几小时之后她醒过来了，她看起来比前几天都高兴。在日落的时候她又作了催眠报告。伯爵无论在黑海的什么地方，他都在赶往他的目的地。赶往他的死亡，我相信！

　　10月26日

　　又是一天，没有塞莉娜·凯瑟琳的消息。它应该不久之后就会来了。它显然还在某处航行，因为哈克夫人日出时的催眠报告还和以前一样。可能是船偶尔停下来休息了，因为雾。昨晚进港的一些轮船报告说海港的北边和南边都有雾。我们必须继续监视，因为现在随时都可能有船的信号。

　　10月27日中午

　　很奇怪。仍然没有船的消息。哈克夫人昨晚和今晨的报告还是一样的"拍打的波浪和奔流的海水"，虽然她加了一句"波浪很小"。从伦敦来的电报也是一样"没有更多的报告"。范海辛非常焦虑地告诉我，他怕伯爵正在避开我们。

　　他意味深长地说："我不喜欢哈克夫人的嗜睡。在昏睡状态下灵魂和记忆会做奇怪的事情。"我刚要再问他，这时哈克进来了，他举起了一只手表示警告。我们必须在今天日落催眠她的时候让她说得更多一点儿。

　　10月28日电报。鲁弗斯·史密斯，伦敦，至高达尔明勋爵。问瓦尔纳的H.B.M.副领事好。报告："塞莉娜·凯瑟琳今天1点钟将进入盖勒茨。"

西沃德医生的日记

10 月 28 日

当电报发来说船今天 1 点就要到达盖勒茨的时候，我觉得我们都没有感到本来应有的惊讶。是的，我们不知道逃跑怎么样、什么时候会来到，但是我觉得我们都已经预料到会发生一些奇怪的事情了。在我们到达瓦尔纳的那一天，我们就知道所有的事情都不会像我们所希望的那样。我们只是等待哪里会发生改变。或多或少这都应该说是一个惊讶。我相信事情会像它们应该有的那样，而不是像我们所预料的那样。超验论是天使的灯塔，即使对于人类来说，它也是捉摸不定的东西。范海辛将手举过头顶，仿佛在向上帝抗议。但是他没有说一句话，几秒钟后他站起来，表情严肃。

高达尔明勋爵的脸色变得很苍白，呼吸也很沉重。我头有点晕，吃惊地看着大家。莫里斯快速地紧了紧皮带，我太熟悉这个动作了。在我们过去徘徊的年月里，这个动作表示"行动"。哈克夫人的脸像鬼一样苍白，她额头上的疤痕就像在燃烧，但是她仍然耐心地交叉双手祈祷着。哈克在笑，真的在笑，一个绝望的人在黑暗里的苦涩笑容，但是同时他的动作却与他的话相反，因为他的手在不自觉地寻找大弯刀的刀柄，然后停在了那里。

"下一趟到盖勒茨的火车是几点开？"范海辛对我们说道。

"明天早上 6 点 30 分！"我们都吃了一惊，因为是哈克夫人回答的。

"你怎么会知道的？"亚瑟说道。

"你忘记了，或者你不知道，但是乔纳森和范海辛医生知道，我是列车时刻记忆能手。在埃克斯特的家中，我总是做时间表，为了帮助我的丈夫。我有时觉得这很有用，现在我总是研究时间表。因为我知道我们要想去德古拉城堡，就必须经过盖勒茨，或者经过布加勒斯特，所以我非常仔细地记下了时间表。可惜没有什么用，因为只有我说的那一趟火车是明早出发。"

"好女人！"教授小声说道。

"我们不能坐专车吗？"高达尔明勋爵问道。

范海辛摇了摇头："恐怕不行。这个地方和你那里或者我那里都很不同。即使我们坐了专车，它也可能还没有普通列车快。而且，我们要作一些准备。我们必须思考。现在我们安排一下。你，亚瑟，去火车站买票，确保我们可以明早出发。你，乔纳森，去商船代理人那里，从他那儿要一封给盖勒茨的代理人的信，授权我们能够像在这里一样上船搜查。昆西·莫里斯，你去见副领事，让他和他手下的人帮助我们在途中一切顺利，这样我们在多瑙河上的时候就不会浪费时间了。约翰留下来和哈克夫人还有我待在一起，我们可以商量。如果时间很长，你们会晚回来的，如果太阳落山了也没有关系，因为我会和哈克夫人在这里作报告。"

"那么我，"哈克夫人高兴地说，这么长时间以来这次是最像她自己的一次，"我会尽量帮上忙的，我会思考，并为你们记录下来，像我原来那样。有一些东西很奇怪地从我身上转移了，我比最近任何时候都觉得更自由了！"

三个年轻的小伙子这时看起来更高兴了，因为他们明白了她的话的含义。但是范海辛和我，把头转向对方，严肃而不安地互相看了一眼。但是我们当时没说什么。

当三个人去执行他们的任务之后，范海辛让哈克夫人去查找一下日记，把哈克在城堡写的那部分日记找出来。她立刻就出去找了。

当门被关上了以后，他对我说道："我们想的一样！说出来吧！"

"这儿有一些变化。这是一个让我觉得不舒服的感觉，因为她可能会欺骗我们。"

"是这样的。你知道我为什么让她去拿那些手稿吗？"

"不知道！"我说，"除非是想找一个单独和我在一起的机会。"

"你说对了一半，约翰，但是还有一半，我想告诉你一些话。而且，我的朋友，我是在冒一个巨大、可怕的险。但是我相信这是正确的。那时，当哈克夫人说出那些让我们同情的话的时候，我得到了一个启发。在三天前的催眠状态下，伯爵将自己的精神加在她身上解读了她的内心，或者说他把她带到了他船上的那只大箱子里去见他，因为他在日出和日落时可以自由地行走。他那时知道了我们在这里，因为她有更多可以说的，她的眼睛可以看，她的耳朵可以听，而不像他，在他的棺材里那么封闭。现在他正在作着最大的努力躲避我们。目前他还不需要她。

"他很确定她会听从他的召唤的。但是他切断了和她的联系，把她带出了自己的力量之外，这样她不再去他那里了。啊！我希望我们人类的头脑没有失去上帝的恩宠，会比他的孩子般的头脑更聪明，他的头脑在坟墓里待了几个世纪，还没有发展到我们的水平，而且他只做自私的事情，因此很小。哈克夫人来了，不要把她的催眠状态的事告诉她！如果她知道这事，她会被压垮、会绝望的，可是我们需要她的希望、她的勇气，还需要她那个训练得像男人一样的头脑，但事实上她的头脑却是一个温柔女人的头脑，她身上有一种伯爵给她的特殊力量，她可能不能全部摆脱，虽然她不这么认为。嘘！让我来说，你听着。约翰，我的朋友，我们现在的处境很困难。我害怕，因为我以前从不害怕。我们只能相信上帝了。安静！她来了！"

我以为教授会垮掉，变得歇斯底里，就像他在露西死去时那样，但是他努力地控制住了自己，并且表现得非常沉着。哈克夫人走进了屋子，表情十分高兴，而且在工作中好像忘记了自己的不幸。她走进来，交给范海辛一沓打印的文字稿。他仔细地阅读着，脸上的表情变得高兴起来。

他用食指和拇指夹着这些纸，说道："约翰，对你，你已经有了很多经验，而对你，亲爱的、年轻的哈克夫人，这是一个教训。不要害怕思考。一个不成熟的想法一直在我脑中盘旋，但是我不敢说出来。现在，我知道了更多，我又去思考那个不成熟的想法了，我发现它已经不再是不成熟的想法了。它已经是一个完整的想法，虽然很年轻，没有强壮到可以使用它的小翅膀。而且，像我的朋友汉斯·安徒生的'丑小鸭'，它已经不是丑小鸭了，而是一只大天鹅，到某个时刻能够用它的大翅膀高贵地飞翔。看，我读一读乔纳森在这里写的：

他的后代一次又一次地率领部队越过大河，来到土耳其的土地上，即使被挫败，也要一再地回到战场，虽然他不得不独自一人，从他那惨遭屠杀的血染的战场回来，因为他知道只有他一人能获得最终的胜利。

"这些话告诉我们什么？没什么吗？不！伯爵的孩子般的头脑什么也看不见，因此他说话很自由。你们的男人的头脑什么也没看出来，我的男人的头脑也什么都没看出来，直到刚才。不！不过是一句话，是一个没有思考的人说的，因为她同样也没有明白那是什么意思。就像自然力，在自然的过程中它们向前走，它们发挥作用。然后是一道闪光，像天堂那么明亮，让一些人失明，它也杀死了一些人。但是它照亮了下面的整个地球。不是吗？好，我会解释的。一开始，你们研究过犯罪的哲学吗？'是'和'否'。你，约翰，是的，因为那是精神病的一项研究。你，没有，哈克夫人，因为你没有接触过犯罪，不，只有一次。当然，你想得对，我这里说的是普遍情况而不是特殊情况。罪犯有一个特点。

"它很稳定，在所有的国家和所有的时代里，甚至是警察——不知道太多哲学——也通过经验认识了它，这就是它，经验主义。罪犯总是要犯一次罪的，这样才算是一名真正的罪犯，好像注定了要犯罪似的。这个罪犯没有完整的人类的头脑。虽然他聪明、狡猾、机智，但是在头脑上他不能和成人相比。他的头脑是孩子的头脑。现在我们的这个罪犯也是注定了要犯罪的。他也有孩子的头脑，而且他做的事情也是孩子才做的。小鸟、小鱼或其他小动物不是从原理中学习，而是从经验中学习。当他学着做了，他就有了可以做得更多的基础。'给我一个支点，我就能撬动地球。'阿基米德这样说。做过一次，就会成为他孩子般的头脑成长为成人的头脑需要的支点。因为他想做得更多，他每次都不断地做同样的事情，就像他原来做的那样！亲爱的，我看见你的眼睛睁大了，对于你，闪电般的光把所有的东西都照亮了。"因为哈克夫人开始鼓掌，眼睛闪着光。

他继续说道："现在你可以说一说。告诉我们这两个研究科学的无聊的人，你用你那明亮的眼睛都看见了什么？"他一边说着，一边将她的手握住。他的食指和拇指按在她的脉搏上，我的直觉是这样的。她说道：

"伯爵是一个罪犯，像一个普通的罪犯一样。作为一个罪犯，他有一个不健全的头脑。于是，在困难中他就不得不从自己的习惯中找对策。他的过去是一条线索，我们知道的那一部分，也是他亲口说出来的，告诉我们，曾经，他从自己试图征服的土地上回到了自己的国家，在那里，他没有放弃目标，为下一次的努力作着准备。他又回来了，这次他准备得更充分，最后他赢了。于是他又来到了伦敦，想要征服一片新的土地。但是他打了败仗，当失去了成功的任何希望的时候，他自己也陷入了危险，他跨越海洋逃回了自己的家中。就像上一次他跨过多瑙河从土耳其的土地上逃离一样。"

"很好，很好！你真是聪明的女人！"范海辛一边激动地说着，一边弯下腰亲吻了她的手。一会儿他告诉我，就像我们在病房里会诊一样平静："脉搏只有72下，而且这么激动。我有希望。"

他又转向她，带着热切的希望说道："继续说，继续说！如果你愿意的话，接着说下去。不要害怕。约翰和我都知道，我会告诉你是否正确的。说吧，不要怕！"

"我试一试吧。但是如果我太自大了，请原谅我。"

"不！不要怕，你一定要自大，因为我们考虑的是你。"

"然后，因为他是个罪犯，他很自私。智力很低，他的行动建立在自私的基础上，他把自己限制在了一个目的上。那个目的是残忍的。就像他跨过多瑙河逃跑，而把他的军队留在那里任人宰割一样，所以他现在的目的就是安全，对其他的一切都不关心。于是他的自私把我的灵魂从他可怕的影响力中解放出来了。我感觉到了！我感觉到了！为他的仁慈感谢上帝！我的灵魂自从那可怕的时刻起从来没有这么自由过。我担心的就是在某次催眠或是梦境中，他利用了我的知识服务于他的目的。"

教授站起来，说道："他就是这样利用了你的头脑，借此他把我们留在了瓦尔纳，而那艘载着他的船在雾的包围下冲向了盖勒茨，无疑，他在那里作好了从我们手中逃脱的准备，但是他的孩子般的头脑只能看到这么远。也许这就是天意，这个恶魔为了自己的私利所依靠的东西，最后却成了他最大的伤害。猎人掉进了自己的陷阱，就像伟大的《诗篇》说的那样。他以为自己已经完全摆脱了我们的跟踪，他已经躲避了我们这么长时间，然后他自私的孩子般的头脑会让他睡觉的。他还以为，他切断了和你的联系，不能进入你的头脑了，你也不会进入他的精神里了。这就是他失策的地方！他给你做的那次可怕的殉教使你能够自由地进入他的精神，就像迄今为止你在自由的时候做过的那样，当太阳升起和落下的时候。就像现在这样，你只听从我的意志而不是他的。你从遭遇中得到了这个对你和他人都有益处的能力。更珍贵的一点是他不知道的，他为了保护自己甚至切断了和你的联系。无论如何，我们不是自私的，我们相信在所有的这些黑暗中，和这些黑暗的时刻，上帝是与我们同在的。我们应该跟着他，我们不能退缩。即使我们冒着变成和他一样的危险人物的风险。约翰，这是一个重要的时刻，让我们在我们的道路上前进了一大步。你要做笔记，把这些都记下来，这样等其他人工作回来，你可以把这个给他们看，他们就会知道的和我们一样多了。"

于是我在等待他们归来的时候记下了这些话，哈克夫人用打字机将发生的事都记了下来。

第二十六章 西沃德医生的日记之继续

10 月 29 日

这是在从瓦尔纳开往盖勒茨的火车上写的。昨天晚上在日落之前我们悄悄集合了一下。每个人都尽力地完成了自己的工作，就想法、努力和机会而言，我们已经为整个旅途和我们到达盖勒茨以后的工作作好了准备。当那个时间又来到的时候，哈克夫人准备进入催眠，范海辛经过了比往常更长的时间和更认真的努力，使她进入了催眠状态。通常她只是暗示，但是这次教授要问她问题了，并且要问得相当坚决。最后她的答案出来了：

"我什么也看不见。我们在静止中。没有波浪拍打的声音，只有水轻轻地冲刷绳索的平缓的涡流声。我能听见人们在叫，时远时近，还有桨在桨架中摇摆的吱吱嘎嘎的声音。某个地方响起了枪声，它的回声好像很遥远。头顶上有脚步践踏的声音，绳子和锁链被拖拽着。这是什么？有一束光，我能感觉到微风吹在我身上。"

她这时停下了。仿佛受到了什么驱使，她从沙发上站起来，举起双手，手掌朝上，好像在举重。范海辛和我互相看着对方，我们都明白了。昆西微微抬起眉毛，目不转睛地看着她，而哈克的手则本能地靠近了弯刀的刀柄。然后是一段很长时间的停顿。我们都知道她能够说话的时间已经过去了，但是我们觉得说什么都没有用了。

突然她坐起来，睁开眼睛温柔地说："你们谁想喝茶？你们一定都很累了！"

我们只能让她高兴，于是表示同意。她跑出去准备茶水。她走了以后，范海辛说道："你们看，我的朋友们，他靠岸了。他已经离开了箱子，但是他还必须要上岸。晚上他可能会藏在某个地方，但是如果他不被带到岸上，或者如果船靠岸的话，他就上不了岸。在这种情况下，如果是在晚上，他就可以变身跳上或是飞到岸上，否则，除非他是被谁带着，不然他就逃不了。如果他真的是被谁带着，那么海关关员就会发现箱子里盛的是什么。那么，总而言之，如果今晚他不上岸逃跑，或者是在黎明之前，他就会失去一整天的时间。我们那时就可以及时到达。因为如果他没有在晚上逃跑，我们就会在白天遇到他，躺在箱子里任我们摆布。因为他不敢变成他真正的样子，如果醒着，就会被看见、被发现。"

没有更多可说的了，于是我们耐心地等待着天亮，那时我们可以从哈克夫人那里知道更多的信息。

今天一大早，我们屏住呼吸，等待着她在催眠状态下的回答。她进入催眠的时间比原来更长了，当催眠成功的时候离日出只剩下很短的一段时间了，我们开始绝望。范海辛看起来竭尽全力。最后，按照他的意旨，她开始回答：

"一片黑暗。我听见水拍打的声音，和我一样高，还有一些木头，发出吱吱嘎嘎的声音。"她停下来了，这时太阳已经升起来了。我们只好等到今晚再催眠了。

我们带着这种期待的烦恼向盖勒茨进发。我们应该在早上 2 点和 3 点之间到达，可是在布加勒斯特，我们已经晚了三小时了，所以我们在日出之前是不可能到达了。这样我们还要等上两次哈克夫人的催眠报告！任何一次或是两次都有可能让我们更明白正在发生的事情。

过了一会儿

日落来了又走了。幸运的是这个时候没有让我们分心的事情。因为如果我们当时在车站，我们就不能保证必要的安静和隔离。哈克夫人进入催眠状态甚至比今天早上还要困难。我担心她解读伯爵头脑的能力会消失，就在我们最需要她的时候。我觉得她的想象力好像开始工作了。迄今为止在她的催眠状态中，她只是陈述最简单的事实。如果这样下去，最终会误导我们的。如果伯爵对她的控制力会像她解读他的能力一样消失，那么这就会是一个高兴的想法。但是我担心事情不会这样简单的。

当她说话的时候，她的话让人迷惑："一些东西出去了，我能感觉它像一阵冷风经过我。我能听见远处有混乱的声音，好像是人们在用奇怪的语言说话，水流下来的巨大的声音，还有狼的叫声。"她停下来，一阵颤抖经过她的身体，在几秒钟之内越来越强烈，直到最后她像痉挛一样摇晃着。她没有再说什么，甚至没有回答教授强制性的询问。当她从催眠中醒过来的时候，她很冷，筋疲力尽，而且无精打采，但是她的头脑很机灵。她什么也记不起来了，只是问我们她自己都说了些什么。当告诉了她以后，她仔细思考了很长时间，然后沉默了。

10 月 30 日早上 7 点

我们现在接近盖勒茨了，我一会儿可能就没有时间写了。今天早上的日出让我们所有人都等待得很焦急。知道进行催眠越来越困难了，范海辛比平时要早一点进行催眠。然而，它没有发挥作用，直到平常的时间，她都很难有反应，只在日出前一分钟才开始。教授在问问题的时候不能浪费时间了。

她的回答也同样的快速："一片黑暗，我听见水旋转着流过的声音，和我的耳朵一样高，还有木头的嘎吱声。远处有牛叫声。还有一个声音，很奇怪，像是……"她停下来了，脸色变得越来越苍白。

"继续，继续！说，我命令你！"教授用痛苦的声音说道。同时他的眼睛里有一种绝望，因为升起的太阳把哈克夫人苍白的脸映得红了。她睁开了眼睛，她说的话让我们都吓了一跳，温柔的，似乎非常漫不经心。

"哎，教授，为什么让我做你知道我做不到的事情？我什么都不记得了。"然后，看着我们脸上惊讶的表情，她困惑地轮流看着我们每一个人，说道，"我说了什么？我做了什么？我什么都不知道，我只知道我是躺在这里的，半睡半醒，听见你说'继续！说，我命令你'！听见你的命令我感觉很滑稽，就好像我是一个坏孩子！"

"哈克夫人，"他悲伤地说，"这就是证据，如果需要证据的话，证明我有多爱你和尊敬你，当一句为你好的话，被真诚地说出来，却看起来如此奇怪，因为这是在命令她，而我以服从她为荣！"

汽笛声响起来了，我们快到盖勒茨了。我们充满了忧虑和急切。

米娜·哈克的日记

10 月 30 日

莫里斯先生带我去了旅店，我们已经用电报在那里预订好了房间，他是最适合被抽出来的人，因为他不会说任何一种外语。

兵力分派得几乎和在瓦尔纳一样，除了高达尔明勋爵去见了副领事，因为他的头衔也许对于官员是一个直接的保证，我们都很急。乔纳森和两个医生去商船代理人那里了解塞莉娜·凯瑟琳到达的详细情况。

过了一会儿

高达尔明勋爵回来了。领事不在，副领事病了。所以日常工作由一名办事员来照看。他很乐于助人，愿意尽力提供帮助。

乔纳森·哈克的日记

10 月 30 日

9 点钟的时候，范海辛医生、西沃德医生和我拜访了梅瑟斯麦肯锡 & 斯坦考夫公司，伦敦的海普古德公司的代理商。他们从伦敦收到了一封电报，是对高达尔明勋爵的电报请求的回复，要求他们给我们提供方便。他们非常友善和礼貌，立即带我们上了塞莉娜·凯瑟琳，它停泊在河港外。在那里我们见到了船长多尼尔森，他告诉了我们他的旅程。他说他一生中从来就没有这么顺风过。

他说道："但是这让我们害怕了，因为我们觉得我们必须为此遭到一些厄运，这样才可以保持平衡。不太幸运的是从伦敦到黑海的航行都有风，就好像是魔鬼在向我们的帆吹风。这时我们发现了一个问题。每当我们靠近一艘船、一个港口，或是一个岬的时候，雾就会笼罩着我们和我们一起走，直到

-304-

它散去，当我们向外看的时候，我们却什么也看不见了。我们经过直布罗陀海峡时发了信号，当我们来到达达尼尔海峡，等待通过的许可的时候，我们遇到了很大的风。一开始我想放下帆迎风斜驶直到雾散开。但是有时，我觉得是不是魔鬼想让我们快点进入黑海，无论我们想不想他都想这样做。如果我们行驶得快，既不会对船主失信，也不会对航行不利，而且那个老人会非常感谢我们没有妨碍到他的。"

这段结合了简单和巧妙、迷信和商业理论的话唤醒了范海辛，他说："我的朋友，魔鬼比有些人想的要聪明，他知道什么时候会碰上对手。"

船长没有对这个恭维发火，继续说道："当我们经过博斯普鲁斯海峡的时候，船员们开始发起牢骚。他们中的罗马尼亚人过来要我把一个大箱子扔进海里，就在我们从伦敦出发之前一个长相奇怪的老人把它放了船上。我看见当他们看见他时，伸出两根手指，保护自己不受邪恶眼光之害。外国人的迷信真是荒谬可笑！我让他们去管好自己的事情，但是就在一团雾笼罩在我们周围时，我看见他们又在抱怨，虽然我不知道是不是又是关于那个大箱子。大雾五天都没有散去，我就让风带着我们的船，因为如果魔鬼想去什么地方，他会马上到达的，如果他不想，我们就得注意点了。还好，我们一路都很顺畅。两天前，当早晨的太阳在雾中升起时，我们发现自己已经在盖勒茨对面的河上了。

"那些罗马尼亚人疯了，让我无论如何要把箱子搬出来扔进河里。我和他们争论，当他们的最后一个人用手抱着头下了甲板，我说服了他们，不管什么邪恶不邪恶的眼光，我的物主的财产和信任在我手上总比在多瑙河里的好。他们已经把箱子搬上甲板准备扔下去了，因为上面标着经由瓦尔纳到盖勒茨，我想还是让它一直待到我们在港口卸货，然后一块卸下去。我们那天没怎么清扫，把船停泊在那里。但是早上，在日出前一小时，一个人上船来，带着一份从英格兰写给他的命令，来接收一个标着给德古拉伯爵的箱子。他显然是来处理这件事情的。他把文件给我看了，我很高兴摆脱了那个该死的东西，因为我自己也开始不安起来。如果魔鬼真的在船上放了什么行李，我觉得就是那个东西！"

"拿走它的人叫什么名字？"范海辛压制住急切之情，问道。

"我马上就告诉你！"他回答道，然后下到他的船室里，拿来了一个收据，上面签的名字是"伊玛纽尔·西尔德沙姆"，地址是勃根施特拉斯16号。我们看到这些就是船长知道的所有的东西了，于是谢过他我们就离开了。

　　我们在西尔德沙姆的办公室见到了他，是一个犹太人，长着像绵羊一样的鼻子，戴着土耳其帽。经过一番讨价还价，他告诉了我们他所知道的。这个很简单，但是很重要。他收到了伦敦的德维尔先生的一封信，让他如果可能的话在日出前接收一个箱子，为了躲避海关，这个箱子会跟塞莉娜·凯瑟琳一起到达盖勒茨。他会把这个东西委托给佩特罗夫·斯金斯基，他和沿河到港口做生意的斯洛伐克人打过交道。他得到的报酬是一张英国银行的钞票，并且已经及时地在多瑙河国际银行兑换成了金子。当斯金斯基来找他的时候，他把他带到了船上，把箱子交给了他。这就是他知道的全部了。

　　然后我们开始寻找斯金斯基，但是找不到他。他的邻居们好像一点儿都不喜欢他，说他两天前就走了，没人知道去了哪里。这一点被他的房东所证实，使者给他送来了房子的钥匙和应付的房租，是英国钞票。这是在昨晚10点到11点之间。我们又停顿下来。

　　就在我们说话的时候，一个人气喘吁吁地跑来说，在圣彼得教堂墓地的围墙内发现了斯金斯基的尸体，他的喉咙好像是被什么猛兽给撕开了。那些和我们说话的人跑去看，女人们尖叫起来："这是斯洛伐克人干的！"我们赶紧离开了，以免牵扯进这件事中被扣留。

　　我们在回家的路上得不出确定的结论。我们都确信那个箱子正在路上，通过水路，去某个地方，但是它去了哪里我们还得调查。我们带着沉重的心情回到旅馆找米娜。

　　但我们聚在一起时，第一件事情就是讨论要不要让米娜再回到我们的讨论小组中。希望已经越来越渺茫了，但这起码还是一个机会，虽然很冒险。作为开端，我被从对她的承诺中解放出来。

米娜·哈克的日记

10月30日傍晚

　　他们十分疲倦和沮丧，在休息之前，什么都没做，所以我让他们都躺半小时，然后把直到现在所有的事情都记了下来。我对发明了"旅行者"打字机的人表示衷心的感谢，还很感谢莫里斯先生把它给了我。如果我要用钢笔来做这件工作的话，我会抓狂的。

全部完成了。可怜的、亲爱的乔纳森，他都受了些什么苦，他现在一定还在受苦。他躺在沙发上几乎看不出来他在呼吸，他的整个身体都好像垮掉了一样。他皱紧眉头，表情痛苦。可怜的人，也许他正在思考，我能看见他的脸因为注意力的集中而皱起来。唉，要是我能帮忙就好了，我会尽力帮助的。

我问了范海辛医生，他把所有我还没有看过的文件给了我。他们休息的时候，我要仔细地阅读一遍，也许我能得出什么结论。我要像教授一样，不带偏见地思考我眼前的事实……

我相信是天意让我得到了一个发现。我应该找来地图看一看。

我比什么时候都能确定我是正确的。我的新结论已经准备好了，因此我要把大家集合起来读给他们听。他们可以来评判。要准确，每一分钟都很宝贵。

米娜·哈克的备忘录
（写在她的日记里）

调查的基础——德古拉伯爵的问题是要回到他自己的地盘上。

一、他必须被人带回去。这很显然。因为如果他能够自己随意地走，他可以变成人，或者狼，或者蝙蝠，或者其他的什么样子。他在无助的状态下，显然害怕被发现或是受到阻碍，于是在日出和日落之间把自己关在木头箱子里。

二、他会被怎样带走呢？这里用一个排除法可能对我们有帮助。是走马路、坐火车，还是坐船呢？

1. 走马路。——这样有数不清的麻烦，尤其是在离开城市的时候。

（1）有很多人。人们会好奇，他们会调查。关于箱子里是什么，一个暗示、一个猜测、一个怀疑都会毁掉他。

（2）会，或者可能会通过海关和征收入市税的官员。

（3）他的追踪者可能会跟着他，这也是他最害怕的。所以为了防止被告密，他甚至拒绝了他的牺牲者——我！

2．坐火车。——没有人看管箱子。要冒被拖延的风险，拖延会致命的，因为敌人可能有了线索。确实，他可以在晚上逃跑。但是他该怎么办呢，如果被丢在一个陌生的地方而没有可以去的避难所？这不是他想要的，他不会冒这个险。

3．坐船。——这在一方面是最安全的方法，但在另一方面又是最危险的。在水上他没有力量，除了在晚上。即使是在那时他也只能召集雾、暴风雨、雪和他的狼群。但是如果船只遇险，漂流的水会把无助的他吞没，那样他就真的要遭难了。他可以让船登陆，但是如果那地方对他不利，在那里他不能自由地移动，他的处境仍然很困难。

我们通过报告知道他正在船上，所以我们要做的就是确定他在什么河上。

第一件事就是要准确地知道他至今都做了些什么。那时，我们可能就会知道它的任务是什么。

首先，我们必须认识到，他在伦敦做的事情是他总的行动计划的一部分，而他现在最紧迫的是要尽量安排好一切，保证安全。

其次，我们必须尽可能地根据我们知道的事实，推测他在这里都干了些什么。

关于第一点，他显然是想去盖勒茨的，将发票送到瓦尔纳来欺骗我们，以防我们确定他离开英国的方式。他在当时最直接的和唯一的目的就是逃跑。这一点的证据就是他寄给伊玛纽尔·西尔德沙姆的信，指示他在日出之前将箱子取走。还有对佩特罗夫·斯金斯基的指示，这只是我们的猜测，但是一定会有什么信或者是信息，因为斯金斯基去找了西尔德沙姆。

我们知道，至今他的计划都是成功的。塞莉娜·凯瑟琳的航行少有的神速，所以才引起了船长多尼尔森的怀疑。但是他的迷信连同他的狡猾无意中让伯爵占了便宜，他在雾中顺风前进直到被蒙着眼睛到了盖勒茨。这样就证明了伯爵的计划制订得很成功。希尔德沙姆取走了箱子，交给了斯金斯基。斯金斯基取走箱子，这时我们就失去了线索。我们只知道箱子正在某个河上前进。海关和入市税征收所，如果有的话，都被避开了。

现在我们来看看伯爵在登陆盖勒茨之后干了些什么。

箱子在日出之前交给了斯金斯基。在日出的时候，伯爵可以变成他自己的样子。现在，我们思考一下，为什么在所有人当中，要挑选斯金斯基来协助他的工作呢？在我丈夫的日记中，提到斯金斯基和沿河到港口做生意的斯洛伐克人打交道，还有人说谋杀是斯洛伐克人干的，这些显示出对他的社会阶级的反感。伯爵是想孤立。

我的推测是，伯爵在伦敦决定通过水路回城堡，这是最安全和秘密的方法。他被斯则格尼人从城堡带出来，他们可能把货物交给了斯洛伐克人，斯洛伐克人把货物运到了瓦尔纳，从那里被船运到了伦敦。因此伯爵知道能够提供这项服务的人。当箱子在陆地上，在日出之前或者日落之后，他从箱子里出来，与斯金斯基见面，指示他安排将箱子运到河上。当完成了以后，他知道一切都准备妥当了，于是他杀掉了自己的代理人，销毁了证据。

我看了地图，发现最适合斯洛伐克人走的两条河是普鲁斯河和塞雷斯河。我在文件里读到在我的催眠状态下，我听到了牛在叫和水同我耳朵一样高的地方旋转着流过，还有木头的嘎吱声。那时伯爵在他的箱子里，在某条河上的一条露天的船上，可能是借助桨或者竿子前进，因为河岸很近，它是逆流前进。如果是顺流就不会有这样的声音。

当然可能不是普鲁斯河或是塞雷斯河，但是我们可以以后调查。在这两条河中，普鲁斯河更容易航行，但是塞雷斯河将樊都和比斯特里则连在一起，包围着博尔果通道。它构成的这个环道显然是在水上最接近德古拉城堡的地方。

米娜·哈克的日记之继续

当我读完了，乔纳森抱住我亲吻起来。其他人用手摇晃着我，范海辛医生说："我们亲爱的米娜妇人再一次做了我们的老师，她的眼睛看到了我们没有看到的地方。现在我们再次有了线索，这一次我们可能就会成功了。我们的敌人正在他最无助的时候。如果我们能在白天找到他，在河上，那么我们的工作也就完成了。他有了一个开始，但是他无法加快速度，因为他不能从箱子里面出来，以免运箱子的人怀疑。只要他们一怀疑，便会把它扔进河里，他就会死的。他知道这个，所以他不会这么做的。现在我们要开始计划了。"

"我去找一个蒸汽艇追上他。"高达尔明勋爵说道。

"我骑马在岸上追，以防他上岸。"莫里斯先生说。

"很好！"教授说，"两个主意都很好，但是两个都不能单独去，一定会有武力来压倒武力的。斯洛伐克人很强壮和粗鲁，他们带着厉害的武器。"所有的人都笑了，因为他们带了一个小小的军械库。

莫里斯先生说道："我带了一些温彻斯特式连发枪。他们在人多的时候很便于携带，那儿可能还会有狼。如果你们记得的话，伯爵还有其他的预防措施。他给了别人一些命令，哈克夫人听不太清或者没有明白。我们必须作好全面的准备。"

西沃德医生说道："我想我最好和昆西一起去。我们已经习惯了一起打猎，我们两个也武装得很到位，无论遇到什么情况，我们都能对付得了。你也不能自己去，亚瑟。你可能要和斯洛伐克人搏斗，因为我猜他们不会带着枪，要是他们把你推下水，我们所有的计划就都毁了。这个时候不能冒险。直到伯爵的头和身体分离的那一天，我们都不能休息，而且我们确信他是不会转生的。"

他说的时候看着乔纳森，而乔纳森则看着我。我能看出来这个可怜的人心里在流泪。他当然想和我在一起，但是在船上的计划是最有可能消灭那个……吸血鬼的计划。（为什么我在写这个词时会犹豫？）

他沉默了一会儿，在他沉默的时候，范海辛医生说："乔纳森，对于你有两个原因。第一，因为你年轻勇敢，能够战斗，最后可能所有的力量都要被用上。第二，你最有资格消灭他，是他给你还有你的妻子制造了这么多的灾难。不要担心哈克夫人，如果我可以的话，我会照顾好她的。我老了，我的腿不像以前能跑得那么快了。而且我不习惯骑这么长时间的马追赶，我也不会用暴力的武器，但是我可以派上其他用场。我可以用别的方式战斗。如果需要的话，我也可以像年轻人一样死。现在让我说说我要做的。当你们——我的高达尔明勋爵和乔纳森——坐着你们飞快的汽艇溯流前进时，当约翰和昆西看守着岸边以防他上岸时，我会带着哈克夫人到敌人领地的心脏那里。当这个老狐狸被关在箱子里，在流水中漂流，不敢从那里逃到岸上，也不敢打开盖子以免他的斯洛伐克运输工会因为恐惧而把他杀死的时候，我们会沿着乔纳森走过的路，从比斯特里则经过博尔果，最后找到德古拉城堡。在第一个日出之后，当我们接近那个重要的地方的时候，那时，哈克夫人的催眠能力肯定会有帮助的，尽管前方的路途黑暗和未知。我们会找到我们的路的。在那里我们有许多事情要做，还有很多地方要净化，这样那个毒蛇的老巢就会被毁掉了。"

这时乔纳森激动地打断了他，说："范海辛教授，你的意思是不是说，你会带着米娜，在她悲伤的时候，在她染上了那个魔鬼的瘟疫的时候，到那个地狱去？绝对不行！无论如何都不行！"

有一段时间他几乎说不出话来，然后继续说道："你知道那个地方是什么吗？你见过那个臭名昭著的兽穴吗？你知道在那里月光都有可怕的形状，每一粒在风中旋转的尘埃都是一个凶猛的魔鬼的胚胎吗？你感受过吸血鬼的嘴唇就在你的喉咙上吗？"

这时他转向我，当他的眼睛落在我的额头上时，他举起双臂哭喊道："我的上帝，我们做了什么，要遭遇这样的恐怖？"然后他倒在沙发里，痛苦地崩溃了。

教授用清澈、温柔的声音说着，好像在空气里回荡，让我们都平静下来：

"唉，我的朋友，这是因为我会把哈克夫人从那个可怕的地方救出来，所以我才会这样做。上帝不许我把她带到那里去。在那个地方得到净化之前，有很多工作，辛苦的工作要做。记住我们现在非常艰难。如果这次伯爵从我们手上逃跑了，他很强大、敏锐和狡猾，他会沉睡一个世纪，然后迟早有一天我们亲爱的哈克夫人，"他拿起我的手，"就会到他那里去，成为他的伙伴，就会成为你曾经看到的那些人。你告诉过我们她们得意地大笑。你听到过她们抓住伯爵扔给她们的那个活动的袋子时的可怕笑声。你发抖了，这是应该的。原谅我让你这么痛苦，但是这是必要的。朋友，难道这不是一个紧迫的需要吗？我可能会为它而死，如果需要有人到那个地方去的话，应该是我去做他们的伙伴。"

"请按照你的愿望做吧，"乔纳森说，他的啜泣让他整个身子都在颤抖，"我们的命运就在上帝手里了。"

过了一会儿，看见这些勇敢的人们工作的方式对我有好处。女人该怎样帮助这些如此真挚、如此忠实、如此勇敢的男人们啊！这也让我想到了金钱——伟大的力量！我很高兴高达尔明勋爵很富有，莫里斯先生也很有钱，他们两个都愿意慷慨解囊。如果不是这样，我们的小远征队就不能这么迅速和全副武装地出发。安排好我们每个人做什么还不到三个小时，现在高达尔明勋爵和乔纳森有了一艘可爱的汽艇，冒着蒸汽随时准备出发。西沃德医生和莫里斯先生有了六匹马，装备完善。我们准备好了所有地图和各种各样的用具。范海辛教授和我将乘今晚 11 点 40 分的火车前往维莱斯提，在那里我们找一辆马车去博尔果通道。我们带了很多钱，因为要买马车。我们要自己驾驶，并且在这件事上我们没有可以信任的人。教授懂很多种语言，所以我们会很顺利。我们都带着武器，甚至我也有一把大口径左轮手枪。除非我像其他人一样武装起来，乔纳森会不高兴的。唉！我带不了一样别人都能带的武器，我额头上的伤疤不许我带它。亲爱的范海辛教授安慰我说我已经全副武装了，因为可能有狼。天气越变越冷，暴风雪忽下忽停，像是警告。

过了一会儿

我用了所有的勇气跟我亲爱的人说再见，我们可能再也不能相见了。勇气，米娜！教授正在恳切地看着你，他的表情是在警告。现在不能流眼泪，除非上帝让它们高兴地流出来。

乔纳森·哈克的日记

10 月 30 日晚上

我利用从汽艇的炉门透出来的光写日记。高达尔明勋爵正在发动机器。他很有经验，因为他在泰晤士河上有一艘自己的游艇，在诺福克河上也有一艘。关于我们的计划，我们最后决定米娜的猜想是正确的，如果伯爵要选择一条水路逃回他的城堡的话，那么塞雷斯河还有与它交汇的比斯特里则河就会是他的选择。我们认为，在大约北纬 47°的某个地点就是穿越河流和喀尔巴阡山之间的国家的地方。我们不怕在晚上用很快的速度溯流而上。河流奔腾，两岸相距得足够远，即使是在晚上，也很容易开船。高达尔明勋爵让我睡一会儿，因为现在有一个人看守着就足够了。但是我睡不着，我怎么能睡着呢？我的妻子头上悬着巨大的危险，她正在向那个可怕的地方走去……

我唯一的安慰就是我们的命运在上帝的手中。就是因为这个信念死比活更容易，这样就摆脱了所有的烦恼。莫里斯先生和西沃德医生在我们出发之前就已经出发了。他们会沿着右岸，爬上一个高地，可以俯瞰整条河，避免漏掉转弯的地方。他们先让两个人分别骑着和牵着他们多出来的马，一共四匹，以免引起好奇。不久，他们会打发走那几个人，自己照看这些马匹。我们可能会加入他们的部队。如果是这样的话，我们所有的人都会有马骑。其中一个马鞍有一个可以移动的鞍头，会很适合米娜的，如果需要的话。

我们踏上的是一段疯狂的冒险之旅。现在，我们在黑暗中向前冲着，从河里来的冷气好像在向上升，打在我们身上，周围是夜晚中各种神秘的响声。我们好像正在不知不觉地陷入一个未知的地方和一条未知的道路，一个充满了黑暗和恐怖的世界。高达尔明正在关炉门……

10月31日

依然在赶路。白天来了，高达尔明正在睡觉。我在看守。虽然我们穿着很厚的皮衣，但早上仍然有一股刺骨的寒冷，真感谢炉子的热气。至今我们只经过了几艘露天的船只，但是没有一艘船上有任何箱子或是我们寻找的那种尺寸的包裹。每次我们用电灯照着人们，他们总是很害怕，跪下来祈祷。

11月1日傍晚

一整天都没有消息。我们没有找到任何我们要寻找的东西。我们现在到了比斯特里则河，如果我们的猜测是错误的话，那么我们就失去了机会。我们仔细检查了每一艘船，不论大小。今天一大早，一个水手把我们当成了政府的船，热情地接待了我们。我们发现这是一种扫除障碍的方法，于是在樊都，在比斯特里则河汇入了塞雷斯河，我们找到一面罗马尼亚国旗，把它放在显眼的位置上。自此我们检查每一艘船的时候，这个小手段都成功了。我们受到了所有船的尊敬，我们的要求没有一次遭到拒绝。一些斯洛伐克人告诉我们，一条大船经过他们，比寻常的速度要快，船上有两倍的船员。这是在他们到达樊都之前，所以他们说不清这艘船拐进了比斯特里则河还是继续沿着塞雷斯河航行。在樊都我们没有听人说过这样一艘船，所以它一定是在晚上经过那里的。我觉得很困。寒冷可能正在对我起作用，我们必须休息一会儿了。高达尔明坚持由他来先看守。上帝保佑他。

11月2日早上

天完全亮了。那个好人没有叫醒我，他说叫醒我会是一种罪过，因为我睡得很安详，忘记了所有烦恼。我睡了这么长时间却让他看守了一夜，看起来这样做很残忍、自私，不过他的情况还不错。今天早上我精神焕发。当我坐在这里看着他睡觉的时候，我可以同时做好所有必要的事情，包括留心引擎、驾驶和监视。我能感觉到我的力量和精力又回来了。不知道现在米娜在哪里，还有范海辛。他们应该在星期三，大约中午的时候到达维莱斯提。他们要找到马车还要花一些时间。所以如果他们开始走得很艰难，他们现在大约是在博尔果通道上。上帝指引和帮助他们吧！我不敢去想会发生什么事情，但愿我们可以走得快点，但是我们不能。引擎在振动，已经开足马力了。不知道西沃德医生和莫里斯先生现在怎么样了。好像有无数条小溪从山上流下来汇入河中，但是因为它们都不大，所以骑手可能不会遇到太大的障碍，现在，它们在冬天和冰雪融化的时候无疑会非常可怕。我希望在我们到达斯特劳斯巴之前可以见到他们。因为如果那个时候我们还没有追上伯爵，就有必要一起讨论一下接下来该做什么了。

西沃德医生的日记

11月2日

在路上已经三天了。没有消息，即使有也没有时间把它写下来，因为每一秒钟都很珍贵。我们只在马需要休息的时候才休息，但是我们都能挺得住。那些危险的日子证明是有用的。我们必须努力向前，直到我们再次看见那艘汽艇我们才会高兴的。

11月3日

我们在樊都听说汽艇已经进了比斯特里则河。真希望没有这么冷。好像要下雪了。如果下得很大的话，我们就不得不停下来了。在那种情况下，我们必须找一个雪橇继续前进，像俄国人一样。

11月4日

今天我们听说汽艇在湍流中逆流前进时出了事故停下来了。斯洛伐克人的船都成功地过去了，因为有绳子的帮助和有经验的驾驶。一些在几小时之前才刚过去。高达尔明自己就是一个业余的装配钳工，显然是他把汽艇又调整好的。

最后，他们在当地人的帮助下成功地过去了，重新开始了追赶。但是我担心这次事故对船没有好处，因为农民告诉我们当船再次进入缓流后会时不时地停下来。我们必须加紧前进了，也许不久他们就会需要我们的帮助。

米娜·哈克的日记

10月30日

中午到达维莱斯提。教授告诉我今天早晨日出的时候他几乎无法催眠我，我能说的就是："黑暗和安静。"他现在去买马车了。他说他一会儿再多买几匹马，这样我们可以在路上更换。我们要走比70公里还要长的路。这个国家很美丽，非常有趣。要是我们是在另一种心情下看到这些，该会是多么令人高兴。如果乔纳森和我单独在这里驾驶，该会是怎样的乐趣啊！可以停下来看看人们，了解一下他们的生活，把这整个美丽的国家和有趣的人们的色彩和形象装满我们的头脑和回忆！可是，唉！

过了一会儿

范海辛医生回来了。他买到了马车。我们要吃点饭，然后在一小时内出发。女店主为我们准备了一大篮子的食物。这看起来都够一队士兵吃的了。教授奖励了她，然后低声对我说需要一周以后才能再吃饭了。他还买了东西，带回家一大堆皮衣、披肩和各种保暖的东西，我们肯定不会感到寒冷的。

我们马上就要走了。我不敢想我们会发生什么事，我们的命运真的在上帝手里了，只有他才知道会发生什么，我用我悲伤和谦卑的灵魂的所有力量，请求他保护好我亲爱的丈夫。这样无论发生了什么事情，乔纳森都会知道我有说不出多爱他和尊敬他，我最后的和最真挚的想法都永远是为了他。

第二十七章　米娜·哈克的日记之继续

11月1日

一整天我们都在前进，速度很快。马儿好像知道我们对它们很好，因为它们愿意用最快的速度奔跑。我们现在有了这么多的变化，不断地看到同样的东西，这让我们觉得这次旅途会是轻松的。范海辛医生说话很简洁，他告诉农民他要赶到比斯特里则，给了他们很多钱来换马。我们喝了热汤、茶和咖啡，然后就上路了。这是一个美丽的国家，充满了各种能够想象得到的美景，这里的人们勇敢、强壮、淳朴，好像充满了优秀的品质。他们非常非常迷信。在我们停留的第一间房子，当为我们服务的女人看到我额头上的伤疤时，她在胸前画了十字，伸出两根手指指着我，为了躲避邪恶眼光。我相信他们在我们的食物里面加了过量的大蒜，然而我忍受不了大蒜。自从那以后我就注意不轻易脱下我的帽子或是面纱，这样就避免了他们的怀疑。我们跑得很快，因为我们没有马车夫来给我们传播谣言，因此我们没有受到什么诋毁。但是我敢说对邪恶眼光的恐惧会一路都紧紧跟在我们后面的。教授好像不知疲倦，一整天他都不休息，虽然他让我睡了很长的时间。在日落的时候，他催眠了我，他说我的回答仍旧是"黑暗、拍打的浪花和吱吱嘎嘎的木头"。因此我们的敌人依然在河上。我不敢想乔纳森，但是不知为什么我现在不担心他了，也不担心我自己。我在一间农舍里等待马匹准备齐全的时候，写下了这些文字。范海辛医生正在睡觉。可怜的人，他看起来很累，又老又苍白，但是他的嘴巴像一个征服者一样坚定，甚至在他的梦里他都充满决心。等我们出发的时候我一定要让他在我驾驶的时候睡觉。我应该告诉他我们前面还有很长的日子，他一定不能在最需要他力量的时候垮掉……一切都准备好了，我们马上就上路。

11月2日早上

我成功了，我们整个晚上都轮流驾驶。现在是白天了，明亮、寒冷，空气中有一种奇怪的沉重。我用"沉重"是因为找不到更好的词了，我的意思是它在压迫着我们。天非常冷，只有我们温暖的皮衣才能让我们舒服一点。在黎明时，范海辛催眠了我。他说我回答的是"黑暗、吱吱嘎嘎的木头，还有咆哮的河水"，因此在他们前进的时候，水有变化。我真希望我的丈夫不会遇到危险，但是我们的命运在上帝手中。

11月2日晚上

一整天都在驾驶。我们越往前走，人烟就越来越稀少，喀尔巴阡山的横岭在维莱斯提的时候看起来还那么遥远，低低地在地平线上，现在好像包围了我们，高耸在面前。我们两个人的精神都很好。我觉得我们都在努力让对方高兴，在这样做的过程中也让自己高兴。范海辛教授说我们会在早上到达博尔果通道。现在这里的房子就已经很稀少了，教授说我们的最后一匹马必须一直跟着我们，因为我们不能换了。他又找来了两匹马，这样现在我们就有了一个简陋的四驱马车。这些亲爱的马儿又耐心又听话，没有给我们制造麻烦。我们不担心其他的旅客，所以甚至是我也可以驾驶。我们要在白天到达通道，我们不想早到，所以我们不着急，每个人都休息了很长时间。唉，明天会带给我们什么？我们去寻找那个让我的丈夫受了那么多苦的地方。上帝答应会正确地指引我们的，他会屈尊保护我的丈夫和那些对我们都很珍贵的人们的，他们现在都非常危险。至于我，我不值得进入他的考虑范围。唉！我在他的眼中是不洁的，直到他屈尊让我进入他的视野，就像那些没有受过他惩罚的人一样。

亚伯拉罕·范海辛的备忘录

11月4日

　　这是给我的忠实的老朋友，伦敦帕夫利特的约翰·西沃德的，以防我见不到他。我会说清楚的。这是早上，我在火边写着，一晚上我都没有熄灭它，哈克夫人帮助我。天非常的冷，冷到灰色的低沉的天空布满了雪，它会下整个冬天。这好像影响到了哈克夫人。她一整天都昏昏沉沉的，也不像她自己了。她睡呀，睡呀，睡呀！她平常是那么机灵，可是如今一整天几乎没有做任何事情。她甚至没有了胃口。她没有在她的小日记本里记日记，原来她每一段都会忠实地记录下来。有些东西悄悄地告诉我——情况不妙。无论如何，今晚她睡得很好。一整天长时间的睡眠让她恢复了精神，因为她现在就像原来一样温柔和聪明了。在日落的时候我想催眠她，可是，唉，没有反应。她的能力一天一天地减少了，今晚根本就没有了。唉，一切都是天意，无论是什么，无论会把我们引领到哪里！

　　因为现在哈克夫人不再用速记文字记日记了，所以，我必须用我笨拙的老套方式来作记录，这样每天才不会没有记录。

　　我们昨天早晨，在刚刚日出过后到达了博尔果通道。当我看见黎明的迹象的时候，我开始准备催眠。我们停下马车，从上面下来，这样就不会有干扰了。我用毛皮做了一个卧榻，哈克夫人躺在上面，像往常一样作出了反应，但是非常的缓慢，时间也很短。答案和以前一样，"黑暗和旋转的水流"。然后她醒了，活泼而容光焕发，我们继续赶路，不久就到了通道。此时此地，她表现出异常的兴奋。她的体内的一种新的指引力量显现了出来，因为她指着路说："这就是了。"

　　"你怎么知道的？"我问道。

　　"我当然知道了，"她回答道，停了一下，又说，"我的丈夫乔纳森不是走过它并且记下来了吗？"

　　一开始我觉得有点奇怪，不过不久我就发现只有一条这样的小路。它很少被用到，和从布科维亚到比斯特里则的马车道很不同，后者路面更宽、更硬，用得更频繁。

于是我们沿着这条路走。当我们遇到别的路，我们不确定它们是路，因为它们很不起眼而且被雪盖上了，马儿知道，也只有它们知道。我让马自由地走，它们非常耐心地前进。不久以后，我们看到了乔纳森在他那本日记里提到的所有东西。接着我们走了很长很长的时间。一开始，我让哈克夫人睡觉，她试了，也成功了。她一直睡着，直到最后，我感到很可疑，试图叫醒她。但是她继续睡着，虽然我反复尝试，但还是叫不醒。我不想太使劲儿，以免伤害到她。因为我知道她受了很多苦，有时睡眠对她来说是最重要的事。我觉得自己昏昏欲睡，因为我突然觉得很内疚，好像做错了什么事情。我觉得自己脱了缰，缰绳在手里，马儿像原来一样缓缓地前进。我低头看见哈克夫人还在睡觉。现在离日落的时间不远了，阳光在雪地上就像黄色的洪水，我们在地上投下长长的影子。我们正在上升，上升，一切都是那么荒芜，就像是世界的终点。

然后我叫醒了哈克夫人。这次她醒来得比较容易，然后我试着对她进行催眠，但是她进入不了状态。我仍然在尝试，直到突然我发现自己和她都在黑暗中，于是我看了看周围，发现太阳已经落山了。哈克夫人笑了，我转过头看着她。她现在非常清醒，看起来非常好，自从那一晚我们第一次去了卡尔法克斯以后她就再也没有这么好过。我很惊讶，当时很不安。但是她是那么活泼温柔，对我是那么细心，让我忘记了害怕。我点起了火，因为我取来了木材，她去准备食物，我去喂马。当我又回到火边时，她已经准备好了我的晚餐。我去帮她，但是她微笑着，告诉我她已经吃过了。她说她太饿了就等不及先吃了。我不喜欢这样，而且非常怀疑。但是我怕吓到她，于是什么都没说。她帮了我，我自己吃的饭，然后我们裹着毛皮坐在火堆边上，我让她睡觉，我来值班。但是不久我就把值班的事给忘了。当我突然记起来我还要值班时，我看见她静静地躺着，但是她是醒着的，用亮闪闪的眼睛看着我。一次，两次，同样的事情发生了，我睡了很久，直到天亮。当我醒了以后，我想催眠她，但是……哎呀！虽然她顺从地闭上了眼睛，却睡不着。太阳升起来了，越升越高，这时她才睡着了，睡得很沉。我只好把她抱起来，放在车厢里，然后我给马套上马具，作好了准备。夫人依旧睡着，她在睡梦中看起来更健康和红润了。我并不喜欢这样。我非常担心，担心，担心！我担心一切事情，但是我必须继续前进。我们是在用生命和死亡做赌注，或者比这更多，所以我们决不能退缩。

让我准确地记下每一件事情，因为我们已经一起见过许多奇怪的事情，但你可能觉得我——范海辛，疯了，因为太多的恐惧和长时间的精神紧张最后冲昏了我的头脑。

昨天一整天我们都在路上，离山越来越近，进入了一个越来越荒无人烟的地方。那里有高高的悬崖和无数的瀑布，大自然好像正在进行它的狂欢。哈克夫人依然睡着。虽然我很饿，但是我还是叫不醒她。

我开始害怕，是这个地方致命的咒语对她开始起作用了，因为她受过吸血鬼的洗礼。"那好吧，"我对自己说，"如果她睡了一整天，那么我晚上也不睡觉了。"因为我们在崎岖不平的道路上前进，这里的道路很古老而且没有修好，于是我垂下头睡着了。

然后我又带着负罪感醒来，发现哈克夫人还在睡觉，太阳开始落山了。但是一切都真的变了。褶皱的山脉看起来很远，我们离山顶不远了，在山顶立着的就是乔纳森在日记里说的那个城堡。突然我既狂喜又害怕，无论是好是坏，都快要结束了。

我叫醒了哈克夫人，再次试图催眠她，可是，哎，她仍然没有反应，时间已经过了。然后，在黑暗来临之前，一切都处在朦胧之中。我去喂马，然后我生了火，哈克夫人已经醒了，比以往更迷人，我让她舒服地坐在她的围毯里。我准备好了食物，但是她不吃，只是说自己不饿。我没有强迫她，因为我知道没用。但是我自己吃了，因为我现在必须强壮一点儿。然后，带着对可能发生的事情的恐惧，我在她坐的地方围着她画了一个圆圈。然后在圆圈上撒了一些圣饼，我把它们弄得很碎，这样所有的地方都能照顾到。她在那时静静地坐着，静得就像是死人。

接着她越变越苍白，比雪还要白，一句话也没说。但当我靠近她时，她抱住了我，我能感觉到她从头到脚都在痛苦地颤抖。

当她平静下来时，我对她说："你可以到火边来吗？"因为我想测试一下她可以做什么。她顺从地站起来，但当她迈出了一步，就停住了，像一个受伤的人一样站着。

"为什么不继续？"我问道。她摇了摇头，走回去坐到了原来的地方。然后，她睁大眼睛看着我，就像一个刚睡醒的人，只是说道："我不能！"然后又沉默了。我高兴了，因为我知道了她不能做什么，做不了我们害怕的事情。虽然她的身体可能有危险，但是她的灵魂是安全的！

过了一会儿，马开始惊叫起来，拉扯着系在它们脖子上的绳索，我走过去安抚它们。当它们感觉到我的手在它们身上的时候，它们高兴地嘶鸣着，舔着我的手，安静了一会儿。晚上我好几次走过去安抚它们，直到最冷的时候，所有的生命都处于低潮。这时火开始熄灭了，我正要走过去重新点燃它，突然雪横着扫下来，还伴随着寒冷的雾，甚至是在黑暗中还有一种光，看起来风雪和雾好像形成了一个穿着拖地长衣的女人的形状。一切都处在死一般的寂静中，只有马儿在嘶鸣着、畏缩着，好像被吓坏了。我开始害怕，非常的害怕。但是后来当我站在那个圈里时，我感到了安全。我也开始思考我的想象是关于夜晚、黑暗和我经历的不安与焦虑，仿佛乔纳森可怕的经历在愚弄着我。突然雪花和雾开始旋转，我仿佛隐约地看见了那些亲吻过他的女人们。然后马儿越来越向后退，像痛苦的人一样呻吟着。甚至这些恐惧、疯狂不是针对它们的，所以它们可以逃跑。当这些让人毛骨悚然的人影开始靠近和包围我们的时候，我非常担心我亲爱的哈克夫人。我看着她，但是她却镇定地坐着，对我微笑。当我想走上前去重新点燃火堆的时候，她抓住我，把我拉了回来，低语着，像是一个人在梦里听到的声音，那么低沉：

"不！不！不要出去！在这里你才安全！"

我转向她，看着她的眼睛说道："那你呢？我是在为你担心！"

对此她大笑起来，笑声低沉而且没有真实感，她说道："为我担心！为什么要为我担心？"

"世界上没有人比我更安全了！"当我在思考她话的含义的时候，一阵风吹过来使火焰又燃起来，我看见了她额头上的伤疤。那么，我知道了。如果我原来不知道，那么不久就知道了，因为那些雾和雪旋转的影子靠近了，但是一直保持在那个神圣的圆圈外面。然后她们开始现形，如果上帝没有夺走我的理智的话，因为我是亲眼看见的。

在我眼前的是乔纳森曾在屋里看见的那三个女人，她们曾经亲吻了他的脖子。我知道那摇摆的身影，明亮、冷酷的眼睛，白色的牙齿，红色、肉欲的嘴唇。她们对着可怜的哈克夫人微笑。她们的笑声穿过夜晚的寂静，她们指着她，用那种甜蜜、刺耳的声音——乔纳森说过是撞击玻璃杯时的无法忍受的甜蜜声音——说道："来吧，妹妹。到我们这里来。来吧！"

我惊恐地转头看哈克夫人，我的心喜悦得像火焰一样跳起来。因为她温柔的眼睛里的恐惧、憎恶，对我的心来说这就是希望。感谢上帝她还没有变成她们那样。我抓住了身边的一些木柴，拿出一些圣饼，伸进火里。她们在我面前向后退了一下，低声可怕地笑着。我点燃了火，不怕她们了。因为我知道我们在圆圈里是安全的，我们既不能从里面出来，她们也进不来。马儿停止了呻吟，一动不动地躺在地上。雪轻轻地落在了它们身上，它们变白了。我知道对于那些可怜的生灵来说不会再有恐惧了。

我们在那里一直待到红色的朝阳开始照在雪地上。我又孤独又害怕，满是悲哀和恐惧。但是当那轮美丽的太阳开始爬上地平线的时候，我又获得了重生。当第一缕阳光洒下来的时候，那些可怕的人影融化在旋转的雾和雪之中。那几团透明的黑暗向城堡的方向移动，最后消失了。

当黎明来临时，我本能地转向米娜，打算催眠她。但是她突然深沉地睡着了，我不能叫醒她。我试着在她睡觉时催眠她，但是她没有反应，一点儿也没有，白天来了。我还是不敢动弹。我生上了火，去看了看马，它们全都死了。今天我在这里有很多事情要做，我一直等到太阳升得很高。因为有我必须要去的地方，虽然在那里阳光被雪和雾遮挡住了，但是对于我来说仍是安全的。

我会用早餐来补充体力，然后我就开始艰苦的工作。哈克夫人依旧在睡觉，感谢上帝！她在睡觉的时候很平静……

乔纳森·哈克的日记

11 月 4 日傍晚

汽艇的事故对于我们来说太糟糕了。要不是它，我们早就赶上那条船了，现在我亲爱的米娜就已经自由了。我不敢想象她，在那片荒原上，在那个可怕的地方的附近。我们找来了马，继续追赶。我在高达尔明作准备的时候写下了这个。我们带上了自己的武器，如果斯则格尼人想要打架的话他们就得小心了。唉，要是莫里斯和西沃德和我们在一起就好了。我们只能希望了！

我不能再写了，再见米娜！上帝保佑你。

西沃德医生的日记

11月5日

在黎明时，我们看见一伙斯则格尼人和一辆李特四轮马车快速地从河边奔弛而过，似乎像冲出重围一样。雪轻轻地下着，空气中有一种奇怪的兴奋。这可能是我们自己的感觉，但是这样的压抑很奇怪。我听见远处有狼的叫声。雪把它们从山上带下来，我们所有人都有危险，来自各个方面的危险。只要马匹准备好了，我们马上就走。我们骑向某个死亡的人。只有上帝才知道是谁，在哪里、什么时候、怎样……

范海辛医生的备忘录

11月5日下午

我至少还是神志清醒的，无论如何也要感谢上帝的仁慈，尽管证明它是非常可怕的。当我让哈克夫人在那个神圣的圆圈里睡觉时，我向城堡的方向走去。我从维莱斯提带来的铁匠锤很有用处，尽管门都是开着的，但我仍然把它们从生锈的合叶上推倒，以免有人恶意地把它们关上，我就出不去了。乔纳森痛苦的经历在这时帮了我的忙。通过对他日记的回忆，我找到了通向那个老教堂的路，因为我知道我要在那儿开始工作了。空气很闷热，那里好像有一种硫黄气体的臭味，有时会让我头晕。我的耳边不是咆哮的声音，就是远处狼嚎的声音。我想到了哈克夫人，我发过誓的。我陷入了进退两难的困境。

我知道至少可以找到三个坟墓，居住着的坟墓。于是我找啊，找啊，找到了其中一个。她正在睡眠中，充满生气和妖娆的美丽，尽管我是来杀她的，还是颤抖起来。啊，我不怀疑在古时候，当许多男人动身来完成我这样的任务的时候，最终发现他的心辜负了他自己，还有他的神经。于是他一再推迟，直到那个淫荡、不死之人的美丽和魅力催眠了他。于是他待在那里，直到太

-324-

阳落山，吸血鬼醒来。

然后那个女人睁开了她美丽的眼睛，用她那肉欲的嘴唇去亲吻他，于是那个男人变得虚弱。于是在吸血鬼的世界里又多了一个牺牲者，又多了一个人来壮大可怕的不死之人的队伍！……

的确，我被这种魅力打动了，即使她是一个躺在被岁月腐蚀，装满了几个世纪尘土的坟墓里，尽管有一种和伯爵待过的避难所一样的讨厌气味。是的，我被打动了，我——范海辛——带着仇恨的动机，我被推迟的渴望所打动，它好像开始麻痹我的神经，阻碍我的灵魂。也可能是自然地对睡眠的渴望，空气中的沉重开始压倒我。无疑我开始陷入睡眠，一个屈服于那种魅力的人睁着眼睛的睡眠。空气中传来一阵长长的哀号，充满悲哀和怜悯，像一声号角把我叫醒。因为我听到的是我亲爱的哈克夫人的声音。

于是我又紧张起来，开始了我可怕的任务，我掀开了坟墓的盖子，发现了另一个女人，是黑的那一个。我不敢停下来像看刚才那个一样看她，以免自己又被迷惑住了。我继续搜寻，不久，我在一个又高又大，好像是为一个很亲爱的人造的坟墓里找到了另一个女人，像乔纳森一样我看见过她从雾的微粒中现出形来。她看起来是那么漂亮，容光焕发的美丽，精致的妖娆，我身体里男人的本能让我产生了爱她和保护她的欲望，这让我的头脑里旋转着新的感情。不过感谢上帝，亲爱的哈克夫人的灵魂的哀号仍然在我耳边回响。于是，在我产生那种感情之前，我振作精神开始我的工作。这时我已经搜查了教堂里就我所知的所有坟墓。因为在晚上我们只看到了三个这样的幽灵，我认为没有别的有活动力的不死的人存在了。有一个比其他坟墓都巨大，都气派，也很高贵的坟墓上面，有一个是德古拉。

那么这就是那个吸血鬼国王的坟墓了，正是由于他才产生了更多的吸血鬼。里面是空的，这有力地证明了我的猜想。在我让那些女人重新回到死亡状态前，我在德古拉的坟墓里放上了一些圣饼，让他永远也进不来了。

然后我开始执行我可怕的任务，我很恐惧。如果只有一个，相对还容易一点儿。可是有三个！我做完一次恐怖的行动之后，还要再做两次。对可爱的露西小姐这样做是可怕的，但是对这三个陌生的人是不可怕的，她们存活了几个世纪，随着时间流逝越来越强大。如果她们可以的话，她们会为自己肮脏的生命而战斗的……

约翰，我的朋友，但这是屠夫的工作。如果不是因为被其他的死者和头上笼罩着恐惧阴影的活人的想法所鼓励着，我都无法继续进行下去。我颤抖着，颤抖着，直到一切都结束了，感谢上帝，我挺过来了。

如果不是一开始看到她们还处于睡眠状态，在最后的死亡来到之前，她因为意识到赢得了灵魂而感到的高兴，我就无法继续进行我的屠杀，我就无法承受当木桩插入她们心脏时发出的可怕的刺耳声，她们扭动的身体，嘴唇上红色的泡沫，就会把我的工作搁下，使我害怕地逃跑。但是一切都结束了！这些可怜的灵魂，我现在可以同情她们，为她们哭泣，因为我想到她们在枯萎之前只享受了一小段时间的真正死亡的宁静。因为，约翰，当我用刀砍下她们的头时，她们的整个身体就开始融化，最后变成了泥土，仿佛本应该在几个世纪前就来到的死神，最终他响亮地说道："我来了！"

在我离开城堡之前，我牢牢地封锁了它的入口，这样伯爵永远也不能进来了。

当我走进哈克夫人睡觉的圆圈，她从睡眠中醒了过来，看着我，痛苦地哭喊起来。

"走吧！"她说，"让我们离开这个可怕的地方！让我们去见我的丈夫，我知道他正在向我们赶来。"她看起来瘦弱而苍白，但是她的眼睛是纯净的，闪着热情的光芒。我很高兴看到她的苍白和虚弱，因为我的脑中尽是对那些血红色吸血鬼的恐怖记忆。

于是我们带着信任和希望，还有依旧的恐惧，向东走去，和我们的朋友们会合，还有他——伯爵，哈克夫人告诉我她知道他正在向我们走来。

米娜·哈克的日记

11 月 6 日

下午晚些时候，教授和我开始向东走，我知道乔纳森正在从那里向我们赶来。虽然是下坡，但是我们走得并不快，因为我们带着沉重的围毯和披肩。我们不敢想象如果没有这些保暖的东西，被扔在这冰天雪地里，我们会是什么样。我们也带上了一些粮食，因为这里很荒凉，放眼望去，连一个房子的影子都没有。当我们走了大约一英里的时候，我已经累得不行了，便坐下来休息。这时我们向后看，德古拉城堡在天空中划出鲜明的轮廓。我们在它坐落的山脚的下面，看起来喀尔巴阡山高耸入云。我们看见城堡宏伟地坐落在几千英尺高的悬崖峭壁的顶端。这个地方有一些东西充满着野性和恐怖，我们能听见远处有狼嚎声。声音听起来很遥远，虽然它被雪减弱了，但还是充满了恐怖。我从范海辛医生搜寻的方式得知，他想寻找一个战略据点，在那里我们不容易暴露。崎岖不平的道路仍然在向下延伸，我们能在堆积的雪中追踪到它。

没过一会儿教授向我示意，于是我站起来加入了他。他找到了一个很好的地方，是一个天然的石洞，两边的圆石构成了出口。他拉着我的手把我带进去。

"看！"他说，"这样你就有隐蔽的地方了。如果狼真的来了，我就可以一匹一匹地对付它们。"

他把我们的毛皮大衣放进来，给我做了一个温暖而舒适的窝，然后拿进来一些食物强迫我吃下去。我吃不下去，我根本不想吃，尽管我很想让他高兴，但是还是吃不下去。他看起来十分伤心，但是没有责备我。他从包里拿出望远镜，站在石头上向地平线处看去。

突然他叫起来："看！哈克夫人，快看！快看！"

我跳出来站在他旁边，他递给我望远镜，指着前方。雪现在下得更大了，剧烈地旋转着，因为开始刮大风了。不过，在雪停顿的时候我能看清很远的地方——在我们所站的高地上可以看到很远的距离，我能看见一条蜿蜒的河，如弯曲的黑色缎带。在我们正前方不远处，一群骑着马的人正在匆匆地走来。在他们中间是一个马车，一辆长长的李特四轮马车，因为路面的不平左右摇摆着，像狗摇着尾巴。因为他们的轮廓在雪地里很清楚，我能通过这些人的衣服看出他们是农民或者是吉卜赛人之类的。

在马车上有一个方形的箱子。当我看见它时我的心都要跳出来了，因为我感到快要到最后的时刻了。越来越接近傍晚，我清楚地知道在日落时分，那个之前被囚禁在里面，用各种方式逃避追捕的东西，会获得新的自由。我惊恐地转头看教授。然而，让我吃惊的是，他不在那里。下一秒钟，我看见他在我下面。他围着石头画了一个圆圈，就像我们昨晚那样。

当他完成以后，他又站到了我身边，说道："至少你会是安全的！"他从我手中拿起望远镜，"看，"他说，"他们走得很快。他们在鞭打马匹，尽可能快地飞奔着。"

他停了一下，接着用空洞的声音说："他们在和落日赛跑。我们可能太晚了，一切都是天意！"又是一阵猛烈的雪，我们的整个视线都被遮挡住了。然而，这一场雪很快过去了，他再次用望远镜望着。

然后他突然叫了起来："快看！快看！快看！两个骑马的人从南边很快地跟上来了。一定是约翰和昆西！拿着望远镜，在雪停之前一直看着！"我拿起望远镜望着。这两个人可能是西沃德医生和莫里斯先生，无论如何我知道他们中间没有乔纳森，同时我也知道乔纳森就在不远处。向四周望了望，我看见从北方也来了两个人，飞快地骑着马。我知道其中一个一定是乔纳森，另外一个，我想自然就是高达尔明勋爵了。他们两个人也在追赶着那队人和马车。当我告诉教授他们来了的时候，他像一个小男孩一样快乐地叫了起来，我们一直望着他们，直到大雪把视线挡住了，他拿出温彻斯特来复枪架，站在我们的庇护所出口的石头上，作好了战斗的准备。

"他们会聚起来，"他说，"等时机到了，我们从四周包围吉卜赛人。"我拿出我的左轮手枪放在手里，因为就在我们说话时，狼嚎声越来越近了。当雪下得小了，我们又看过去。很奇怪，我们眼前的雪下得很大，但是外面的太阳越来越明亮，向远处的山顶望去，我能看见到处都有移动着的圆点，一个，两个，三个，越来越多。狼群正在向它们的猎物包围过来。

每一秒钟都像是一个世纪。风猛烈地刮着，雪花愤怒地盘旋，扫荡着我们。有时我们甚至连一臂之内的东西都看不清楚。但是又有时，风发出空洞的声音吹过我们，周围的空气都被净化了，我们能够看得很远。我们都太习惯看日出日落了，我们准确地知道它什么时候会来。我们也知道不久太阳就会下山了。很难相信在人们开始会聚到我们这里的时候，我们只在石头的庇护所里待了不到一个小时。现在风更大了，更持续不断地从北方吹来。它好像要把雪的云彩从我们这里吹走，因为雪只有偶尔才会飘下来。我们能清楚地分辨各个群体的人——追逐者和被追逐者。很奇怪那些被追逐的人们好像根本没有意识到，至少不在乎他们正在被追赶。然而，随着太阳在山顶上越落越低，他们好像也在逐渐地加快速度。

他们越来越近了。教授和我蹲在石头后面，准备好我们的武器。我能看出他已经下定决心不放过他们了。所有人都没有意识到我们的存在。

同时响起了两个声音："停下来！"一个是我的乔纳森的声音，很高的音调。另一个声音是莫里斯先生平静的命令，声音有力而且坚决。吉卜赛人可能不懂这个语言，但是不管什么语调，无论说的是什么语言，他们都本能地勒住了马。就在这一刻，高达尔明勋爵和乔纳森从一个方向冲上来，西沃德医生和莫里斯先生则从另一个方向。吉卜赛人的首领，一个长得很好看的人，像一名骑手那样坐在马上，用凶狠的声音命令他的同伴们继续前进。他们鞭打马匹，马又向前跑了。但是那四个人举起了他们的温彻斯特来复枪，明确地命令他们停下来。同时范海辛医生和我从石头后面站起来，用我们的武器对准了他们。看到自己被包围了，那群人勒紧缰绳停下来了。首领转向他们说了一句话，每个吉卜赛人都拿出了自己的武器——刀或是手枪，准备要进攻。

　　首领很快动了一下缰绳，冲到了最前面，先是指了一下快要落在山顶的太阳，又指了指城堡，说了一些我听不懂的话。我们那四个人冲向了马车。我看到乔纳森面对这样的危险本应十分害怕的，但是我身上一定像其他人一样充满了战斗的热情，我没有害怕，而是有一种想要做些什么的疯狂和欲望。看到我们的人快速地行动，吉卜赛人的首领下了一个命令。他的人立即包围了马车，使劲推着别人，急切地执行命令。

　　在这中间我看见乔纳森在他们的包围圈的一边，昆西在另一边，想要冲进圈里。很显然他们决心要在日落之前完成他们的任务，仿佛没有任何东西能够阻止他们。对准他们的武器，吉卜赛人的闪着光的刀，或者是身后的狼嚎声，好像都不能吸引他们的注意。乔纳森的激情，还有他明显的唯一的目的，好像吓住了他面前的这些人，他们本能地退到一边让他进去了。他顿时跳上马车，用一种不可思议的力气抬起了箱子，从马车上扔了下去。同时，莫里斯先生不得不使用武力从他那一边进入吉卜赛人的包围圈。在我屏住呼吸看着乔纳森的同时，我也看见莫里斯不顾一切地冲上前去，吉卜赛人闪着光的刀向他砍去。他用他的长猎刀躲避开了，一开始我还以为他也安全地进来了，但是当他来到已经从车上跳下来的乔纳森的身边时，我能看见他用左手按着肋骨，鲜血从他的指头之间喷射出来。尽管是这样，他也没有耽搁，因为当乔纳森用惊人的力气砍着箱子的一端，想用他的大弯刀把盖子撬开时，他用他的长猎刀砍着另一端。在两个人的努力下，盖子开始松动了，钉子发出刺耳的声音，箱子被打开了。

这时吉卜赛人发现他们被温彻斯特来复枪所包围，并且完全受高达尔明勋爵和西沃德医生的支配，于是他们投降，不再作任何抵抗。太阳几乎要落下去了，所有人的影子都投在了雪地上。我看见伯爵躺在箱子里的泥土上，因为刚才从马车上摔下来，一些土撒在他的身上。他像死去一样的苍白，就像一尊蜡像，还有那双我太了解的闪着仇恨的光的红色眼睛。

就在我看着他的时候，那双眼睛看见了下沉的太阳，上面的仇恨变成了胜利的喜悦。

但是，就在那时，乔纳森的大刀快速地挥动了一下。当看见它砍向伯爵的喉咙时，我尖叫起来。同时莫里斯先生也将长猎刀刺进了他的心脏。

就像一个奇迹，在我们眼前，几乎就是吸了一口气的工夫，他的整个身体便化为灰烬，从我们的眼前消失了。

我会一生都牢记的，因为就在最后死亡的一刹那，他的脸上竟是安详的表情，我从没想象过这样的表情会在他的脸上出现。

德古拉城堡现在耸立在红色的天空中，破旧的城垛上每一块石头在落日的光芒中都清晰可见。

吉卜赛人认为我们就是那个死人突然消失的原因，一言不发地转身骑马离开了。那些没有骑马的人跳上马车，对着马车附近喊道不要扔下他们。狼群已经退到了安全的远处，跟随着他们的脚步，离开了我们。

莫里斯先生倒在了地上，用肘支撑着身体，一只手按着他的肋骨，鲜血仍然从他的指间涌了出来。我冲向他，因为现在那个神圣的源泉已经不能阻挡我了，两个医生也冲了过去。乔纳森跪在他的身后，他将头靠在他的肩膀上。他叹了口气，挣扎着，握住了我的手。

他一定看到了我脸上的痛苦，因为他微笑着对我说道："我真高兴自己能有用处！哦，上帝！"他突然挣扎着坐起来指着我，叫道："为这个而死是值得的！看！看！"

太阳现在刚好在山顶上，红光照在了我的脸上。当人们顺着他指的方向看我时，他们全都跪下来了，一声深沉而真诚的"阿门"从每个人的嘴里被说了出来。

奄奄一息的人说道："现在感谢上帝，一切都不是徒劳！看！雪都没有她的额头纯洁！诅咒消失了！"

我们痛苦地看到这一切，带着微笑和宁静，他死了，一个勇敢的男人。